Rejoints par le passé

Des pas sur la neige

LENA DIAZ

Rejoints par le passé

Traduction française de
CATHERINE VALLEROY

BLACK ROSE

HARLEQUIN

Collection : BLACK ROSE

Titre original :
MURDER ON PRESCOTT MOUNTAIN

HARPERCOLLINS FRANCE
83-85, boulevard Vincent-Auriol, 75646 PARIS CEDEX 13
Service Lectrices — Tél. : 01 45 82 47 47 - www.harlequin.fr
ISBN 978-2-2804-8621-7 — ISSN 1950-2753

Composé et édité par HarperCollins France.
Imprimé en mars 2023 par CPI Black Print (Barcelone)
en utilisant 100% d'électricité renouvelable.
Dépôt légal : avril 2023.

FSC www.fsc.org
MIXTE
Papier issu de sources responsables
FSC® C159065

Pour limiter l'empreinte environnementale de ses livres, HarperCollins France s'engage à n'utiliser que du papier fabriqué à partir de bois provenant de forêts gérées durablement et de manière responsable.

1

Cela faisait sept ans que Grayson Prescott avait envie de taper sur quelqu'un. Ce soir, il allait enfin pouvoir se défouler. Si son instinct n'était pas rouillé, et que l'homme avait effectivement de mauvaises intentions.

Non qu'il faille beaucoup d'instinct pour arriver à cette conclusion. Le type était habillé de noir, casquette, jean et lourde veste inadaptée à la chaleur. Même ses baskets étaient noires. Avec tout ça, il se fondait dans l'ombre des bâtiments, à la périphérie de la Mecque touristique de Gatlinburg, River Road.

Mais le plus inquiétant était sa main droite, fourrée dans sa poche, serrant probablement une arme. Il se rapprochait lentement de la femme, elle-même absorbée par l'écran de son téléphone.

Arrête d'écrire ton texto et regarde autour de toi !

Avait-elle remarqué les affichettes fanées, un peu partout en ville, informant la population de la disparition d'Erin Speck quatre ans auparavant ? Cette jeune mère célibataire avait laissé ses enfants à sa nièce pour aller faire des courses, et on ne l'avait jamais revue. Tout aussi inquiétants, les médias proclamaient qu'un violeur en série sévissait dans la région.

Il serra les poings, souhaitant trop tard avoir emporté

une arme. C'était seulement par hasard qu'en sortant de sa réunion il avait vu cet homme au comportement suspect s'engouffrer dans une ruelle à la suite de la femme.

Grayson s'était assez alarmé pour les suivre. Une fois dans la ruelle, il avait compris que ses craintes étaient avérées. L'individu suivait bien cette petite femme potelée, en minijupe et talons hauts. Malheureusement, Grayson était encore loin d'eux. S'il avait été plus près, il aurait crié pour avertir la victime potentielle. Mais connaissant la nature humaine, cela n'aurait eu pour effet que de la faire sursauter et se retourner. Son poursuivant n'aurait pas eu besoin de plus pour réduire l'écart entre eux. Et Grayson arriverait quelques secondes trop tard pour la sauver. Trop risqué. Tout ce qu'il pouvait faire, c'était les rejoindre aussi rapidement et silencieusement que possible. Et prier.

S'il se souvenait comment faire.

Le sac de la femme, passé négligemment en bandoulière sur son épaule, se balançait au même rythme que ses longs cheveux bruns. Ne craignait-elle pas pour sa sécurité ? Peut-être était-ce une touriste qui n'avait pas entendu parler des viols dans la région ? À moins qu'elle n'habite la ville et ne se croie à l'abri du danger ?

Elle ignorait ce que Grayson avait appris à ses dépens, à savoir que le mal rôdait à chaque coin de rue. Une porte laissée ouverte, une seconde d'inattention pouvaient déboucher sur la mort. La vie était si fragile, si précaire, elle pouvait prendre fin en une seconde, condamnant ceux qui restaient à une vie de désolation.

Il serra à nouveau les poings. Il était beaucoup plus près maintenant, assez pour faire quelque chose. Leur trio hétéroclite traversait une portion obscure de la ruelle. C'était l'endroit parfait pour une embuscade. À voir la manière dont l'autre homme se ramassait sur lui-même, il se disait la même chose.

La femme hésita, vacillant sur ses hauts talons comme si elle sentait enfin le danger. Grayson poussa un cri et se mit à courir, toute furtivité rejetée car l'homme se jetait sur sa proie.

Un cri s'éleva. Des cheveux longs volèrent quand la femme fit un pas de côté, esquivant de peu l'arc mortel de son agresseur. La lame du couteau qu'il brandissait scintilla sous le faible clair de lune.

Grayson bondit en avant, bras tendus. La femme hurla à nouveau et agrippa son sac en trébuchant en arrière. Grayson referma les bras sur la taille du gaillard et le poussa violemment, tandis que son couteau tailladait l'air.

Il éprouva une douleur cuisante au bras mais ne lâcha pas prise. L'homme et lui tombèrent à terre, dans une mêlée frénétique ponctuée de cris gutturaux. La lame émit un éclair, et le couteau mordit son autre bras. Grayson jura et agrippa le poignet de l'individu en le tordant méchamment. Un craquement écœurant fut suivi d'un hurlement de douleur. Le couteau tomba sur la chaussée dans un fracas métallique.

Des cris d'alarme résonnèrent à l'autre bout de la ruelle, en même temps que le martèlement de plusieurs pieds.

— Ne bougez pas ! Police ! cria une voix féminine derrière lui.

Il se retourna, surpris. La femme qu'il avait voulu protéger tenait maintenant un pistolet, mains autour de la crosse, jambes écartées. À dix mètres derrière elle, deux policiers en uniforme arrivaient en courant. Un homme massif en costume trois-pièces s'efforçait de les rattraper. Tous armés.

Une douleur fulgurante traversa la mâchoire de

Grayson. Il chancela en arrière, et sa tête heurta la paroi du bâtiment. La nausée le prit et sa vision s'obscurcit. Avec un effort surhumain, il se retourna d'un bloc pour affronter la menace qu'il avait bêtement ignorée.

Il n'y avait personne.

Ou, du moins, personne de visible, car le monde entier semblait tanguer. Il secoua la tête, essayant d'éclaircir sa vision et de localiser son agresseur.

— On ne bouge plus ! hurla à nouveau la femme.

La ruelle réapparut devant ses yeux. Il repéra l'autre homme qui fuyait, plié en deux, berçant son bras. Tournant le coin, il disparut.

— Allez, allez, allez ! cria la femme. Je m'occupe de lui.

Grayson se retourna, à nouveau pris de vertige. Il inspira profondément, secouant la tête. Quelle erreur il avait commise en laissant le type s'enfuir ! Ce n'était pas seulement son instinct qui était rouillé. Si son équipe d'antan le voyait, elle aurait honte de lui.

Les deux policiers en uniforme le dépassèrent en courant.

— Police ! cria la femme. À terre ! Bras et jambes écartés !

Était-ce à lui qu'elle parlait ? Il lui jeta un coup d'œil surpris, luttant contre la nausée. Ce coup à la tête lui avait joué un sale tour. Son pouls battait dans ses oreilles, et une migraine massive pulsait dans sa tête.

Pathétique. Inexcusable.

— À terre, répéta-t-elle, son pistolet braqué sur lui.

Il la dévisagea avec incrédulité.

— Vous plaisantez ? J'essayais de vous…

— Allez ! Maintenant !

Ses jointures blanchirent sur la crosse du pistolet.

L'homme en costume les avait enfin rattrapés, soufflant comme une forge. Lui aussi braquait son arme sur Grayson.

— Allongez-vous, vous a dit la dame, bras et jambes écartés, ordure, coassa-t-il.

Grayson s'allongea par terre en grinçant des dents.

2

L'inspectrice Willow McCray tira sur sa jupe trop courte et jeta un coup d'œil dans la salle d'examen fermée par un rideau. À l'intérieur, une infirmière était en train de recoudre une entaille de huit centimètres sur l'avant-bras du suspect.

Willow mourait d'envie de l'interroger. Mais à part une protestation d'innocence et un gros soupir, il était resté silencieux. Son regard peiné quand elle lui avait passé les menottes lui avait donné un pincement de culpabilité. Ce qui était ridicule, bien sûr. Elle ne faisait que son travail, tandis que son complice et lui avaient tenté de l'agresser.

Avec un peu de chance, l'inspecteur Wagner lui tirerait des aveux complets au commissariat. Willow aurait adoré conduire cet interrogatoire elle-même ou au moins y assister. Mais elle n'était pas chargée de l'affaire du violeur en série. En tant que nouvelle inspectrice, elle était à peine mieux qu'une assistante. L'unique raison de son rôle ce soir était que Wagner avait demandé des volontaires pour jouer les appâts dans River Road.

— Il n'a toujours pas parlé ?

Elle se redressa, surprise de voir son chef arriver.

— Sergent Jeffries… Je ne m'attendais pas à vous voir ici.

Il haussa un sourcil poivre et sel.

— Vous avez mis le grappin sur le violeur de River Road et vous pensiez que je ne me donnerais pas la peine de venir ?

Elle rougit.

— Je pensais que vous attendriez que nous l'amenions.

Elle désigna les deux policiers en uniforme, adossés au comptoir des infirmières, attendant de prendre le suspect en charge.

Jeffries fourra les mains dans ses poches et se balança sur ses talons. De l'autre côté du rideau, son prisonnier parlait à voix basse, répondant aux questions de l'infirmière. Ses deux poignets étaient menottés à la barre du lit. L'infirmière devait avoir fini de recoudre la première entaille, car elle s'était déplacée de l'autre côté du lit et s'occupait de sa blessure au biceps.

Quand il eut jeté un coup d'œil à l'homme, Jeffries se raidit.

— C'est lui que vous avez arrêté ?

Son ton incrédule mit Willow en alerte.

— Il y a un problème ?

— Je croyais que vous aviez arrêté le violeur de River Road ?

— L'un d'eux, oui. Apparemment, ils agissent en tandem. Son complice a pris la fuite. Mais les hommes passent le quartier au peigne fin pour le retrouver.

— Son complice ! s'exclama-t-il d'un ton moqueur.

Il lui fit signe de s'éloigner avec lui, puis lui fit face, mains sur les hanches.

— Vous savez qui est ce type ?

Il parlait bas, afin de ne pas être entendu, mais il n'y

avait pas à se tromper sur la sévérité de son ton. Willow rougit jusqu'à la racine des cheveux, bien qu'elle n'ait aucune idée de ce qu'elle avait fait.

— J'ai vérifié son permis de conduire : Grayson Prescott. Mais je ne sais rien d'autre. Il exerce son droit au silence. Et depuis que nous sommes arrivés aux urgences, on s'occupe de lui. On lui a fait un scanner de la tête et maintenant on le recoud.

— Et comment a-t-il reçu ces… blessures ?

— Son complice et lui se sont emmêlé les pinceaux.

— Vous pouvez m'expliquer ça, McCray ?

Elle s'éclaircit la gorge, toujours incertaine de ce qui l'irritait.

— Ils ont essayé de me sauter dessus en même temps et se sont heurtés. Prescott s'est cogné la tête contre le bâtiment. L'autre type tendait le bras avec son couteau. Prescott a été blessé, et ils sont tombés à terre.

Il la fixa un long moment.

— Vous est-il venu à l'esprit que l'un d'eux voulait vous agresser, et que l'autre, *ce* type…

Il désigna le box entouré de rideaux.

— … essayait de vous aider ? Peut-être que c'est comme ça qu'il a été blessé, en s'interposant entre vous et l'homme au couteau ?

Elle cilla, revoyant mentalement l'échauffourée.

— Euh, j'imagine que c'est possible. Tout s'est passé si vite. J'ai juste…

— Supposé que c'était aussi un violeur ?

Elle leva le menton, résolue à ne pas le laisser anéantir sa confiance en elle. Elle savait ce qu'elle avait vu. Lui n'était pas là.

— Monsieur, vous n'avez pas vu ce qu'il s'est passé.

— Et vous, oui ? Vous en êtes sûre ?

Elle fronça les sourcils.

— Monsieur ?

Il soupira lentement.

— Je ne doute pas que vous croyez à votre version. Mais considérant l'identité de l'homme que vous avez arrêté, je suis enclin à penser qu'il faisait trop sombre et que l'agression a été trop rapide pour que votre témoignage soit fiable. Surtout…

Il désigna à nouveau le box où était traité le suspect.

— D'autant plus que cet homme est Grayson Prescott.

Il la contempla comme s'il attendait qu'une étincelle de compréhension apparaisse dans ses yeux. Elle regarda Prescott, qui les observait en silence. Il fallait reconnaître qu'il avait un beau visage, doré par le soleil, aux angles adoucis par une ombre de barbe. Même avec son hématome à la mâchoire, il était extraordinairement séduisant. Musclé, mais pas trop. Svelte, un mètre quatre-vingts environ, vêtu d'un costume bleu marine qui lui donnait plus l'air d'un P-DG que d'un criminel. Mais rien de tout cela ne comptait. Elle n'avait toujours aucune idée de ce que Jeffries voulait qu'elle remarque.

— Vous avez compris qui c'est ? insista-t-il.

Elle détacha les yeux de Prescott pour regarder son chef.

— Manifestement, vous le connaissez et vous en savez plus sur lui que moi. Jusqu'ici, je ne connais que son nom.

Il soupira à nouveau, comme s'il était déçu.

J'ai besoin de cet emploi, j'ai besoin de cet emploi, se rappela-t-elle, s'efforçant de maintenir une expression respectueuse. Pourquoi lui trouvait-il toujours des défauts ? Était-ce parce qu'elle était une femme ? Ou parce qu'elle était la plus jeune à avoir jamais intégré la brigade d'inspecteurs ? Ou lui en voulait-il parce que son patron à lui avait pris la décision de l'engager contre son avis ? Quelle qu'en soit la raison, ce n'était pas un secret qu'il trouvait toujours à redire à ce qu'elle faisait.

— Prescott est un ancien des Forces Spéciales, annonça-t-il. Un Army Ranger. Un héros décoré qui n'a pas besoin de travailler pour vivre et qui a pourtant choisi de risquer sa vie en faisant l'un des métiers les plus dangereux au monde. Pas exactement le prototype du criminel. Vous dites que vous avez examiné ses papiers. Vous avez remarqué son adresse ?

Le prototype du criminel ? Quelle vision démodée !

Elle s'éclaircit la voix.

— Il habite dans la région, si c'est ce que vous voulez dire. Je n'ai pas regardé où c'est exactement, mais étant donné le code postal…

— Il vit sur l'un des sommets de la chaîne des Smokies, pas loin de Gatlinburg, l'interrompit-il à nouveau. Les gens l'appellent familièrement le Mont Prescott parce que sa famille possède la montagne depuis des générations. Ce n'est que récemment que Grayson a vendu quelques parcelles. Notamment à Mason Ford, l'excentrique qui dirige la société d'investigation les Justice Seekers. Il y a construit sa nouvelle maison. Prescott est aussi extravagant que Mason. Peut-être plus encore.

Elle avait du mal à se représenter l'homme qu'elle avait arrêté comme « extravagant », quoi que Jeffries veuille dire par là.

— Je n'ai pas entendu parler de Prescott, mais de Ford et de sa société, oui. La chaîne locale a fait un reportage sur lui il y a quelque temps. Je pensais que les Justice Seekers étaient respectés, qu'ils offraient des services de protection et d'investigation aux gens qui n'obtiennent pas justice par les voies normales.

Il plissa les yeux.

— On dirait que vous les admirez.

— Non, non, se hâta-t-elle de l'assurer. Je ne disais pas ça. C'est juste ce que j'ai vu à la télévision. Mais les Seekers ont reçu un prix pour avoir sauvé la vie de la fille de l'ancien président Manning. Ça, ça me semble admirable. Monsieur.

Elle s'efforça de ne pas gigoter sous son regard scrutateur, regrettant déjà son petit discours. N'avait-elle donc pas appris à ne pas taquiner l'ours ? Jeffries pouvait faire de sa vie un enfer et il le faisait fréquemment. Mais elle ne pouvait garder son opinion pour elle cent pour cent du temps, particulièrement quand elle était l'exact opposé de la sienne.

Il croisa les bras, visiblement mécontent.

— Les Justices Seekers sont des justiciers autoproclamés, inspectrice McCray. Il n'y a pas de place pour des gens comme ça dans notre système juridique. Ils se mettent en travers de notre chemin et nous rendent la tâche plus difficile.

— Oui monsieur. Bien sûr. M. Prescott en fait-il partie ? questionna-t-elle d'un ton soigneusement neutre. C'est un Justice Seeker ?

Il la fixa comme pour décider si elle était d'accord avec lui ou si elle dissimulait ses véritables sentiments.

Elle fit effort pour garder un air respectueux. Jeffries n'était pas du genre à tolérer les opinions contradictoires. Elles ne l'intéressaient pas, pas plus que les méthodes d'enquête modernes. Willow l'avait appris à ses dépens durant sa première semaine de travail, lorsqu'il l'avait écoutée exposer avec enthousiasme ses idées sur la nécessité de recourir plus souvent à des techniques médico-légales. Après avoir fini de rire, il lui avait dit qu'elle ferait mieux de se concentrer sur des outils d'investigation éprouvés comme les empreintes digitales, les fibres et, en de rares occasions, les recherches d'ADN. Tout le reste était bien trop coûteux, quand un enquêteur compétent pouvait résoudre une affaire sans cela.

Elle ne s'était pas donné la peine de lui rappeler le nombre croissant d'affaires classées dans leur comté et les comtés environnants. À partir de ce jour-là, elle avait pris soin de ne plus jamais évoquer ses idées. Mais elle comptait les jours jusqu'à la retraite de son chef – huit mois et trois jours désormais. Et elle priait pour que celui qui le remplace soit plus ouvert d'esprit. Impossible qu'il le soit moins.

Espérant le ramener à l'affaire, elle répéta :

— Prescott est un Justice Seeker ?

Son cou se plissa comme celui d'un carlin lorsqu'il secoua la tête.

— Vous ne m'avez pas entendu quand je vous ai dit que c'est un ancien des Forces Spéciales ? C'est un solitaire, habitué à agir seul. Il ne s'intégrerait pas dans l'équipe de Ford.

Elle ne contredit pas sa fausse conviction que les Forces Spéciales étaient des loups solitaires. Ils formaient au contraire des équipes soudées, ce qu' elle savait depuis que son frère s'était passionné pour les SEAL. Mais elle ne put s'empêcher d'insister, car cela pouvait avoir une influence sur l'affaire.

— Peut-être que Prescott n'est pas du genre à travailler en équipe, mais il avait un complice ce soir.

À sa grande surprise, une lueur d'amusement passa dans les yeux de Jeffries.

— Vous vous en tenez à la théorie qu'il était ligué avec l'autre homme ? Que c'est un violeur ?

— J'ai vu ce que j'ai vu. Ils ont essayé de me sauter dessus.

— Il nage dans l'argent. Il est sans doute milliardaire, à tout le moins millionnaire. Il possède une dizaine d'entreprises hautement rentables. Ses parents étaient sans doute propriétaires de la moitié du Tennessee. Quand ils ont été tués dans un accident de voiture, tout leur héritage est allé à leurs deux enfants. J'imagine que les femmes sauteraient sur l'occasion de coucher avec Grayson Prescott. Il n'a pas besoin de rôder dans des ruelles pour les attaquer.

Huit mois et trois jours, se rappela-t-elle. Et une fois encore, elle ne pouvait laisser passer des commentaires aussi faux et outrageants.

— Le viol n'a rien à voir avec le sexe, monsieur. Il a à voir avec la personnalité, pas avec la richesse ou le statut social. C'est de violence et de domination qu'il s'agit. Peut-être que sa richesse donne un faux sentiment de sécurité à Prescott, qu'il pense qu'il est au-dessus des lois et qu'il peut faire tout ce qu'il veut. Il ne s'attend pas à ce que la police le soupçonne. Peut-être est-ce pour cette raison que cette affaire traîne depuis si longtemps. Si son nom est apparu dans l'enquête, il a probablement été écarté au lieu de donner lieu à des investigations.

Il lui adressa un regard bizarre.

— J'oublie parfois que vous êtes nouvelle ici.

Elle planta ses ongles dans les paumes de ses mains.

— Je ne suis pas une bleue. Je travaille dans la police de Gatlinburg depuis six ans. Et j'ai été engagée grâce à un master en criminologie de l'université d'État de Floride.

Il ricana. Elle serra les paumes encore plus fort.

— Je suis au courant de votre CV, McCray. Mais cela ne fait que quelques mois que vous êtes inspectrice. Et vous viviez en Floride quand la famille de Grayson a fait la une.

Cette dernière phrase lui fit froncer les sourcils.

— La une ? Pour quoi ? A-t-il fait quelque chose comme ça auparavant ?

Un nouveau sourire amusé.

— Vous êtes une vraie enquêtrice. Tant de questions…

Un carillon s'éleva. Jeffries prit son téléphone dans sa poche. Après avoir lu un SMS, il tapa une réponse. Quand il eut rangé le téléphone, il sourit encore, son irritation précédente semblant s'être évaporée.

— Inspectrice McCray, je pense que cette enquête se passera mieux si je ne vous dis rien d'autre sur le suspect. Je ne voudrais pas influencer votre opinion. Je vous laisse décider des pistes à suivre et voir ce que vous en concluez.

Il agita une main en l'air.

— Un regard neuf, vous voyez ?

Depuis quand se préoccupait-il du risque d'influencer une enquête ?

— J'aimerais que vous preniez les rênes, annonça-t-il. Vous pouvez conduire l'interrogatoire.

Elle eut l'impression qu'un essaim de papillons prenait son envol dans son estomac.

— Vous voulez que je sois là quand il sera interrogé ?

— Pas seulement que vous soyez là, mais que vous dirigiez l'interrogatoire. Vous. Seule. Votre première intervention en solo en tant qu'inspectrice.

Elle le dévisagea avec perplexité. Soit elle était devenue sourde, soit il avait perdu l'esprit. Cette affaire était de premier plan. On en parlait dans tous les journaux et elle faisait l'objet d'échanges quotidiens entre le chef de la police et le maire. Il ne pouvait avoir l'intention de confier l'interrogatoire à une « bleue ».

— Monsieur, n'est-ce pas de la responsabilité de l'inspecteur Wagner ? J'étais là ce soir uniquement parce qu'il m'a recrutée pour jouer les appâts.

— Je ne dis pas que je vous remets tout le toutim, McCray. Wagner est toujours l'enquêteur principal. Mais c'est vous qui avez arrêté le suspect. Vous avez gagné le droit de l'interroger. Allez-y et découvrez ce qu'il a à dire. À moins que vous ne vouliez pas le faire ?

— Non. Je veux dire, si. Bien sûr que je veux l'interroger. Si vous êtes sûr que Wagner sera d'accord.

— Je m'occupe de Wagner. Dès qu'ils auront fini de traiter Prescott, escortez-le au commissariat et occupez-vous de l'interroger. J'attends un rapport complet demain matin.

Demain matin ? Il ne voulait pas de rapport dès ce soir ? Jeffries n'attendit pas sa réponse et se dirigea vers la sortie sans un regard en arrière.

Il devait y avoir un loup, une raison pour laquelle il voulait qu'elle interroge Prescott. Était-ce pour punir Wagner d'une faute quelconque ? Voulait-il que Wagner lui en veuille pour pouvoir la licencier ? Non, cela n'avait pas de sens. Elle était encore en période d'essai. Il n'avait pas de raison à donner pour la licencier. Il devait juste en informer son patron. Alors que préparait-il ?

L'infirmière la rejoignit dans le couloir.

— Inspectrice, M. Prescott est prêt. Je vais aller chercher ses consignes de sortie.

— Vous avez le résultat du scanner ?

— Ce n'est qu'une mauvaise bosse. Ça l'a un peu étourdi, c'est compréhensible. Mais il a eu de la chance. Pas de commotion ni d'effets à long terme. Je lui ai donné quelque chose pour la douleur et il vient de finir la perfusion d'antibiotiques. Dès que j'aurai les papiers de sortie, j'enlèverai la perfusion. Ensuite, il sera à vous.

— Parfait. Je vous remercie.

L'infirmière la contourna pour regagner le bureau. Willow fit signe aux deux agents en uniforme, puis se dirigea vers la salle d'examen.

3

Devant la salle d'interrogatoire où Prescott attendait, Willow serra le dossier sur sa poitrine. Être autorisée à mener un interrogatoire était monumental. C'était son but depuis des années. Le souffle court, elle tenta de cacher son excitation. Et sa peur.

Peur de ne pas être à la hauteur, de faire une erreur, de gâcher l'affaire.

Elle ne pouvait le mettre sur le compte de sa nervosité. Non, c'était parce qu'elle avait toujours voulu être inspectrice à part entière. Elle se l'était imaginé jusqu'à ce que cela devienne son Graal. Et elle était terrifiée à l'idée de ne pas en être digne, de faire quelque chose qui anéantirait son objectif à long terme.

Avant même de commencer à patrouiller dans les rues de Gatlinburg en uniforme, elle rêvait de devenir inspectrice. Elle voulait résoudre des énigmes, comprendre des mystères, réunir des proches et offrir à des survivants le soulagement de savoir ce qui s'était passé. Plus que tout, elle voulait aider des familles comme celles d'Erin Speck.

Cette jeune mère avait disparu en plein jour, alors que Willow était encore un agent en tenue. Elle avait eu envie de travailler à l'enquête, mais n'était pas en position de le faire. Malheureusement, l'affaire Erin

Speck était depuis longtemps abandonnée. Mais cette affaire – des femmes frappées ou poignardées, toutes violées, et l'une d'elles tuée – était en cours. Et Willow pouvait enfin faire quelque chose d'utile, à commencer par l'interrogatoire de l'un des suspects.

Elle saisit la poignée de la porte, inspira à fond et la poussa.

Prescott était toujours menotté, attaché par une chaîne à un anneau métallique au centre de la table vissée au sol. Son regard noir la suivit tandis qu'elle refermait la porte et s'asseyait face à lui. Elle mit le dossier sur la table et posa ses mains tremblantes sur ses genoux.

— Monsieur Prescott, comme vous le savez, je suis l'inspectrice Willow McCray. Je crois savoir que vous avez choisi de ne pas vous faire assister d'un avocat. Est-ce exact ?

Il voulut croiser les bras, mais les chaînes l'en empêchèrent. Fronçant les sourcils, il les posa simplement sur la table.

— Je préfère que vous m'appeliez Grayson.

— Et je préfère que vous m'appeliez inspectrice McCray.

Il sourit.

— Inspectrice McCray, je n'ignore pas mes droits. Et non, je ne veux pas d'avocat. Pas encore. Je veux savoir ce qu'il se passe.

Dans cette ruelle obscure, il lui avait paru impressionnant. Maintenant, il l'était encore plus. Pas physiquement. Ce qui lui donnait envie de gigoter sur son siège, c'était la force de sa présence, sa personnalité. Il exsudait l'aplomb, le pouvoir. Être la cible de son attention était au mieux déconcertant.

Elle détacha son regard de lui et feuilleta le dossier

comme pour chercher quelque chose. En fait, elle se donnait du temps pour reprendre contenance. Et se demander à nouveau pourquoi Jeffries avait opéré ce virage à cent quatre-vingts degrés.

Gatlinburg ne possédait que quatre inspecteurs. Malgré un million de touristes par an, la population permanente dépassait à peine quatre mille. Ils n'avaient pas assez de crimes majeurs pour justifier une équipe d'inspecteurs plus importante. Si elle avait pu intégrer la brigade, c'était seulement parce qu'un des inspecteurs avait pris sa retraite. Et son master en criminologie lui avait donné l'avantage sur d'autres qui briguaient la même place, y compris le propre neveu du sergent, Brian Nelson.

C'était le bon moment et le bon endroit pour elle. Mais le fait que le patron de Jeffries l'ait préférée à Brian n'avait rien fait pour lui donner un bon départ. Elle avait dû travailler deux fois plus dur pour prouver qu'elle était digne de cette affectation. Elle se redressa un peu, déterminée à se maîtriser.

— Pour l'enregistrement, dit-elle en désignant la caméra fixée au plafond, je vais vous relire vos droits.

Après avoir récité l'avertissement Miranda et ajouté la date et l'heure, elle déclara :

— Vous avez été arrêté pour agression. D'autres accusations s'y ajouteront probablement, en fonction des résultats de cet entretien. Nous allons devoir aussi vous prélever un échantillon d'ADN. Si vous refusez, nous demanderons un mandat.

Il arqua un sourcil.

— Agression sur qui ? Le type qui vous a assaillie ?

— C'est ça votre défense ? C'était l'autre ?

— *C'était* l'autre. Je l'ai vu vous suivre et je lui ai emboîté le pas, au cas où il aurait tenté quelque chose, ce qu'il a fait. Je ne vous ai pas touchée. Je l'ai plaqué au sol. Malheureusement, il était sur le point de vous poignarder, alors je comprends votre confusion. Du début. Mais je suis certain que votre chef vous a dit maintenant qui je suis, et que je serais le dernier à faire du mal à une femme. Cette accusation d'agression est ridicule. De quelles autres charges me menacez-vous ? Pourquoi voudriez-vous mon ADN ?

Sans répondre, elle prit les photos qu'elle avait sélectionnées dans le dossier. Une par une, elle les aligna sur la table : hématomes, entailles et yeux hantés étaient clairement visibles.

En les posant une à une, elle observa son expression. Son choc initial parut laisser place à l'empathie, puis au chagrin et à la colère tandis qu'il les considérait. Mais lorsqu'elle plaça la dernière photo, celle prise à la morgue, il se raidit et rejeta la tête en arrière, comme si le déclic se faisait enfin.

Il la fixa, la mâchoire serrée, ses yeux bleus assombris par la colère.

— J'ai vu cette photo à la télévision. C'est l'affaire du violeur de River Road ? C'est de cela qu'il s'agit ?

Sa voix rauque était dangereusement douce.

— Vous m'accusez de viol ? De meurtre ?

— Oui. En effet.

— Vous n'êtes pas sérieuse…

— Je ne plaisanterais pas sur quelque chose comme ça, monsieur Prescott.

Il serra les poings sur la table. Une minute entière s'écoula, durant laquelle il tenta de reprendre le contrôle de lui-même. Lorsque son regard croisa à nouveau le sien, l'éclat de la colère avait été remplacé par la froideur du mépris.

Elle se força à ne pas détourner les yeux, alors qu'elle avait envie de prendre la fuite. Ce regard noir lui donnait la chair de poule. Heureusement, il ne le remarqua pas.

— Je vous ai sauvée d'une agression. J'ai été frappé, assommé et poignardé, deux fois. Et vous m'accusez de ça ?

Il passa une main au-dessus des photos. En entendant la chaîne grincer contre la table, il jura à mi-voix.

— Vous ne m'avez pas sauvée. Je savais que vous me suiviez tous les deux. Mon équipe m'a avertie dans l'oreillette. J'étais dans cette ruelle en tant qu'appât. Nous avions une dizaine de policières dehors ce soir, essayant d'appâter l'homme qui s'en prend aux femmes depuis plusieurs mois. Quel est le nom de votre complice ?

— Les réflexes de votre équipe sont nuls. Vous avez failli être tuée.

Sa voix vibrait de colère.

— Je devais attendre la dernière minute avant de me retourner. Il fallait m'assurer que l'un de vous ou les deux alliez frapper. Autrement, nous n'aurions rien prouvé du tout.

Il secoua la tête d'un air dégoûté.

— Vous ne pouvez toujours rien prouver. L'homme qui vous a attaquée s'en est tiré.

— Nous le retrouverons. Nous avons bouclé tout le quartier. La moitié de nos forces fait du porte à porte.

— Alors un criminel, qui est ou n'est pas le violeur que vous pourchassez, court en liberté. Et l'homme qui essayait de vous aider est en salle d'interrogatoire.

— Quel est son nom ?

Il fronça les sourcils.

— Qui ? L'inconnu que j'ai empêché de vous tuer ? Ou le violeur de River Road ? Dans un cas comme dans l'autre, je ne peux pas vous aider, madame.

Elle rebondit sur cette formulation.

— Vous dites cela comme si vous saviez que l'autre type n'est pas le violeur. Êtes-vous en train de dire que c'est vous le violeur ? L'homme en fuite est une petite frappe sur laquelle vous êtes tombé en cherchant votre prochaine victime ?

Il lui jeta un regard cinglant mais ne répondit rien.

Elle fit une autre tentative. Puis une autre, en se servant des informations dans le dossier et en posant les mêmes questions d'une dizaine de manières différentes. Mais il tenait bon. Il parlait à peine, sauf pour jurer de temps en temps ou lui redire qu'il essayait seulement de la protéger.

Au bout d'une heure, elle s'avoua vaincue. Elle n'avait rien recueilli qui vaille ses efforts. Elle inspira profondément, essayant de se calmer. Puis elle reprit depuis le début.

— Où étiez-vous quand vous avez soi-disant vu l'autre homme me suivre ?

— Sur River Road. Je vous l'ai dit. Je vous ai vue couper entre deux bâtiments et, un instant plus tard, le type vous a suivie. Il avait l'air suspect, alors j'ai fait pareil pour voir s'il manigançait quelque chose. Mon instinct ne m'a pas trompé. Il avait de très mauvaises intentions.

— Votre instinct ? Vous parlez de votre carrière dans les Forces Spéciales ?

Il poussa un gros soupir.

— Pourquoi étiez-vous en ville ? questionna-t-elle, se disant qu'elle aurait dû poser cette question depuis le début. Vous vivez sur le Mont Prescott, n'est-ce pas ?

Son regard revint à elle.

— Je ne suis pas un ermite. Je descends en ville de temps en temps.

— Il était tard. Vous étiez venu dîner ? Vous n'avez

donc pas de chef cuisinier dans votre manoir pour vous préparer tout ce que vous voulez ?

Il haussa un sourcil.

— Attention. Vos préjugés de classe font surface.

Elle rougit.

— Vous n'avez pas de cuisinier ? Ni de manoir ?

— Je n'ai pas dit ça.

Elle sourit. Il esquissa une grimace, comme s'il reconnaissait qu'elle avait gagné un point. Puis il se redressa et la contempla à nouveau avec acuité.

— Vous me demandez pourquoi je suis venu en ville ce soir ?

— Oui.

— Vous ne le savez donc pas ?

Elle fronça les sourcils.

— Non. Pourquoi le saurais-je ?

— Waouh…

Il secoua la tête, visiblement médusé.

— Ça explique beaucoup de choses. J'ai supposé, quand je l'ai vu à l'hôpital, qu'il vous avait tout dit. Et j'ai été sidéré qu'il permette tout de même que je sois amené ici et qu'on vous envoie m'interroger. J'étais curieux de savoir à quel jeu il jouait, ce que cela avait à voir avec moi. Il s'avère qu'il ne s'agit que de vous. Je suis juste son pion, pour une raison quelconque.

— De quoi parlez-vous ? Ça n'a ni queue ni tête.

— Seulement parce qu'il ne vous a pas dit la vérité. Il vous a envoyée ici sans aucune préparation.

Il se pencha vers elle aussi près que le lui permettaient ses chaînes.

— Inspectrice, au cas où vous ne le sauriez pas déjà, votre chef est un abruti.

Être en accord complet avec un suspect de viol lui fit un effet horrible.

— Vous connaissez le sergent Jeffries ?

Il rit sans humour.

— Si je le connais ? Depuis sept ans, j'ai une réunion deux à trois fois par an avec lui et toute la chaîne de commandement. Vous voulez savoir pourquoi j'étais en ville ? Demandez donc à Jeffries. Et pendant que vous y êtes, apportez-moi un téléphone. Je suis prêt à appeler mon avocat. J'en ai fini avec vous.

Elle faillit exiger qu'il lui explique ce qu'il voulait dire, mais à l'instant où il avait prononcé le mot haï d'*avocat*, l'interrogatoire était effectivement terminé. Elle rassembla les photos d'une main tremblante et les remit dans le dossier.

— Je vais vous laisser appeler, donnez-moi quelques minutes. Vous avez besoin d'aller aux toilettes, ou autre chose ?

Il la fixa un long moment, comme s'il voulait ajouter quelque chose, mais se contenta de secouer la tête. Ce fut la pitié dans son regard qui l'acheva. Son suspect en savait plus qu'elle sur les raisons pour lesquelles Jeffries l'avait chargée de l'interrogatoire. Ce dernier l'avait mise dans une situation intenable.

Elle sortit calmement de la pièce, refermant la porte avec un déclic contrôlé. Puis, ayant ordonné à un agent en tenue de garder la porte, elle emprunta le couloir menant au bureau du chef. Plus elle approchait, plus elle était furieuse. En passant le dernier angle, comme personne n'était en vue, elle se mit à courir.

4

Grayson laissa échapper un long soupir et s'adossa à sa chaise métallique. De colère, il s'était comporté comme l'abruti qu'il venait d'accuser Jeffries d'être. Il tirait normalement fierté de traiter les gens mieux que ça, surtout les femmes. Mais après ce qu'il avait traversé ce jour-là – pour rien, encore une fois –, être arrêté alors qu'il essayait justement d'aider une femme avait fait office de la goutte d'eau proverbiale.

Et cela n'avait fait qu'empirer. On lui avait jeté ce mot affreux – *viol*. Il avait dû faire effort pour ne pas hurler.

Il était ravi que l'inspectrice soit partie. Il avait besoin d'un répit pour se reprendre et se rappeler l'important, à savoir une quête de vérité longue de sept ans. Dans le tas, cette arrestation n'était qu'un petit détour.

S'il avait su de quoi ils le soupçonnaient, il aurait pu immédiatement les rassurer. Après tout, il vivait seul, mais son manoir, comme l'avait appelé l'inspectrice McCray, nécessitait du personnel. Beaucoup de ses employés pouvaient témoigner de sa présence n'importe quel jour.

Sans parler des caméras de sécurité. Après ce qui était arrivé, il avait résolu de garantir la sécurité de tous ceux qui travaillaient pour lui. Tout ce qu'il avait à faire pour prouver qu'il n'avait pas commis cette série d'agressions, c'était exhiber les enregistrements vidéo. Fournir un alibi serait facile. Mais il était curieux de savoir à quel jeu les flics jouaient.

Il avait aussi espéré, assez naïvement, interroger McCray à un moment donné et voir s'il pouvait obtenir des informations que les huiles n'étaient pas disposées à lui fournir. Mais il ne lui avait pas fallu longtemps pour comprendre combien elle était nerveuse et se demander pourquoi Jeffries n'avait pas envoyé un de ses inspecteurs chevronnés. Il s'était donc résolu à attendre, plus par curiosité qu'autre chose.

Maintenant, il voulait juste s'en aller et en finir avec ce jeu infantile, quel qu'il soit.

Une heure s'écoula avant qu'un coup résonne à la porte. Lorsque McCray pénétra dans la pièce, son changement de comportement le fit hésiter au lieu d'exiger l'appel téléphonique promis. Tout à l'heure, elle s'était montrée timide, incertaine. Maintenant, elle était aussi raide qu'un manche à balai, et ses mouvements étaient confiants, déterminés. Elle avait l'air prête à se battre. Ou peut-être venait-elle de se battre.

Elle avait une sacoche en cuir avec elle. Elle la posa à côté de la chaise et s'assit, les mains nouées sur la table, les épaules raides.

— Mes excuses pour vous avoir fait attendre si longtemps. Mais vous serez heureux d'apprendre que nous laissons tomber toutes les charges contre vous. Et le prélèvement ADN ne sera pas nécessaire.

— Bonne nouvelle. J'espère que vous allez m'expliquer pourquoi. Lorsque vous êtes sortie d'ici, vous ne sembliez pas convaincue de mon innocence.

— Oui, eh bien, c'était avant que je parle à Jeffries. Il m'a confirmé que vous étiez ici ce soir, en réunion avec lui et plusieurs autres responsables, dont Russo, le chef de la police. Une réunion que vous avez, comme vous l'avez dit, plusieurs fois par an. J'ai aussi découvert qu'ils en savent long sur vous et qu'ils sont convaincus que vous n'êtes pas impliqué dans ces agressions.

Il se pencha en arrière sur sa chaise.

— Je doute que leur opinion seule ait suffi à vous persuader de laisser tomber les charges. À moins qu'on ne vous ait pas laissé le choix ?

Elle croisa les bras et se pencha légèrement en avant.

— Vous avez raison sur les deux points. On m'a ordonné de laisser tomber les charges. Mais je l'aurais fait même sans qu'ils me le disent, puisque je sais maintenant avec une certitude absolue que vous n'étiez pas impliqué dans les autres agressions et que, par conséquent, vous étiez en train de faire ce que vous affirmez, à savoir m'aider parce que vous pensiez que j'étais en danger.

— Je suis soulagé que vous ne me preniez plus pour un violeur et un meurtrier. Mais qu'est-ce qui vous a fait changer d'avis, exactement ?

— Deux choses. La première, c'est que nous avons arrêté le véritable coupable. Une autre agente qui jouait les appâts a été agressée. Elle va bien. Les renforts étaient là immédiatement et ils ont arrêté le type. Il s'est mis à table. Il faudra faire le suivi médico-légal, naturellement, mais il semble bien que ce soit le violeur de River Road. Et après que vous m'avez parlé de vos réunions, j'ai eu la confirmation que l'une d'elles a bien eu lieu en même temps qu'un des viols, ce qui vous fournit un alibi en béton. Comme le même ADN a été identifié dans toutes les agressions, cela vous écarte évidemment.

— Vous m'en voyez ravi, dit-il sèchement, toujours vexé qu'elle l'ait soupçonné.

Elle tapota le dessus de la table.

— Nous avons aussi attrapé le type qui m'a agressée. Comme vous le soupçonniez, c'est un petit délinquant. Il a corroboré vos dires et ignorait totalement qui vous étiez. Et il a fourni de solides alibis pour les autres agressions. Il n'aurait pas pu les commettre puisqu'il était en prison. Donc il ne fait pas partie d'un tandem de violeurs.

— Je suis innocenté par défaut. Je me sens vraiment vengé.

— Oui, bon. Pour ce que ça vaut, je suis désolée que vous ayez eu à subir ça.

— Vous disiez que deux choses vous ont fait changer d'avis. La première, c'est que vous avez trouvé le coupable. Et la deuxième ?

— Le bien et le mal, tout simplement. Les autorités ne devraient pas jouer avec la vie des autres.

— Je ne vous suis pas, dit-il, les sourcils froncés.

— Mon chef savait, aux urgences, que nous aurions dû vous relâcher. Non à cause de qui vous êtes, mais parce qu'en me parlant, il a reçu un SMS lui apprenant l'arrestation du violeur. Il savait que vous étiez innocent.

Elle leva les yeux vers la caméra et poursuivit d'un ton de défi :

— Vous n'auriez jamais dû endurer tout ça. Jeffries a trouvé drôle que je ne sache pas qui vous étiez. Et comme vous étiez le premier suspect que j'interrogeais, il a laissé filer alors que ça n'aurait jamais dû commencer. Ce n'est pas bien, et je suis furieuse contre lui. Je vous présente encore mes excuses les plus sincères.

Il ne put s'empêcher d'admirer le courage dont elle faisait preuve en se dressant contre son chef sur vidéo.

— Inspectrice McCray…

— Willow. Nous n'en sommes plus aux formalités.

— Je vous suis reconnaissant de votre indignation, vraiment. Mais ça va. J'aurais pu facilement mettre un terme à tout ça en appelant mon avocat. Vous aviez raison tout à l'heure, je ne viens pas si souvent que ça en ville. Il est probable que les vidéos de sécurité prouvent que je me trouvais chez moi au moment de la plupart des agressions. Mais, honnêtement, je voulais voir où tout cela menait. Jeffries m'a vu, il savait qui j'étais. Pour qu'il n'intervienne pas, je savais que quelque chose se préparait. Votre premier interrogatoire, hein ? J'imagine qu'il a pensé que ce serait une bonne initiation pour vous. Rien à perdre si vous la bousilliez, étant donné qu'il me savait innocent.

Elle rougit comme une pivoine.

— Comme vous dites. C'est un abruti.

Il rit.

— Ne vous en faites pas. Ça n'a pas d'importance.

— Mais si. Jeffries m'a manipulée. Ça fait mal, mais je m'en remettrai. Ce qu'il vous a fait à vous, c'est une injustice.

— Laissez tomber. Je ne vous en veux plus.

Il fit cliqueter les chaînes à ses poignets.

— Si vous pouviez juste…

— Oh ! bonté divine ! J'aurais dû vous les enlever tout de suite.

Elle prit la clé dans sa poche et défit rapidement les menottes. Il se frotta les poignets.

— Merci. Je me sens beaucoup mieux.

— J'en suis certaine. Tenez, voici vos clés et votre téléphone.

Elle les tira de la sacoche et les lui tendit.

— Il faudra signer ce formulaire, disant que vos biens vous ont été rendus. Juste une seconde.

Elle sortit une feuille de la sacoche, de même qu'un stylo.

— Je serai heureuse de vous raccompagner à votre voiture, où qu'elle soit garée.

Après avoir signé le formulaire, il se leva et empocha son téléphone et ses clés.

— Inutile. Ce n'est pas loin. J'espère que vous pourrez profiter du reste de votre soirée. Bonsoir.

Agrippant sa sacoche, elle l'intercepta alors qu'il était déjà à la porte.

— Attendez. S'il vous plaît…

Elle jeta un coup d'œil à la caméra avant de continuer.

— Je me sentirais mieux si vous me laissiez vous raccompagner. Par courtoisie.

— Merci, mais ce n'est vraiment pas loin.

Elle posa une main sur son bras.

— Grayson…

Sa voix était si basse qu'il l'entendit à peine.

— Croyez-moi, vous voulez que je vous reconduise à votre voiture.

Déconcerté par son insistance, il haussa les épaules. Cela ne valait pas la peine de discuter. Ils ne parlèrent pas jusqu'à ce qu'elle arrête sa vieille Taurus sur le parking de River Road, où il s'était garé pour dîner avant de se rendre à sa réunion.

— Merci, inspectrice.

— Willow.

— Willow. Prenez soin de vous.

Il venait de se glisser au volant quand la portière passager s'ouvrit, et l'inspectrice passa la tête dans l'habitacle. Il lui adressa un regard interrogateur.

— Il y a autre chose ? Un autre formulaire à signer ?

Ou bien était-ce plus personnel ? Le draguait-elle ?

Elle jeta un coup d'œil à l'intérieur, serrant la sacoche contre elle.

— Sympa. Je suis déjà montée dans des Audi, mais jamais dans un coupé sport. Je parie que c'est un rêve de filer dans les virages avec. C'est quoi comme modèle ?

C'était donc la voiture qu'elle aimait, pas lui. Non que cela fasse une différence. Bien que veuf depuis longtemps, il portait toujours son alliance. Il n'avait jamais tourné la page et ne le ferait sans doute jamais. Mais il pouvait tout de même admirer une femme comme elle. Outre son intelligence, sa détermination et son attachement à l'éthique, elle était petite avec de longs cheveux ondulés qui donnaient envie d'y plonger les doigts. Et ses rondeurs étaient bien plus attirantes que la maigreur des filles à la mode dans son milieu.

— Spyder, R8. Vous avez d'autres questions pour moi ? Parce que la journée a été longue et j'aimerais rentrer chez moi.

Il vit ses jointures blanchir sur la sacoche.

— En fait, j'ai des *réponses* pour vous.

— Des réponses ?

Elle hocha la tête.

— Je risque mon travail en faisant cela. Mais je me suis dit que vous le méritiez. Et ça me procure une certaine satisfaction de le faire dans le dos de Jeffries. Je peux vous laisser voir ce qu'il y a dans cette sacoche, mais seulement tant que je suis avec vous. Et vous ne pourrez jamais en parler à quiconque, sinon je serai licenciée. J'ai commis une infraction majeure en sortant le dossier. Je dois être prudente, le ramener exactement dans l'état où il était.

— De quoi parlez-vous ?

— De votre réunion de ce soir et des autres soirs. Au

commissariat. Vous avez dit que vous y veniez plusieurs fois par an. Jeffries m'a expliqué que c'était pour faire le point sur une vieille affaire.

Elle ouvrit la sacoche.

Sans oser espérer, il la regarda sortir un épais classeur.

— Comme je l'ai dit, mon chef s'est comporté comme un parfait abruti avec vous. Avec moi aussi, mais ce n'est pas nouveau. Je me suis dit qu'il vous devait bien ça.

Elle retourna le classeur et le lui fit voir. L'étiquette dessus portait un seul mot : *Prescott*. Il la dévisagea, la gorge si serrée qu'il dut forcer les mots à sortir.

— Est-ce ce que je crois que c'est ?

— C'est l'enquête officielle, le dossier qu'on ne vous a jamais montré. Il contient les détails de l'enquête sur le meurtre de votre femme et la disparition de votre petite fille, il y a sept ans.

5

Willow se tenait devant l'immense paroi vitrée du bureau de Grayson, s'émerveillant des jardins de style anglais, illuminés par une débauche d'éclairage. C'était un peu formel à son goût, mais tout de même magnifique.

La vue de l'autre côté du bureau était tout aussi stupéfiante. Une piscine ressemblant à un étang naturel s'incurvait autour de la maison. Une végétation luxuriante et des pelouses parfaitement tondues laissaient place à une profusion de fleurs bleues et blanches qui se perdaient sous les arbres.

Il faisait trop sombre pour voir les montagnes, mais vu l'altitude, elle imaginait bien que toute la chaîne des Smoky Mountains s'étendait autour d'eux. Nul doute que le panorama devait rivaliser avec la vue à trois cent soixante degrés qu'elle avait eue lors de ses randonnées à Clingmans Dome, dans le parc national.

La maison elle-même était immense. Elle n'arrivait même pas à calculer combien de mètres carrés tenaient entre ses murs en pierre couleur miel. Lorsqu'il avait lancé sa voiture de sport à l'assaut de la dernière côte, la vue de la bâtisse lui avait coupé le souffle. Pourtant, il était descendu de voiture et l'avait entraînée à l'intérieur sans même paraître remarquer la beauté environnante.

Comment était-ce de vivre dans un endroit comme celui-là et de ne pas s'émerveiller chaque fois qu'on rentrait chez soi ? Peut-être le faisait-il tout le temps. Ce soir, il était consumé par le besoin d'examiner les informations qu'on lui avait cachées toutes ces années, l'espoir de glaner de nouveaux indices sur la tragédie qui l'avait privé de sa famille.

Il était assis à son bureau en acajou au milieu de la pièce, se penchant sur chaque page, chaque photo. C'était ce qu'il faisait depuis deux heures, assez longtemps pour que le personnel cesse de frapper à la porte et de demander s'ils avaient besoin de quelque chose. Assez longtemps pour qu'ils retournent chez eux au pied de la montagne, laissant la demeure retomber dans un silence uniquement interrompu par le bruit des pages tournées.

Willow jeta un coup d'œil à l'une des portes au coin de la pièce. Elle savait que c'était une salle de bains. Grâce à la gouvernante de Grayson, elle savait aussi où se trouvait la cuisine, au cas où elle aurait faim. Elle doutait que Grayson se soit même aperçu que son personnel lui avait fait faire le tour du rez-de-chaussée.

Elle l'avait fait pour lui donner un moment de tranquillité, même si techniquement elle n'aurait pas dû le laisser seul avec le dossier. Mais maintenant, elle avait vraiment envie de rentrer. Il était près de 3 heures du matin, et elle avait du mal à garder les yeux ouverts.

Heureusement, elle ne travaillait pas le lendemain. On était samedi, et elle n'était pas de service. Et même si elle n'avait pas sa voiture, elle pouvait facilement appeler une compagnie de taxis. Mais chaque fois qu'elle envisageait de passer cet appel, elle jetait un coup d'œil à Grayson, à l'autre bout de la pièce, et se disait qu'elle ne pouvait pas lui faire ça. Il avait attendu sept ans pour avoir accès à ce dossier. Elle ne pouvait pas l'interrompre avant qu'il ait fini.

Comprenant qu'elle avait pris sa décision, elle se dirigea vers la salle de bains. Sans surprise, elle trouva tout ce dont elle avait besoin. Après avoir déballé une brosse à dents neuve prise dans un tiroir, elle se brossa les dents, puis se soulagea. Se rajustant, elle se lava les mains et retourna dans le bureau.

Les fenêtres donnant sur le jardin l'attiraient, aussi choisit-elle le petit salon situé devant pour un petit somme bien mérité. Elle retira ses chaussures et s'allongea sur un magnifique canapé en tapisserie. Elle mit un coussin sous sa tête et s'empara d'une délicate couverture brodée sur le dossier. Elle semblait presque trop jolie pour s'en servir. Mais l'air conditionné était un peu frais, et elle privilégia le confort plutôt que la culpabilité.

Elle jeta un dernier regard à l'opulence qui l'entourait. C'était vraiment splendide, époustouflant. Et ce n'était que le bureau. Mais durant le peu de temps qu'elle avait passé là, elle avait acquis une certitude. Pour rien au monde, elle n'échangerait sa place avec Grayson Prescott, s'il fallait pour cela supporter le chagrin qu'elle lisait sur son visage.

Ses yeux avaient pris un air hanté dès l'instant où il s'était assis pour lire. Même maintenant, quand il survolait un rapport ou jetait un coup d'œil à une photo, son visage pâlissait. La douleur de son expression était presque plus qu'elle n'en pouvait supporter. Comment était-ce de vivre dans sa peau ? D'apprendre tous ces détails pour un mari et un père ? De revivre l'horreur que sa femme avait endurée ? De se demander chaque jour ce qui était arrivé à sa petite fille ? C'était au-delà de sa compréhension.

Elle émit une prière de gratitude pour sa chance. Son appartement minuscule, sa vie à bas budget, ses économies de bouts de chandelle lui allaient très bien. Parce que ce qu'elle avait était infiniment plus précieux que toute sa richesse. Elle avait une famille aimante – des parents, des sœurs, des frères, d'innombrables cousins, nièces et neveux. La plupart vivaient à Lexington, au Kentucky. Elle ne pouvait se permettre un vol pour aller les voir que tous les quelques mois. Mais au moins, elle pouvait les appeler. Et savoir qu'ils étaient heureux, en bonne santé et en sécurité l'apaisait.

Il lui sembla qu'elle venait de fermer les yeux quand une lumière vive l'éveilla. En cillant, elle comprit que c'était le soleil, dont les rayons se déversaient par les fenêtres. Bonté divine, elle avait dormi toute la nuit ! Elle se redressa et regarda autour d'elle. Où était Grayson ? Il n'était pas assis à son bureau. Ni allongé sur l'un des canapés.

Se levant d'un bond, elle passa la tête par une fenêtre donnant sur le portique d'entrée. L'allée était vide. L'Audi partie.

Bonté divine, qu'avait-elle fait ? Elle avait subtilisé le dossier d'une enquête en cours et l'avait remis au mari et père. Puis elle s'était endormie. Si Grayson allait en ville confronter son chef ou le patron à propos du dossier, sa carrière était finie. Elle pouvait même être poursuivie pour avoir interféré dans une enquête.

Elle fit demi-tour et courut vers le bureau. Sa sacoche reposait dessus. *S'il vous plaît, faites qu'il soit là*, murmura-t-elle en la prenant. Elle souleva le rabat et se mit à trembler. La sacoche était vide. Le dossier avait disparu.

6

Normalement, lorsque Grayson venait, il apportait un seau avec des chiffons et des produits de nettoyage. Ainsi que des fleurs. Pour Maura, il apportait les roses pêche qu'elle avait plantées dans la serre et qu'il entretenait encore. Mais sa dernière visite ne datait que de la veille. Il était donc inutile de faire briller le granit. Et les roses dans le vase fixé à la dalle étaient encore fraîches. En outre, il avait conduit longtemps pour s'éclaircir l'esprit avant de faire halte au retour. Il n'avait rien avec lui, même s'il en avait eu besoin.

Il ne commença pas par la tombe de Maura. C'était son habitude. Il longea la rangée de tombes en granit avec plaques de bronze de chacun des Prescott. Il fit courir ses doigts sur les lettres en relief et rendit hommage à tous ses ancêtres, y compris ses parents. Ils étaient morts dix ans auparavant, ensemble, dans un accident de voiture. Sa mère lui manquait parfois. Son père, jamais.

Trois ans après le décès de ses parents, le monde tel qu'il le connaissait s'était évanoui. Maura était partie, de même que leur bébé, Katrina.

Il se demandait parfois ce qui n'allait pas chez lui, parce qu'il n'était pas mort de chagrin. Comment était-ce possible qu'il continue à fonctionner sans elles ? Il ne devait pas les avoir aimées assez. Et pourtant, il ne pouvait imaginer les avoir aimées davantage. Elles avaient été tout pour lui, comblant le vide de son cœur que ses parents, distants et sévères, n'avaient jamais rempli. Et il essayait toujours de comprendre comment rassembler les morceaux brisés de sa vie.

Deux choses l'avaient poussé à vivre toutes ces années. L'une était l'hypothèse que sa petite fille soit vivante quelque part. Il espérait qu'une famille aimante l'avait adoptée. De bonnes personnes, qui ignoraient qu'elle avait été volée, qui la chérissaient et lui offraient une vie merveilleuse.

Et l'autre que la police faisait tout ce qu'elle pouvait pour résoudre le meurtre de Maura et la disparition de Katrina. On l'avait assuré que toutes les pistes étaient exploitées, toutes les personnes réinterrogées, qu'on cherchait de nouveaux indices dont on croyait fermement qu'un jour ils permettraient de résoudre l'affaire.

Mais c'était un mensonge.

Tout ce qu'on lui avait dit était un mensonge.

Il fit halte devant la dalle en granit dépourvue de fleurs, au nom de Katrina Prescott. Avec une date de naissance. Celle de la mort n'y figurait pas. Mais il savait maintenant que c'était une illusion. Fermant les yeux, il pressa les mains puis le front sur la pierre froide, se rappelant le rapport d'un expert médico-légal dans le dossier.

La mare de sang sous le corps de Maura Prescott est un mélange de son sang et du sang de sa fille, Katrina. Étant donné le volume auquel la fille a contribué, ainsi que son âge (trois mois), l'opinion de l'expert est que l'enfant a probablement été tuée et son corps abandonné ailleurs pour une raison inconnue.

Grayson serra les poings. Sa fille était morte et l'avait été tout ce temps. La police lui avait caché ce détail et l'avait laissé entretenir un faux espoir. Et il ignorait pourquoi.

Il inspira fortement et embrassa le nom de sa fille.

— Je t'apporterai des fleurs, ma petite chérie. J'ai laissé ton vase vide toutes ces années. Mais maintenant que je sais que tu es au ciel dans les bras de ta mère, je t'apporterai aussi des fleurs.

Il pressa la paume de sa main sur la surface polie, puis passa à la tombe suivante, celle qui croulait sous les roses pêche.

Il effleura de ses doigts tremblants le nom de sa femme et la durée ridiculement courte entre les deux dates sous son nom. En dessous, il y avait une photo sous verre, celle que son père avait prise le jour de leur mariage. Il sourit, comme il le faisait toujours, en notant l'air de rébellion dans ses yeux. Son père n'avait pas reconnu cet air ou ne l'avait pas compris. Mais Grayson si.

Elle détestait que ses parents soient conservateurs au point de ne pas la laisser se teindre les cheveux ou se faire un tatouage. Elle disait que tout le monde dans la famille avait les mêmes cheveux noirs et raides et les mêmes yeux bruns. Grayson adorait ses longs cheveux noirs, de même que le regard malicieux de ses yeux marron en amande. Mais il comprenait aussi son besoin de s'exprimer.

Durant leur lune de miel en Grèce, il l'avait emmenée dans un salon de coiffure où elle s'était fait teindre en blond et couper les cheveux à hauteur d'épaule. Et elle s'était fait tatouer un papillon sur l'épaule, disant que c'était le symbole de sa métamorphose.

Mais lorsqu'elle avait revu ses parents, des mois plus tard, son acte de rébellion ne leur avait pas paru aussi choquant qu'elle l'avait espéré. Sa mère aimait ses cheveux. Son père détestait son tatouage, mais il avait dit que c'était son choix, qu'elle était adulte et mariée désormais.

Quelques mois plus tard, elle avait teint à nouveau ses cheveux en noir. Elle avait gardé le tatouage. De temps en temps, elle se faisait couper et décolorer les cheveux, comme pour revivre sa révolte de jeunesse. Il ne savait jamais de quelle couleur ou de quelle longueur ils seraient quand il revenait chez lui. La photo sur son bureau avait été prise durant une de ses phases blondes. Elle lui donnait cet air rebelle qu'il aimait tant. Il la revoyait à l'aéroport, dans cette robe rouge sexy, avant qu'il embarque pour une mission. Un mois plus tard, il avait reçu la terrible nouvelle et était rentré chez lui pour l'enterrer.

Son sourire s'évanouit lorsqu'il déchiffra la date de sa mort au-dessus de la photo. Il savait qu'elle avait été tuée par balle, qu'elle avait saigné à mort dans le hall. Mais il n'avait jamais lu le rapport du légiste. La police lui avait dit que les détails devaient être gardés secrets afin de corroborer les aveux du tueur s'ils l'arrêtaient.

Ça lui était toujours resté en travers de la gorge, qu'ils en sachent davantage que lui sur ce qui était arrivé à sa femme et à sa fille. Il estimait que c'était son droit de savoir. De comprendre ce que Maura avait enduré durant ses derniers instants. De se charger de ce fardeau, de partager sa mort comme ils avaient partagé leur vie. Maintenant qu'il l'avait fait, la blessure au fond de son cœur se rouvrait. C'était comme si elles étaient mortes seulement la veille.

Il tendit la main, doigts écartés au-dessus de la photo. Des larmes qu'il ignorait être encore capable de verser roulèrent sur ses joues.

— Je ne savais pas, murmura-t-il. Mon Dieu, je suis tellement désolé. J'aurais dû être là, j'aurais dû mieux te protéger. Je ne savais pas.

De gros sanglots le secouèrent et il se laissa glisser au sol.

— Je suis tellement désolé, murmura-t-il d'une voix entrecoupée. Tellement désolé.

Quand ses pleurs cessèrent, il releva la tête et s'essuya les joues. Le chagrin avec lequel il vivait depuis si longtemps ne bouillonnait plus, remplacé par une colère froide contre ceux qui lui avaient caché la vérité.

Qui avaient dit qu'ils enquêtaient alors qu'ils ne faisaient rien.

Il y avait beaucoup d'informations dans le dossier durant la première année qui avait suivi le meurtre. Mais les seules entrées les six années précédentes n'étaient que des notes sur ses réunions avec les enquêteurs. Rien d'autre n'avait été ajouté. Aucun nouvel indice. Aucun nouvel interrogatoire. Rien n'avait été fait pour retrouver le meurtrier de sa femme *et de sa fille*.

Rien.

Il se releva et tira sur sa veste. Il savait ce qu'il avait à faire désormais. Personne ne se mettrait plus entre lui et les réponses dont il avait besoin. Et il n'allait sûrement pas attendre encore sept ans pour obtenir des réponses.

7

Willow était une briqueuse compulsive. C'était ce que disait sa mère. Chaque fois qu'elle était stressée, elle faisait le ménage. Son petit deux-pièces brillait comme un sou neuf. Après avoir demandé à un véhicule Uber de venir la chercher chez Grayson, elle avait repris sa voiture et s'était arrêtée au premier supermarché pour acheter des produits d'entretien. Depuis, elle faisait le ménage.

Elle avait même récuré le palier devant son appartement et celui de son voisin. Puis elle avait entrepris de ranger ses placards. Mais il n'y en avait que deux dans l'appartement, dont une minuscule penderie dans l'entrée. Tout cela ne lui avait pas pris bien longtemps, d'autant plus qu'elle était déjà organisée.

Elle retourna au salon et vérifia l'heure sur son téléphone. 15 heures. La moitié du samedi s'était écoulée et toujours pas de nouvelles de Grayson. Elle lui avait pourtant laissé un message avec son numéro de téléphone et son adresse, lui demandant de lui rendre le dossier. Elle n'avait pas non plus eu des nouvelles de son chef. Peut-être était-ce le signe que Grayson ne l'avait pas dénoncée et qu'elle avait toujours un emploi.

Peut-être.

Grognant de frustration, elle se laissa tomber sur le

canapé et fixa son téléphone. C'était ridicule. Elle était inspectrice, elle aurait dû être capable de trouver le numéro de Grayson. Malheureusement, il était sur liste rouge. Et n'ayant pas d'enquête en cours, elle ne pouvait justifier d'un mandat pour l'obtenir auprès de l'opérateur téléphonique.

Son numéro était noté dans le compte rendu d'interrogatoire de l'affaire du violeur de River Road. Elle regrettait amèrement de ne pas l'avoir recopié. Mais à ce moment-là, elle n'avait aucune raison de le faire. Si elle allait maintenant au bureau pour regarder dans le dossier, cela susciterait des soupçons, d'autant plus qu'elle était en congé.

Cela allait être déjà assez dur de ranger subrepticement le dossier dans la salle d'archives, lundi matin. Enfin, ce ne serait un souci que si elle récupérait effectivement le dossier. Et que si Grayson ne faisait pas une folie, comme d'appeler Jeffries.

Elle fourragea dans ses cheveux. Toute sa vie, elle avait suivi les règles. Les règles n'étaient pas faites pour rien et ceux qui les transgressaient en payaient le prix. Si elle s'en sortait avec une carrière intacte, elle ne referait jamais une erreur pareille, ça c'était sûr.

Un coup à la porte la fit sursauter. Génial. Les livraisons de pizza et de poulet frit avaient recommencé. Son voisin l'étudiant ne manquait pas de constance. Malheureusement, les livreurs persistaient aussi à mélanger leurs adresses. Leurs numéros d'appartement étaient les mêmes, mais l'un était suivi d'un A et l'autre d'un B. Était-ce si difficile à saisir ?

Elle poussa le verrou et ouvrit grand la porte.

— L'appartement B est au coin…

Elle hoqueta de surprise.

Grayson Prescott se tenait dans l'encadrement de la porte, le classeur entre les mains. Elle s'en empara d'un geste vif et referma les bras dessus, au cas où il voudrait le reprendre.

— Est-ce que vous réalisez que j'ai été terrifiée toute la journée après avoir constaté que vous étiez parti ?

Il s'appuya sur le chambranle, aussi beau qu'un dieu grec. Pas du tout l'abruti qui avait failli la faire licencier. À moins qu'il ne l'ait fait et qu'elle n'en soit pas encore informée.

— Toutes mes excuses, dit-il sans paraître plus désolé que cela. J'aurais dû suivre votre exemple et laisser un message.

— Vous n'auriez pas dû voler le dossier pour commencer.

Il leva un sourcil.

— Comme vous ?

Elle resserra les bras autour du classeur.

— Je l'ai *emprunté*. Pour vous.

— Et je vous en suis reconnaissant.

— Vous avez une drôle de manière de le montrer. Vous avez appelé Jeffries ? Ou Russo ? Dites-moi que vous n'êtes pas allé au commissariat leur parler de ce que vous avez lu.

— Pas encore. Mais je vais le faire de ce pas. Je vais… ouf !

Lui attrapant le bras, elle l'avait tiré à l'intérieur avant de claquer la porte derrière lui. Il la dévisagea, les yeux écarquillés. Elle jeta le classeur sur la petite table et mit les mains sur les hanches.

— Vous essayez de me faire renvoyer.

— Non, j'essaie de découvrir, une bonne fois pour toutes, ce qui est arrivé à ma famille.

— Si ça veut dire parler de ce qu'il y a dans ce

dossier – elle planta un doigt dessus –, alors, oui, vous essayez de me faire renvoyer. Qu'est-ce que vous n'avez pas compris quand j'ai dit hier soir *vous ne pouvez en parler à personne* ?

Une expression orageuse passa sur ses traits.

— Que croyiez-vous que j'allais faire après avoir lu ça ? Ignorer ce que j'avais découvert ? Ils m'ont menti pendant des années.

Elle le dévisagea d'un air surpris.

— Que voulez-vous dire par *ils vous ont menti* ?

Ce fut son tour d'être surpris.

— Vous ne l'avez pas lu ?

— Vous plaisantez, n'est-ce pas ? Ça vous a pris des heures. Je l'ai eu en ma possession à peine une demi-heure avant de vous le remettre. Je l'ai feuilleté juste assez pour savoir de quoi il s'agissait.

Il poussa un soupir exaspéré.

— Je croyais que vous étiez au courant de l'enquête. Vous êtes inspectrice, après tout.

— Pfff, dites ça à ceux avec qui je travaille. Je suis toujours en formation, et ils ne me jugent pas digne d'une enquête. Je ne suis même pas sûre qu'ils sachent que je suis l'une d'entre eux, au lieu d'une assistante améliorée.

Elle se dirigea vers l'îlot qui séparait le salon de la cuisine.

— Vous voulez une bouteille d'eau ? Ça donne soif de faire le ménage.

— Euh, oui, volontiers.

Il regarda autour de lui.

— C'est impeccable, ici. Pourquoi faites-vous le ménage ?

Elle lui tendit une bouteille d'eau et le contourna pour se laisser tomber sur le canapé.

— J'ai déjà fini le ménage. C'est pour ça que j'ai soif.

Elle dévissa le bouchon de sa bouteille.

— Deux fois, marmonna-t-elle avant de prendre une longue gorgée.

Il lui jeta un regard étrange, comme s'il doutait de sa santé mentale. Puis il regarda autour de lui, tentant visiblement de trouver un endroit où s'asseoir.

Elle tapota le coussin du canapé à côté d'elle.

— À moins que vous ne vouliez vous asseoir par terre, asseyez-vous sur le canapé. Il n'y a pas de place pour une chaise ici.

— Où mangez-vous ?

Elle lui montra les emballages de repas surgelés à gauche de la porte d'entrée.

— Oh…

Il s'assit prudemment, comme si le canapé risquait de s'effondrer.

— Ce n'est pas exactement le manoir Prescott, hein ?

— C'est… joli. Douillet. Et vraiment propre.

Elle leva les yeux au ciel.

— C'est bon marché. C'était mon premier critère quand j'ai loué.

Elle posa sa bouteille d'eau sur la petite table et se tourna vers lui.

— Expliquez-moi ce que vous vouliez dire en affirmant qu'on vous a menti.

Il posa également sa bouteille d'eau intacte et coiffa ses genoux de ses paumes.

— D'une, on m'a dit pendant des années que l'affaire était toujours en cours.

— Elle l'est. Ils ne l'ont pas classée.

— Ils auraient pu aussi bien le faire. Le seul travail qui a été accompli, ce sont des notes chaque fois que j'ai eu une réunion avec eux. Et pendant ce temps, ils me disaient qu'ils l'examinaient toujours et qu'ils essayaient de trouver de nouvelles pistes.

— D'accord, ce n'est pas terrible.

— Non. En effet.

— Vous avez dit *d'une*. Qu'y a-t-il d'autre ?

Elle vit sa pomme d'Adam monter et descendre.

— Mon bébé, Katrina. Ils m'ont dit qu'elle avait sans doute été enlevée. Les premiers mois, j'ai attendu une demande de rançon, en vain. Après cela, ils m'ont dit qu'elle avait peut-être été vendue au marché noir.

Il déglutit à nouveau.

— Alors je me suis cramponné à l'espoir qu'on l'avait adoptée illégalement, une famille voulant absolument un enfant.

Willow sentit son estomac se nouer. Elle en avait assez vu durant sa courte carrière et ses cours à l'université pour savoir qu'une vente sur le marché noir menait beaucoup plus probablement à quelque chose d'affreux qu'à une adoption motivée par l'amour. Mais elle n'allait pas dire ça à un père en deuil.

— Ça pourrait être le cas, réussit-elle à dire d'un ton neutre. Elle vit peut-être dans une famille aimante.

Il lui lança un regard coléreux, mais qui semblait plus dirigé contre lui-même que contre elle.

— Elle n'a pas été adoptée, dit-il. Il y a un rapport dans le dossier qui parle de la quantité de sang trouvée sur la scène. On m'avait toujours dit qu'il n'y avait pas de sang dans la chambre de ma fille, que sa chambre n'avait pas été touchée. L'hypothèse était que ma femme l'avait dans les bras quand elle a ouvert la porte. Mais on m'a affirmé qu'on n'avait pas trouvé de sang correspondant à celui de ma fille. Ce rapport dit le contraire. Qu'il y avait tellement de son sang dans le hall qu'elle ne peut pas avoir survécu.

Willow fit la grimace.

— Je suis désolée. Mais, sérieusement, prenez cela avec des pincettes. J'ai lu assez de rapports sur des projections de sang pour savoir que, malheureusement, leurs conclusions ne sont pas toujours exactes. Faites une petite recherche Internet sur l'analyse des projections de sang, l'absence de standardisation et le taux d'erreurs, et vous comprendrez ce que je veux dire. C'est devenu la nouvelle controverse en matière de science médico-légale, comme lorsque le FBI a admis que l'analyse des traces de dents était de la fumisterie.

— Vraiment ? J'ai toujours cru que ces histoires de projections étaient inattaquables. Comme l'ADN.

— Ne me lancez pas sur ce sujet. L'ADN n'est pas le Saint-Graal, comme on le croit. Une fois encore, cherchez sur Internet les transferts tertiaires d'ADN. Mieux encore, allez voir Lukis Anderson. Ce type a failli être condamné pour meurtre parce que les secouristes qui l'ont traité sont ensuite allés sur une scène de crime et ont transféré son ADN dessus. L'analyse de l'ADN pose autant de problèmes que d'autres méthodes scientifiques, voire plus. Croyez-moi. Rien n'est inattaquable.

Elle désigna le dossier.

— Montrez-moi le rapport sur les éclaboussures de sang.

Il lui jeta un regard curieux, puis tira la petite table vers eux et ouvrit le classeur. Après l'avoir feuilleté, il lui désigna le passage.

Willow le lut, se recroquevillant intérieurement à l'idée que *lui* l'avait lu. Lorsqu'elle releva les yeux, il l'observait avec soin, comme s'il attendait qu'elle dise qu'il avait mal lu. Qu'il espérait avoir mal lu.

Elle referma le classeur et s'éclaircit la gorge.

— Bon, je suis d'accord, c'est affreux. Et je suis vraiment désolée pour tout ça. Je croyais bien agir en vous donnant le classeur. Maintenant je comprends pourquoi ils ne voulaient pas que vous le voyiez. Un père ne devrait jamais avoir à lire des détails comme ceux-là.

Il ferma les yeux avant de s'adosser au canapé.

— Peut-être. Mais j'avais le droit de savoir. Et maintenant que c'est fait, je peux m'efforcer de l'accepter. Un jour. Mais ce que je n'accepte pas, c'est que celui qui les a tuées est toujours en liberté, et que personne n'y fait rien. Je veux obtenir justice. Et je veux savoir pourquoi.

Il y avait tant de douleur dans sa voix qu'instinctivement elle posa une main sur la sienne. Il la retira promptement. Elle rougit d'embarras.

— Désolée, je voulais juste vous réconforter. Je vois bien que vous souffrez.

— Rien de personnel. Je n'ai pas l'habitude d'être touché. C'est juste… que ça fait longtemps.

Elle cilla.

— Ça fait longtemps… qu'on ne vous a pas touché ? Du tout ? Pas même une embrassade ?

Il croisa les bras.

— Ma seule parente en vie est une sœur aînée qui vit en Arizona avec sa famille et que je vois une fois par an à Noël. Et je n'ai pas l'habitude d'embrasser des inconnus.

Il se leva.

— Écoutez, je voulais vous rendre le classeur. Je vais demander une audience au chef de la police et j'essaierai de ne pas mentionner votre nom.

Se levant d'un bond, elle courut à la porte, à laquelle elle s'adossa.

— Vous *essaierez* de ne pas mentionner mon nom ?

Il s'arrêta devant elle.

— Si vous êtes licenciée, je vous dédommagerai financièrement.

— Sérieusement ? Regardez autour de vous. Je ne fais évidemment pas ce boulot pour devenir riche. Si je pensais que l'argent fait le bonheur, j'irais travailler dans le secteur privé et j'ouvrirais ma propre agence d'investigation comme un million d'autres pékins. Mais être devenue inspectrice dans la police de Gatlinburg est un véritable accomplissement. J'ai travaillé comme une folle pour y arriver, ça m'a pris des années pour m'élever dans la hiérarchie. Je ne suis pas prête à balancer tout ça par la fenêtre.

Elle chercha son regard.

— Qu'est-ce que vous attendez du chef de la police, de toute façon ? Des excuses ?

Il fourra les mains dans les poches de son pantalon.

— Je ne veux pas d'excuses. Je veux des résultats.

— Vous avez vu les résultats qu'ils peuvent vous donner. Vous pensez que vous plaindre changera les choses ?

Il se rembrunit.

— Je mettrai davantage de pression cette fois, j'exigerai des détails. Je les pousserai à agir. Je leur ai laissé le bénéfice du doute jusqu'ici. Je ne le ferai plus. Je les embêterai jusqu'à ce qu'ils me prêtent attention.

Il se dirigea vers la porte.

— Maintenant, si ça ne vous ennuie pas…

— Attendez, s'il vous plaît. Parlons-en. Il doit y avoir un autre moyen. Ce que vous voulez, c'est résoudre le meurtre de votre femme et de votre fille, n'est-ce pas ?

— Et envoyer le meurtrier en justice.

— D'accord, d'accord. Asseyons-nous et essayons de voir quelle serait la meilleure manière d'agir. Me faire licencier n'est pas la solution. Et, honnêtement, si vous faites des vagues, je ne vois pas comment vous allez obtenir un résultat différent. Il doit y avoir un autre moyen.

— Vous croyez que je ne le sais pas ? J'ai engagé des tas d'enquêteurs privés au fil des ans. Aucun d'eux n'a jamais rien découvert d'utile. Tout ce que je peux faire, c'est recommencer, revenir à la source, à la police. Je vais mettre la pression sur le maire…

— Comment allez-vous faire ça ? demanda-t-elle, alarmée.

— Avec les médias. Je vais parler à la presse, aller voir les journaux nationaux.

Elle tressaillit.

— Oh ça oui, ça générera des pistes. Des centaines, peut-être des milliers.

— Et c'est une mauvaise chose ?

— Une très mauvaise chose. Si ce sont les mêmes qui travaillent sur l'affaire, vous n'obtiendrez qu'une chose, c'est qu'ils passent des mois, voire des années, à suivre les prétendues pistes que votre guerre des médias aura produites. Et il y a des chances qu'elles n'aboutissent à aucun progrès réel. On ne fera que tourner en rond.

Il posa la main sur le mur près d'elle.

— Vous avez une meilleure suggestion ?

Son premier réflexe fut de le repousser et de lui dire de cesser de l'intimider. Mais lorsqu'elle vit son air perdu et aperçut les traces de larmes séchées sur son visage, cela lui serra le cœur. Cet homme courageux avait tout donné pour son pays et n'avait obtenu en retour qu'un foyer vide et une épouse sous terre. Il méritait mieux.

Malheureusement, elle ne savait comment l'aider. Sa première tentative avait fait plus de mal que de bien, et maintenant sa carrière était en jeu.

— Vous avez lu tout le dossier, dit-elle. Moi non. Laissez-moi voir ce dont il s'agit. Je vous appellerai dans la matinée. À partir de là, nous réfléchirons à la direction à prendre.

Elle s'écarta pour qu'il puisse s'en aller, espérant qu'elle l'avait touché et qu'il n'irait pas voir son chef.

Il posa le pied sur le palier, puis se retourna pour la regarder.

— Vous avez une heure.

Il referma la porte avec un déclic bruyant.

8

— Évidemment, c'est Jeffries l'inspecteur en charge, grommela Willow en tournant une nouvelle page. Avec ma chance habituelle…

Elle survola rapidement les informations sous ses yeux, puis prit le rapport suivant. Elle avait mal au dos à force de se pencher sur le dossier. Mais elle n'avait pas le temps de s'étirer ou de faire les cent pas. L'heure serait bientôt écoulée, et elle n'avait eu aucune épiphanie quant à la manière d'avancer dans cette affaire.

— Une heure, waouh, merci beaucoup monsieur Le Généreux. Il y a quoi, quatre cents pages dans ce truc, et ce n'est pas exactement facile à lire.

Elle poussa quelques jurons à l'adresse de Grayson et se sentit immédiatement coupable. Il avait patienté des années, sans obtenir quoi que ce soit. Pouvait-elle vraiment lui reprocher d'en avoir assez ?

— Mais serait-ce trop demander que je ne sois pas sur l'aire de largage quand vous lâcherez la bombe ?

Elle ne voulait vraiment pas perdre son travail. Soupirant, elle tourna une nouvelle page.

De ce qu'elle avait glané jusque-là, le crime lui-même était plutôt simple. Une jeune femme et sa fille seules chez elles, tandis que le mari est en mission hors du pays. Le personnel qui entretient la maison est parti pour le week-end, ce qui semble la norme chez les Prescott. Willow se souvint que la gouvernante s'était excusée la veille au soir de rentrer chez elle.

C'était la même gouvernante, Mme Scott, qui était notée dans le dossier comme étant la première à être arrivée en ce lundi matin fatal, sept ans plus tôt. Mme Prescott gisait dans une mare de sang dans le hall, visiblement morte. La gouvernante n'était pas entrée. Elle avait eu trop peur. Elle avait appelé le 911 et s'était réfugiée dans sa voiture jusqu'à l'arrivée de la police.

Ils avaient fouillé la maison pour s'assurer qu'aucun intrus n'y était caché. Et à la demande pressante de la gouvernante, ils avaient cherché le bébé des Prescott, en vain.

Et c'était tout. Aucun suspect. Aucun témoin. Maura Prescott avait reçu deux balles – une dans la poitrine et une dans la tête – et en était morte. Du moins était-ce ce qui était écrit dans l'article de presse rangé dans le classeur.

Le rapport du médecin légiste était une autre histoire.

Petite, délicate, Maura avait été frappée brutalement et poignardée à plusieurs reprises. Même ses cheveux blonds avaient été arrachés, on en avait retrouvé des mèches partout dans le hall. Ce n'était qu'après qu'elle avait été abattue, et à ce stade, c'était presque une chance. Willow se demanda si Grayson était déjà au courant des choses horribles qu'elle avait subies. Ou les avait-il découvertes parce qu'elle lui avait stupidement donné le dossier ?

Elle secoua la tête, ajoutant cela à la liste croissante de choses dont elle se sentait coupable. Stupide décision. Vraiment stupide. Elle aurait dû savoir qu'il y avait des trucs que la police avait tus à la famille. C'était la procédure standard. Les familles ne comprenaient pas. Mais la police gardait souvent des détails pour elle, surtout de ce genre-là. Il le fallait.

Les faux aveux, malheureusement, n'étaient pas rares. Si un déséquilibré avouait le meurtre de Maura, le moyen le plus facile de déterminer si cela méritait enquête était de vérifier qu'il connaissait des détails qui n'avaient pas été révélés au public. Et cela relevait davantage de la gentillesse que de la méchanceté de ne pas avoir dit au mari que sa femme avait tant souffert avant d'être abattue.

Pourtant, donner un faux espoir à Grayson concernant sa fille semblait particulièrement cruel. Mais, là encore, Willow comprenait le raisonnement après avoir lu le rapport. C'était l'opinion d'un seul expert que le bébé était mort. Il y avait un rapport contradictoire, plus loin dans le dossier, qui ne concluait pas à ce sujet. Personnellement, Willow pariait que la petite fille avait été tuée. Elle connaissait l'expert qui était arrivé à cette conclusion, et c'était l'un des meilleurs. L'autre n'était même plus de la partie. Il avait pris sa retraite peu de temps après avoir rédigé son rapport. Mais il n'y avait aucun moyen d'avoir une certitude.

Elle prit son téléphone sur la petite table et vérifia l'heure. Cela lui donna un coup au cœur. Grayson allait revenir d'une minute à l'autre, et elle n'avait parcouru que la moitié du classeur. Aussi familière qu'elle soit avec le jargon policier, elle aurait encore besoin d'une heure, voire de deux pour en venir à bout.

Tant de papiers. Et si peu d'utiles. La plupart étaient des résumés d'interrogatoires, les détails étant classés dans d'autres dossiers. La famille, les amis, les employés, les voisins – si des gens vivant sur l'autre versant du Mont Prescott pouvaient être considérés comme des voisins.

Tous avaient été questionnés, à de multiples reprises. Aucun d'eux n'avait rien à dire de négatif sur les Prescott, surtout Maura. Cette épouse et mère de vingt-huit ans était unanimement adorée.

Alors que s'était-il passé ? Qu'est-ce que cela dessinait, une fois pris globalement ?

Une belle jeune femme avait été agressée et assassinée chez elle, sa fille étant aussi tuée ou exprès, ou par accident. Aucun ennemi connu. Aucun signe d'effraction ni d'intrusion, ce qui avait conduit la police à croire soit qu'elle connaissait son assaillant, soit qu'elle avait ouvert la porte parce qu'il ne semblait pas menaçant.

Alors qui était-il ? À qui une femme vivant dans une demeure isolée avec un bébé ouvrirait-elle la porte ?

Un flic. Ce fut la première chose qui traversa l'esprit de Willow. La possibilité qu'elle connaisse et travaille avec quelqu'un qui soit capable d'un tel crime la fit frissonner. Mais c'était une théorie que Jeffries avait méticuleusement vérifiée. Tout le monde avait été interrogé, depuis la police de Gatlinburg jusqu'aux Park Rangers du parc national des Smokies. Même son neveu, Brian, qui était encore à l'académie de police à l'époque, avait dû fournir un alibi, qui était solide puisqu'il était avec son oncle au moment de l'agression. Willow aurait aussi été interrogée, si elle avait travaillé pour la police de Gatlinburg à l'époque. Mais c'était sa dernière année d'université, et elle vivait à Tallahassee et allait à l'université d'État de Floride.

La conclusion de Jeffries ? Ce n'était pas un policier. Bien sûr, cela avait pu être quelqu'un se faisant passer pour un policier. On ne pouvait l'écarter.

Quoi d'autre ? Un livreur ? Combien de gens s'interrogeaient avant d'ouvrir la porte à quelqu'un qui arrivait dans une camionnette avec un logo bien connu ? Les uniformes étaient faciles à se procurer ou à imiter. Et les achats en ligne étaient populaires aujourd'hui, se faire livrer des colis chez soi était très courant.

Une fois encore, elle n'arrivait pas à prendre l'angle de Jeffries en défaut. Il avait fait des efforts pour prendre en compte et écarter cette hypothèse. Il avait vérifié des reçus de cartes de crédit pour prouver que des commandes avaient été passées. Mais aucune d'elles n'avait été livrée le jour du meurtre. Bien sûr, comme avec la théorie du tueur-déguisé-en-flic, il était difficile de prouver la négative. Bien qu'ils ne puissent pas prouver qu'un vrai livreur était venu, ils ne pouvaient pas non plus prouver qu'un imposteur ne l'avait pas fait.

L'étrange de la chose était qu'il n'y avait pas eu de cambriolage. Avec l'isolement de la demeure, on aurait pu la vider à l'aide d'un camion, personne n'aurait rien remarqué. Mais les employés, et Grayson après qu'il était rentré chez lui, avaient constaté que rien ne manquait. Aucun bijou, aucune carte de crédit, aucune somme d'argent dans le portefeuille de la victime, aucune peinture de prix, aucun des bibelots précieux éparpillés dans la maison. Alors qu'est-ce que cela laissait en termes de mobile ?

Le meurtre.

Ou peut-être que non.

Si le meurtrier était venu voler, il avait dû croire la maison vide. Mais en tapant à la porte, il avait entendu quelqu'un arriver et, par pure panique, il avait tué la mère et l'enfant. Après le meurtre, il avait pu être trop effrayé pour poursuivre son plan originel et s'était enfui. Willow l'imaginait bien, surtout s'il était jeune et n'avait pas une longue carrière derrière lui. C'était plausible. Possible.

Mais fondamentalement sans pertinence puisque cela n'aidait pas à résoudre l'affaire.

Un carillon s'éleva de son téléphone. C'était l'alarme qu'elle avait réglée. L'heure était venue.

Soupirant, elle empocha son téléphone. Mieux valait rejoindre Grayson dehors. Cela lui donnerait l'occasion de faire quelques pas et de se débarrasser de ses courbatures.

Laissant le dossier où il était, elle prit ses clés et gagna la porte. Elle ne fut pas surprise, à la seconde où elle atteignit le bas de l'escalier, de le voir apparaître dans sa splendide Audi. Elle l'avait diagnostiqué comme une personnalité de type A, exactement comme elle. La ponctualité était importante pour elle, et elle admirait généralement cette qualité chez les autres. Mais cette fois, elle aurait préféré qu'il soit en retard, de préférence de quelques heures.

Il coupa le moteur et descendit de voiture, tel un personnage de *Matrix*, avec son costume noir, sa chemise blanche et ses lunettes de soleil. Ou comme le petit frère de Tommy Lee Jones dans *Men in Black,* d'une beauté littéralement dévastatrice. Dommage qu'il ne soit pas disponible sur le plan émotionnel et qu'il ait son renvoi à l'esprit.

Après avoir fait le tour de la voiture, il s'appuya sur le capot et la dévisagea par-dessus ses lunettes noires.

— Comme vous n'avez pas l'air ravie de me voir, je suppose que vous n'avez pas trouvé de plan génial pour ressusciter cette enquête.

Elle pencha la tête.

— Vous êtes en train de dire que les femmes sont généralement ravies de vous voir ?

Il esquissa un sourire.

— Touché. Alors ? Des idées ?

Elle croisa les bras.

— J'ai besoin de plus de temps. Une heure, ce n'était pas juste.

— Vous pensez honnêtement que plus de temps ferait la différence ?

— C'est possible.

— J'ai dit *honnêtement*.

Elle souffla d'un air énervé.

— Peut-être que non. Je ne sais pas. Mais j'aimerais bien essayer avant que vous ne détruisiez mon gagne-pain, juste parce que j'ai été assez bête pour vouloir vous aider.

— Ouille.

— Vous m'en direz tant.

Il poussa un gros soupir et consulta sa montre. Elle ne se rappelait pas la dernière fois qu'elle avait vu quelqu'un porter une montre, surtout une montre aussi onéreuse. Peut-être cela correspondait-il à son image de millionnaire ou de milliardaire. Ou peut-être préférait-il jeter un coup d'œil à son poignet plutôt que de chercher son téléphone dans sa poche. Elle voyait l'avantage.

— Vous avez faim ? demanda-t-il. Je n'ai pas mangé de toute la journée et j'ai l'estomac dans les talons.

Elle lui jeta un regard soupçonneux.

— Pourquoi me posez-vous la question ?

Il la considéra à nouveau par-dessus ses lunettes de soleil.

— Je préfère détruire des carrières avec l'estomac plein.

— Eh bien, dit comme ça, ça paraît irrésistible.

Il se mit à rire, puis reprit son sérieux d'un air surpris, ce qui attrista Willow. Il riait si rarement que cela l'étonnait ?

— Allons dîner, dit-il. Dans un endroit tranquille où nous pourrons parler. Je ne veux pas vous faire de mal,

Willow, mais je ne laisserai pas tomber. Parlons-en, pour voir si nous pouvons arriver à un compromis.

— Un compromis ? Ça me va. J'adore les compromis.

Il fit le tour de la voiture et lui ouvrit la portière passager.

— Mon sac est dans mon appartement…

— Vous n'en aurez pas besoin. Je vous invite.

— Bon, d'accord.

Elle se dirigea vers la voiture et lui sourit en s'installant sur le siège en cuir.

— Allons dans un restaurant cher, alors. J'adore le homard.

— Je connais l'endroit qu'il vous faut.

9

— Je ne peux absolument pas entrer là-dedans.

La panique dans la voix de Willow incita Grayson à la regarder.

— Vous vouliez du homard. On ne trouve pas de meilleur homard à Gatlinburg.

Ses yeux, dont il s'aperçut seulement alors qu'ils étaient d'un vert océanique, s'agrandirent tandis qu'elle détaillait le parking du restaurant.

— La voiture la moins chère que je vois ici est un Hummer. Ils ne me laisseraient sans doute pas garer ma Taurus dans la rue. Bon sang, regardez les bijoux de cette femme. Il faudrait des lunettes de soleil pour ne pas être éblouie par ses diamants.

Elle secoua vigoureusement la tête.

— Pas question. Je ne peux pas entrer là-dedans. Je porte un jean et un T-shirt. Ils vont penser que je suis une serveuse et me faire entrer par la porte de service.

— Personne ne fera attention à vous. Tout ira bien.

— Vous n'arriverez pas à me faire sortir de voiture.

— Vous en êtes sûre ?

Elle lui lança un regard sarcastique et releva la jambe de son jeans pour lui montrer son holster de cheville.

— Positive.

Il leva les yeux au ciel tandis qu'elle lissait sa jambe de pantalon.

— Allons ailleurs, dit-elle.

— Je croyais que vous vouliez un restaurant cher.

— Je plaisantais. Bon sang, Nob Hill Seafood and Steaks ? Même le nom est prétentieux. Je n'avais jamais entendu parler de cet endroit et je vis ici depuis six ans.

— Vous avez gagné, nous irons autre part. Vous avez une idée ?

Les sourcils froncés, elle lui jeta un coup d'œil inquisiteur. Il baissa les yeux, se demandant s'il avait une tache sur sa cravate.

— Quoi ?

— Est-ce que vous possédez au moins un jeans ? Peu importe. Allons dans un endroit plein de touristes. Tellement plein de bruit que personne ne nous entendra.

— Les désirs de la dame sont des ordres.

Vingt minutes plus tard, ils se glissaient dans un box au fond d'un restaurant de fruits de mer donnant sur la rue principale. Comme elle l'avait demandé, la salle était bondée. Des rediffusions de matchs passaient sur les écrans télés fixés partout où le plafond n'était pas déjà couvert de têtes d'animaux. Entre le fracas des plats, les conversations et les rires, la musique bruyante qui sortait des haut-parleurs, il comprenait pourquoi il y avait des sous-titres au bas des écrans. Il était tout à fait impossible d'entendre le présentateur.

Après que la serveuse eut pris leur commande, Willow lui jeta à nouveau un regard interrogateur.

— Qu'est-ce qu'il y a encore ? demanda-t-il.

— Vous ne pouvez pas tomber la veste ?

— Ça vous gêne que je sois trop habillé ?

— Oui, plutôt.

Secouant la tête d'exaspération, il retira sa veste et la posa sur le banc à côté de lui.

— Je corresponds à vos critères, maintenant ?

— Pas tout à fait. Enlevez la cravate.

— Oh ! pour l'amour de Dieu…

Il secoua la tête.

— Parfait. Comme vous voudrez. Je l'enlève.

Il défit sa cravate, la fit passer par-dessus sa tête et la jeta sur sa veste.

— Cessez de tergiverser. Il faut que nous parlions.

Elle soupira et croisa les bras sur la table.

— J'aimerais avoir d'autres options, en dehors de celle qui semble tant vous plaire.

Il s'adossa au siège, étendant un bras au-dessus de la banquette.

— Jusqu'où êtes-vous allée ?

— Dans le classeur ? À peu près la moitié. En fait, j'ai d'abord survolé l'ensemble avant de lire plus en détail. J'ai une bonne image de ce qui a été fait, et je dois dire qu'ils ont passé beaucoup de temps sur cette affaire. La première année, en tout cas. Il ne semble plus y avoir de pistes à exploiter.

— Ce n'est pas ce que j'avais envie d'entendre.

Elle haussa les épaules.

— Mais c'est vrai. Et croyez-moi, ça me fait mal de le dire. Parce que je ne suis pas fan de mon chef et que c'est lui l'inspecteur en charge. Mais il a été consciencieux à l'excès, et ce classeur n'est que le résumé. Il y a d'autres classeurs, avec encore plus de détails.

Elle lui jeta un coup d'œil, puis leva les mains.

— Ne me regardez pas comme ça. Vous supposez que les autres contiennent une clé magique. Je vous assure que non. Tout est référencé dans le dossier que nous avons. S'il y a un fil à tirer, nous en trouverons le bout dans le dossier de meurtre lui-même.

Écarquillant les yeux, elle regarda autour d'elle, comme si elle venait de s'apercevoir qu'elle avait prononcé le mot *meurtre* à haute voix.

— Ne vous inquiétez pas. Vous pourriez hurler, personne ne vous entendrait, lui dit-il.

Elle se rapprocha de lui jusqu'à ce que leurs cuisses soient en contact.

— Je ne veux prendre aucun risque. Nous pourrons parler plus doucement si nous sommes plus proches.

Il fut ravi que la serveuse arrive avec leurs plats, parce que la chaleur de la cuisse de Willow l'avait privé momentanément de la parole. Il garda un air soigneusement impassible pendant qu'elle bavardait avec la serveuse et lui demandait d'autres serviettes en papier et du beurre.

Quand ils furent à nouveau seuls, il la regarda briser joyeusement la carapace du homard et comprit que cela ne la décontenançait pas du tout d'être assise si près de lui, d'absorber sa chaleur corporelle, de sentir son coude effleurer le sien. Pour sa part, il n'arrivait pas à penser à autre chose.

Jusqu'à ce que son regard tombe sur son alliance en or. Il la fixa un long moment, puis tendit le bras pour prendre le sel et, du même mouvement, s'éloigna juste assez pour qu'ils ne se touchent plus. En voyant Willow lever les yeux d'un air interrogateur, il comprit qu'il n'avait pas été aussi subtil qu'il l'espérait.

— Euh, vous en voulez ? Pour votre pomme de terre au four ?

Il leva la salière. Elle secoua doucement la tête avant de revenir à son assiette. Il souffla lentement et se rappela pourquoi il était là. Cette attirance inattendue envers la jolie inspectrice était inopportune, c'était le moins qu'on puisse dire. Il s'était juré de retrouver le meurtrier de Maura, et cela devait être sa priorité. Pas une amourette qui ne ferait que le distraire de ce qui comptait vraiment.

Une main se posa sur son avant-bras. Il se força à ne pas reculer et haussa un sourcil en guise d'interrogation.

— Il y a quelque chose qui ne va pas ? demanda-t-elle. Je veux dire, en dehors de l'évidence.

— L'évidence ? dit-il en cillant.

Elle fit un geste en l'air.

— L'affaire. Il y a autre chose qui vous préoccupe ? Vous êtes silencieux depuis que nos plats sont arrivés.

— Non, je réfléchis seulement. Vous savez, à nos options, ou plutôt à leur absence.

Il attaqua son homard, espérant que manger l'aiderait à se recentrer. Il n'était pas facilement distrait, d'habitude. Mais depuis qu'ils s'étaient assis côte à côte sur son petit canapé, il se sentait à côté de la plaque. Il y avait quelque chose de si… rafraîchissant chez elle, de si honnête, de si… amusant, qu'il s'était enfui pour se protéger.

Il avait supposé qu'en mettant de la distance entre eux les choses reprendraient leur cours normal. Mais à la seconde où il était revenu, il avait compris qu'il était dans le pétrin. D'une manière ou d'une autre, il devait se concentrer.

Sur Maura. Et Katrina.

— Vous êtes prêt à discuter ? demanda-t-elle en se penchant vers lui.

— Oui, dit-il, peut-être avec un peu trop d'enthousiasme, à en juger par ses yeux écarquillés.

Il s'éclaircit la gorge.

— Parlons de vos impressions du dossier. Avez-vous des questions auxquelles je peux répondre ?

Elle hocha la tête, prit une longue gorgée de thé glacé et se tourna vers lui.

— Ces interrogatoires, il y en a eu des dizaines. Des gens qui travaillent pour vous. Je ne sais pas du tout combien il faut de personnes pour entretenir un lieu comme ça.

— Trop. Mais disons une vingtaine. Le terrain à lui seul requiert cinq ou six jardiniers. La gouvernante a une équipe de quatre ou cinq personnes. Ensuite il y a le cuisinier, qui se plaint que je ne fais pas appel à lui aussi souvent que je le devrais. Je crois qu'il est sur le point de me quitter.

— Est-ce le même qui travaillait pour vous à l'époque ?

— Ce sont tous les mêmes. Du moins au sein du personnel de maison. Le cuisinier, ou le chef comme il préfère qu'on l'appelle, est le plus ancien, il est là depuis plus de trente ans. M. Baines, le jardinier en chef, est là depuis presque aussi longtemps. Mais je pense que les jeunes qu'il emploie pour les gros travaux vont et viennent. Ce sont surtout des étudiants qui se font un peu d'argent entre les semestres ou durant les vacances d'été.

Il suivit d'un doigt nonchalant une goutte d'eau qui glissait le long de son verre.

— J'ai souvent pensé vendre. C'est beaucoup trop pour une seule personne. J'ai offert la propriété à ma sœur et son mari, mais ils n'en veulent pas. Ashley préfère le climat de l'Arizona. Et elle dit que la maison lui rappelle trop nos parents.

— Et c'est une mauvaise chose ?

Il médita sa question.

— Bonne et mauvaise, je suppose. Nos parents étaient… compliqués. La vie chez nous était parfois… difficile. Ils étaient sévères, démodés et formels.

À la manière dont elle le regardait, il se dit que cette description ne la trompait pas. Mais au lieu de le presser, elle le surprit en lui souriant et en effleurant le col de sa chemise.

— Et vous, vous ne l'êtes pas ? Formel ?

Il s'esclaffa.

— Comparé à eux, non. J'imagine que c'est tout relatif.

Il pencha la tête, l'observant.

— Ashley et vous, vous vous entendriez à merveille. Elle est tout le contraire de moi.

Il désigna les touristes turbulents qui les entouraient.

— Elle adorerait un endroit comme celui-ci.

Willow se pencha vers lui.

— Alors il y a de l'espoir pour vous. On peut peut-être ôter un peu d'amidon de ce col avant que tout ceci soit fini.

— Ceci ?

Elle agita les mains.

— Vous savez bien, cette enquête.

— Bien sûr. Nous nous sommes éloignés du sujet. Vous parliez des interrogatoires. Autre chose qui vous a frappée ?

— Pas vraiment. Je veux dire, tout est très typique de Jeffries, bien sûr.

— Typique ? Dans quel sens ?

— Eh bien, un peu comme votre sœur et vous, j'imagine. Vous semblez prendre la vie de manière différente. Mon chef et moi approchons les affaires de manière différente. Du moins s'il me laissait travailler sur une affaire, je ferais différemment de lui.

— Comment ça ?

— Eh bien, il aime faire les choses à l'ancienne, par déductions successives. Non que ce soit mauvais. Il apprécie le travail de détective, battre le pavé, faire du porte à porte…

Elle s'essuya la bouche et repoussa son assiette.

— Il est consciencieux. Il l'est vraiment, avec les interrogatoires, les empreintes, les trucs comme ça. Je sais que nous avons un budget limité, mais si c'était moi, je ferais beaucoup plus d'analyses sur les indices matériels. Je demanderais à l'équipe scientifique de collecter plus d'éléments qu'ils ne le font actuellement. Je ferais beaucoup plus appel au TBI…

— Le Bureau d'Investigation du Tennessee ?

— Exact. Ils ont un laboratoire fantastique et des scientifiques formidables. Et ils ne sont ni stupides ni paresseux quand il s'agit de manipuler des analyses, d'interpréter des données d'ADN ou des éclaboussures de sang. Mais c'est cher, vraiment cher. Et ils prennent des mois pour faire ces analyses. Parfois, on va au tribunal sans avoir de preuves matérielles parce que le labo n'a pas fini les analyses. Ça débouche sur des négociations, parce que les preuves sont trop faibles. On bluffe et on menace sans avoir aucun soutien. Ça peut être vraiment frustrant.

— Ça arrive souvent ?

— Oh oui. Il s'agit de ressources et de budgets. On fait ce qu'on peut avec ce qu'on a. Et ce n'est pas seulement nous. C'est pareil pour toutes les polices du pays. C'est sans doute pareil dans le monde entier. Il faut décider de ce qui doit être analysé, de quels éléments recueillir. La réalité est que ces décisions se résument à ce qu'on peut se permettre de traiter. Je ne peux pas vous dire combien de kits d'analyse de viol végètent dans les salles d'indices, non analysés parfois pendant des décennies, parce qu'aucun suspect n'a été mis au jour dans l'enquête et que l'affaire n'est pas prioritaire. Il n'y a juste pas assez d'argent pour tout analyser. C'est triste, mais douloureusement vrai.

Il la dévisageait avec incrédulité.

— C'est terrible.

— Je sais. Le plus triste, c'est que des criminels s'en tirent tout le temps parce qu'il n'y a pas assez d'argent pour tout mettre en œuvre dans une affaire, sur le plan médico-légal, en tout cas. Mais à moins d'avoir des poches sans fond, je ne vois pas comment améliorer ça.

— C'est ce qui est arrivé dans le cas de ma femme ? Les indices matériels n'ont pas été analysés comme ils l'auraient dû ?

Son verre de thé glacé s'immobilisa à mi-chemin de sa bouche. Le reposant, elle s'éclaircit la gorge.

— Nous nous sommes égarés. Je ne parlais pas de votre affaire en particulier.

— Vraiment ? Donc si c'était votre enquête, vous n'auriez pas effectué d'autres analyses ?

Une faible rougeur lui monta aux joues.

— Ce n'est pas mon affaire.

— Mais si ça l'était ?

— Écoutez, je suis encore une bleue, d'accord ? Six ans dans la police, mais seulement deux mois comme inspectrice. Et je vous l'ai déjà dit, ils ne m'ont pas attribué d'affaire. Je fais du porte à porte et je tape les notes d'interrogatoire, des choses comme ça. Mais en fin de compte, mon opinion n'a guère d'importance.

— Elle en a pour moi. Vous ne comprenez pas ? Tous ceux à qui j'ai parlé se préoccupent plus de me pousser vers la sortie que de me fournir des informations significatives.

Sur une impulsion, il lui prit la main. Elle sursauta comme s'il l'avait pincée, mais il ne la lâcha pas.

— Que voulez-vous de moi ?

Sa voix était si basse qu'il dut faire un effort pour distinguer les mots.

— La vérité, Willow. J'ai vécu dans les limbes pendant des années. S'il vous plaît, dites-moi la vérité.

10

Le silence s'étira entre eux, tandis qu'il s'accrochait à sa main comme à une bouée. Grayson avait l'impression d'être au bord d'un précipice, et que cette femme pétulante, intelligente et audacieuse était la seule à pouvoir le sauver. Il se pencha vers elle.

— S'il vous plaît, Willow. Aidez-moi.

Elle poussa un soupir entrecoupé, tout en libérant sa main.

— Je ne sais pas si je peux.

Il replia les doigts, surpris par la sensation de perte qui l'avait parcouru quand elle avait reculé.

— Essayez. C'est tout ce que je demande.

Elle resta immobile un long moment, anormalement silencieuse. Enfin, elle dit :

— Honnêtement, je ne sais pas si ça fera une différence. Mais le seul moyen d'avoir plus de pistes est d'obtenir de Russo qu'il envoie les indices matériels collectés dans le meurtre de votre femme à un laboratoire, pour qu'on les analyse.

— J'ai vu quelque chose sur l'analyse ADN dans le classeur. L'un des rapports disait que le meurtrier n'a pas laissé d'ADN sur la scène.

— Pas d'ADN que la police *ait trouvé*. Ça ne veut pas dire qu'il n'y en avait pas.

Elle leva les mains comme pour l'empêcher de l'interrompre.

— Dans la plupart des cas, ça n'a pas de sens de tout analyser. Mais dans votre affaire, en l'absence de pistes, la seule option est de mettre tout en œuvre. J'aimerais que d'autres analyses soient faites, juste au cas où un indice avec de l'ADN dessus pourrait faire éclater la vérité.

— Éclater la vérité ? Vraiment ?

— Bon, c'est peut-être exagéré. Même si l'ADN nous fournit un suspect, il faudrait encore bâtir l'affaire, découvrir son mobile, son opportunité. Mais cela pourrait donner au moins un point de départ.

— Ce qui est davantage que ce que j'ai.

— Exactement.

— Quels indices devraient être analysés qui ne l'ont pas déjà été ?

— Je me souviens d'avoir lu qu'il y avait des empreintes sanglantes à l'intérieur de la porte d'entrée qu'on a considérées comme inutiles, parce qu'elles n'avaient pas assez de détails pour les télécharger dans l'AFIS.

— L'AFIS ?

— Le système automatisé d'identification des empreintes. C'est une base de données nationale mise à disposition par le FBI. S'il y a de bonnes empreintes, avec suffisamment de points d'identification, alors chaque fois que des empreintes potentiellement correspondantes se présentent, une alerte est envoyée à la police de Gatlinburg.

— Et si les empreintes ne sont pas assez bonnes pour être téléchargées ?

— Elles ne le sont pas. Mais si c'était mon affaire, j'enverrais les empreintes au FBI pour qu'ils les examinent.

Ce sont les véritables experts dans ce domaine. Peut-être qu'ils pourraient identifier des zones particulières, des spirales, des arcs, des arêtes en séquences spécifiques, qui rendraient possible un téléchargement.

— Vous n'avez pas l'air très optimiste.

Elle haussa les épaules.

— C'est vrai que c'est tiré par les cheveux. Aucune garantie.

— Vous devez l'avoir évoqué pour une raison, cependant. Vous parliez d'ADN, quand vous avez mentionné les empreintes.

— Exact. J'étais plus ou moins en train de réfléchir à haute voix. Ça aurait été génial si ces empreintes avaient pu être prélevées pour une analyse ADN. Mais j'ai réalisé que ça ne marcherait pas. Le prélèvement d'ADN détruit les empreintes. Et la poudre à empreintes altère l'ADN.

Elle soupira.

— J'aimerais qu'ils aient choisi l'analyse ADN dans ce cas. Mais comme ils ne l'ont pas fait, envoyer les empreintes au FBI pour une analyse supplémentaire est au moins une tentative à faire. Bien sûr, à condition d'avoir accès à l'indice, ce que nous n'avons pas.

Il s'adossa à la banquette.

— Alors, c'est probablement sans espoir.

— Je n'ai pas dit ça. Mais je ne veux pas vous donner de faux espoirs, comme l'a fait Jeffries en vous laissant croire que Katrina pourrait être en vie.

Elle battit des paupières.

— Je suis navrée, je ne voulais pas dire ça. Elle peut être en vie. Vraiment. Je suis sincère. C'est juste que, pour être honnête, les chances ne sont pas bonnes.

— Willow, avez-vous trouvé quelque chose ou non ?

Elle se tut comme si elle rassemblait ses pensées ou

tentait de décider quoi dire. Lorsqu'elle releva enfin les yeux, elle avait une expression décidée.

— Voici ce que je ferais si je le pouvais. J'ai noté que les vêtements de votre femme étaient saturés de sang. Sachant maintenant qu'elle a été poignardée et pas seulement abattue, ces vêtements devraient être à nouveau analysés, de manière exhaustive. Il faudrait faire des prélèvements sur toutes les surfaces pour rechercher l'ADN du tueur.

Il hocha lentement la tête, comprenant la logique de ce qu'elle disait.

— Si le couteau n'avait pas une garde suffisante et que sa main a glissé, il est très probable qu'il s'est coupé lui-même. Les couteaux que j'emporte en mission ont toujours une garde pour cette raison. Mon couteau personnel en a une aussi. Je suis surpris que la police n'ait pas pensé à ça.

— Votre couteau personnel ? Vous en avez un sur vous ?

— Toujours.

— Vous n'en aviez pas quand je vous ai arrêté.

— Seulement parce que je venais du commissariat. Je ne voulais pas déclencher le détecteur de métaux. Normalement, j'ai un couteau sur moi.

— D'accord, revenons à l'ADN. Il y a eu des prélèvements faits sur le T-shirt. Mais pas de manière extensive. C'est un jugement subjectif, un problème de ressources.

Il secoua la tête avec dégoût.

— Le manque de ressources est une piètre excuse quand il s'agit de résoudre un crime.

— Je suis d'accord. Mais quand vous n'avez qu'une somme limitée à dépenser, il faut faire des choix difficiles. Faire des analyses pour un crime qu'il semble possible de résoudre ou dépenser tout votre argent sur un crime qui ne l'est pas.

— Chaque affaire devrait bénéficier de la même attention, objecta-t-il.

Elle leva les mains.

— Je joue l'avocat du diable. Je vois ce genre de dilemme tous les jours au travail. Ce n'est pas juste de faire de la police la grande coupable alors qu'elle fait de son mieux avec ce qu'elle a.

— Alors elle a besoin de davantage de ressources.

— Oui, en effet.

— Et si j'offrais de payer pour l'analyse ?

Elle secoua la tête.

— Ça ouvrirait la porte à des poursuites. Les familles qui ne peuvent pas se le permettre seraient désavantagées. Aucun chef de police ne touchera à ça.

Il jura.

— Alors il n'y a rien à faire.

— Je n'ai pas dit ça. Si l'on peut, d'une manière ou d'une autre, faire comprendre à Jeffries qu'une analyse particulière conduirait à cerner un suspect, il pourrait argumenter en faveur d'un budget pour cela. Comme l'ADN de contact, par exemple.

— J'ai l'impression de tourner en rond. Qu'est-ce que l'ADN de contact ?

— C'est une très petite quantité d'ADN que l'on peut détecter aujourd'hui. Comme lorsqu'on touche un vêtement et que la graisse de l'épiderme se dépose dessus. La technique de l'ADN de contact peut fournir un profil suffisant pour le rentrer dans le CODIS…

— Je suis perdu dans toute cette terminologie. Qu'est-ce que le CODIS ? Une autre base de données du FBI ?

— C'est le Combined DNA Index System, et oui, il

est géré par le FBI. Il compare les profils ADN avec des informations sur les auteurs d'actes violents. On peut faire des requêtes, comme avec l'AFIS. Ce que je veux dire, c'est que si la personne n'est pas dans le CODIS ou qu'elle l'est dans les bases de données locales qui ne sont pas reliées au CODIS…

— Toutes les forces de police ne sont donc pas reliées aux bases de données du FBI ?

— Loin de là. Les grandes villes le sont, bien sûr. Mais il existe des milliers de bureaux du shérif ou de commissariats dans de petites villes qui n'ont qu'une poignée d'employés et très peu de crimes. Ça n'a pas de sens de faire appel à toutes ces techniques dans leur cas. On peut donc avoir recueilli des empreintes mais n'obtenir aucune correspondance dans les grandes bases de données, même si les empreintes de cette personne sont dans un dossier d'un comté rural à quelques kilomètres. J'ai entendu parler de flics des homicides qui ont résolu des affaires en envoyant des relevés d'empreintes à cinquante ou cent autres juridictions pour qu'elles les comparent manuellement.

— Je commence à me demander comment il est possible de résoudre ne serait-ce qu'un crime.

— Ce n'est pas aussi facile que ce qu'on voit dans les séries policières, c'est sûr. Ça demande de longues heures de recherches. Et on ne peut le faire que si on a le budget pour.

— On en revient encore à l'argent.

— Et au savoir-faire. Je ne suis même pas sûre que le TBI dispose de personnel sachant utiliser les dernières techniques. L'équipement seul est horriblement cher. Et les gens doivent être formés. La seule raison pour laquelle je suis au courant de tout ça, c'est que je suis passionnée de criminalistique. J'ai étudié les dernières techniques de résolution des crimes. Mais la plupart des agences de police, y compris la police de Gatlinburg, ne peuvent pas se les permettre.

Elle tendit les mains en un geste d'impuissance.

— Je suis désolée, Grayson. Je pense que nous sommes dans l'impasse.

Il s'adossa à la banquette et réfléchit à ce qu'elle avait dit pendant qu'elle faisait tourner les glaçons dans son verre. Elle avait l'air aussi abattue que lui. C'était incroyablement frustrant de penser qu'il existait une technique capable de désigner un suspect dans le meurtre de sa femme et de sa fille, mais qu'il était impuissant à la mettre en œuvre, bien qu'il ait plus d'argent qu'il ne pourrait en dépenser en une dizaine de vies.

Regrettant de ne pas avoir commandé quelque chose de plus fort qu'un thé, il se tourna pour prendre son verre, quand l'annonce d'une *breaking news* se mit à courir au bas des écrans TV. C'était une mise à jour dans l'affaire du violeur de River Road. Il y avait eu une autre agression le vendredi soir, alors que Willow et lui se penchaient sur le dossier de meurtre.

Il attira l'attention de Willow et lui montra le reportage.

— Je croyais que la police avait arrêté le violeur.

Le visage de Willow se vida de toute couleur.

— Oh non ! Ce n'est pas possible. Le type avait avoué !

— Un de ces faux aveux dont vous parliez tout à l'heure, peut-être ?

Elle repoussa son verre d'un air de colère et de chagrin mélangés.

— Ça me rend malade qu'il y ait eu une autre victime. Jeffries avait l'air tellement certain d'avoir le bon type. La dernière fois que j'ai eu de leurs nouvelles, ils attendaient les résultats d'ADN. Peut-être que s'ils avaient pu faire les analyses plus rapidement, ils auraient compris que le vrai violeur était toujours en liberté. Et ils auraient fait davantage pour garder le public en sécurité.

Ils restèrent silencieux tandis que la serveuse débarrassait la table et leur promettait de revenir avec l'addition.

— Grayson ?

— Hmm ?

— Vous avez dit tout à l'heure que vous avez engagé des détectives privés, mais qu'ils ont fait chou blanc. Qui avez-vous engagé ?

Il partit d'un rire rauque.

— Qui n'ai-je pas engagé ! J'ai fait appel à six agences différentes. C'est l'une des raisons pour lesquelles vos chefs en ont tellement marre de moi. Tous les enquêteurs ont commencé par le commissariat.

— Ils n'ont rien découvert d'utile ?

— Non, rien. Pas un seul suspect identifié ou même suggéré.

— Peut-être que vous devriez engager des enquêteurs différents.

— Je ne saurais pas par où commencer. Mon expérience n'est pas extraordinaire dans ce domaine.

— Et les Justice Seekers ? C'est une entreprise privée, à proximité de Gatlinburg. Je ne les connais pas très bien, mais je sais qu'ils font ce genre d'enquêtes. Jeffries a laissé entendre que vous connaissez le dirigeant de l'entreprise.

— Mason Ford. Je lui ai vendu une parcelle sur le Mont Prescott. Je lui ai proposé une fois de se charger de l'affaire. Mais il préfère se concentrer sur l'aide aux vivants qui sont en danger immédiat. Il fournit des services de protection rapprochée et essaie de trouver des solutions permanentes pour qu'ils ne vivent plus dans la peur. Notamment dans les cas où la loi ne peut rien avant qu'un crime ait été effectivement commis.

— Il ne ferait pas une exception pour vous ?

Grayson haussa les épaules.

— Il le ferait sans doute s'il pensait pouvoir être utile. Mais il estime que personne de son équipe n'a l'expertise nécessaire pour travailler sur une affaire qui date autant, avec si peu d'indices.

— C'est un argument raisonnable. Je n'y avais pas pensé ainsi. Vous avez besoin de quelqu'un qui a effectivement travaillé sur des affaires classées. Et bien sûr, vous devez avoir accès aux indices matériels.

— Et si j'entamais des poursuites contre la police de Gatlinburg pour y avoir accès ?

— Je ne crois pas que vous gagneriez. La police a tous les droits de ne pas les fournir. L'analyse peut les détruire. Si la défense ne peut pas refaire les analyses avec ses propres experts, elle peut obtenir que les résultats soient écartés.

— Qu'est-ce que ça peut faire si nous n'allons jamais au procès ?

Elle leva les mains.

— Je suis de votre côté. Le problème, c'est que vous êtes un civil. Et les civils ne peuvent pas prendre la responsabilité des indices matériels dans une enquête, classée ou non.

Elle fronça les sourcils et tapota la table d'un air pensif.

— J'ai une idée. C'est un peu tiré par les cheveux. Je ne sais même pas si c'est faisable. Et ça coûterait un paquet d'argent.

— J'ignore ce qu'est un paquet d'argent, mais ce n'est pas un problème. Quelle est votre idée ?

Elle leva les doigts et les énuméra en parlant.

— Pour résoudre une affaire ancienne, vous avez besoin d'enquêteurs qui ont de l'expérience. Pour avoir accès aux indices matériels, vous avez besoin d'un agent de liaison au sein de la police. Pour faire analyser ces indices, avec les dernières techniques et en éliminant les délais, vous avez besoin d'un labo.

Elle lui prit le bras, l'excitation brillant dans ses yeux.

— Trouvez ces trois choses-là, une expérience dans les affaires classées, un accès aux indices matériels et un labo privé, et vous aurez tout pour travailler sur l'affaire de votre femme.

Il la dévisagea.

— Êtes-vous en train de me suggérer de créer une entreprise pour résoudre des affaires classées et établir un partenariat avec la police ?

— C'est exactement ça. Il faudrait un contrat entre cette entreprise et la police. Avec une liaison active, à même de préserver la continuité des indices matériels, ça pourrait marcher. Et n'oubliez pas le labo. Vous devriez probablement financer le vôtre.

— Est-ce que ça a déjà été fait auparavant ? Vous pensez que la police serait partante ?

— Il y a quelques agences d'affaires classées dans le pays. Mais autant que je sache, aucune n'a un partenariat avec la police qui lui permet d'accéder aux indices et de les analyser avec son propre labo.

— Mais pourquoi accepteraient-ils ? Vous avez déjà dit que je ne peux pas payer pour les tests.

— Vous ne donneriez la préférence à personne. Il faudrait que votre agence travaille sur *des* affaires classées, pas seulement la vôtre. Elles bénéficieraient toutes du même traitement. Vous pourriez limiter la zone géographique à l'est du Tennessee, par exemple.

Ça fait trente-trois comtés, mais la plupart d'entre eux sont petits et sans population significative, ça ne serait donc pas aussi démesuré que ça en a l'air. Comme je l'ai dit, chaque affaire bénéficierait de la même attention, du même accès aux analyses. C'est une manière de résoudre le problème des ressources sans exposer la police à des poursuites. La police aurait un meilleur taux de résolution des affaires. Et vous auriez le nec plus ultra pour résoudre le meurtre de votre femme. Ce serait gagnant-gagnant.

— Oui bon. Même s'ils approuvaient un truc comme ça, je ne connais rien aux affaires classées. Il faudrait que j'engage un consultant qui s'assure que l'agence et le labo sont conçus de manière à ce que la police accepte de faire des affaires avec moi. Je ne saurais pas qui engager pour m'aider à faire ça.

— Dommage que je ne sois pas sur le marché du travail, plaisanta-t-elle.

Il la contempla d'un air pensif. Voyant cela, elle écarquilla les yeux.

— Ne me regardez pas comme ça. Je n'étais pas en train de solliciter un poste.

— Pourquoi pas ? Je pourrais doubler, voire tripler votre salaire actuel.

Elle cilla.

— Vous ne savez même pas combien je gagne.

— J'ai vu votre appartement. Vous ne gagnez pas grand-chose.

— Ouille.

Il sourit.

— Peu importe. Donnez-moi votre prix. Vous l'avez dit, sans vous j'ignore comment faire sortir de terre un truc comme ça. Bien sûr je sais monter une entreprise, engager un responsable des ressources humaines, un comptable, ce genre de choses. J'ai une dizaine d'entreprises en portefeuille actuellement. Mais créer une agence d'affaires classées ? Je serais perdu. J'ai besoin de vous, Willow. Qu'est-ce qu'il faudrait pour que vous travailliez pour moi ?

— Remboursez mon prêt étudiant pour commencer, dit-elle en riant.

— C'est comme si c'était fait.

Son sourire s'évanouit.

— Je plaisantais.

— Moi non. Je paierai votre crédit, je triplerai votre salaire et je vous donnerai une prime à six chiffres. Avec les avantages classiques évidemment, dont un plan d'épargne-retraite par capitalisation.

Elle le dévisagea, bouche bée.

— Plus vite vous direz oui, plus vite nous pourrons commencer à travailler sur notre projet.

Elle prit son verre et fronça les sourcils en s'apercevant qu'il était vide. Alors elle saisit le sien, et le vida. Il sourit.

— Vous semblez un peu tourneboulée.

Elle agrippa le bord de la table, puis se tourna vers lui.

— Je le suis. C'est une offre stupéfiante. Bouleversante, même. Mais la réponse est non.

Surpris, il attendit qu'elle s'explique. Voyant qu'elle ne le faisait pas, il la relança :

— Pourquoi ?

— Parce que… Je vous l'ai dit, je ne fais pas ce métier pour l'argent, mais pour aider les gens.

— Vous pouvez aussi bien aider les gens dans le secteur privé que dans le public. Qu'avez-vous contre le fait de gagner de l'argent ?

— Rien. J'adorerais ne plus avoir à m'inquiéter de mes factures et vivre dans un appartement où je peux me retourner sans me cogner aux murs. Mais je ne veux pas rejeter tout ce pour quoi j'ai travaillé. Vous avez une idée de la difficulté qu'il y a à devenir inspectrice ? La dernière fois que la police de Gatlinburg a engagé un nouvel inspecteur, c'était il y a quinze ans. Intégrer l'équipe, c'était mon rêve absolu. Et ce n'est pas fini. Je dois encore prouver que je peux jouer dans la cour des grands.

— Vous avez dit vous-même qu'ils ne vous laissent pas diriger des enquêtes. Vous n'êtes inspectrice que de nom.

— Merci bien…

— Désolé. Je ne voulais pas dire que vous n'êtes pas qualifiée. Vous m'avez évidemment convaincu en m'expliquant quelle serait votre approche de l'affaire. Ce que je veux dire, c'est qu'on ne vous donne pas l'occasion de faire vos preuves. Je peux vous y aider. Je peux vous donner carte blanche pour faire tout ce que vous voulez, sans personne pour vous mettre des bâtons dans les roues. Réfléchissez-y avant de refuser. Vous disiez que vous êtes passionnée de criminalistique, que vous vouliez vous servir de nouvelles technologies. Mais d'après ce que vous m'avez dit, ça n'arrivera jamais.

Elle pinça les lèvres.

— Probablement pas, en effet.

— Mais si vous m'aidiez, si vous étiez responsable des enquêteurs…

— Responsable ? Vous voulez que je prenne la direction de vos enquêteurs ?

— Bien sûr. Cette entreprise consacrée aux affaires classées est votre idée. Je dirigerais la partie business et, vous, vous seriez responsable des décisions, de l'embauche, de l'élaboration des politiques, du choix des affaires, de tout ce qui a un sens dans une unité d'investigation.

— Et le labo ?

Il haussa les épaules.

— Nous y réfléchirons ensemble. Je pourrais en construire un tout neuf…

— Ça prendrait trop de temps. Ce serait mieux de conclure un partenariat avec un labo existant. Peut-être financer une nouvelle aile, engager d'autres techniciens. Passer un accord pour que vos affaires soient traitées en priorité. Mais en contrepartie, ils pourraient se servir de la nouvelle aile pour d'autres affaires quand elle ne sert pas aux nôtres. Aux vôtres, je veux dire.

— *Nôtres* sonnent mieux, je trouve. Qu'en pensez-vous ?

Elle semblait encore hésitante.

— Ça ressemble à un rêve. Si vous êtes sérieux concernant mon prêt étudiant…

— Je le suis.

— Et la prime à six chiffres ?

— Je virerai la somme sur votre compte dès que vous m'aurez communiqué votre RIB.

Elle déglutit et serra les poings sur ses genoux.

— Si je quitte mon poste, je brûle tous les ponts avec la police de Gatlinburg. Je n'aurai plus jamais la chance d'être inspectrice, pas chez eux. Une fois que l'affaire de votre femme sera résolue…

— J'adore entendre ça, dit-il d'un air mélancolique.

Elle sourit.

— C'est vraiment ce que je vous souhaite. Mais je dois aussi veiller à mes intérêts. Quand son meurtrier sera traduit en justice, vous n'aurez plus de motivation pour poursuivre cette activité. Ce sera extrêmement cher, une énorme ponction sur vos finances. Vous fermerez, et je me retrouverai au chômage, sans perspective. Ce n'est pas comme si je pouvais aller voir la police d'une autre ville. Ce n'est pas comme ça que ça fonctionne. Il faut passer par l'académie, faire ses preuves et espérer – après des années – réussir le concours d'inspecteur. Après ça, il faut encore attendre qu'un poste s'ouvre. Même ainsi, on peut vous passer devant et le poste que vous guignez va à quelqu'un d'autre.

— C'est ce qui vous retient ? Les craintes pour votre avenir ?

— C'est une bonne manière de le formuler, oui. C'est dur de refuser ce que vous m'offrez, surtout parce que je pourrais modeler une unité d'enquêteurs, en faire une équipe de pointe et employer les meilleures techniques scientifiques. Je pourrais aider beaucoup plus de gens que dans mon emploi actuel. Mais si c'est un poste temporaire, je dois dire non.

— Je comprends votre point de vue. Il est tout à fait valable. Je ne peux pas jurer que je ferai tourner cette entreprise indéfiniment. Et il est peu probable que j'arrive à la vendre à quelqu'un. Peu de gens peuvent se permettre des dépenses qui ne génèrent pas de revenus. Bien qu'il doive être possible d'engendrer des revenus à terme, en offrant nos services à des familles de victimes. Mais, quoi qu'il en soit, je peux vous offrir des garanties par écrit. Vous fournir un parachute doré.

— Un parachute doré ? Comme celui des P-DG ?

— Exactement. C'est une clause que je mettrais dans votre contrat, qui garantirait que si jamais vous êtes licenciée – ce qui bien sûr n'arrivera pas – ou si je dissous l'entreprise, vous obtiendrez une compensation financière pour vous permettre de voir venir. Je m'assurerai que vous disposiez d'une somme assez généreuse pour lancer votre propre agence d'investigation, si c'est ce que vous voulez faire.

Il sourit.

— Et nous n'avons même pas encore parlé du plus beau.

— Le plus beau ?

— Si vous travaillez pour moi, vous ne travaillerez plus pour Jeffries.

Elle entrouvrit les lèvres dans un sourire ravi.

— Vous avez raison. C'est le plus beau !

Elle se mit à rire et, lui jetant les bras autour du cou, le serra contre elle.

Il se figea, choqué de sentir son corps se presser contre lui. Comme si elle avait senti son hésitation, elle recula un peu, cherchant son regard.

— Ce n'était qu'une embrassade, Grayson. Pas de quoi vous sentir coupable. Vous pouvez m'embrasser en retour. Nous sommes juste des amis qui se réjouissent.

Il plongea les yeux dans ses yeux émeraude étincelants, surpris qu'elle le déchiffre aussi facilement, qu'elle sache qu'il se sentait coupable à la seule idée de la prendre dans ses bras. Et pourtant, c'était exactement ce dont il avait envie. Il avait besoin du contact de ses bras autour de lui. Jusqu'à ce moment, il ne l'avait pas compris.

Son sourire prit une tonalité triste et elle desserra les bras.

— Non.

Il l'enveloppa à son tour et l'attira contre sa poitrine. Elle émit un soupir heureux et se blottit contre lui, le serrant à nouveau contre elle. Il laissa échapper un soupir entrecoupé et posa la joue sur son crâne. Durant un bref instant, il repoussa ses préoccupations, bien que sa conscience lui dise que c'était mal. Mais il n'en avait pas l'impression. C'était… merveilleux. Fermant les yeux, il savoura sa chaleur, l'odeur de ses cheveux. Et il se permit d'imaginer qu'il comptait pour quelqu'un, ne serait-ce que comme ami.

Ce fut elle qui rompit leur étreinte et recula sur la banquette. Il fut stupéfait de la sensation de vide qu'elle lui laissa en le lâchant. Il dut serrer les poings pour s'empêcher de la reprendre dans ses bras.

Qu'est-ce qui n'allait pas chez lui ?

Elle sourit.

— Vous voyez, ce n'était pas si terrible, si ?

Il s'éclaircit la gorge, deux fois, jusqu'à ce qu'il retrouve sa voix.

— Est-ce un oui, alors ? Vous acceptez le poste ?

Elle rit.

— Oui, c'est incontestablement un oui.

— Super. Le contrat sera prêt dans quelques jours.

Il se força à sourire, incertain de la suite. Il savait ce qu'il avait envie de faire, l'attirer contre lui et la serrer encore dans ses bras. Mais cela le terrifiait.

Il chercha la serveuse des yeux, sans la voir.

— Elle aurait déjà dû apporter l'addition.

— Je peux aller demander à la caisse.

— Inutile.

Il déposa une épaisse liasse de billets sur la table, pressé de redonner un axe à son monde.

— Allons-y.

11

Par la fenêtre de sa cuisine, Willow regarda l'Audi noire sortir en trombe du parking. Pauvre Grayson. Elle l'avait durement ébranlé avec cette étreinte. Quand elle avait reculé, l'expression de ses yeux lui avait presque brisé le cœur. Il avait paru si… désorienté.

Le conflit qui le rongeait n'était que trop apparent. Il la voulait – peut-être sur le plan sexuel, peut-être pas, elle n'en était pas sûre. Mais il avait désespérément envie de chaleur humaine, d'être tenu dans les bras. C'était malheureux qu'il soit englué dans la culpabilité au point de ne pas pouvoir profiter de l'instant.

Elle secoua la tête d'étonnement. Quel genre d'amour était-ce, pour être incapable de tourner la page au bout de tant d'années ? Et que n'aurait-elle donné pour être aimée comme ça un jour ? Ses parents étaient sans doute le seul couple qu'elle connaisse qui se rapproche de ce genre de relation. Cela la faisait fondre chaque fois qu'elle les voyait échanger un regard complice dans une pièce pleine de gens. Cela lui avait toujours fait envier ce qu'ils avaient.

Mais maintenant, après avoir vu Grayson souffrir autant, elle n'en était plus si sûre. Elle ne voudrait pas être aussi malheureuse si l'amour de sa vie décédait avant elle. Et elle ne voudrait pas qu'il soit aussi malheureux, si c'était elle. Elle décida sur-le-champ que si elle avait la chance de tomber amoureuse et d'épouser son bien-aimé, elle adapterait ses vœux de mariage. Elle lui ferait promettre de ne pas la pleurer éternellement, de tenter de retrouver l'amour et de ne pas se sentir coupable. Après tout, l'amour est un don qui ne s'épanouit que dans le partage.

— Et voilà, Willow, se morigéna-t-elle. Tu pars dans des envolées lyriques alors que tu as un million de trucs à faire.

Comme rédiger sa lettre de démission pour la remettre dès lundi.

Mais elle avait une chose à faire d'abord, vérifier une intuition. Cela la turlupinait depuis qu'elle avait remarqué l'affiche décolorée sur le tableau d'affichage du restaurant. Elle ne savait pas bien pourquoi, mais une petite alarme résonnait dans sa tête et les pièces du puzzle commençaient à s'emboîter. Cependant, il fallait qu'elle en ait le cœur net.

Elle alla chercher son ordinateur portable dans sa chambre et le posa sur la petite table de salon. Puis elle tapota impatiemment des doigts tandis qu'il démarrait poussivement. Elle avait vraiment besoin d'une nouvelle bécane. Celle-là ramait péniblement.

Lorsque l'écran s'anima enfin, il lui fallut encore cinq longues minutes pour trouver un site d'informations affichant la photo de la femme agressée le vendredi soir.

Elle avait la vingtaine et était de petite taille. Ses cheveux longs, bruns et ondulés lui arrivaient jusqu'au milieu du dos. Elle semblait être d'origine européenne et coréenne. Sur la photo, elle était bien habillée, avec des vêtements d'une qualité supérieure à la moyenne. Et les anneaux qu'elle portait aux oreilles n'étaient sûrement pas du toc.

Willow prit l'affiche subtilisée au restaurant et la lissa sur la petite table. Elle était fripée et fanée, mais la photo était assez bonne pour qu'on distingue les traits de la femme.

Cela ne pouvait pas être une coïncidence.

Elle prit son téléphone et composa le numéro de son chef. Il répondit à la première sonnerie.

— Qu'est-ce que vous voulez, McCray ? On est occupés ici. Il y a eu un viol hier soir, et on essaie de comprendre en quoi on s'est trompés. Parce que le type qui a avoué n'est visiblement pas le bon.

— J'ai vu le reportage. Vous avez sa photo, n'est-ce pas ?

— Je travaille sur l'affaire. Vous vous imaginez quoi ?

Sa voix dégoulinait de sarcasme.

— Désolée. Bien sûr que oui. Voudriez-vous afficher sa photo sur votre écran ?

— McCray…

— S'il vous plaît. C'est important.

Il poussa un gros soupir, mais elle l'entendit taper sur son clavier.

— D'accord. Je l'ai. Et maintenant ?

— Partagez votre écran et affichez la photo de la mère célibataire qui a disparu.

— Erin Speck ? Il y a deux ou trois ans ?

— Quatre, en fait. Oui, celle-là.

— C'est une affaire classée. Je n'ai pas le temps de m'en occuper.

— Ça ne prendra qu'une minute.

— Comme si j'avais une minute à perdre.

Il grommela quelque chose, mais une fois encore, elle l'entendit manipuler le clavier.

— Qu'est-ce qui vous a fait penser à cette vieille affaire, de toute façon ?

— J'étais au restaurant ce soir et j'ai remarqué une vieille affiche en allant aux toilettes. Je venais juste de voir le reportage sur le dernier viol et…

— Mince alors.

— Vous les avez ? Les deux photos ?

— En technicolor. Bon sang.

Willow serra le téléphone dans sa main.

— Vous voyez ce que je veux dire ? Ce n'est pas mon imagination, n'est-ce pas ?

— Non, McCray. Ce n'est pas votre imagination. Erin Speck et la victime d'hier soir pourraient être jumelles.

— Erin était fille unique et elle n'a pas été adoptée. Je sais que Wagner a émis l'hypothèse que le violeur pourchasse un type physique particulier, la vingtaine, jolie, beaux vêtements, beaux bijoux. Toutes avec de longs cheveux noirs. Mais nous pensions que les viols avaient commencé il y a six mois.

— Je ne suis pas un débutant, McCray, je sais relier les pointillés. Mais je n'aime pas ce que j'entrevois.

— Je sais, je sais. Nous pensions avoir un violeur en série qui avait tué une de ses victimes par accident. Si Speck est morte, ce qui semble probable, et que son cas est lié…

— Alors notre violeur en série est aussi un tueur en série, dit-il. Et il sévit dans la région depuis beaucoup plus longtemps que nous ne le pensions. Purée, on en avait déjà jusqu'au cou ! Revenir en arrière de quatre ans pour travailler sur une affaire classée ne va pas nous faciliter la tâche. Nous n'avons pas assez de ressources pour ça.

— Je sais. Je suis désolée.

— Ne le soyez pas. McCray, je sais que je suis dur avec vous. Mais ça, c'est du bon travail. Je suis content que vous m'ayez appelé.

Willow cilla.

— Euh, merci monsieur. Ça fait plaisir.

— Profitez donc du reste de votre week-end. Ce sera peut-être le dernier avant longtemps. Lundi matin, je vous mets sur l'affaire. Je vous enlève vos roulettes. Nous avons besoin de vous.

Clic.

Willow baissa lentement le téléphone. *Vos roulettes ? Nous avons besoin de vous ?*

Elle rejeta ses cheveux en arrière d'une main tremblante. Avait-elle mal jugé Jeffries ? Lui avait-il donné des tâches de débutante pour la former ? Elle avait cru qu'il se montrait mesquin, qu'il la punissait parce que son patron l'avait choisie alors qu'il voulait engager son neveu. S'était-elle trompée ?

Le lundi matin, il prévoyait de lui attribuer une affaire, la plus importante qu'ils avaient. Elle allait enfin devenir inspectrice pour de vrai, pas seulement de nom, quelque chose dont elle désespérait depuis des mois.

Et elle venait de promettre à Grayson Prescott qu'elle démissionnerait.

Qu'avait-elle fait ?

12

Willow se regarda longuement dans le miroir des toilettes, essayant de se motiver. Il fallait qu'elle retourne en salle de réunion pour le dernier round des négociations. Si tout marchait comme prévu, Grayson et elle repartiraient avec des contrats signés. Unfinished Business – un terme de jargon policier que Grayson avait choisi comme nom de l'entreprise – prendrait enfin son essor.

Même si son nouveau tailleur et sa natte lui donnaient un air professionnel, la vérité, c'était qu'elle était terrifiée.

Terrifiée de ne pas suffire. D'avoir renoncé à son poste pour rien. De laisser tomber Grayson et d'échouer à lui apporter quelqu'un à traduire en justice pour le meurtre de sa femme et sa fille.

Elle plaqua les mains sur le lavabo en granit. Trois mois… Est-ce que cela faisait vraiment trois mois depuis que Grayson et elle avaient élaboré ce plan abracadabrant, monter une agence d'investigation des affaires classées ? Après cette soirée au restaurant, elle avait démissionné, ce que Jeffries avait paru prendre comme un affront personnel. Il lui avait dit qu'elle partait au pire moment. Mais elle ne pouvait pas tourner le dos à Grayson. Jeffries avait une équipe, Grayson n'en avait pas.

Rétrospectivement, elle pensait avoir pris la bonne

décision. Le lien entre les viols de River Road et l'affaire Speck n'avait rien donné. La police de Gatlinburg n'avait pas réussi à identifier le violeur/meurtrier. Mais dans le même temps, Grayson et elle avaient fait d'énormes progrès, qui allaient soulager beaucoup de familles en souffrance.

S'ils pouvaient juste faire signer ces contrats.

Les hommes et les femmes rassemblés ce jour-là étaient des mandataires en mesure d'approuver l'accord de partenariat avec la totalité de l'est du Tennessee. Mais au lieu de signer les contrats placés devant eux, ils avaient passé la dernière heure à écouter la personne la moins gradée de la pièce, à savoir Jeffries.

Il ne pouvait visiblement pas supporter que l'humble inspectrice qu'il admonestait autrefois se retrouve maintenant au coude à coude avec des millionnaires, un gouverneur et des huiles du FBI qui ne prenaient même pas ses appels. Nul doute qu'une part de son ressentiment était aussi due au fait qu'elle gagnait désormais plus en un an que Jeffries n'en gagnait en plusieurs années. Et il en résultait que son ancien chef faisait tout son possible pour saboter les chances de Grayson d'obtenir justice.

L'alarme se déclencha sur la montre qu'elle avait pris l'habitude de porter sur suggestion de Grayson. Elle devait admettre que cela avait grand air avec son tailleur. Et c'était plus professionnel de jeter un coup d'œil discret à son poignet que de sortir son téléphone pour vérifier l'heure. Pour l'instant, l'alarme lui disait que la pause était terminée. Tout le monde allait passer en salle de réunion. Elle ne pouvait plus se cacher.

Elle inspira profondément et entra dans la salle de patrouille pour rejoindre la salle de réunion au fond. Mais elle fit halte sur le seuil. Le spectacle de Brian Nelson, le neveu de Jeffries, assis au bureau qui était autrefois le sien n'aurait pas dû la contrarier. Il était logique qu'il la remplace, puisqu'il était arrivé second au concours des inspecteurs. Mais le savoir et le voir étaient deux choses différentes.

Brian dit quelque chose au collègue dont le bureau jouxtait le sien, puis la remarqua dans l'encadrement de la porte. Il sourit et agita la main comme s'ils étaient de vieux amis. Elle lui rendit son salut, feignant – comme lui – qu'ils ne se méprisaient pas. Ils n'avaient jamais été amis. Pas même collègues.

Il y avait certainement eu une attirance de sa part à lui, des années auparavant. Et il s'était acharné, l'invitant à sortir si souvent qu'elle en avait perdu le compte. Mais même s'il cochait toutes les bonnes cases, il y avait dans sa personnalité quelque chose qui la rebutait profondément. Lorsqu'elle lui avait dit qu'elle n'était pas physiquement attirée par lui, il avait cessé ses invitations. Mais cela n'avait pas amélioré leur relation de travail dans les rares occasions où leurs chemins s'étaient croisés.

Et lorsqu'ils avaient tous deux concouru pour le poste d'inspecteur et qu'elle avait été engagée, le ressentiment de Brian n'avait fait qu'empirer. Maintenant, voyant qu'il avait pris sa place, elle ne pouvait s'empêcher de lui en vouloir. Et d'être un peu écœurée aussi qu'il touche sa chaise et son bureau et mette la main dans des tiroirs qui étaient autrefois les siens. Elle frissonna et se frotta les bras de haut en bas.

— On y va ?

Grayson l'avait rejointe.

— Je pense que tout le monde est revenu de la pause. Tu es prête ?

— Je crois. Mais je ne suis pas impatiente. Les choses sont plutôt intenses là-dedans.

— Toutes les négociations le sont. Ne t'inquiète pas. Ils vont céder et signer.

— J'espère que tu as raison.

— Fais-moi confiance.

— Je te fais confiance.

Elle lui serra la main, un geste qui l'aurait fait reculer quelques semaines auparavant. Mais il lui rendit simplement la pression. Des petits pas… Il regagnait lentement la terre des vivants, souriait davantage, se sentait plus à l'aise avec elle. Elle lui avait donné de l'espoir. Et elle priait pour que l'espoir ne meure pas dans les mains de Jeffries ou de quiconque était déterminé à tuer Unfinished Business dans l'œuf.

Une demi-heure plus tard, en réponse à d'autres questions de Jeffries, Grayson récapitula la proposition pour la vingtaine de personnes rassemblées dans la salle de réunion du commissariat.

Il leur montra les dossiers des enquêteurs qui avaient accepté de faire partie de l'entreprise, à supposer qu'elle devienne une réalité. Il leur exposa leurs mérites en tapotant chacun des dossiers, s'efforçant de revenir à l'essentiel.

— Mesdames et messiers, vous et vos respectables agences avez été consultés et tenus au courant de tout ce que Mme McCray et moi-même avons fait pour créer Unfinished Business. Nous vous avons transmis les plans préliminaires du siège qui sera bâti sur le Mont Prescott. Nous avons obtenu un accord verbal des trente-trois comtés de l'est du Tennessee pour un partenariat.

Il leva un autre dossier.

— Ceci est un contrat avec l'un des meilleurs

laboratoires privés du Tennessee. J'ai financé la création d'une nouvelle aile, ainsi que l'équipement et le recrutement de professionnels qui se concentreront sur les affaires sélectionnées par Unfinished Business. Mais ils pourront toujours travailler avec les forces de police ou d'autres agences. Grâce à ce financement, leurs capacités de traitement d'autres affaires seront augmentées quand ils n'effectueront pas des analyses pour nous. C'est un accord gagnant-gagnant pour tout le monde. Alors pourquoi débattons-nous encore de tout cela ? Quel est le problème ?

S'adossant à sa chaise, Willow vit tous les yeux se tourner à nouveau vers Jeffries. Comme on pouvait s'y attendre, ce dernier croisa les bras avec un regard dubitatif à l'adresse de Grayson.

— Nous nous sommes réunis sans vous tout à l'heure, annonça Jeffries. Nous voulions savoir si nous étions d'accord pour soutenir votre entreprise. Nous nous sommes aperçus que la majorité d'entre nous avait la même crainte. À savoir la participation de Mme McCray.

Willow se raidit, choquée qu'il laisse son antipathie faire obstacle à quelque chose d'aussi important.

Grayson serra les dents, signe qu'il était en colère. Mais il fit de son mieux pour le cacher.

— Quelle est exactement cette crainte ?

— Nous ne nous fions pas à sa capacité à diriger une équipe d'enquêteurs alors qu'elle n'a que deux mois d'expérience comme inspectrice. Nous pensons que cette entreprise est vouée à l'échec si elle est dirigée par elle.

Willow noua les mains sous la table. Jeffries venait de verbaliser ses propres inquiétudes. Connaissant ses limites, elle avait fait de longues recherches pour sélectionner des enquêteurs dotés de compétences spécifiques et de taux de réussite impressionnants. Elle s'était attribué le rôle d'administratrice pour compenser son manque d'expérience en tant qu'enquêtrice. Mais ce n'était pas suffisant pour son ancien chef.

Elle resta silencieuse, tentant de garder contenance. Mais Grayson n'était pas aussi accommodant. Le regard glacial de ses yeux bleus aurait pu figer Jeffries sur place.

— Mme McCray a des années d'expérience dans la police, sans parler d'un master en criminologie avec une option psychologie. Vous avez un master, sergent Jeffries ?

Jeffries rougit.

— Mes qualifications ne sont d'aucune pertinence ici.

— Non ? Vous l'avez engagée comme inspectrice et pourtant vous la critiquez. Êtes-vous en train de dire que vous avez fait une erreur et que votre opinion est faillible ?

— Écoutez, Prescott…

— Non, sergent, vous, écoutez. Je ne vais pas laisser votre jalousie mesquine envers une ancienne employée anéantir une chance d'aider les familles de l'est du Tennessee à obtenir justice et faire le deuil qui leur a été refusé pendant des années. Bien que ce ne soit pas la faute du TBI ni d'aucune autre agence ici, les contraintes budgétaires et le manque de ressources signifient que le nombre d'affaires classées augmente au lieu de diminuer. Unfinished Business est la solution, un moyen de résoudre ces affaires et d'ôter la liberté à de dangereux criminels.

Grayson tapota à nouveau les dossiers.

— Lequel de ces enquêteurs pose problème ? Laquelle des décisions d'embauche qu'a prises Mme McCray ne correspond pas à vos critères ?

Voyant que Jeffries ne répondait pas, Grayson lui jeta un regard de mépris et s'adressa aux autres.

— Nous sommes prêts à avancer dès maintenant.

Même si le siège n'est pas encore construit, nous pouvons travailler à partir de chez moi. Une entreprise est en train de transformer ma bibliothèque en espace de travail. Les enquêteurs disposeront des meilleurs équipements informatiques. Ils seront là dans quelques jours, dès que les contrats seront signés, et commenceront à travailler sur des affaires. Tout ce que vous avez à faire est de signer sur la ligne en pointillé. Ou y a-t-il autre chose qui vous retient, dont nous n'avons pas discuté ?

Jacob Frost, de l'antenne du FBI du Tennessee, s'éclaircit la voix, attirant l'attention de tous.

— Revenons un peu en arrière, voulez-vous ?

Il adressa un hochement de tête respectueux à Grayson.

— Premièrement, j'aimerais vous exprimer à nouveau mes condoléances pour le deuil que vous avez subi. Je comprends bien que c'est la frustration de voir cette affaire rester si longtemps sans solution qui vous a poussé à concevoir cette agence. Et je pense parler en notre nom à tous en disant que nous vous sommes sincèrement reconnaissants de mettre vos ressources à disposition pour aider d'autres familles dans la même situation.

Il y eut des hochements de tête et des murmures d'assentiment tout autour de la table.

— Je sens qu'il y a un « mais », dit sèchement Grayson.

— Et vous ne vous trompez pas, reprit Frost. En dépit des ressentiments qui peuvent exister entre Jeffries et son ancienne inspectrice, je peux vous assurer qu'ils n'ont rien à voir avec la question des compétences de Mme McCray.

Frost adressa un signe de tête à Willow.

— Sans vous manquer de respect, madame. Je pense que vous avez fait un super boulot en secondant M. Prescott dans la réalisation de cette idée. Mais il y a une brèche que nous devons combler. M. Prescott ne possède pas de formation policière ni d'expérience en tant qu'enquêteur. Et bien que vos études et votre expérience dans la police représentent un avantage formidable, vous êtes relativement inexpérimentée, surtout en matière d'investigation. Les affaires classées sont parmi les plus difficiles à résoudre, même pour des inspecteurs chevronnés. Et vous nous demandez de croire que vous avez la capacité d'engager la bonne équipe. Ce n'est tout simplement pas réaliste. Je pense qu'aucun de nous n'est à l'aise avec ce que vous nous présentez.

Grayson jeta un regard interrogateur à Willow. Mais tout ce qu'elle put faire fut de hausser les épaules. Elle ne savait pas quoi dire. Il posa un regard dur sur Frost.

— Chacun des enquêteurs que nous nous proposons d'engager dispose d'années d'expérience dans les affaires classées. Nous avons prévu une liaison avec la police grâce au représentant que vous choisirez et qui fera intégralement partie de l'équipe.

— C'est parfaitement clair et je vous en remercie. Mais ce membre du TBI ne sera pas employé par vous et n'aura pas le pouvoir de superviser l'équipe d'enquêteurs ni d'inverser les décisions prises. Son travail sera de se concentrer sur les aspects légaux des affaires sur lesquelles vous travaillerez et de s'assurer que la continuité des preuves est préservée. C'est votre enquêteur principal qui coordonnera les affaires et assignera les priorités. Cela requiert quelqu'un qui ait assez d'expérience pour juger des mérites de chaque affaire et déterminer lesquelles ont un potentiel de résolution. Le succès ou l'échec de toute l'entreprise est directement lié aux décisions de cet enquêteur principal.

Il adressa un sourire d'excuse à Willow.

— Je suis désolé, madame McCray. Mais nous tous, sans exception, pensons qu'il est moins risqué d'avoir quelqu'un de beaucoup plus expérimenté dans ce rôle.

Il regarda Grayson.

— Nous aimerions que quelqu'un d'autre s'en charge.

Grayson serra les dents.

— C'est tout ou vous avez d'autres exigences ?

— Ce ne sont pas des exigences. Seulement une préoccupation et des requêtes mineures. La première est qu'avant de signer les contrats finaux et de rendre ce partenariat public, nous aimerions que votre équipe résolve une ou deux affaires pour prouver que tout est en place. Nous préparerons des contrats temporaires, afin que vous ayez accès aux indices des affaires sélectionnées, bien sûr. Ensuite nous prendrons une décision sur la poursuite du partenariat en fonction du succès ou de l'échec de ces enquêtes. Ce sera la preuve que la direction que nous recommandons et l'infrastructure que vous avez mise en place sont compatibles.

— La direction que vous recommandez ? releva Grayson en grinçant des dents.

Frost ne parut pas s'émouvoir de son ton.

— Lorsque nous avons discuté, un nom est sorti, le seul sur lequel nous étions tous d'accord : Ryland Beck.

Grayson fronça les sourcils et regarda Willow.

— Qui est Ryland Beck ?

Elle rougit.

— Je n'ai jamais entendu parler de lui. Son nom n'est pas apparu dans mes recherches.

— Ce qui va dans le sens de votre inexpérience, madame McCray.

Frost sourit comme pour adoucir sa remarque et se tourna vers Grayson.

— Beck est sans doute le meilleur enquêteur que nous ayons jamais eu au TBI. Il a commencé sa carrière à Knoxville, puis a été transféré dans le Tennessee, où il a travaillé exclusivement sur des affaires classées. Il a démissionné par frustration devant le manque de ressources, ce qui me fait penser qu'il sautera sur l'occasion de travailler pour votre agence, où les ressources ne seront pas un problème. L'autre avantage est que, puisqu'il n'appartient plus aux forces de police, vous n'aurez pas à le débaucher, comme vous semblez l'avoir prévu pour beaucoup de vos collaborateurs.

Il émit un petit rire, sans paraître excessivement choqué de cette idée.

— Engager Beck en tant qu'enquêteur principal fera beaucoup pour faciliter ce partenariat. Malheureusement, nous devons insister pour que Mme McCray cesse d'être votre employée, afin qu'elle ne soit plus en mesure d'influencer les décisions concernant les enquêtes.

Grayson se raidit.

— Attendez une minute, Frost…

— Ce n'est pas ouvert à débat, insista Frost d'un ton dur. Ce sont nos conditions. Évidemment, c'est votre entreprise. Vous avez le choix de suivre ou non nos recommandations. Mais si vous ne le faites pas, il vous faudra poursuivre sans le soutien de la police.

Les yeux de Grayson jetèrent un éclair de colère.

— Vous savez fichtrement bien que nous ne pouvons y arriver sans avoir accès aux indices matériels, accès que nous n'obtiendrons que si vous signez ces contrats.

Frost repoussa sa chaise et se leva.

— Alors j'imagine que vous allez devoir mettre cela en balance avec tout le reste. Je suis impatient d'entendre votre décision.

Willow resta assise, figée, tandis que tout le monde sortait en file indienne, les laissant, Grayson et elle, seuls. Elle resta où elle était, à six places de lui, le visage enflammé par l'embarras. Grayson se tenait raide sur sa chaise, les poings posés sur la table, perdu dans ses pensées, le regard fixé sur l'autre mur. Aucun d'eux ne parla. Qu'y avait-il à dire ?

Trois mois auparavant, Jeffries lui avait dit de profiter de son week-end car ce serait le dernier avant longtemps. Sa prédiction s'était avérée, bien que pas de la façon qu'il avait imaginée. Au lieu de travailler sur l'affaire du violeur/tueur en série, elle avait travaillé avec Grayson pour faire de son agence une réalité.

Ils avaient œuvré jour et nuit au point qu'elle avait parfois dormi dans une chambre d'amis. Elle avait cherché des enquêteurs, la crème de la crème, les meilleurs des meilleurs. Elle en avait interviewé des dizaines par téléphone, puis elle s'était déplacée dans tout le pays avec Grayson pour les deuxièmes et troisièmes entretiens.

Puis il avait fallu sélectionner un laboratoire. Cette partie s'était révélée plus facile, étant donné que Grayson et elle s'étaient entendus pour ne retenir que ceux qui se trouvaient à moins de trois heures de voiture, afin de faciliter le transport des indices matériels. Mais il leur avait tout de même fallu des semaines de coups de fil, de démarches et de rendez-vous pour repérer deux labos potentiels. La décision finale avait été difficile à prendre, mais ils avaient le sentiment d'avoir fait le bon choix. Les contrats étaient signés, et la prochaine étape, la plus ardue, était devant eux : amener le TBI et les polices de trente-trois comtés à approuver leurs projets.

Mais ils l'avaient fait.

Ils avaient rencontré le gouverneur et des dizaines

de politiciens pour aplanir le chemin. Puis ils avaient organisé des réunions avec les chefs de police, les shérifs et Jacob Frost, la tête du TBI. Tout cela culminait dans cette réunion finale. Tout était rassemblé. Les pièces du puzzle s'encastraient. Sauf une.

Elle.

Elle ne sut pas combien de temps ils étaient restés silencieux. Trente minutes ? Une heure ? Quand Grayson poussa finalement un gros soupir et fit pivoter sa chaise vers elle, elle lut sa décision dans son regard torturé.

— Dis-le, murmura-t-elle. J'ai besoin de te l'entendre dire.

— Willow, il faut que tu comprennes. Je ne peux vivre comme ça, avec ces questions, ce deuil impossible. Tu as travaillé très dur, je le sais. Et ça me tue. Mais nous sommes si proches du but. Nous n'aurons peut-être plus jamais cette chance et…

— Vas-y, dis-le, Grayson.

Il déglutit avec effort et secoua la tête avec regret.

— Je suis désolé, Willow. Tu es virée.

13

Grayson avait passé deux mois épuisants à monter la nouvelle agence. Entre l'accueil des membres de l'équipe, l'aide qu'il avait dû leur fournir pour se loger, le harcèlement des ouvriers pour qu'ils finissent de transformer la bibliothèque en salle de travail, il avait eu peu de temps pour autre chose. Enfin, il avait celui de se concentrer sur le plus important. À savoir Willow.

Il arrêta son Audi dans le parking et coupa le moteur sans descendre immédiatement de voiture. Au lieu de cela, il s'accorda le plaisir coupable de l'observer à travers son pare-brise.

Willow était assise à une table de pique-nique, positionnée sous un chêne en sorte que le soleil ne se réverbère pas sur son écran d'ordinateur. À en juger les marques dans l'herbe, elle avait traîné elle-même la table jusque-là. Il ne put s'empêcher de sourire en l'imaginant pousser en ahanant la table qui devait faire le double de son poids. C'était ainsi qu'elle était : motivée, déterminée, jamais découragée.

Un peu comme lui.

Sauf que, contrairement à lui, elle n'avait pas trahi la confiance d'une amie pour obtenir ce qu'elle voulait.

Poussant un gros soupir, il mit ses lunettes de soleil

avant de descendre de voiture. Il vit le moment exact où elle prenait conscience de sa présence. Ses mains s'immobilisèrent au-dessus du clavier et ses lèvres prirent un pli amer.

— Bonjour, Willow. Ça fait un bail.

Elle leva lentement les yeux.

— Deux mois, c'est loin d'être assez.

— Je suis passé chez toi une dizaine de fois, mais tu n'as jamais ouvert.

— Peut-être que je n'étais pas là.

— Ta voiture était garée devant l'immeuble.

— J'étais sans doute en train de me laver les cheveux.

Il rit.

— Et les appels ? Tu n'as jamais répondu. Pas même à mes textos.

— Peut-être que tu as fait le mauvais numéro.

Il lui décocha un sourire agacé.

— Peut-être.

Elle croisa les bras.

— Comment m'as-tu trouvée de toute manière ?

— J'ai soudoyé ton voisin. Il a dit qu'il t'avait vue dans le parc.

— La prochaine fois, je garderai la pizza, grommela-t-elle.

— Quoi ?

— Peu importe. Maintenant que tu m'as trouvée, qu'est-ce que tu veux ?

— Te parler. Tu as l'air en pleine forme, à propos. Mais c'est toujours le cas.

Elle écarquilla les yeux.

— C'est quoi, ça ? Tu me cires les pompes ? Laisse-moi deviner. Tu n'arrives pas à retrouver un rapport pour une réunion. Tout est dans cette espèce de bibliothèque monstrueuse que tu as. Trouve-le toi-même. Ne t'attends pas à ce que je fouille des tiroirs et des armoires pour toi. Ou bien tu as peur de salir ton costume Armani ?

— Tu es consciente que j'ai passé des années dans l'armée, n'est-ce pas ? En treillis et bottes de combat, accroupi dans la boue et sous la pluie. Il n'y avait pas de Louis Vuitton ou d'Armani dans les parages. Je ne suis pas le snob que tu te plais à imaginer.

Elle leva les yeux au ciel et se pencha sur son clavier. Il s'approcha plus près pour voir ce qu'il y avait sur l'écran.

— Erin Speck ? Tu travailles sur cette affaire ? Toute seule ?

— Ce ne sont pas tes oignons, mais oui.

— Pourquoi ?

Elle lui jeta un regard exaspéré.

— Parce que je suis enquêtrice. C'est ce que font les enquêteurs, ils enquêtent. Sauf que je travaille pour moi, ces derniers temps. Merci de m'avoir persuadée de renoncer au poste pour lequel j'ai travaillé toute ma vie, puis de m'avoir virée.

— Ouille.

Elle referma son ordinateur.

— Tu n'as pas un quartier général à concevoir ? Des équipements de labo à commander ? Ah oui, c'est l'heure du déjeuner. Peut-être que ton pote Frost et toi avez réservé pour manger de la langouste à Nob Hill.

Elle agita la main.

— Ne te mets pas en retard.

— Mon petit discours sur les treillis et les bottes de combat n'a pas pris, hein ?

— Non.

Il poussa un gros soupir.

— Tu ne vas pas me faciliter la tâche, c'est ça ?

— Te faciliter la tâche ? Je ne t'ai pas demandé de venir. En fait, je ne veux pas de toi ici.

— J'en suis sûr. Heureusement pour moi, c'est un parc public.

Il s'assit sur le banc qui lui faisait face. Elle plissa les yeux.

— Si tu aimes tant cette table de pique-nique, prends-la.

Elle tapota son ordinateur.

— Et à propos, merci pour l'ordinateur. Je l'ai acheté avec mon parachute doré.

Elle prit la sacoche et l'ouvrit. Comme elle soulevait la machine, Grayson posa une main sur les siennes.

— Willow, attends s'il te plaît. Il faut que nous parlions.

Elle dégagea sa main.

— La dernière fois que nous avons parlé, tu m'as dit *fais-moi confiance*. Ensuite tu m'as virée. Ce que tu as à dire ne m'intéresse pas. Nous n'avons rien à discuter.

— Je veux te réengager.

Elle s'immobilisa, l'ordinateur à moitié dans la sacoche, et leva lentement les yeux.

— Pardon ?

— Te licencier était injuste et stupide. Je l'ai regretté dès que je l'ai fait.

Il la considéra par-dessus ses lunettes de soleil.

— Je ne suis pas doué pour me mettre à plat ventre. Qu'est-ce qu'il faut pour que tu acceptes de revenir ?

— Ne m'insulte pas en m'offrant davantage d'argent.

— Je n'oserais pas.

Elle croisa les bras, le fusillant du regard.

— Chat échaudé craint l'eau froide. Je ne remettrai plus jamais mes espoirs et mes rêves entre tes mains.

Il tressaillit.

— Mais, continua-t-elle, je dois souligner que tu as

beaucoup à apprendre sur l'art de te mettre à plat ventre. Tu n'as même pas dit que tu étais désolé.

— Je le suis, tu sais, je suis désolé. Plus désolé que tu ne l'imagines.

— *Pfff.* D'accord. Laisse-moi deviner. Il y a un truc qui cloche et je suis la seule à pouvoir le résoudre ?

— En fait, non. Tout marche au poil. Ryland Beck a accepté de diriger l'équipe. La moitié des enquêteurs sont déjà chez moi. Ils travaillent dans la bibliothèque où des gars ont réglé le système informatique. Le reste arrivera dans une semaine. Plutôt que de faire construire une autre aile au labo, j'ai loué un bâtiment en face. Les équipements sont en train d'être installés. Les techniciens ont été embauchés. L'équipe a déjà commencé à travailler sur des affaires classées choisies par Beck, pour prouver à Frost que le partenariat avec Unfinished Business en vaut la peine. En outre, ils travaillent sur une autre affaire, la même que toi, c'est-à-dire la disparition d'Erin Speck. Vu le lien potentiel avec l'affaire du violeur de River Road, Beck pense que ce serait un énorme succès pour l'entreprise de la résoudre.

Elle écarquilla les yeux.

— Félicitations. Tu n'as pas besoin de moi, en effet. Jeffries avait raison.

Elle fourra l'ordinateur dans la sacoche et la referma.

— Non, il avait tort, Willow. Ils avaient tous tort, moi y compris. Je n'aurais jamais dû céder à leurs exigences. Sans toi, j'errerais sans espoir. C'est grâce à toi si Unfinished Business existe. Et ce n'est pas juste que tu n'en fasses pas partie. Je suis désolé de ce que j'ai fait. J'espère qu'un jour tu pourras me pardonner.

Elle se leva et remonta la lanière de la sacoche sur son épaule.

— Tes courbettes s'améliorent. Ça te vaut des bons points. Mais ça ne change rien.

Elle fit mine de le contourner. Il lui saisit le bras et attendit qu'elle lève les yeux.

— Je ne veux pas de bons points, Willow. C'est toi que je veux.

Elle écarquilla les yeux.

— Tu… tu quoi ?

Il prit son visage entre ses mains.

— Je ne me suis pas battu pour toi comme j'aurais dû le faire. Mais j'ai repris mes esprits quelques jours plus tard. J'ai eu une réunion privée avec Frost et je l'ai persuadé de modifier les termes de notre arrangement. Du moment que Ryland Beck est avec nous, et que nous faisons nos preuves avec les premières affaires, lui et les autres signeront les contrats définitifs. Je veux que tu reviennes, Willow.

Elle baissa les yeux au niveau de sa poitrine et laissa échapper un soupir entrecoupé.

— Bon d'accord. Je suis perdue…

Elle repoussa ses mains et recula d'un pas.

— Tout est embrouillé.

— Quoi donc ?

Elle ouvrit la bouche pour parler, puis parut changer d'avis et se racla la gorge.

— Willow ? Pose-moi tes questions.

— Euh, comment as-tu convaincu Frost et les autres d'accepter de me réengager ? En supposant que ça m'intéresse, ce qui n'est pas le cas, finit-elle en croisant les bras.

— Je l'ai menacé.

— Tu l'as quoi ?

— Je lui ai dit que s'il ne revenait pas sur sa position, j'irais voir la presse et que je raconterais toute l'histoire :

comment une agence privée de plusieurs millions de dollars consacrée à la résolution des affaires classées a essuyé un refus du TBI, et comment le nombre de meurtres et de disparitions non résolus va continuer à augmenter dans l'est du Tennessee.

— Tu n'as pas fait ça !

— Si. Je lui ai même montré un communiqué de presse. Il a immédiatement changé d'avis.

— Qu'est-ce que tu aurais fait, si cela n'avait pas été le cas ? Tu serais allé voir la presse ?

— À la seconde même. Reviens travailler avec moi. Tu peux superviser Beck ou choisir un autre rôle, je m'en fiche du moment que tu es là. Nous serons une meilleure équipe avec toi à bord. Et s'il faut que je me mette à plat ventre tous les jours pour que tu me pardonnes, c'est ce que je ferai.

Elle fourragea dans ses longs cheveux et les rejeta en arrière.

— Tu n'as même pas besoin de moi.

— Tu as tort. Est-ce qu'Unfinished Business réussira sans toi ? Peut-être. Mais nous serons meilleurs avec toi, avec tes idées et ta créativité. Et ça me rend malade que ta création prenne vie sans que tu sois là pour la stimuler et la guider.

Elle pencha la tête, mains sur les hanches.

— Tu veux donc que je travaille pour toi pour cesser de te sentir coupable. Il ne s'agit que de toi.

Il sourit jusqu'aux oreilles.

— C'est une manière de le voir, je suppose. Qu'en dis-tu ? Tu reviendras ?

— Peut-être. Je vais y réfléchir.

— Je peux me contenter d'un peut-être. Merci, Willow. Tu ne le regretteras pas. Promis.

Devant son air sceptique, il se corrigea.

— Je sais qu'une promesse de ma part n'est pas très fiable. Mais laisse-moi te le prouver. Tu peux vraiment compter sur moi dorénavant. Je ne laisserai pas mon désir de résoudre le meurtre de ma femme influencer encore la manière dont je traite les gens. J'ai appris mes leçons.

Elle laissa échapper un long soupir.

— D'accord, d'accord, je le ferai. Mais je veux une augmentation de dix pour cent.

— Je croyais que parler d'argent était insultant ?

— J'ai changé d'avis.

Il rit.

— D'accord.

Il resta à sa hauteur tandis qu'elle se dirigeait vers sa voiture.

— En parlant de l'affaire de ta femme et ta fille…

Elle déposa sa sacoche sur la banquette arrière.

— Comment se passe l'enquête ?

Elle referma la portière arrière et se retourna, sourcils haussés. Il s'efforça de garder un ton enjoué pour répondre :

— Nous ne travaillons pas encore sur l'affaire. Ryland craignait qu'il ne soit pas possible de la résoudre.

Il haussa les épaules, essayant de ne pas laisser voir combien il avait été anéanti d'entendre un enquêteur chevronné dire ça.

— Comme nous avons besoin de résolutions rapides pour obtenir la signature des contrats, il a choisi des affaires qu'il trouvait plus prometteuses. Je comprends son raisonnement. Nous y viendrons à terme. Alors, quand reprends-tu le travail ? Puis-je espérer que ce soit demain matin ?

— Ça me va, dit-elle en souriant. Et, Grayson ?

— Hmm ?

— Merci. Tu as mis le temps, mais tu as fini par te battre pour moi. Je t'en suis reconnaissante.

Incapable de résister à son impulsion, il se pencha vers elle et lui déposa un baiser sur la joue.

— À demain.

Willow garda le sourire jusqu'à ce que l'Audi de Grayson disparaisse au coin de la rue. Alors, elle ferma les yeux, se tenant à la portière de sa voiture. Le simple fait de le voir avait fait battre son cœur à toute allure. Elle était déjà prête à lui pardonner quand il avait fait halte devant la table de pique-nique. Ce qui, bien sûr, l'avait mise en colère contre elle-même. Alors elle l'avait caché en obligeant Grayson à faire des efforts.

Et il avait dit qu'il la voulait *elle*.

Elle avait été tellement stupéfaite qu'elle n'avait pas pu rassembler ses pensées. Heureusement, avant qu'elle ne se jette à son cou, il avait précisé qu'il la voulait comme employée.

Elle aurait dû être immunisée contre cette attirance ridicule qui avait viré à la quasi-obsession durant leurs mois de collaboration. Le fait qu'il la licencie aurait dû la guérir. Au lieu de ça, elle n'avait pensé qu'à lui. Elle était la preuve vivante que l'absence attise le désir. Tout en lui parlant, elle avait eu du mal à garder ses émotions pour elle, surtout quand il l'avait anéantie avec son petit baiser. Sur la joue.

S'il l'embrassait vraiment, cela la tuerait probablement.

Non qu'il y ait un risque de vrai baiser. Il continuait de se comporter en gentleman, refusant de céder au désir et à l'attente qu'elle avait lus dans son regard. Il n'y avait toujours pas de place dans son cœur pour elle, seulement pour un fantôme.

Elle s'essuya les yeux, atterrée de s'apercevoir que des larmes roulaient sur ses joues. Pleurer pour un homme n'avait jamais été son truc. Mais cet homme-là, Grayson Prescott, valait bien quelques larmes. Pas seulement parce qu'il pouvait l'occire d'un sourire ou la faire trembler de désir après un baiser amical. Il était tellement plus que ça. Intelligent, fort, attentionné et capable d'admettre ses erreurs. Enfin… à la longue.

Et il ne méritait pas de souffrir comme il l'avait fait, comme il le faisait toujours. C'était tellement injuste que, alors qu'il croyait enfin pouvoir mettre une équipe au travail sur son affaire, Ryland Beck l'ait fait dévier sur autre chose. Une fois encore, Grayson devrait attendre pour obtenir justice. Elle en détestait presque Ryland, que pourtant elle n'avait jamais rencontré.

Elle mit le contact et démarra au bout de trois tentatives. Peut-être devrait-elle consacrer un peu de son parachute à remplacer sa vieille Taurus.

En arrivant à son appartement, elle s'assit à sa place habituelle, devant la petite table. Puis elle referma le dossier intitulé *Erin Speck : Disparue, présumée morte*, et ouvrit celui sur lequel elle avait travaillé ces deux derniers mois : *Maura et Katrina Prescott, meurtre au Mont Prescott.*

14

Willow était assise dans la salle de réunion vitrée – l'ancienne bibliothèque –, regardant alternativement Grayson et Ryland. En bas, quelques enquêteurs travaillaient à leurs bureaux. Elle en avait interviewé quelques-uns, mais c'était la première fois qu'elle voyait la plupart d'entre eux.

— Je ne comprends pas. Je pensais que nous allions avoir trente-trois enquêteurs, un par comté.

Ryland secoua la tête.

— C'était trop. Je sais que ça paraît contre-intuitif, mais moins, c'est plus. Pour ces enquêtes, il faut une équipe de taille gérable, soudée, à même de compenser les points faibles et de favoriser les points forts.

Il fit glisser un dossier vers elle sur la table.

— Je sais que tu t'es présentée en arrivant et que tu étais surprise de ne pas en connaître certains.

— Certains ? La plupart, oui !

Ryland jeta un coup d'œil incertain à Grayson avant de continuer.

— Bon. La première page est la liste des membres de l'équipe finale. Tous les CV sont dans le dossier.

Elle parcourut la liste de noms, puis tourna la page pour voir le reste. Mais le verso était vierge.

— Dix enquêteurs, c'est tout ?

— C'est le noyau dur, les postes permanents. Cela t'inclut bien sûr, mais pas Grayson, étant donné qu'il n'est pas enquêteur. Je compte aussi notre liaison avec le TBI, puisque sa charge de travail variera en fonction des affaires.

— Je ne… Je ne comprends pas. On dirait que tout ce que Grayson et moi avions prévu a été radicalement transformé.

Grayson se pencha en travers de la table et lui pressa gentiment la main.

— L'infrastructure que toi et moi avons élaborée est toujours là. Elle est juste plus petite.

— Exactement, dit Ryland. Tu as fait du super boulot, honnêtement. Et j'aurais pris la plupart des enquêteurs que tu avais choisis si j'avais voulu que l'équipe soit plus grande.

— La plupart ? Ce qui veut dire que tu désapprouves certaines de mes décisions d'embauche ?

— Non, non. Tous ceux que tu as sélectionnés étaient parfaits. J'ai seulement préféré d'autres enquêteurs que j'ai rencontrés au fil des ans et qui m'étaient plus familiers.

Elle leva la feuille de papier qu'il lui avait remise.

— Ces *autres* enquêteurs constituent la moitié de la liste.

Ryland jeta un coup d'œil à Grayson comme pour lui demander son aide. Willow leva les mains pour interrompre ce qu'il allait dire.

— Non, je comprends. Vous avez fait ce que vous estimiez le mieux durant les mois où je n'étais pas là. J'ai juste du mal à absorber tout ça. Ryland, tu peux m'expliquer ce que tu voulais dire par « noyau dur » ? Est-ce que ça signifie que d'autres ne feront qu'aller et venir ?

— Exactement. L'équipe s'agrandira ou se réduira en fonction des besoins. Pour chaque affaire que nous prendrons, nous ferons appel à des experts temporaires. Comme, disons, un reconstructeur de scène d'accident de la route. Il peut être utile dans certaines affaires, mais pas dans d'autres.

Elle hocha la tête.

— D'accord. C'est logique.

Plus ou moins logique. Elle décida de ne pas argumenter, car elle ne voulait pas paraître négative lors de son premier jour. Elle leva à nouveau la liste.

— Je vois que la liaison avec le TBI est Rowan Knight. Je me souviens de l'avoir rencontré. Il semblait parfaitement convenir au poste.

— Je suis d'accord, dit Ryland. Et une fois par an, le TBI nommera un nouvel agent, comme tu l'as proposé.

Youpi, il avait retenu au moins *une* de ses idées.

Grayson tendit la main vers un autre dossier.

— J'ai aussi engagé du personnel administratif, des assistantes, un directeur des ressources humaines, etc. Ils commencent tous la semaine prochaine et travailleront dans une autre partie de la maison jusqu'à ce que le siège soit construit. Nous voulons que le système informatique et les travaux soient achevés avant qu'ils arrivent.

— Ça a l'air super.

Avait-elle commis une erreur en revenant ? Ses sentiments pour Grayson avaient-ils obscurci son jugement ? Ils ne semblaient pas avoir besoin d'elle, et elle se demandait où était sa place. Il était évident que Grayson et Ryland avaient pensé à tout dans l'élaboration de l'agence. Elle jeta un coup d'œil à la liste des membres du personnel ainsi qu'aux rôles qu'ils remplissaient.

— Autre chose que je puisse t'expliquer ? demanda Ryland.

Elle leva les yeux.

— En fait, je voulais t'interroger sur l'affaire Erin Speck. J'ai couvert pas mal de recherches de mon côté, et Grayson m'a demandé de t'en faire part. J'ai transmis une clé USB à Faith euh…

— Lancaster.

Ryland eut un sourire encourageant.

— Ne t'inquiète pas. Tu te rappelleras leurs noms en un rien de temps.

Naturellement. Elle grinça des dents. C'était tout ce qu'elle pouvait faire en matière de sourire.

Il s'éclaircit la gorge, visiblement mal à l'aise. Grayson choisit ce moment pour sourire largement, ce qui lui donna envie de lui assener un coup de pied sous la table. Elle était consciente de se montrer infantile. Mais était-ce trop demander que ce Ryland ait au moins *un* défaut ?

— Concernant l'affaire Speck…, commença-t-elle en faisant effort pour contenir son irritation.

Ce n'était pas la faute de Ryland si on lui avait offert le poste qu'elle convoitait pour elle-même. Mais cela ne voulait pas dire qu'elle devait sympathiser avec lui d'emblée.

— … Grayson m'a dit que vous venez de commencer à y travailler il y a quelques jours. Mais je me demande si tu as pensé aux types d'analyses auxquelles soumettre les indices recueillis dans sa voiture ? C'est le dernier endroit où on l'a vue, alors je crois qu'il est important de ne pas négliger le moindre élément.

— Je suis on ne peut plus d'accord. La première chose que j'ai faite a été d'examiner la voiture. La police l'a rendue à ses parents après l'avoir traitée. Mais son père était tellement perturbé qu'il l'a rangée dans le garage et n'a permis à personne de s'en approcher.

Ses yeux brillèrent d'excitation.

— C'est donc une scène de crime potentielle intacte, vieille de quatre ans. Ça n'arrive jamais. L'un des techniciens que nous avons engagés au laboratoire l'a inspectée centimètre par centimètre, intérieur et extérieur, et a relevé des empreintes que la police de Gatlinburg avait manquées. Ils avaient seulement échantillonné les surfaces pour trouver des traces d'ADN. Une fibre retrouvée sur le siège arrière semble correspondre à une fibre trouvée sur l'une des victimes du violeur de River Road, ce qui renforce ta théorie selon laquelle ces affaires sont liées.

— Quel soulagement, dit-elle sèchement.

Il lui jeta un coup d'œil hésitant, semblant se demander si elle était sérieuse ou sarcastique. À ce stade, elle se le demandait aussi.

— D'accord, dit-il. Donc, euh… nous explorons aussi une technologie relativement nouvelle qui consiste à prélever des empreintes utilisables sur les motifs répétitifs. Le logiciel annule la séquence des motifs pour en révéler d'autres. Nous analysons aussi la poussière et les minéraux prélevés sur les pneus et le châssis, pour les comparer aux répertoires des sols de la région. Cela pourra nous dire où elle est allée. Si nous pouvons mettre cela en lien avec d'autres régions où se sont déplacées les victimes de viol, cela permettrait de préciser la zone géographique où vit le violeur. En dehors de ça, nous réinterrogeons bien sûr tous ceux qui l'ont connue, et nous reconstruisons la chronologie des semaines précédant sa disparition, en étudiant ses reçus de cartes de crédit, ses appels passés et reçus, en triangulant les antennes téléphoniques, etc.

La méchante fille en elle avait terriblement envie de trouver une critique à faire. Mais il faisait tout ce qu'elle aurait fait à sa place, et même plus.

— On dirait que tu maîtrises la situation, Ryland. J'apprécie cette récapitulation et je suis sûre que j'aurai des questions plus tard. Mais je dois parler à Grayson en privé un moment, si ça ne te dérange pas.

— Bien sûr. Je ne manque pas de travail. Tiens-moi au courant si tu as besoin de quelque chose.

Si son sourire avait été plus large, son visage se serait déchiré par le milieu. Quand la porte se referma et que Ryland dévala l'escalier, Grayson éclata de rire.

— Toi alors, *douce* Willow. Si les yeux pouvaient tuer, Ryland ne serait plus qu'un tas de braises fumantes !

Son attendrissement inattendu fit frémir son ventre. Mais les mots la firent se recroqueviller de gêne.

— C'était tellement évident ?

— Il avait hâte de sortir d'ici.

— Zut, maintenant il va me détester, grogna-t-elle.

— Il va t'adorer. Comment pourrait-il faire autrement ? Il lui décocha un clin d'œil.

— De quoi voulais-tu me parler ? Ou était-ce un prétexte pour épargner la vie de Ryland ?

Elle dut se forcer à respirer après ce « Comment pourrait-il faire autrement ? » et ce clin d'œil dévastateur. Un jour, bientôt, il faudrait qu'elle lui dise d'arrêter de sourire autant et de ne pas cligner de l'œil, de ne pas lui prendre la main et – Dieu l'en préserve – de ne pas l'enlacer. Autrement, son cœur n'y survivrait pas.

Pourrait-il un jour laisser le passé derrière lui et voir ce qui se trouvait devant lui ? La voir *elle* ?

— Willow ?

— Désolée. J'essaie encore de tout assimiler.

Elle posa un doigt sur la liste des membres.

— J'ai remarqué que personne n'est chargé de défendre les victimes. Ça me paraît un rôle essentiel. Je ne voudrais pas que la famille d'une victime apprenne par une conférence de presse qu'une agence spécialisée travaille sur son affaire.

Grayson se renversa dans son fauteuil.

— Tu as raison. Nous n'en avons pas encore engagé un. Je n'en ai pas vu l'urgence, étant donné que l'existence de l'entreprise reste secrète jusqu'à ce que les contrats finaux soient signés. Tu n'es pas d'accord ?

— Si. C'est logique. Et je suis ravie que vous n'ayez pas encore pourvu ce poste. J'avais du mal à voir comment je pourrais m'intégrer dans l'équipe. Peut-être que le job d'avocate m'irait. Ryland pourra engager un autre enquêteur pour me remplacer. J'ai étudié la psychologie. Ça devrait me servir.

— Je pense que tu ferais une super avocate des victimes. Mais je pensais que tu voulais mettre les mains dans le cambouis.

— Oui, c'était le cas. C'est le cas. Mais je suis aussi réaliste. Vous avez les meilleurs enquêteurs qui existent dans ce domaine, et je suis encore novice. Je peux apporter une meilleure contribution dans un rôle d'avocate que dans celui d'enquêtrice. Au moins jusqu'à ce que je…

Son téléphone émit un carillon.

— Désolée. J'attendais un SMS important, alors j'ai laissé le son. Juste une seconde.

— Bien sûr.

Elle jeta un coup d'œil à l'écran et sentit son estomac se soulever comme si elle venait de sauter d'une falaise. Grayson se pencha vers elle, les sourcils froncés.

— Qu'est-ce que c'est ? Une mauvaise nouvelle ?

— Ça dépend de la perspective.

— C'est le business ou c'est personnel ?

— Business.

— Je vais demander à Ryland…

— *Non !*

Elle tressaillit.

— Désolée. Je ne voulais pas crier. Je crois que tu voudras entendre ça sans lui.

— D'accord. Qu'est-ce que c'est ?

Elle tapota la table, essayant de trouver la bonne manière de l'expliquer.

— Tu as déjà entendu parler du tueur du Golden State ?

— Je ne vis pas dans une grotte. On parlait de lui dans tous les journaux télévisés il y a quelques années. Il a violé et assassiné des femmes en Californie, dans les années 1970 et 1980, je crois.

— C'est ça. Puis il a disparu de la surface de la Terre. Personne n'a jamais trouvé de suspect, et les décennies ont passé. Ensuite une unité d'affaires classées a repris l'affaire. Ils avaient le profil ADN du tueur grâce aux indices collectés sur les scènes de crime. Mais il n'avait jamais généré de touche dans les bases de données du FBI dont je t'ai parlé.

— Mais ils l'ont attrapé grâce à son ADN, n'est-ce pas ? Si je me souviens bien.

— Oui, c'est vrai.

— Tu ne suggères pas que c'est le type que nous cherchons, n'est-ce pas ? Il est en prison depuis un bout de temps.

— Non, ce n'est pas ça. La seule raison pour laquelle je l'ai évoqué, c'est à cause de la manière dont on l'a attrapé. Je pense que ça pourrait être la clé pour attraper notre type aussi. Ça s'appelle la généalogie médico-légale.

On prend un échantillon d'ADN connu, à partir d'une trousse de viol par exemple, et on le charge dans l'un de ces sites de généalogie familiale.

— Je l'ai fait moi-même, dit-il. Pour aider ma nièce à retrouver ses racines. Elle est convaincue que si elle remonte assez loin, elle finira par découvrir qu'elle descend d'une maison royale.

Elle sourit.

— Quel âge a cette petite princesse ?

— Six ans. Elle est très précoce.

Il lui fit signe de poursuivre.

— Je ne voulais pas t'interrompre.

— Je voulais juste souligner que si quelqu'un de la famille élargie du violeur avait téléchargé son profil ADN sur l'un de ces sites, et que nous téléchargions le profil ADN du violeur, nous obtiendrions un lien familial. Nous saurions que ces deux personnes sont apparentées d'une manière ou d'une autre. Alors pour savoir qui est le violeur, nous étudierions l'arbre généalogique de son parent pour essayer de retrouver la trace du suspect. C'est comme ça qu'on a arrêté le tueur du Golden State.

Elle écarta les bras.

— Je simplifie énormément les choses, bien sûr. Il faut des semaines de travail pour construire l'arbre et trouver les liens entre les échantillons ADN. C'est basé sur une combinaison de maths, de probabilités et de génétique, ainsi que sur des enquêtes à l'ancienne, à savoir interroger les gens et effectuer des surveillances pour en apprendre davantage sur les membres de la famille. On construit un profil génétique en ligne et on extrapole à partir de là. C'est un travail exténuant. Si je m'y attelais par moi-même, ça me prendrait probablement une année, et encore avec de la chance. Et une fois qu'on a réduit les possibilités, on a encore un large panel de gens qui peuvent potentiellement être l'auteur du crime. Ensuite, on les écarte un par un en étudiant qui vivait où et quand, qui en avait l'opportunité, des choses comme ça. Quand on a un nombre raisonnable de suspects, alors on essaie d'obtenir un échantillon de leur ADN pour voir s'il y a correspondance.

Il hocha la tête.

— Je me souviens qu'ils ont suivi le type du Golden State jusqu'à ce qu'il crache pour obtenir un échantillon.

— Tu penses sans doute à une autre affaire. Mais la sienne était similaire. Ils ont fait un prélèvement sur la poignée de sa portière pendant qu'il faisait des courses dans un supermarché. Et plus tard, ils ont analysé un mouchoir en papier dans sa poubelle, pour confirmer leurs découvertes. Les deux échantillons correspondaient au profil ADN du violeur, alors ils ont pu obtenir un mandat pour effectuer un prélèvement d'ADN officiel, valable en justice. Le reste, comme on dit, appartient à l'histoire. Il ne sortira jamais de prison.

— Je crois comprendre que tu veux essayer ce truc de l'arbre généalogique dans le cas de notre violeur.

— Oui. Je sais que techniquement, ce n'est pas une affaire classée, mais comme celle qui l'est – la disparation d'Erin Speck – semble liée au même type, c'est logique d'utiliser le profil ADN du violeur et partir de là pour économiser du temps. Et une fois que Ryland aura les résultats des tests menés sur la voiture de Speck, s'il y a un profil ADN, avec un peu de chance, il correspondra avec celui que nous avons déjà. Résous une des affaires et tu résoudras l'autre. Et le violeur nous dira peut-être ce qu'il a fait à Erin.

— Ça me paraît une bonne approche. Il faut que nous engagions un de ces spécialistes…

— Un généalogiste médico-légal.

Il hocha la tête.

— Je ne pense pas que ça posera de problème à Ryland.

— En fait, il n'aura pas besoin d'en engager un. Je l'ai déjà fait. Ces derniers mois, en travaillant sur l'affaire Speck, je me suis servie d'une partie du parachute ridiculement généreux que tu m'as alloué pour engager la meilleure spécialiste du domaine.

— Pourquoi ne le disais-tu pas dès le début ?

— Je voulais que tu comprennes le contexte avant de t'expliquer la suite.

Elle se pencha vers lui, l'enthousiasme le disputant à l'appréhension.

— Grayson, le SMS que je viens de recevoir, c'était une mise à jour de la généalogiste. Il y a quelque temps, elle a trouvé une correspondance familiale sur un site de généalogie et, depuis, elle construit l'arbre pour obtenir une liste de suspects possibles. Elle vient de m'écrire qu'elle a resserré les possibilités à six hommes.

Il écarquilla les yeux d'étonnement.

— Tu as une liste de suspects, et ils ne sont que six ?

Elle hocha la tête.

— Bonté divine, Willow ! C'est fantastique ! Pourquoi ne voulais-tu pas en parler à Ryland ?

— Il y a une… complication.

Il attendit.

— Garde à l'esprit qu'avec la généalogie, la génétique ne va que jusqu'à un certain point. Le gros du travail, après avoir défini le point de départ et d'arrivée, est de construire un arbre familial avec les fratries, les mariages, les naissances, etc. L'arbre débute avec une preuve scientifique, mais ensuite il faut dessiner une sorte de carte, avec les différentes branches sur lesquelles se répartissent les gènes. Tu me suis ?

— J'essaie.

— Pense à un arbre généalogique ordinaire. C'est comme un parapluie. Ton arrière-arrière-grand-père et ton arrière-arrière-grand-mère sont au sommet. Mais à mesure que tu descends, il te faut retrouver leurs frères et sœurs, leurs enfants et les enfants de leurs enfants, tout du long jusqu'au bout des branches. Tu peux te retrouver avec plusieurs centaines de personnes. Tout ce que tu sais avec certitude, c'est que chacune des extrémités a une relation très lointaine avec tes arrière-arrière-grands-parents au sommet.

— Maintenant je comprends. Je crois… Tu es en train de dire que cette spécialiste en génétique sait que notre tueur est à l'une des extrémités, parce qu'en passant par le sommet de l'arbre, il est apparenté à quelqu'un qui a téléchargé son ADN sur la base de données.

— À peu près. Notre généalogiste se sert des maths dont je t'ai parlé pour éliminer certaines des branches. Et elle peut en éliminer d'autres grâce à des choses évidentes – par exemple s'il n'y a que des femmes au bout d'une branche. Ou qu'une autre se termine quand l'un des hommes de la lignée est mort avant l'époque du crime.

— Je te suis. Elle a compris que le suspect doit être au bout d'une poignée de branches particulières, mais elle ne peut pas préciser outre mesure. Ce sont nos enquêteurs qui devront faire ça.

— Exactement. Nous avons six personnes, toutes de sexe masculin, dont l'âge correspond avec la commission des viols et du meurtre. À cause des mariages le long de l'arbre, ils ne portent pas tous le même nom. Nous parlons de cousins éloignés qui ne se connaissent peut-être même pas. Les enquêteurs doivent étudier chacun de ces six hommes pour les écarter ou les garder. Bien sûr, effectuer un prélèvement ADN sur chacun d'eux serait idéal, en sorte qu'on puisse se focaliser sur un seul suspect.

— Tout ça a l'air de l'indice magique que nous cherchions depuis le début, dit-il. Alors pourquoi es-tu inquiète ?

— Pas vraiment inquiète. Plutôt préoccupée de la manière dont ça va se passer. Ça pourrait nuire à la réputation de l'entreprise avant même qu'on ait commencé parce qu'ils vont remettre en question la recherche.

— Ils ?

— Tu comprendras en voyant ça.

Elle ouvrit l'application SMS sur son téléphone.

— Voici la liste des suspects que nous devons étudier.

Elle fit glisser le téléphone sur la table. Il lut l'écran et poussa un juron.

— Exactement ce que je me suis dit.

Repoussant sa chaise, Grayson se leva.

— Il faut qu'on parle à Russo. Tout de suite. Je l'appellerai en chemin pour qu'il nous libère un créneau.

Elle lui emboîta le pas.

— Dois-je demander à Ryland de venir avec nous ?

— Non. Ton intuition sur ce coup-là est la bonne. Moins il y aura de gens au courant, mieux ce sera. Au moins jusqu'à ce que Russo décide de ce qu'il veut faire.

15

Assis à son bureau, Russo, le chef de la police, fixa le téléphone de Willow une bonne minute, comme si les mots allaient changer s'il les contemplait assez longtemps. Enfin, il lui rendit l'appareil sans rien dire.

Grayson jeta un coup d'œil à Willow pour jauger de sa réaction. Elle lui retourna un regard inquiet, incertaine de la conduite à tenir.

Grayson s'éclaircit la gorge.

— Monsieur Russo…

L'interpellé leva la main pour l'interrompre.

— Ne craignez rien. Je ne vais pas tuer le messager.

Il jeta un coup d'œil à Willow.

— Ou les messagers, en l'occurrence. Et inutile de m'expliquer les fondements scientifiques de la généalogie médico-légale. Quand l'affaire du tueur du Golden State a fait la une, la première chose que j'ai faite a été d'étudier la manière dont ils s'y étaient pris. Mais je n'ai jamais pensé qu'on pourrait l'utiliser pour arrêter l'un de mes hommes ou son fils.

Il secoua la tête.

— Quel bazar !

Il baissa les yeux sur son bureau.

— Si l'un de mes hommes est effectivement le

criminel, cela va ébranler la confiance entre la police et cette communauté. Il faudra des années pour la rebâtir.

Un juron lui échappa.

— Je ne comprends pas. Ça n'a aucun sens. Si c'est un flic, ou même un parent de flic, on aurait pu croire qu'il ferait preuve de prudence, qu'il ne laisserait pas de trace, surtout d'ADN.

— De nos jours, dit Willow, il est exceptionnellement difficile de ne pas laisser de traces derrière soi. La quantité d'ADN requise pour donner un profil viable est minuscule. Une goutte de sueur ou de salive, un cheveu avec un follicule… Il a essayé de faire attention. Il a utilisé des préservatifs et couvert ses traits. Mais il est très difficile d'agresser violemment quelqu'un sans perdre le contrôle et laisser quelque chose derrière soi. Son talon d'Achille, c'est qu'il pense qu'il est prudent, alors que ce n'est pas le cas.

Russo secoua la tête de dégoût.

— Peu importe qui il est ou pour qui il travaille, cet animal doit être enfermé avant de faire une autre victime. Grayson, vous disiez que nous pouvions utiliser votre labo pour les analyses ? Et qu'ils peuvent donner les résultats en quelques heures, au lieu des jours ou des semaines auxquels nous sommes habitués ?

— Absolument. Comme nous savons que trois des suspects sont de Gatlinburg, j'ai déjà appelé un technicien. Une fois les prélèvements effectués, il les emportera au labo. C'est à quelques heures de route, alors le trajet nous retardera. Mais nous pourrons tout de même avoir les résultats dès ce soir.

— Et les trois autres ? Vous n'avez pas d'adresses pour eux ?

— Pas encore. Dès que Willow m'a donné la liste,

nous vous avons appelé et nous sommes venus. Je dois encore informer mon équipe de ce qui se passe et lui demander de localiser les autres.

— Nous pouvons vous y aider.

— Merci, monsieur.

— Je n'aime pas tergiverser, Grayson. Nous avons des trousses de prélèvement ADN ici même. Un technicien pourra les effectuer et un agent rattrapera votre technicien sur l'autoroute. Il prendra les prélèvements en charge et retournera au labo pour commencer à les tester. Ça vous convient ?

— Tout à fait. Vous êtes sûr que vous pouvez convaincre vos hommes de se prêter à un prélèvement sans mandat ?

Russo laissa échapper un rire de dérision.

— Ils n'ont pas le choix. Cela fait partie de l'accord qu'ils ont signé en prenant leur poste : s'ils se retrouvent en position de suspect, ils doivent coopérer pleinement et se soumettre à tout test requis. S'ils refusent, je les licencie sur-le-champ. Et je n'ai même pas besoin d'un représentant syndical pour ce faire. Le plus dur sera le fils, car il n'est pas employé ici. Mais je ne le vois pas mettre le travail de son père en danger. Il acceptera de fournir un échantillon.

Il pressa un bouton sur son bureau.

— Molly, demandez à un de nos techniciens de scène de crime de monter avec deux kits de prélèvement ADN. Et dites au sergent Jeffries et à l'inspecteur Brian Nelson de venir immédiatement à mon bureau.

Vingt minutes plus tard, un Jeffries visiblement secoué regardait le technicien sceller son échantillon d'ADN dans un kit et le signer.

— Où est votre neveu ? questionna Russo. Il devrait être là maintenant.

— Il n'est pas à son bureau et il n'a pas encore répondu à mon SMS. Il est peut-être parti interroger un témoin et a coupé le son de son téléphone.

Jeffries jeta un regard inquiet à Willow et Grayson.

— Mais vous n'avez pas besoin de tester son ADN. Si vous vous fiez à ce truc généalogique dont parlait M. Prescott.

— Expliquez-vous, dit Russo d'un ton péremptoire.

— Brian n'est pas l'enfant biologique de ma sœur. Il a été adopté.

Surpris, Russo eut un mouvement de recul.

— Eh bien, voilà quelque chose que j'ignorais. M. Prescott, je ne suis pas spécialiste, mais cela semble l'écarter. Pas de lien de parenté, pas de lien ADN, pas besoin d'analyse. Vous êtes d'accord ?

Grayson regarda Willow.

— Tu es d'accord avec ça ?

— Je ne peux pas imaginer une raison de dire le contraire. Il semble que Brian soit hors de cause.

— Excellent, dit Russo. Un nom de moins sur la liste.

Il adressa un regard dur à Jeffries.

— Votre ADN devrait aussi vous écarter.

— Oui, monsieur. Il le fera.

— Ça vaudrait mieux. Et votre fils ? Steve ? Quand pouvez-vous le faire venir pour son test ?

Jeffries déglutit.

— Il devrait être là, monsieur. Quand je lui ai envoyé un SMS, il m'a répondu qu'il allait voir son patron pour le prévenir qu'il partait. Son emploi est à dix minutes d'ici.

— Quand il arrivera, envoyez-le en bas. Les techniciens lui feront un prélèvement. Je veux le savoir à la seconde pour envoyer un agent porter vos deux prélèvements au labo de M. Prescott.

— Oui, monsieur.

Il se dirigea vers la porte.

— Jeffries ? appela Russo. Mettez votre équipe en mouvement et attrapez ce type pour que le maire me lâche les baskets, c'est compris ?

Jeffries lui adressa un sourire nerveux, hocha la tête à l'intention de Grayson et Willow et prit la porte.

Russo tapota son bureau.

— Même si je n'aime pas critiquer notre service, je dois dire que je suis impressionné par votre équipe, Grayson. Vous avez compris que le violeur sévissait depuis des années, au lieu de mois comme nous l'avions cru. Et vous avez fourni des suspects, alors que nous n'en avions aucun. Quand nous arrêterons ce type, les médias vont nous étriller pour ne pas l'avoir fait plus tôt, alors que votre agence a résolu ça si rapidement. Mais peu importe. Ce qui compte, c'est de mettre ce monstre derrière les barreaux. Je suis impatient de voir ce que vous allez faire ensuite.

— Merci, monsieur. Ces louanges sont à adresser à Mme McCray. Pas seulement parce que l'agence était son idée, mais parce que c'est elle qui a fait le lien entre la disparition d'Erin Speck et le violeur de River Road. Et la partie généalogie médico-légale est également son idée.

Willow lui adressa un sourire de gratitude. Russo se leva et se pencha au-dessus de son bureau pour lui tendre la main. Elle parut surprise, mais se leva également et la lui serra.

— Merci, inspectrice. J'utilise ce titre par respect, quoi qu'il en soit de votre employeur. Vous l'avez gagné.

Elle battit des paupières, les yeux humides.

— Je vous en suis reconnaissante, monsieur.

— Personne ici n'a jamais douté que vous feriez de

grandes choses. Je sais que Mike – Jeffries – peut être très casse-pieds au travail. Mais en privé, il se vantait sans cesse de vous. C'est une perte pour nous que vous ayez décidé de rejoindre le secteur privé. Mais nous en récoltons les bénéfices, puisque vous contribuez à résoudre nos vieilles affaires.

Elle jeta un coup d'œil à Grayson, visiblement secouée. Celui-ci serra la main de Russo.

— Dès que le labo nous appellera avec les résultats, je leur demanderai de vous appeler aussi.

— N'y manquez pas.

Sur le trajet de retour, Willow resta anormalement silencieuse, fixant les lambeaux de brume qui donnaient leur nom aux Smoky Mountains.

— Stupéfaite que Jeffries ait fait des compliments sur toi au patron, n'est-ce pas ?

— Je crois que le terme stupéfaction ne suffit pas à le qualifier.

Elle détourna le regard de la fenêtre.

— Ce qui me surprend encore plus, c'est que Brian ne soit pas notre type. Dès que j'ai vu son nom sur la liste, j'ai eu un déclic. J'étais sûre que c'était lui. Il m'a toujours paru dégager des vibrations bizarres. Il me flanque la frousse.

— Tu ne penses pas que c'est Jeffries ? Ou son fils ?

— Non, pas Jeffries. C'est un imbécile, mais policier dans l'âme. Quant à son fils, j'ignorais même qu'il en avait un. Nous ne nous sommes pas raconté nos vies quand j'ai été engagée.

Grayson se mit à rire.

— J'imagine. Jeffries ne me frappe pas non plus comme le prototype du criminel. Et je n'ai jamais rencontré

Steve ou Brian. Mais j'ai confiance en ton intuition. Nous garderons Brian pour de futures affaires.

Ce fut au tour de Willow de rire.

— Bonne idée. Honnêtement, c'est une bonne chose que nous disposions de l'ADN pour distinguer les bons des méchants. Nous sommes devenus tellement civilisés que nous avons perdu la capacité de nous fier à notre instinct. Nous ouvrons la porte parce que la personne est bien habillée ou a un sourire amical, sans jamais nous douter que le mal est là, juste sous la surface.

Grayson serra les doigts sur le volant. Willow posa soudain une main sur son épaule.

— Je suis navrée. Je ne pensais pas à ta femme et à ta fille en disant ça.

— Ça ne fait rien. Et puis ce n'est pas comme si je ne m'étais pas dit la même chose. Je n'ai jamais compris pourquoi elle avait ouvert la porte. Elle devait faire confiance à celui qui était de l'autre côté, d'autant plus qu'elle tenait Katrina dans ses bras. Elle devait connaître le meurtrier. Mais j'ai parlé à tous ceux auxquels je pensais, et la police plus encore. Personne n'a jamais trouvé de suspect. Ça n'a pas de sens, c'est tout.

Elle se tourna vers lui, autant que sa ceinture de sécurité le lui permettait.

— Avant que je reçoive ce SMS et que nous allions en ville, il y avait quelque chose que je voulais te dire. Quand nous arriverons à la maison, après avoir mis Ryland au courant, tu peux me coincer un petit moment dans ton emploi du temps ?

Il négocia un virage avant de la regarder.

— Tu as l'air inquiète. Est-ce à propos d'Unfinished Business ? De ton rôle dans l'équipe ?

— Non, rien de tout cela. C'est quelque chose sur lequel j'ai fait des recherches ces derniers mois, qui…

La sonnerie de son téléphone s'éleva. Elle le fit taire sans regarder l'écran.

— J'ai travaillé sur une autre affaire et…

Son téléphone sonna de nouveau. Elle poussa un juron. Grayson se mit à rire.

— Tu ferais mieux de voir ce que c'est. Quelqu'un veut absolument entrer en contact avec toi.

— Désolée. Je vais faire vite.

Grayson se concentra sur les virages tandis que les doigts de Willow volaient sur son écran, répondant aux messages de quelqu'un. Il doutait que ce soit à propos de l'affaire. Ils ne pouvaient pas déjà avoir les résultats des tests. Autant qu'il sache, ils attendaient toujours que Steve Jeffries passe au commissariat pour le prélèvement.

Elle posa soudain des doigts chauds sur sa manche de chemise.

— Grayson ?

Le désespoir dans sa voix lui fit tourner la tête. Elle était toute pâle et ses yeux verts brillaient de larmes contenues.

— Qu'est-ce qu'il y a, Willow ? Qu'est-ce qui ne va pas ?

— On arrive trop tard…

— Que veux-tu dire ? Qui était au téléphone ?

— Russo.

Elle prit une respiration saccadée.

— Une autre femme a été enlevée. Et apparemment, c'est le violeur de River Road.

16

— Le nom de la femme est Nicole Paletta, annonça Grayson à l'équipe rassemblée dans la bibliothèque.

Il avait présenté Willow de manière plus formelle et expliqué ce qu'il s'était passé au commissariat. Elle se tenait près de lui sur les marches de la salle de réunion, afin de voir tous les employés pendant qu'ils les briefaient.

— Paletta correspond à la description générale des autres victimes du violeur de River Road, continua-t-il. Elle a entre vingt et trente ans, elle est bien vêtue, de classe moyenne, et elle a de longs cheveux noirs. Elle est célibataire et sans enfants, ce qui est cohérent avec certaines des victimes précédentes, bien que quelques-unes, comme Erin Speck, en avaient. Ce qui rend cette victime si importante, c'est que nous avons un témoin de son enlèvement, et que nous savons que c'est un des cinq suspects possibles.

Il leva les mains pour stopper le flot de questions qu'il sentait venir.

— Willow va vous briefer sur les détails et répondre aux questions. Je veux juste souligner que notre rôle est de ramener Mme Paletta chez elle saine et sauve.

Willow lui adressa un signe de tête encourageant tandis qu'il poursuivait :

— Je sais que vous avez tous été engagés pour travailler sur des affaires classées. Et vous avez déjà fait un super boulot en éclaircissant des affaires prétendument faciles. En outre, vous avez fait d'énormes progrès dans l'affaire Speck. Mais nous avons appris, grâce à l'œil observateur de Willow, que notre affaire classée – la disparition d'Erin Speck – est liée à l'affaire courante, le violeur et meurtrier en série. J'estime qu'il est beaucoup plus important d'aider la police à retrouver Mme Paletta que de nous concentrer sur notre affaire classée. J'espère que vous êtes tous d'accord avec moi.

Rylan se leva et parcourut du regard tous les visages avant de déclarer :

— Nous sommes tous prêts à faire ce que tu veux.

— Merci. Je vous en suis reconnaissant. La police s'occupe de rechercher Paletta. Ils vont coordonner les équipes de sauveteurs et le TBI et mobiliser tous les policiers disponibles. Ils ont la direction de l'enquête, comme il se doit. Notre rôle est différent. Nous allons utiliser les ressources à notre disposition pour suggérer des lieux, en nous fondant sur notre connaissance approfondie de chacun des suspects.

— Quelle connaissance approfondie ?

Ryland avait posé les fesses sur son bureau, chevilles croisées.

— Aucun de nous n'a entendu parler de ces suspects. En outre, s'il y a un témoin, il ou elle ne peut pas désigner le bon suspect ?

— Je laisse donc la parole à quelqu'un de très expérimenté dans l'investigation et les procédures policières. Willow ?

Il recula et s'adossa à la rambarde tandis qu'elle résumait le travail accompli avec la généalogiste. Ses explications étaient beaucoup plus concises que celles qu'elle lui avait données. Probablement parce que tout le monde dans la pièce connaissait déjà les bases scientifiques de la généalogie médico-légale.

— Concernant le témoin, dit-elle, je pense que ce serait une perte de temps d'adopter cet angle. Peut-être que la police obtiendra une meilleure description ou plus de détails. Mais ce qu'on m'a dit était bien trop général pour être utile. Paletta faisait du jogging dans une rue du quartier de River Road quand le témoin a vu quelqu'un l'entraîner derrière un bâtiment. Comme il est typique de notre violeur en série, il était habillé en noir des pieds à la tête et avait le visage recouvert d'un masque. Le témoin ne sait pas si le suspect l'a fait monter dans une voiture ou dans l'un des bâtiments. Elle a simplement disparu. C'est tout. La seule raison pour laquelle nous savons qu'il y a une victime et que nous l'avons appris rapidement, c'est que le témoin est son amie et a vu l'agression. Elles faisaient du jogging ensemble, mais l'amie avait pris du retard. Elle n'était pas assez près pour pouvoir l'aider, mais elle a immédiatement appelé le 911.

Ryland fit signe qu'il avait une question.

— Comment pouvons-nous être sûrs que l'homme qui a enlevé Paletta est bien le violeur en série ? Si nous nous basons sur cette hypothèse à tort, nous pourrions perdre du temps.

Willow lui adressa un regard peiné.

— Crois-moi, c'est aussi ma crainte. L'une des caractéristiques de notre travail ici est le luxe que nous avons de soulever chaque pierre, d'examiner tous les indices, d'explorer tous les scénarios. Ce n'est pas le cas avec l'enlèvement de Paletta. Cet homme a déjà tué et il pourrait tuer encore. Le temps n'est pas de notre côté. Il faut partir de la meilleure hypothèse, même si elle n'est pas certaine, et faire ce que nous pouvons. Grayson a parlé à Russo il y a quelques minutes au téléphone. Russo a demandé que nous nous concentrions sur la liste des suspects de viol, donc c'est ce que nous allons faire. Et maintenant, la liste.

Elle leva son téléphone en direction de Ryland. Il s'empressa d'aller vers elle et elle le lui lança.

— C'est une liste de six noms, dit-elle. Ryland, c'est ton équipe. Comment veux-tu procéder ?

Ses doigts parurent voler au-dessus de l'écran. Puis il gravit en courant les marches et le lui rendit avant de se tourner vers les autres.

— Mesdames messieurs, je viens de transférer la liste sur notre messagerie. Vous devriez tous l'avoir sur vos téléphones maintenant.

Willow rit.

— Je suppose qu'il faut que je m'inscrive sur cette messagerie.

Il lui sourit.

— Question rapide : il y a six noms sur la liste, mais tu dis qu'il n'y a que cinq suspects ?

— Brian Nelson peut être éliminé. Nous avons découvert qu'il a été adopté, donc son ADN ne peut pas correspondre.

— Compris. Bon, voilà ce qu'on va faire. On va se diviser en cinq équipes qui se concentreront chacune sur un suspect. Servez-vous du système informatique que Grayson a acheté et qui nous relie aux bases de données policières et privées. Fouillez les réseaux sociaux, les articles de journaux, les archives des sites généalogiques, toutes les sources habituelles.

Willow lui effleura l'épaule, l'interrompant.

— Je peux demander à la généalogiste de nous envoyer des informations sur l'arbre des suspects. Cela devrait économiser du temps pour contacter les membres de la famille.

— Merci, dit Ryland. Ce sera d'une grande aide. On ne se soucie pas de présentation. Il ne s'agit pas de monter une accusation, mais de sauver une vie. Peu m'importe que vos notes soient des gribouillages, du moment que vous pouvez les interpréter.

Ryland jeta un coup d'œil à la grande horloge digitale fixée au mur du fond.

— Il est moins le quart. Réunissons-nous dans une heure pour partager ce que nous aurons trouvé. Je veux savoir où sont allés ces types durant le mois dernier, du lever au coucher du soleil. Rapportez-moi des propriétés immobilières, des coins de pêche favoris, des destinations de vacances. S'ils ont une maîtresse quelque part, je veux connaître leurs petites planques.

Il y eut quelques ricanements dans la pièce. Ryland sourit.

— Vous savez ce que je veux dire, mesdames messieurs. Des cachettes, des nids d'amour. C'est le but du jeu. Nous voulons une liste à donner à la police et nous la voulons rapidement. Des questions ?

Adam Trent se leva pour poser une question :

— Si on pouvait resserrer la zone géographique, ça donnerait une liste de lieux plus gérable. Peu importe un bungalow dans le Montana si le violeur n'avait ni le temps ni les moyens d'y aller. Willow, tu peux nous dire combien de temps après l'enlèvement la police a commencé à bouger ? Ils ont bloqué les autoroutes, alerté les gares routières et les aéroports ?

— Bonne question, dit-elle. Russo pense que la réaction

a été forte et efficace. Quelques minutes après l'enlèvement, la patrouille autoroutière arrêtait la circulation et montait des barrages sur toutes les routes menant à Gatlinburg dans un rayon de vingt-cinq kilomètres. Ils ont tout bouclé et l'ont fait rapidement. Russo est certain que le criminel est toujours dans la région. Les Rangers patrouillent les campings et les sentiers de randonnée, au cas où il essaierait de s'esquiver à pinces. La police fait du porte à porte en ville et à la campagne, et vérifie les hôtels et les résidences privées. Tout propriétaire qui ne se montre pas coopératif sera surveillé, et on reviendra au besoin avec un mandat. Les médias ont aussi été alertés, pour qu'ils mettent une pression supplémentaire sur le type. D'autres questions ? acheva-t-elle.

Trent secoua la tête.

— Je suis impatient de m'y mettre. Je pense que nous le sommes tous.

— Tu m'enlèves les mots de la bouche, Trent.

À la vitesse de l'éclair, Ryland distribua un numéro à chaque enquêteur, leur assignant cinq équipes différentes.

— L'équipe numéro un prend le premier suspect, l'équipe numéro deux le deuxième et ainsi de suite. Rappelez-vous de laisser Nelson de côté. Allons-y.

Il dévala l'escalier et courut à son bureau. Très vite, la salle se mit à bruire de conversations et de cliquetis de claviers.

Grayson rejoignit Willow en secouant la tête.

— J'aimerais bien que mes autres employés fassent leur boulot avec autant d'enthousiasme. Qui sait ce qu'on pourrait accomplir ?

Elle sourit d'un air distrait.

— Est-ce que ça te va de les laisser aux bons soins de Ryland ? J'aimerais te voler quelques minutes.

— Enquêter commence à me plaire, mais ce n'est pas mon fort. Ils sont entre de bonnes mains avec Ryland.

Il haussa un sourcil.

— C'est de ça que tu parlais dans la voiture, avant l'appel de Russo ? Tu voulais me parler de quelque chose une fois que nous serions à la maison ?

Elle hocha la tête.

— C'était ça, mais vouloir et avoir besoin sont deux choses différentes. On peut aller dehors ? Peut-être emporter un des incroyables sandwichs de ton cuisinier ? J'ai toujours adoré ce qu'il préparait.

Il lui adressa un sourire triste.

— Je suis désolé de tout ce qui s'est passé.

— Ne le sois pas. C'est derrière nous, maintenant. Je suis de retour et je n'irai nulle part. Au jardin, alors ?

Le regard de Grayson prit une note espiègle.

— Tu passes beaucoup plus de temps que moi dans ce jardin. Dois-je demander au jardinier s'il y a quelque chose entre vous ?

Elle leva les yeux au ciel.

— Je ne suis pas le genre de M. Baines. Je n'ai pas de feuilles et de branches.

Il rit doucement.

— Je vais chercher des sandwichs et des bouteilles d'eau, et je te rejoins.

17

Grayson se dirigea à grandes enjambées vers Willow et le jardinier, assis devant le principal labyrinthe du jardin.

— Merci beaucoup, monsieur Baines.

Willow se pencha au-dessus de la petite table qui séparait leurs chaises de jardin et lui serra la main.

— Mais vous êtes prévenu. Si les violettes de ma mère refleurissent grâce à vos conseils, elle va probablement sauter dans un avion, vous ramener avec elle à Lexington et vous obliger à résoudre tous ses problèmes de jardinage.

Le vieil homme se mit à rire et se leva lentement, faisant craquer ses articulations.

— Mieux vaut que je retourne travailler. Le patron peut se montrer un vrai tyran.

Il s'éloigna en direction du labyrinthe. Grayson fit halte près de la chaise de Willow.

— Vous savez que je vous ai entendu, monsieur Baines ?

Le rire du jardinier flotta dans l'air jusqu'à eux.

— Il est vraiment très gentil, dit Willow. Il t'a beaucoup appris quand tu étais petit ?

Il posa le déjeuner empaqueté et des bouteilles d'eau sur la table entre eux, et prit le siège que Baines avait laissé vacant.

— Il m'a appris des tas de choses. Avec une baguette de saule sur le derrière.

Elle écarquilla les yeux.

— Il te frappait ? Avec une baguette ?

— Plus souvent que je ne m'en souviens. Et je le méritais. J'étais une vraie terreur. Je piétinais ses plates-bandes et j'ai failli plus d'une fois mettre le feu aux bois en jouant avec des pétards ou en grillant des guimauves.

— Waouh. Où étaient tes parents ?

— Bonne question. Je ne les voyais pas beaucoup. Ils voyageaient, en général à l'étranger. Et avant que tu me plaignes, laisse-moi te dire que je m'amusais beaucoup plus quand ils n'étaient pas là. Baines était un parfait substitut de père. Il m'a même construit un vieux fort dans les bois, avec de vraies portes et de vraies fenêtres. C'était vraiment impressionnant. Ma mère aurait été scandalisée d'apprendre que j'y dormais la nuit dans un sac de couchage, à même la terre, sans rien à manger sauf le poisson que je pêchais dans les étangs, grâce à Baines et d'autres employés qui m'ont appris à pêcher et à cuisiner.

Elle battit des paupières.

— Tu sais cuisiner ?

Il lui adressa un grand sourire.

— Et je suis plutôt doué.

— Mais… tu as un cuisinier, un chef…

— Qui travaillait pour mes parents avant même ma naissance. Si je dois feindre de ne pas pouvoir me nourrir pour qu'il se sente utile, c'est un petit prix à payer pour préserver sa fierté. En outre, ce ne serait pas juste de le laisser partir. C'est chez lui, ici.

En la voyant le dévisager, il se sentit rougir.

— Arrête de me regarder comme si j'étais exceptionnel.

N'importe qui ferait la même chose. C'est la seule manière d'agir.

Elle se leva soudain et s'approcha de lui. Avant qu'il puisse réagir, elle l'enlaça et le pressa contre sa poitrine. Il n'aurait pas pu la repousser même si cela lui avait coûté toute sa fortune. Et en la serrant contre lui, il sentit presque s'écrouler les murs autour de son cœur.

Que me fait-elle donc ?

Elle recula, secouant la tête d'émerveillement.

— Tu es vraiment un homme bon, Grayson Prescott. Bien meilleur que ne le pensent les gens.

Il s'éclaircit la gorge.

— On devrait manger avant que les sandwichs refroidissent. Ou se réchauffent. Bon sang, je ne sais même pas ce qu'il nous a préparé.

Elle rit, et ils dévorèrent lesdits sandwichs : pain de seigle, jambon braisé et fromage, le tout agrémenté d'une sauce française recherchée qui en faisait presque de la gastronomie.

Quand ils eurent fini, la conversation décontractée prit fin, et l'expression de Willow se fit sérieuse tandis qu'elle prenait un dossier sous la table.

— Tu es prêt ? demanda-t-elle, les mains sur le dossier.

— Ça me paraît de mauvais augure.

— C'est juste… des recherches dont je veux discuter avec toi.

Il déplaça sa chaise pour faire face à la table.

— Tu sais que mes capacités d'investigation sont nulles, n'est-ce pas ? Les diplômes de Harvard ne préparent pas à résoudre des crimes.

— Harvard ? Waouh. Pas étonnant que tu sois si snob.

Elle lui fit un clin d'œil pour lui faire comprendre

qu'elle plaisantait. Après avoir ouvert le dossier, elle en sortit une liasse de photos.

— Elles me paraissent familières.

— Elles devraient. Celle-ci est d'Erin Speck. Les autres sont les victimes connues du violeur de River Road, y compris la femme qui a été tuée.

L'effroi le saisit aux tripes.

— Les victimes connues ? Tu veux dire qu'il y en a d'autres ?

— Oui.

Elle aligna les cinq premières côte à côte.

— C'est incroyable comme elles se ressemblent, dit-il. Il y a incontestablement un profil des victimes.

— Ça fait partie de son mode opératoire.

Elle aligna une autre rangée sous la première, de nouvelles photos qu'il n'avait jamais vues. Et pourtant, elles semblaient douloureusement familières. Des femmes jeunes, avec de longs cheveux bruns ou noirs.

— Toutes ces femmes ont été violées ?

Cette pensée était atterrante, horrifiante. Lorsque Willow hocha la tête, il sentit son estomac se soulever.

— Il y en a qui ont été tuées ?

— Une.

Elle tapota la photo du milieu.

— Peggy Lidow. Celle-là…

Elle désigna la photo suivante.

— … est Samantha Stuckey. Elle est déclarée officiellement disparue. Il y a deux ans, près de Knoxville. Toutes ont été enlevées, violées ou tuées dans des comtés voisins. Mais la police de Gatlinburg n'en a jamais eu vent, jusqu'à ce que je commence à chercher d'autres victimes.

— Pourquoi as-tu fait ça ?

— L'intervalle entre la disparition de Speck et les derniers viols me paraissait trop long, comparé à l'intervalle entre ces derniers. Le violeur est devenu de plus en plus instable. Ça n'avait pas de sens qu'il enlève une femme, qu'il laisse passer deux ou trois ans, puis qu'il recommence à violer en série durant les six derniers mois.

— D'accord, dit-il d'un ton pensif. Si je fais appel à mes piètres compétences de détective, basées uniquement sur ce que j'ai vu à la télévision, je dois te demander quelle preuve tu as que ces crimes sont liés. Pour Speck, la ressemblance physique avec Paletta est si évidente que ça donne la chair de poule. Et je sais que des fibres ont prouvé qu'il s'agissait du même type. Mais pour celles-là ? Tu as dit qu'elles habitaient d'autres comtés. Y a-t-il de l'ADN ou autre chose pour les relier entre elles ?

— L'ADN provenant de celle qui a été tuée était trop altéré pour donner un profil utile. Les prélèvements faits sur les autres victimes n'ont jamais été envoyés à un labo.

Il serra le poing sur la table.

— Encore les contraintes de budget.

— Même toi tu ne peux pas financer toutes les agences de police. Les ressources seront toujours un problème, quoi qu'on fasse pour tenter d'y remédier. Mais dans ce cas, les similarités des agressions, le fait qu'elles avaient toutes les yeux bandés, que leur agresseur les a soumises, tout me semble pareil.

— Est-ce que tu me demandes l'autorisation de tester leur ADN pour avancer dans les affaires que nous étudions ?

— Oui.

— Tu devais savoir que ma réponse serait un oui massif. Je te fais entièrement confiance pour dépenser les fonds de l'agence de la manière qui te paraît appropriée. Alors pourquoi suis-je ici en réalité ?

Elle reprit le dossier. En la voyant feuilleter ce qu'il contenait, Grayson sentit une alarme résonner au fond de lui. Lorsqu'elle en sortit une autre photo, il la regarda avec circonspection la glisser à l'envers dans la deuxième rangée.

— Je n'ai pas seulement travaillé sur l'affaire Speck, durant… mes congés. J'avais lu le rapport du légiste sur une autre victime potentielle du violeur. Et bien que tout, chez la victime, corresponde à l'affaire sur laquelle nous travaillons, il y avait une chose qui ne collait pas : ses cheveux. Au moment de sa mort, ils étaient courts et blonds.

Elle chercha son regard.

— Mais ça n'a pas toujours été le cas. Il y a plusieurs mois, un jour que j'étais dans ton bureau, j'ai remarqué une photo de Maura sur ta table. Il y avait quelque chose qui me dérangeait, mais je ne savais pas quoi jusqu'à ce que je fasse des recherches sur ton affaire. J'ai également trouvé une copie de cette photo sur Internet. Tu as dû la donner à un journaliste, parce qu'elle était dans un article qu'il a écrit sur ta famille.

Elle retourna lentement la photo.

Grayson fixa la photo de sa femme, celle qu'il voyait chaque fois qu'il rendait visite à son mausolée. Celle que son père avait prise le jour de leur mariage. Le survol des deux rangées de photos l'ébranla jusqu'au fond de lui-même. Toutes les victimes auraient pu être sœurs. Et il n'avait jamais ne serait-ce qu'envisagé qu'il y ait un lien jusque-là.

— Elle se considérait comme une rebelle, dit-il en souriant à demi. Sa famille a émigré du Japon quand elle était petite. Comme mes parents, les siens étaient sévères et vieux jeu. Ils lui interdisaient de se teindre ou se couper les cheveux. Ou de se faire faire un tatouage. Alors, bien sûr, elle a fait tout ça. Mais par respect pour eux, elle a attendu que nous soyons mariés. Se montrer rebelle à ce stade n'était pas aussi excitant qu'elle l'avait cru. Et elle n'aimait pas se faire décolorer continuellement les racines. Donc la plupart du temps, elle gardait sa couleur naturelle, le noir. Et elle les laissait pousser. Jusqu'à ce qu'elle s'en lasse et qu'elle les coupe et les teigne en blond à nouveau.

Il se força à détacher les yeux de la photo.

— La vingtaine, aisée, dans de beaux vêtements, avec de beaux bijoux. De longs cheveux noirs la plupart du temps. Mais pas quand elle a été tuée.

Elle lui adressa un sourire de sympathie.

— Il y a une autre différence. Ses cheveux, les blonds, ont été violemment tirés par le tueur. Il y avait des mèches partout dans le hall. C'est l'un des trucs qui ne collaient pas. Alors j'ai appelé une amie, rencontrée dans mes cours de psycho. Elle est consultante maintenant, elle travaille pour la police. À son avis, il est tout à fait possible que le tueur ait vu ta femme d'abord avec des cheveux noirs et qu'il ait fait une fixation sur elle.

— Et alors ? Il a décidé de la tuer parce qu'elle s'était teinte en blonde ?

— Il est plus probable qu'il l'ait choisie comme sa prochaine victime, ou même sa toute première victime, parce qu'elle avait les cheveux noirs. Il ne savait pas qu'elle les avait décolorés. Quand il a frappé à la porte, il s'attendait à la femme sur laquelle il fantasmait. Au lieu de cela, c'est une femme avec de courts cheveux blonds qui lui a ouvert. Cela l'a mis en rage, parce que ça anéantissait son fantasme. Il s'est déchaîné, au point de lui arracher des cheveux. C'est la seule victime qui a reçu une balle, mais il l'a aussi poignardée, ce qui est cohérent avec les autres agressions. Je peux me tromper…

— Mais tu peux avoir raison.

— Si j'ai raison, alors il faut faire analyser ses vêtements, comme nous le voulions tout du long. Nous devons faire tout notre possible pour essayer de retrouver l'ADN du tueur. La bonne nouvelle, c'est que si nous avons son profil, et qu'il correspond à celui du violeur de River Road, nous connaissons déjà l'identité du tueur. Ou nous la connaîtrons, une fois que le labo aura analysé les prélèvements et aura fourni des profils.

— Les suspects de ta liste.

— Exactement.

Il se rassit et étira ses jambes devant lui.

— Je devrais être soulagé que nous soyons près du but. Mais j'ai plutôt envie de casser quelque chose. C'est révoltant que ma femme et ma petite fille aient été tuées parce qu'un animal comme lui aimait ou n'aimait pas ses cheveux.

Il se remit sur pied.

— Merci. C'est incroyable, tout ce que tu as découvert. Mais je dois dire que je ne sais pas comment tu fais, jour après jour, pour supporter toutes ces horreurs. J'ai vu des choses terribles au combat. Mais ça, c'est pire. Peut-être parce que ce sont des femmes et une enfant, je ne sais pas. Si je travaillais tout le temps là-dessus, je deviendrais complètement dingue. Bon sang, je *suis* complètement dingue. J'ai besoin d'une minute.

Il n'attendit pas sa réponse et se dirigea vers la maison à longues enjambées, ne s'arrêtant pas avant d'être à son bureau. Il fixa un long moment la photo posée dessus, celle que Willow lui avait montrée dans le jardin. Il passa les mains dessus, puis s'empara d'un presse-papiers en cristal qui reposait à côté. Il le serra dans sa main, encore et encore, essayant de calmer sa rage.

Quel gâchis insensé… Pour rien.

Il alla à l'une des grandes fenêtres, essayant de remettre en cage le fauve que Willow avait libéré avec ses paroles. C'était une bête qu'il connaissait bien, capable de cruauté sur le champ de bataille. C'était l'accumulation de la frustration et du ressentiment de son enfance, loin d'être aussi idyllique qu'il l'avait laissé croire à Willow.

Il avait eu une relation d'amour-haine avec ses parents, surtout de haine en ce qui concernait son père. Et il avait appréhendé à chaque fois leur retour de voyage. Lorsqu'ils repartaient, il se cachait dans sa chambre jusqu'à ce que les bruits s'évanouissent. Une fois le silence revenu, il essayait d'oublier qu'il avait des parents. Il jouait dans les bois, passait ses nuits dans le fort, racontait des histoires de fantômes au personnel.

Mais la rage était toujours là.

C'était pour cette raison qu'il s'était engagé dans l'armée, espérant canaliser cette colère dans quelque chose de constructif. Les médailles qui prenaient la poussière dans un placard quelconque prouvaient qu'il l'avait fait. Mais maintenant, il ne voulait rien de moins que tout lâcher, tout laisser sortir, hurler jusqu'aux cieux contre cette injustice : que toutes ces femmes – surtout Maura et Katrina – aient souffert et soient mortes aux mains d'un tueur cinglé, pour quelque chose d'aussi mesquin que le fait qu'il aime ou n'aime pas leurs cheveux.

Un coup fut frappé à la porte et elle s'ouvrit dans son dos.

— Je suis désolée de te déranger, dit Willow. Mais

j'ai pensé que tu voudrais le savoir tout de suite. Certains résultats des analyses d'ADN sont déjà là. Grayson, on a une correspondance.

Il tourna lentement le visage vers elle, les doigts serrés autour du presse-papiers.

— C'est Jeffries ?

Elle hésita.

— Oui.

Il la fixa, sentant monter la rage.

— Ton ancien chef a violé et tué ces femmes ? Peut-être même ma femme ? Mon enfant ?

— Non, Grayson. Pas lui. Son fils.

Poussant un rugissement, il lança le presse-papiers contre la fenêtre.

18

Willow était assise avec Grayson dans le bureau de Russo, attendant que ce dernier arrive. Elle lui jeta un regard en biais avant de détourner les yeux.

Il poussa un long soupir.

— Je ne vais pas casser une autre fenêtre.

— Ce n'est pas à ça que je pensais.

Il posa sur elle ses yeux bleu d'orage.

— Tu as peur de moi, maintenant ?

Elle le regarda, sentant le chagrin et l'inquiétude sous le vernis de civilisation qu'il essayait de maintenir depuis qu'elle avait agité le chiffon rouge.

Désespérant de briser le mur qu'il avait érigé autour de lui, elle fit ce qu'elle avait envie de faire depuis le début. Quelque chose de fou et de complètement inapproprié dans cette situation. C'était sa seule idée pour toucher cet homme noble et doux, qui se noyait dans sa colère et son chagrin.

Elle l'embrassa.

Pour de vrai.

S'appuyant sur les bras de son fauteuil, elle se pencha vers lui, plaqua ses seins contre sa poitrine et déversa tout l'amour qu'elle avait dans un baiser, lui faisant sentir combien il comptait pour elle et combien elle lui faisait confiance. Complètement. Inconditionnellement.

Et qu'il pouvait se faire confiance à lui-même.

Il n'était pas l'animal qu'il croyait être après avoir perdu le contrôle de lui-même. Il avait rapidement caché son mépris de soi derrière un mur, mur qu'il interposait entre eux depuis. Elle savait qu'il souffrait, qu'il avait honte. Et elle voulait qu'il sache qu'il n'avait pas à se sentir coupable.

Il émit un son étranglé et lui rendit son baiser. Avec une ardeur presque sauvage. Mais sans lui faire mal. Jamais. Ses mains plongèrent dans ses longs cheveux, lui renversant la tête en arrière pour mieux l'embrasser. Puis il introduisit sa langue dans sa bouche, la caressant avec frénésie tandis que ses mains glissaient de plus en plus bas.

Elle sursauta, sentant tout son corps s'enflammer sous ses caresses expertes. Bonté divine, s'ils ne cessaient pas, elle allait lui arracher ses vêtements et le chevaucher sur le bureau même du chef de police. Avec la porte non verrouillée. Et la moitié des effectifs dans la salle d'à côté.

Elle interrompit le baiser et le dévisagea, haletante, agrippant les bras de son fauteuil pour ne pas tomber.

— La… vache !

Un lent sourire sexy passa sur les lèvres de Grayson.

— Je suppose que ça veut dire que tu n'as pas peur de moi.

Elle ricana, et ouvrit la bouche d'horreur en entendant ce vilain son.

Il sourit encore.

— Tu es adorable. Si tu essayais de me distraire, tu as réussi ton coup.

Son sourire s'effaça tandis qu'il lui lissait gentiment

les cheveux. Puis il prit son visage entre ses mains et l'embrassa encore. Un baiser si doux qu'elle eut envie de pleurer.

Lorsqu'il se redressa, il fit courir son pouce sur sa lèvre inférieure en une caresse presque aussi dévastatrice que son baiser. Elle frissonna et lui mordit légèrement le pouce en retour.

Il inspira fortement, le corps aussi tendu qu'un arc.

— Quand tout ça sera fini, nous devrons vraiment, vraiment parler.

— Ou quelque chose comme ça, dit-elle avec un clin d'œil.

Il se mit à rire, puis reprit son sérieux en entendant des pas approcher.

Willow se laissa retomber sur sa chaise, lissant à la hâte sa jupe et son corsage. Grayson tira simplement sur sa veste et se passa la main dans les cheveux. Une fois suffit pour qu'ils retombent parfaitement en place. En le regardant, personne n'aurait pu se douter qu'il avait failli la dévorer trente secondes plus tôt. Et elle qui continuait de se peigner frénétiquement…

Lorsque la porte s'ouvrit, elle laissa retomber ses mains. Russo entra, suivi d'une greffière. Le sergent Jeffries se faufila derrière eux. Il referma la porte, sans doute de crainte que ses pairs n'entendent la conversation. Non qu'ils ne finissent pas par découvrir ce qui se passait.

Grayson observait chaque mouvement de Jeffries comme un prédateur prêt à passer à l'attaque. Willow posa une main sur son avant-bras, indifférente à ce que Russo ou son ancien chef pourraient en penser. Elle voulait que Grayson sache qu'elle était avec lui, quoi qu'il se passe.

Russo s'affala sur son fauteuil et ordonna à Jeffries

de prendre place dans un fauteuil à gauche, à côté de la greffière qui posait sa machine à sténo au bord du bureau.

Willow et Grayson étaient assis du côté droit. Heureusement pour Jeffries, c'était hors de portée de poing. Parce que peu importe ce que Jeffries s'apprêtait à dire, ni Grayson ni elle ne croirait qu'il ignorait ce que son fils faisait à ces pauvres femmes.

Russo présenta tout le monde à la greffière. Après avoir expliqué que la réunion bénéficiait d'un enregistrement officiel, il fit signe à Willow.

— Dites-nous ce dont le labo vous a fait part. Pour économiser le temps, j'ai déjà parlé à notre greffière de cette histoire de généalogie que vous nous avez expliquée. Vous pouvez ajouter des précisions, et je comblerai des blancs dont vous ignorez l'existence.

Willow jeta un regard perplexe à Grayson puis se tourna vers Russo.

— Je serai aussi brève que possible. Le travail généalogique qui a été fait indique que l'un des six suspects qui nous sont apparus est le violeur et le meurtrier que nous recherchons. Ce matin, des prélèvements d'ADN ont été effectués sur deux de ces personnes, le sergent Mike Jeffries et son fils, Steve Jeffries. J'ai reçu un appel du labo cet après-midi, qui m'a transmis les résultats de ces analyses. Tous deux sont négatifs. Ils ne correspondent pas au profil du tueur. Toutefois, le profil ADN du sergent Jeffries a révélé un lien familial étroit avec le tueur, un lien père-fils. Le labo en a donc conclu qu'il y a une correspondance avec Steve et a prévu une seconde analyse. Son prélèvement a dû être contaminé d'une façon quelconque, et il faudra qu'il en fournisse un autre. Dans l'intervalle, il serait prudent de l'arrêter dès maintenant – si vous ne l'avez déjà fait – pour qu'il ne prenne pas la fuite.

Russo croisa les bras sur son bureau.

— Et j'ai accepté cette suggestion quand vous m'avez expliqué ça au téléphone. Donc Steve est en bas, en garde à vue pour vingt-quatre heures. Mais il y a un problème. Vous voyez, pendant qu'on attendait que le labo effectue les tests, nos hommes ont fait quelques recherches sur Mike et Steve pour vérifier leurs alibis. À l'époque de trois des agressions, Steve avait un alibi en béton. Il était parti à l'étranger pour son travail.

Grayson se redressa.

— Alors il faut vérifier à nouveau. Quelque chose cloche.

— Je suis d'accord avec vous. Il y a incontestablement quelque chose qui cloche. Donc j'ai demandé à mes hommes de revérifier. Il n'y a pas d'erreur. Le fils de Mike, Steve, n'aurait pas pu violer ou tuer ces femmes.

Il transperça Jeffries d'un regard glacial.

— C'est pourquoi j'ai demandé à Mike ce qui se passait. L'ADN ne ment pas. Mais il s'est avéré que c'est Mike qui a menti. Steve n'est pas son seul fils. Il a un autre fils biologique : Brian Nelson.

Grayson jura à haute voix.

— Espèce de salopard…

— Je vous comprends, l'interrompit Russo. Brian est le fils que Mike a eu avec une maîtresse. Il a demandé à sa sœur de l'adopter afin qu'il reste dans la famille. De cette façon, il n'avait pas révélé sa liaison à sa femme, lui faisant comprendre du même coup quel abruti il était. J'ai bien résumé les choses, sergent ?

Jeffries était devenu d'une pâleur alarmante.

— Oui, monsieur.

Grayson poussa un juron.

— Espèce d'imbécile ! Vous vous êtes empressé de nous dire que Brian avait été adopté et que nous n'avions pas besoin de tester son ADN. Mais vous saviez depuis le début que c'était le violeur. Le meurtrier. N'est-ce pas ?

Jeffries secoua violemment la tête.

— Non, non. Ce n'est pas ça, je vous le jure ! Même dans mes pires cauchemars, je n'aurais jamais cru qu'un de mes garçons soit capable d'une chose aussi affreuse. J'étais certain qu'ils étaient tous deux innocents. Mais je ne voulais pas que ma femme découvre mon lien avec Brian à cause d'un test ADN. Je ne pouvais pas prendre le risque que le labo découvre que mon ADN et celui de Brian montraient une filiation. Je me suis dit qu'une fois que vous auriez testé les autres suspects, l'un d'eux correspondrait au profil du tueur et qu'il serait inutile de tester Brian. Je n'essayais pas de protéger un meurtrier. J'essayais de protéger ma femme. Brian sait que je suis son père. Mais pas mon épouse. Je ne veux pas lui faire de mal.

Grayson le regarda, les yeux plissés.

— Vous ne protégiez pas votre femme, vous vous protégiez vous. Vous ne vouliez pas souffrir si elle vous quittait.

— Ça suffit, dit Russo. On aura tout le temps pour les reproches et les accusations plus tard. Ce qui compte maintenant, c'est de retrouver Brian et Nicole.

Willow serra l'avant-bras de Grayson.

— Qu'est-ce que vous voulez dire par retrouver Brian ? Vous ne savez pas où il est ?

Une fois encore, Russo lança un regard noir à Jeffries.

— Vous répondez à ça ?

L'interpellé se tordit les mains, l'air misérable.

— Monsieur Prescott, le chef m'a dit que Willow et vous avez découvert que le violeur de River Road pourrait être celui qui a tué votre femme et votre fille. Je suis vraiment navré…

— Je ne veux pas entendre vos excuses. Outre vos mensonges, vous avez fourni un alibi à Brian concernant le meurtre de ma femme. Allez droit au but, Jeffries. Où est-il ? aboya Grayson.

Le sergent déglutit.

— Je l'ignore. Je lui ai dit de faire profil bas jusqu'à ce que les résultats des tests arrivent. Que je préviendrai les ressources humaines qu'il était malade. Il était censé revenir au bout de quelques jours.

Grayson secoua la tête, partagé entre la rage et l'incrédulité.

— Nicole Paletta est quelque part, enlevée par votre fils. Si vous ne lui aviez pas parlé des tests ADN, il aurait pu être arrêté aujourd'hui. Au lieu de ça, grâce à vos mensonges, il est sans doute en train de lui faire des choses inconcevables avant de la tuer et de disparaître, puis de réapparaître ailleurs et recommencer à violer et à tuer. Combien d'autres femmes vont être blessées et tuées parce que vous n'avez pas eu le courage d'assumer une stupide liaison ?

Jeffries devint d'un gris de cendre.

— Je suis désolé.

Russo tapa sur le bureau avec ses jointures pour attirer leur attention.

— Nous avons émis un avis de recherche. Tout le monde est en état d'alerte. Nous allons retourner chaque pierre du comté pour le retrouver et secourir Mme Paletta.

Grayson se détourna de Jeffries sans cacher son mépris.

— Chef, demanda Willow, vous avez contacté

l'opérateur téléphonique pour essayer de le retrouver avec son portable ?

— Nous sommes en contact avec eux en ce moment même.

— Je vais demander à notre équipe de changer d'approche, déclara Grayson. Ils cherchaient cinq des suspects initiaux, sauf Brian. Nous allons leur demander de fouiller dans son passé pour identifier les lieux où il pourrait se cacher.

— Mon équipe fait la même chose. Tenons-nous au courant de nos progrès. Jeffries et sa sœur vont également s'entretenir avec mes inspecteurs et nous dire tout ce qu'ils savent de Brian. N'est-ce pas, sergent ?

— Oui, monsieur, bien sûr. Je vais l'appeler tout de suite et lui dire de venir au commissariat.

Jeffries se précipita hors de la pièce. Grayson et Willow échangèrent un regard embarrassé.

— Chef, dit Willow. Vous êtes sûr qu'on peut faire confiance à Jeffries ? S'il sait où est Brian, il pourrait l'avertir.

Un sourire lent se répandit sur les traits de Russo, le premier depuis qu'il était entré dans la pièce.

— Comme je vous l'ai dit tout à l'heure, inspectrice, vous êtes une excellente enquêtrice. Je suis arrivé à la même conclusion dès que j'ai parlé avec Jeffries de ce fiasco. Sauf que je ne pense pas qu'il essaiera d'avertir Brian. Il voudra l'arrêter lui-même, pour s'assurer qu'il n'est pas abattu par un autre flic.

— Vous suivez votre sergent, dit Grayson.

— J'ai deux de mes meilleurs hommes là-dessus. Et un traceur GPS sur sa voiture.

19

Le matin suivant, Grayson entra dans la bibliothèque avec trois tasses de café sur un plateau.

— Debout, les marmottes !

Ryland ne bougea pas. Il ronflait, le visage pressé sur une pile de papiers. Grayson posa une tasse pour lui au coin du bureau, pariant que l'odeur le réveillerait rapidement.

Willow n'était pas en meilleure forme. Mais, au moins, elle avait été assez maligne pour se blottir sur un canapé devant les baies vitrées.

Elle ouvrit un œil vague et tendit la main.

— Café. Tout de suite.

Il rit.

— Assieds-toi d'abord. Et la prochaine fois que vous travaillerez jusqu'au petit matin, tu suivras peut-être mon conseil et tu te coucheras dans une des chambres d'amis.

Elle engloutit la moitié de la tasse sans reprendre son souffle. Les yeux plissés, elle le regarda avec méfiance, tandis qu'il la dévisageait.

— Quoi ?

— Tes cheveux. Ils sont… euh… intéressants, ce matin.

— Méduse ou déesse battue par les vents ?

— Déesse battue par les vents, bien sûr.

— Tu es un homme intelligent.

Elle écarquilla les yeux.

— Il faut que j'aille faire pipi.

Lui mettant la tasse dans la main, elle s'en fut aux toilettes.

Grayson était toujours en train de rire quand il entendit Ryland bâiller. Il se retourna, sirotant son propre café.

— Bonjour.

— Bonjour.

Ryland bâilla derechef.

— Où est tout le monde ?

— On est samedi, Ryland. Je leur ai ordonné de rentrer chez eux vers 3 heures du matin et de ne pas revenir pendant au moins huit heures. Bien que, pour être honnête, je m'attends à ce que Trent revienne discrètement. Il m'a fait tout un discours sur le fait qu'il ne pouvait pas arrêter de travailler.

Ryland sourit.

— Ça lui ressemble bien.

— J'espère quand même qu'il suivra mon conseil. Toute l'équipe est à bout de forces. Il faut que vous vous reposiez. Je vous aurais bien renvoyés aussi, Willow et toi, mais vous dormiez déjà.

Ryland gratta sa barbe naissante.

— Ils ont trouvé Paletta ? Brian Nelson ?

Grayson s'assit au bureau voisin.

— Pas encore. La police et les équipes de recherche se relaient et font tout ce qu'elles peuvent. Jeffries n'a rien fait de suspect pour l'instant. Il a fait venir sa sœur pour qu'elle témoigne à propos de Brian, puis il est rentré chez lui. Il n'a pas quitté la maison.

Ryland tira le clavier vers lui.

— Fais donc une pause, comme tout le monde. Monte au premier et écroule-toi sur le premier lit venu.

— Dans un instant. Je veux juste vérifier un truc. Je me disais que Brian allait se terrer dans un endroit familier. Les gens ont tendance à graviter autour des lieux qu'ils connaissent, surtout en période de stress. Et comme la moitié du comté le cherche, il est forcément stressé.

— D'accord. Et … ?

— Eh bien, si j'arrive à avoir quelqu'un aux ressources humaines, j'aimerais une copie de la candidature de Brian, il y a six ans. J'espère qu'il a fait la liste des jobs qu'il a eus durant ses études universitaires et peut-être même au lycée. S'il a travaillé dans un entrepôt par exemple. Si cet entrepôt est fermé, il pourrait lui servir de cachette. Ou s'il y avait un terrain vague près de là où il travaillait.

Il leva les mains.

— Je sais, ce n'est pas gagné. Mais je ne sais pas quoi faire d'autre. Et comme la police ne l'a pas encore trouvé, autant aller par là.

— Ça me paraît raisonnable.

Willow entra dans la pièce, les cheveux brossés et l'air beaucoup plus proche de la déesse évoquée par Grayson.

— Si les RH ne répondent pas au téléphone, tu pourrais appeler Russo et lui demander de dépêcher quelqu'un.

Elle fit halte devant le bureau de Ryland.

— Je vais chercher un truc à manger et sortir prendre l'air. Quelqu'un se joint à moi ?

— Peut-être. Quand j'aurai passé cet appel, dit Ryland.

Grayson se leva.

— Une minute, vous deux. Nous voulons tous attraper ce type. Moi plus que quiconque.

Willow lui jeta un regard de sympathie.

— Mais, dit-il, on ne pourra rien faire si on n'est pas

en état de fonctionner. Il est indispensable de manger et de dormir. Même dans les Forces Spéciales, nous essayions de dormir huit heures et de manger un repas chaud chaque fois que c'était possible. On travaille mieux de cette façon.

— J'attends la chute de l'histoire, dit Willow.

— La chute, c'est que tu n'as pas besoin de chercher un truc à manger. Le cuisinier est en congé aujourd'hui, comme tout le personnel, puisque c'est le week-end. Donc je suis obligé de cuisiner. Des omelettes et des croissants chauds, ça vous dit ?

Il se dirigea vers la porte, souriant en entendant Willow et Ryland se mettre joyeusement à courir pour le rattraper.

— Il n'y a rien comme le soleil et le parfum des roses pour se changer les idées.

Willow jeta un coup d'œil à Grayson tandis qu'ils flânaient dans une des allées impeccables du jardin.

— Ce petit déjeuner a beaucoup fait aussi. Tu sais, si tu te fatigues un jour d'être un homme d'affaires, tu as un grand avenir comme chef cuisinier.

Il se mit à rire.

— Je vais garder ça à l'esprit.

Elle l'arrêta devant la dernière serre, là où finissait l'allée et commençaient les bois.

— Tout est devenu un peu dingue depuis que je t'ai parlé de ma théorie selon laquelle Maura a été la première victime du tueur.

De petites rides apparurent au coin de ses yeux.

— En effet. Tu as eu une autre idée, qui pourrait aider la police à trouver Brian ?

— Une piste à explorer. Elle pourrait ou non mener

quelque part. Le truc, c'est que Brian était certainement à l'université quand c'est arrivé. En dernière année, je suppose, vers vingt et un ou vingt-deux ans. Si mon amie psychologue a raison et que Brian faisait une fixation sur Maura, qu'il fantasmait sur elle sans avoir le courage de l'approcher, il devait la voir quelque part de manière régulière. Mais pas assez régulière pour qu'il sache qu'elle s'était teint les cheveux et les avait coupés. Il croyait qu'elle avait toujours de longs cheveux noirs. Peux-tu imaginer une manière d'expliquer ça ? Il l'a peut-être vue au supermarché ? Et si elle n'y allait que de temps en temps, il n'a pas compris qu'elle avait changé de couleur ?

Grayson s'adossa à la serre.

— C'est douteux. Notre cuisinier s'occupait des courses. Il est très difficile sur la qualité des fruits et des légumes. Je suppose qu'il est possible qu'elle soit allée acheter des vêtements ou des accessoires. Mais elle n'était pas fan des petites boutiques en ville. Elle aimait faire du shopping à Sevierville ou Knoxville.

— Allait-elle toujours dans les mêmes magasins ?

— Honnêtement, je n'en sais rien. Je ne pense pas non plus que j'ai gardé ses reçus de cartes de crédit depuis tout ce temps. Mais maintenant que j'y pense, elle ne serait pas allée faire du shopping les mois précédant sa mort. Le bébé n'avait que quelques mois, et aucun de nous ne voulait l'exposer à la foule et aux microbes qui vont avec. Elle n'est même pas allée au salon de coiffure la dernière fois qu'elle s'est fait décolorer les cheveux. Ils sont venus ici.

— *Ils* ? Il y avait plus d'une personne ? Et si Brian avait travaillé au salon de coiffure ? Attends, ça n'a pas de sens. Il aurait su qu'elle avait changé de couleur. Mon amie psychologue ne pense pas qu'il aurait réagi de cette manière, s'il avait su à l'avance qu'elle les avait teints. Zut ! J'espérais qu'on était sur quelque chose.

— Ça pourrait être le cas, cria Ryland en arrivant en courant, hors d'haleine. L'acoustique ici est presque aussi mauvaise qu'à la plage. Je hurlais, mais vous ne m'entendiez pas, finit-il en tentant de reprendre son souffle.

— Tu as trouvé quelque chose ? demanda Grayson en désignant la feuille qu'il avait à la main.

— Oui, désolé. Utile ou pas, mais sûrement intéressant. Ce sont les expériences professionnelles de Brian avant qu'il rentre dans la police. Il a travaillé ici.

— *Ici* ? dirent Grayson et Willow d'une même voix.

— Oui. L'adresse qu'il a donnée est la tienne et il a noté M. Baines comme son chef.

— Baines…, dit Grayson. Brian devait être un des étudiants qu'il engageait pour la saison. Maura était tout le temps dans les jardins. Elle passait des heures dans la serre, à cultiver ses roses hybrides. C'est là que Brian a dû la voir.

Il poussa un juron.

— Tout ce temps, je croyais ne pas avoir été à la hauteur en n'assurant pas sa sécurité dans la maison, alors que c'était le jardin – et les gens qui y travaillaient – contre qui j'aurais dû la protéger.

Willow se rapprocha de lui.

— La seule manière de la protéger aurait été de l'enfermer. Elle aurait été prisonnière. Ce n'est pas une vie, Grayson. Et tu n'es pour rien dans sa mort.

Il la remercia d'un petit hochement de tête, mais elle n'était pas sûre qu'il soit convaincu.

— Qu'est-ce que tu as découvert d'autre, Ryland ? demanda-t-elle.

Celui-ci jeta un regard de sympathie à Grayson avant de poursuivre :

— Il a indiqué Baines comme référence, mais personne du commissariat n'a effectué d'enquête. S'ils l'avaient fait, ils ne l'auraient sans doute pas engagé.

— Pourquoi ? questionna Grayson.

— Parce que j'ai appelé Baines et je l'ai interrogé sur Brian.

Il rougit un peu.

— Je... euh, j'espère que ça ne te dérange pas, j'ai regardé dans ton bureau, en supposant que tu aurais les dossiers du personnel avec leurs numéros de téléphone.

— Il faudra que je mette un verrou sur ce tiroir, dit Grayson sèchement. Que t'a-t-il dit ?

— Brian Nelson a travaillé ici trois étés. Mais le dernier a été écourté, parce qu'il a été licencié. La raison principale était un comportement inapproprié avec le personnel féminin. Elles se sentaient mal à l'aise avec lui.

Willow se frotta les bras de haut en bas.

— Rien d'étonnant. J'étais aussi mal à l'aise. Il y avait quelque chose de bizarre dans sa manière de me regarder.

Grayson fronça les sourcils.

— Il t'a fait du mal ?

— Non. Je lui ai très vite dit que je ne voulais pas de ses attentions.

L'inquiétude s'évanouit dans les yeux de Grayson et il s'adressa à Ryland.

— Tu disais que c'était la raison principale. Il y en a une autre ?

— C'est la partie la plus intéressante. Apparemment, Brian n'avait pas beaucoup de conscience professionnelle. Il faisait l'andouille et disparaissait des heures. Baines le voyait souvent sortir des bois après ces disparitions.

Quand il l'a interrogé, Brian a répondu qu'il étudiait les plantes pour améliorer ses connaissances. Mais ça n'avait aucun effet, selon Baines, parce que c'était un très mauvais jardinier.

Willow posa une main sur la manche de Grayson.

— Ça pourrait être ça. Peut-être que Brian a une cachette par ici. Et il s'en sert en ce moment même.

L'expression de Grayson était loin d'être enthousiaste.

— Même si c'est le cas, nous ne saurions pas par où commencer. Les bois couvrent la moitié de la montagne et rejoignent le parc national sur l'autre versant. Nous parlons d'un millier d'hectares de terres inhabitées, dont la plus grande partie sont impossibles à parcourir à cause du sous-bois et des à-pics.

— Je ne pense pas qu'il faille fouiller un millier d'hectares, dit Willow. Seulement là où il pourrait se cacher. Un endroit assez proche du jardin pour un accès relativement facile, mais assez éloigné pour que personne ne tombe dessus par accident. Un genre de structure, peut-être. Le fort ?

Grayson écarquilla les yeux.

— Il est loin d'ici ?

Ryland les regardait tour à tour.

— De quoi parlez-vous ?

Grayson réfléchit.

— Assez éloigné pour qu'on n'entende pas des cris. Surtout si l'acoustique est mauvaise, comme disait Ryland. Il a raison. Je n'y avais jamais pensé.

— Euh, vous me mettez au courant ?

Willow releva sa jambe de pantalon, révélant un holster de cheville.

— Non.

Grayson lui prit le poignet.

— Si quelqu'un doit y aller, c'est la police.

— Grayson, c'est *moi*, la police. Le fort est dans quelle direction ?

Il jura sans lui lâcher le poignet.

— Il pourrait être en train de la tuer en ce moment même, argumenta-t-elle. Laisse-moi y aller. Fais-moi confiance. Je sais ce que je fais.

— Ah, bon sang ! Ryland, appelle Russo et dis-lui qu'il y a un fort, une vieille construction dans les bois où je jouais quand j'étais petit. Il n'y a qu'une pièce, de six mètres par six, deux fenêtres et deux portes. C'est à une centaine de mètres à vol d'oiseau de là où nous sommes, en direction de l'est. Si je me souviens bien, c'est à cinquante mètres au sud du torrent. Brian s'en sert peut-être pour retenir Paletta en otage, sans parler du reste. Il faut que Russo envoie une équipe fouiller la zone, mais assure-toi qu'il sait que nous sommes là. Si on ne t'appelle pas ou si on n'est pas revenus dans un quart d'heure, c'est que ça aura mal tourné. Dis à Russo d'envoyer l'équipe tactique. Bon sang, qu'il envoie tous les hommes du commissariat.

Ryland sortit son portable et chercha le numéro de Russo. Willow dégaina son arme et se mit à courir en direction des bois.

— [illegible] c'est la salle.

— [illegible] la pelle. [illegible]

[illegible]

[illegible]

— [illegible] en ce moment [illegible]

[illegible] confiance [illegible]

[illegible]

[illegible]

20

Grayson arracha son arme à Willow et la fit virevolter, l'acculant contre un tronc d'arbre. Elle le fixa, choquée.

— Comment as-tu fait ça ? Je ne savais même pas que tu étais derrière moi.

— Exactement. Tu ne m'as pas entendu. J'aurais pu te briser le cou, tu serais morte avant même d'avoir touché le sol.

Le choc fit place à la colère, et ses yeux verts lancèrent des éclairs tandis qu'elle le repoussait des deux mains. Il ne vacilla même pas.

— Qu'est-ce que c'est que ça ? Une manière de me dire que je suis trop faible pour être policière ? C'est ton sexisme qui fait surface ?

— Ce n'est pas du sexisme, c'est du réalisme. À poids égal, un homme a plus de masse musculaire. C'est comme ça. Ce qui veut dire que tu dois être plus maligne, garder la tête froide et te fier à ton entraînement. Ce que tu fais ne va pas aider Paletta. Ça ne servira qu'à nous faire tuer.

Il lui tendit son arme et recula, survolant les buissons et les arbres autour d'eux. Baissant la voix, il dit :

— Tu ne connais pas le terrain. Moi non plus, plus maintenant. Si Brian a établi ses quartiers au fort, il est sans doute là depuis des années. Il connaît ces bois par cœur. Ta formation policière te dit-elle que c'est sensé de partir à l'aveuglette ? Parce que ce n'est sûrement pas ce que me dit mon entraînement militaire.

Elle devint toute pâle. Ayant assimilé ses paroles, elle survola leur environnement comme il l'avait fait.

— D'accord, d'accord, dit-elle, également à voix basse. Tu as raison. Je n'aurais pas dû foncer comme ça. Mais je ne vais pas non plus attendre les hommes de Russo. Brian pourrait être en train de faire du mal à Paletta en ce moment même.

— OK, on ne peut pas attendre. Mais il faut agir en équipe. Si tu m'avais attendu, tu m'aurais entendu te dire d'éteindre ton téléphone. Personne n'a envie d'être tué à cause d'un SMS au mauvais moment.

Elle battit des paupières.

— Zut, je n'avais même pas pensé à ça.

Elle éteignit rapidement son téléphone et le fourra dans sa poche.

— Il faut qu'on se couvre mutuellement, dit-il. Qu'on protège nos arrières.

— Comment ? Tu n'as pas d'arme.

Il leva les mains.

— J'ai ces armes-là. C'est tout ce dont j'ai besoin.

Elle écarquilla les yeux. Il jeta un coup d'œil à la boussole de sa montre, puis tendit le doigt.

— L'est est par là. À partir de maintenant, on se parle par signes. Marche doucement et fais le moins de bruit possible. Je passe le premier…

— Mais…

— Je passe le premier. C'est peut-être macho, mais je ne suis pas prêt à te laisser prendre la tête. Si le meurtrier est là, je préfère que ce soit moi qui tombe sur lui.

— Alors prends au moins mon arme.

— Sûrement pas. Je ne vais pas te laisser sans défense. Silence, maintenant. D'accord ?

Elle s'éclaircit la gorge.

— Parfait. On peut y aller, chef ?

Il hocha la tête et attendit de lui avoir tourné le dos pour sourire.

Willow suivit Grayson, sa gêne d'être rembarrée éclipsée par son respect croissant pour lui. Durant les mois où ils avaient travaillé dur pour faire d'Unfinished Business une réalité, il l'avait stupéfiée avec sa perspicacité professionnelle, sa capacité à jongler entre les téléconférences et les décisions au quart de seconde. Mais tout cela semblait de peu de conséquence comparé à ses capacités à la survie et à la reconnaissance dans les bois.

Même avec sa carrure impressionnante, il se déplaçait avec légèreté, constamment en alerte. En tant qu'adversaire, il devait être terrifiant. Elle se sentait immensément reconnaissante de l'avoir pour allié. Elle espérait juste ne pas le décevoir. Mais elle aurait aimé qu'ils aient tous deux une arme.

Il fit soudain halte et leva la main. Elle s'efforça de respirer aussi silencieusement que possible, observant les arbres et les buissons environnants. Une minute entière s'écoula avant qu'il fasse signe que tout allait bien, et ils reprirent leur marche.

Elle commençait à s'habituer à sa manière d'opérer, aussi ne fut-elle pas surprise quand il s'arrêta et lui fit signe de tourner. Ils décrivirent un cercle complet, elle les deux mains sur la crosse de son arme, prête à faire feu si Brian sortait d'entre les arbres.

Après ce qui leur parut une éternité mais ne dépassa probablement pas cinq minutes, ils s'accroupirent à la lisière d'une petite clairière. Willow s'attendait à apercevoir le fort dont Grayson avait parlé, mais elle ne vit qu'un monticule de terre à cinq ou six mètres. Sur la droite, à environ dix mètres, il y en avait un autre. Étaient-ce des terriers, des taupinières ? Elle se pencha en avant pour observer le reste de la clairière. À quelque distance, ce n'était pas un monticule, mais un trou de mêmes dimensions et de même forme qu'elle vit.

Elle battit des paupières et contempla à nouveau les monticules, puis s'aperçut que Grayson l'observait. Son air sombre lui confirma ce qu'elle venait de comprendre. Il ne s'agissait pas de terriers… mais de tombes.

21

Grayson envoya une photo à Ryland, certain qu'il s'agissait des tombes des victimes de Nelson. Ryland répondit qu'il tenait Russo au courant et qu'une équipe tactique était déjà en route, ETA (heure d'arrivée probable) vingt minutes plus tard.

Il leur donna également une mauvaise nouvelle : le sergent Jeffries avait échappé à sa surveillance. S'inquiétant de ne pas l'avoir vu passer devant les fenêtres pendant un bon moment, les policiers avaient frappé à la porte.

L'air paniqué de sa femme avait confirmé leurs craintes avant même qu'elle les laisse entrer. Elle avait avoué que Jeffries s'était esquivé par l'arrière de la maison quelques heures auparavant. Mais il avait refusé de lui dire où il allait ni quels ennuis il avait.

Il avait laissé son portable et ils ignoraient quel véhicule il conduisait. S'il allait rejoindre Brian pour l'avertir – ce dont tout le monde était convaincu –, ils n'avaient aucun moyen de le retrouver.

La police faisait du porte à porte, interrogeant les voisins pour savoir si on lui avait prêté une voiture. Avec un peu de chance, ils pourraient bientôt émettre un avis de recherche.

Grayson pariait sur l'hypothèse la meilleure, à savoir

que Brian avait laissé Paletta au fort mais n'était pas là. À moins qu'il n'ait bâti un autre abri tout seul, ce dont Grayson doutait. Étant donné sa tendance à la paresse, le fort semblait le lieu le plus logique. S'ils pouvaient retrouver et secourir Paletta avant le retour de Brian, ce serait bien meilleur pour tout le monde.

Mais l'intervention probable de Jeffries augmentait les risques. Allait-il tirer sur son ancienne inspectrice et sur Grayson pour protéger son fils ? Ou prendrait-il la bonne décision et l'arrêterait-il ? Grayson espérait avec ferveur que Willow n'aurait pas à le découvrir.

Il se rapprocha d'elle et la mit au courant dans un murmure. Des taches rouges sur ses joues montraient qu'elle était furieuse contre son ancien chef. Elle ressentait sa trahison avec d'autant plus d'acuité du fait de leur proximité.

Grayson lui pressa la main en signe de solidarité. Il ne comprenait que trop bien qu'il était vital de pouvoir compter sur ses compagnons d'armes ou, dans ce cas, ses collègues. Même si Willow n'était plus policière, le feu qu'elle avait mis dans ses arguments, un peu plus tôt, montrait qu'elle se considérait toujours comme faisant partie de la police.

Ils firent le tour de la clairière, restant à couvert des arbres. Grayson consulta plusieurs fois sa boussole, corrigeant leur cap au fur et à mesure. La couverture végétale s'était considérablement développée depuis son enfance, peut-être parce qu'il n'était plus revenu entretenir le sentier.

Leur progression était lente et difficile et il craignait que malgré leurs efforts Brian les ait déjà entendus et ne les guette quelque part. Ce qui rendait cette petite expédition encore plus dangereuse.

Si la vie de cette femme n'avait pas été en danger, il aurait ramené Willow en sécurité. Il ne doutait pas de ses capacités, maintenant qu'elle s'était calmée et mobilisait son entraînement. Ce dont il doutait, c'était de sa propre aptitude à se concentrer sans laisser interférer son inquiétude pour elle.

Willow, qui trottait à ses côtés, tendit le bras vers la droite. À moins de quinze mètres se trouvait ce qu'ils cherchaient : le fort. Il était en meilleur état qu'il ne s'y attendait après toutes ces années. Mais Baines ne faisait rien à moitié. Grayson et lui l'avaient bâti en s'assurant qu'il résisterait aux éléments. Le revêtement était gris et délavé par les intempéries, mais en dehors de quelques planches pourries sur les avant-toits, il avait l'air sain.

Ils s'accroupirent. Ne voyant ni Brian ni Jeffries, ils rampèrent entre les arbres jusqu'à quelques mètres du mur latéral, hors de vue de la fenêtre ouverte. Grayson se retourna pour faire signe à Willow de l'attendre, et la vit courir sur les derniers mètres sans s'arrêter.

Furieux, il constata qu'elle avait au moins pris la précaution de se baisser et avait tiré son arme. Réduit au rôle de soutien, il jeta des coups d'œil à droite et à gauche tandis qu'elle se relevait prudemment pour regarder par la fenêtre ouverte. Elle se baissa et hocha la tête.

Ils avaient trouvé Nicole Paletta.

Malheureusement, Nelson les avait aussi trouvés. Il venait d'émerger du bois sur leur gauche, pointant son arme sur Willow. Pour attirer son attention, Grayson se jeta en roulant dans la clairière.

Des coups de feu s'élevèrent. Willow s'était mise à l'abri et tirait. Brian riposta, mais ses balles se perdirent tandis qu'il se réfugiait entre les arbres.

Bondissant, Grayson agrippa Willow, la souleva et

l'emporta avec lui tandis qu'elle continuait à tirer dans la direction où Brian avait disparu. Ils tournèrent le coin du bâtiment, sortant de sa ligne de mire.

Grayson posa Willow à terre et l'entraîna en courant par la porte ouverte. Ils devaient agir vite et sortir la victime de là avant que Brian trouve le courage de revenir s'en prendre à eux.

Nicole Paletta écarquilla les yeux en les voyant entrer. Elle était bâillonnée et ligotée. Des liens en plastique attachaient ses poignets à un crochet métallique planté dans le plancher. Elle était nue, et ses seins et ses cuisses étaient couverts de sang.

Willow poussa une bordée de jurons à l'adresse de Brian. Grayson n'aurait pas pu être plus d'accord.

Elle prit position près de la seconde porte, celle qui faisait face aux bois. Grayson courut vers la femme et se laissa tomber à genoux à côté d'elle, sortant son couteau de sa poche. Elle se rejeta en arrière, poussant des cris étouffés sous le bâillon. Il comprit qu'il ne faisait que la traumatiser davantage. Elle tremblait et avait l'air absolument terrifiée.

— Vous êtes Nicole Paletta, n'est-ce pas ? dit-il d'un ton apaisant.

Elle ne réagit pas. Pouvait-elle même le comprendre ? Il n'en était pas sûr, mais il devait essayer.

— Nous n'allons pas vous faire de mal. Nous sommes venus vous secourir. Je m'appelle Grayson Prescott, et mon amie est l'inspectrice Willow McCray.

Les yeux de la femme se posèrent sur Willow, qui se tenait toujours dans l'encadrement de la porte.

— Je vais couper vos liens, d'accord ? Je vous promets de ne pas vous faire de mal.

Espérant qu'elle avait compris, il trancha rapidement

les liens en plastique. Libérée, elle recula et se plaqua contre le mur, près de la fenêtre ouverte.

— Nicole, les secours arrivent. La police a envoyé ses hommes. Mais nous ne pouvons pas les attendre. Willow, qui est policière, nous protège de l'homme qui vous a attachée. Mais il va revenir. Il faut que nous partions avant cela.

Elle secoua la tête, faisant voler ses cheveux tout autour d'elle. Il s'aperçut qu'il ne lui avait pas retiré son bâillon. Elle semblait trop effrayée ou désorientée pour le faire elle-même.

— Ça vous va si je vous enlève ça ?

Elle hésita, puis hocha la tête. Un progrès.

— Dépêche-toi, appela Willow. J'ai vu un mouvement. Je pense qu'il est sur le point de tenter quelque chose.

Grayson arracha le bâillon, et Nicole se mit à tousser en tentant de cracher un morceau de tissu fourré dans sa bouche. Il le retira et le jeta par terre.

— Venez, Nicole. Allons-y.

— Non, non. Vous avez dit qu'il était dehors.

Sa voix était rauque, à peine un murmure.

— Il faut attendre la police.

— S'ils avaient une chance d'arriver à temps, nous le ferions. Le problème est que nous ne sommes pas à l'abri ici. Il n'y a rien pour arrêter les balles. Ces murs valaient mieux que rien, mais tout juste. Les arbres nous offriront une meilleure protection.

— Il se déplace, cria Willow.

Un coup de feu claqua, suivi d'une volée de balles au-dehors. Puis *clic, clic, clic.* Grayson se retourna et vit Willow courir vers lui.

— Mauvaise nouvelle, annonça-t-elle en tombant à genoux à côté d'eux. Je n'ai plus de munitions.

22

Willow tenta d'apaiser Nicole qui s'accrochait avec tant de force à sa main qu'elle lui faisait mal. Mais elle ne pouvait protester ; la pauvre femme avait manifestement subi d'horribles épreuves. Et ce n'était pas fini.

Grayson les rejoignit au petit trot.

— Je ne le vois pas. Je pense que ce lâche est en train de faire le tour par les bois. Il faut filer avant qu'il n'arrive. Ce qui veut dire tout de suite.

Il souleva Nicole dans ses bras. Elle poussa un cri de terreur et se débattit avec de grands gestes.

— Nicole, arrêtez, la supplia Willow. Il essaie de vous aider.

Grayson changea de position pour éviter ses poings.

— Désolé, mais nous n'avons pas le temps pour ça.

Il la jeta sur son épaule, et Willow et lui se dirigèrent vers la porte par laquelle ils étaient entrés. Soudain Grayson jura sauvagement et fit halte au milieu du bâtiment.

Le sergent Jeffries se tenait dans l'embrasure de la porte. Et il braquait son arme sur eux. Très lentement, Grayson posa Nicole par terre et la poussa derrière lui.

— Sergent, non. S'il vous plaît, lança Willow en levant les bras comme pour stopper la balle.

Mais Jeffries ne braquait pas son pistolet sur elle, ni

sur Grayson ou Nicole, qui pointait timidement la tête derrière lui. Il visait l'autre porte.

Willow se retourna lentement. Brian devait être entré pendant qu'ils avaient le dos tourné. Son arme était dirigée sur eux, comme s'il était sur le point de tirer. Mais il se tourna vers son père.

— Tu es venu te joindre à la fête, papa ? ricana-t-il.

Grayson effleura la chaussure de Willow du pied pour attirer son attention. Il désigna d'un geste presque imperceptible la fenêtre du fond, ouverte. Elle était assez grande pour pouvoir la franchir sans mal.

Elle battit des paupières pour lui dire qu'elle avait saisi. Grayson recula lentement, heurtant Nicole. Mais elle était plus attentive et semblait maintenant prête à coopérer.

Tous trois commencèrent à reculer doucement, essayant de ne pas faire de geste brusque qui attirerait l'attention de Brian ou de son père.

Le visage de Jeffries était déformé par le chagrin.

— Ne parle pas comme ça, fils. Je ne te reconnais pas. Tu ne veux pas faire de mal à quelqu'un.

— Ah bon ?

Brian désigna les bois derrière lui.

— Dis donc ça à ces filles qui nourrissent les vers.

Il gloussa. Une sorte de gémissement sortit d'entre les dents serrées de Jeffries. Il secoua la tête.

— Non, non. Tu essaies de me faire peur. Pourquoi ferais-tu une chose pareille ? Tu n'es pas le monstre qu'ils croient.

Brian sourit.

— Tu ne me crois pas ? Je parie que si tu poses la question à Nikki, elle ne sera pas d'accord.

Il désigna Nicole du menton, laquelle passait à nouveau la tête derrière Grayson. Brian braqua son pistolet sur eux.

— Stop. Ne faites pas un pas de plus.

Ils lui obéirent. Willow tenta de passer devant Grayson, pour lui servir de bouclier. Il la repoussa avec un regard noir, ne laissant aucun doute sur son refus.

— Laisse-les tranquilles, ordonna Jeffries.

Brian orienta lentement son arme vers son père.

— Sinon quoi ? Tu vas tirer sur ton propre fils ?

— Tu sais que je n'ai pas envie de faire ça. Je veux te protéger. Je suis ici pour t'arrêter. Tu ne pourras pas toujours t'échapper. Tu dois te rendre avant qu'un des types du SWAT ne t'abatte.

Brian feignit de regarder autour de lui.

— Je ne vois aucun SWAT ici. Il n'y a que toi.

— Brian…

— La ferme ! Ne fais pas semblant d'en avoir quelque chose à faire de moi. Je suis ton sale petit secret, celui que tu avais trop honte de révéler à ta femme.

— Je suis vraiment navré…

— Ça suffit. Comment tu m'as trouvé, de toute façon ? Et pourquoi tu les as amenés avec toi ?

Jeffries écarquilla les yeux.

— Je ne les ai pas amenés. Je te cherchais. Je me suis dit que tu étais peut-être venu te cacher dans notre coin de pêche favori.

— Notre coin de pêche favori ? Le torrent là-bas ? On peut difficilement le qualifier de coin de pêche favori, étant donné que tu ne m'as pas emmené pêcher depuis des années.

Jeffries rougit et se mit à balbutier d'autres excuses.

Grayson tira Willow par son T-shirt, et les entraîna, elle et Nicole, vers la fenêtre. Lorsqu'ils l'atteignirent, il articula « Allez-y ».

Willow considéra l'ouverture, puis le regarda avant de secouer la tête.

— Pas sans toi, murmura-t-elle.

Nicole la tira par le bras d'un air suppliant.

— J'aurais dû faire plus attention à toi, fils, continuait Jeffries. J'aurais dû passer plus de temps avec toi. Le boulot me prenait tellement de temps…

Willow cessa d'écouter. Grayson venait d'articuler autre chose. *Fais-moi confiance*. La situation était impossible. Elle était terrorisée à l'idée qu'en sautant par la fenêtre Nicole et elle laissent Grayson sous une pluie de balles. Elle savait instinctivement qu'il ne sauterait pas avec elles. Il resterait et leur ferait gagner du temps.

Il lui avait demandé de lui faire confiance, et c'était ce qu'elle avait fait. Il avait été dans les Forces Spéciales, il avait combattu l'ennemi outre-mer et était revenu sain et sauf. Elle savait aussi que s'il n'avait pas dû se soucier de Nicole et elle, il aurait été libre de faire ce qu'il avait prévu. Bien que cela la dépasse. *Lui faire confiance*. Elle devait lui faire confiance.

Elle hocha la tête pour lui indiquer qu'elle était prête, même si l'idée de le laisser en arrière la rendait malade.

Nicole les regarda tour à tour et hocha également la tête.

— Comment tu t'attends à ce que ça finisse, papa ? lança Brian.

Grayson compta silencieusement : trois, deux, un, *Go !*

Willow sauta par la fenêtre. Grayson jeta Nicole par l'ouverture et disparut dans le bâtiment.

Des hurlements s'élevèrent à l'intérieur, suivis d'un cri guttural. Un coup de feu résonna. Willow se mordit la lèvre, dévorée de l'envie de savoir ce qui se passait. Mais elle devait faire ce que Grayson avait demandé : emmener Nicole en sécurité.

Elle prit le bras de Nicole et la remit sur pied. La jeune femme vacilla. L'adrénaline qui lui avait redonné des forces semblait s'être dissipée. Willow la prit par la taille et passa une épaule sous son bras. Ensemble, elles clopinèrent aussi vite qu'elles pouvaient vers le couvert des arbres.

23

Grayson leva lentement les mains en fixant l'arme de Brian. Il avait de la chance que le type soit si mauvais tireur. Mais il ne lui faudrait pas plus de quelques secondes pour presser à nouveau la détente.

— Ne fais pas ça, supplia Jeffries. S'il te plaît, Brian, ne tire pas. Pose cette arme.

— Que je ne tire pas ? Tu te fiches de moi ? Il les a aidées à s'échapper ! Et il m'a lancé son fichu couteau !

Ses jointures blanchirent sur la crosse de l'arme.

— Si je n'ai pas encore tiré, c'est que je veux savoir comment il a compris que j'étais ici.

Il agita son arme en direction de Grayson.

— Quelqu'un d'autre sait ?

— Seulement Willow et moi. Nous avons parlé de mon enfance, et je voulais lui montrer le fort.

— Le fort ? Quel fort ?

— Ce bâtiment. Je l'appelais le fort quand j'étais petit.

Levant les yeux au ciel, Brian ironisa sur les privilèges des riches. Il avait gobé son mensonge. Cela donnerait à Russo le temps de les rejoindre. Mais c'était loin de lui garantir une sécurité immédiate.

Il regarda Jeffries, qui visait toujours son fils.

Presse cette fichue détente.

Brian lança en ricanant :

— J'ai entendu dire que vous êtes un dur à cuire des Forces Spéciales. Qu'est-ce qui s'est passé ? Vous étiez malade le jour où ils vous ont appris le lancer de couteau ?

Continue de parler, gamin. Ça donne du temps aux hommes de Russo.

Il haussa les épaules.

— Peut-être que oui.

Il lui aurait planté son couteau dans la gorge s'il n'avait pas dû d'abord pousser Nicole par la fenêtre en évitant d'être abattu. Dommage qu'il n'ait pas de second couteau sur lui. Mais si Brian le tuait, Willow et Nicole étaient au moins hors de danger, à mi-chemin de la maison.

Il fallait leur donner le temps d'arriver, être certain qu'elles s'en étaient tirées. Faire parler Brian était le seul moyen. Et il savait de quoi parler : de ce qui le rongeait depuis sept ans.

— Pourquoi avez-vous tué ma femme ? Qu'avez-vous fait de ma fille ?

Le visage de Brian prit une teinte brique.

— Je n'ai pas envie de parler de ça.

Grayson serra les poings.

— Dites-moi au moins ce que vous avez fait de ma petite fille. Est-elle ici, enterrée avec les femmes que vous avez assassinées ?

Jeffries émit un bruit étranglé et rougit comme une tomate. Était-ce parce qu'il était horrifié de ce que Brian avait fait à Maura, Katrina et aux autres ? Ou parce qu'il se sentait coupable de n'avoir rien fait ? Tout ce qu'il avait à faire, c'était presser la détente pour en finir. Mais il refusait toujours de le faire.

Grayson secoua la tête de dégoût. Son seul espoir de s'en sortir vivant était d'abattre lui-même Brian.

Heureusement Brian s'était rapproché après son coup de feu raté. Sans doute ne voulait-il pas risquer de manquer à nouveau sa cible. En tout cas, il était assez près pour que Grayson lui saute dessus. Presque. Il lui fallait s'approcher un tout petit peu pour s'assurer de l'atteindre. Mais il devait détourner d'abord son attention.

— Sergent, commença-t-il, pourquoi êtes-vous ici ? La vraie raison ? Vous tergiversez, vous faites parler Brian jusqu'à ce que la police arrive ?

Le regard de Brian se tourna en un éclair vers son père.

— Tu as appelé les flics ?

Jeffries secoua la tête, les yeux écarquillés.

— Non, non, Brian, je ne ferais jamais ça. Je te l'ai dit, je suis venu t'arrêter moi-même. Je veux te protéger.

Brian s'esclaffa.

— Et où était cette tendre sollicitude quand j'étais petit ? Tu m'as laissé chez ta stupide sœur. Va te faire voir. Quand les flics arriveront, je serai déjà parti. Je n'ai que deux détails à régler.

Il braqua son pistolet sur son père. Grayson se rua sur lui.

Bam !

Bam ! Bam !

Ses bras se refermèrent sur le vide et il atterrit sur le plancher. Il roula sur lui-même et et se releva d'un bond.

Brian avait disparu. Il devait s'être enfui par la porte de derrière, car Ryland se tenait dans l'encadrement de la porte opposée, visant l'endroit où se tenait Brian quelques instants plus tôt.

Et devant lui, dans une mare de sang, gisait le sergent Jeffries.

Willow franchit en courant la porte de derrière, tenant à deux mains une grosse branche trouvée dans la forêt. Elle s'arrêta net, interloquée. Grayson et Ryland étaient accroupis au-dessus du corps de Jeffries, cherchant un pouls, bien qu'il soit évident qu'il était trop tard. Elle regarda autour d'elle. Brian avait-il réussi à s'enfuir ?

Grayson se releva lentement, le regard fixé sur son arme de fortune.

— Willow ?

Sa voix avait une fêlure un peu… déconcertante.

— Euh, oui ?

— Qu'est-ce que tu voulais faire exactement, avec ce bâton ?

Elle se redressa et jeta le morceau de bois.

— C'est une branche. J'allais frapper Brian. Où est-il ?

Il lui jeta un regard incrédule.

— Tu es revenue combattre un homme armé avec une branche d'arbre ?

Elle rougit.

— J'essayais de te sauver la vie.

Grayson poussa un juron. Ryland s'éclaircit la gorge.

— Je disais justement à Grayson que Trent est arrivé au moment où je prenais mon arme. Nous avons foncé ici et t'avons trouvée en train de traîner Paletta dans les bois. Trent l'a ramenée à la maison pendant que je continuais vers le fort.

Il lui lança un regard blessé.

— Tu m'avais promis de suivre Trent jusqu'à la maison.

Elle rougit encore plus fort.

— Oui, eh bien, j'en avais l'intention. Mais je me suis dit qu'il fallait d'abord que j'égalise les chances.

— Avec une branche d'arbre, articula Grayson entre ses dents serrées.

Willow croisa les bras.

— Tu as l'air de faire une fixation là-dessus. Que s'est-il passé, après que je suis partie ?

Il se détourna sans lui répondre et prit l'arme des mains de Ryland pour la fourrer dans sa poche.

— Tu as apporté des munitions ?

— Je ne pensais pas en avoir besoin ici. Elles sont rangées dans une boîte dans mon bureau.

— Je me débrouillerai. Tu as vu dans quelle direction il est parti ?

— Les gars ? Que s'est-il passé ?

Willow s'interposa entre eux, regarda Jeffries et tressaillit.

— Brian a tiré sur son père ?

Ryland hocha la tête.

— Je suis arrivé une seconde trop tard. Et je n'avais pas une bonne ligne de tir de toute façon, je risquais de toucher Grayson. J'ai tiré sur la droite pour obliger Brian à se couvrir. Au lieu de ça, il a pris la porte.

— Et il s'est échappé pendant que nous parlions, ajouta Grayson. Dans quelle direction ?

— Vers le nord, vers le torrent dont tu parlais.

— D'accord. Voilà ce qu'on va faire. Quand les hommes de Russo seront là…

— Grayson…

Willow posa les mains sur les hanches.

— Tu ne vas pas poursuivre Brian. Attends Russo. Laisse-le gérer ça.

Sa mâchoire blanchit, comme s'il serrait les dents. Sans la regarder, il traversa la pièce et ramassa son couteau sur le sol. Après l'avoir replié et rangé dans sa poche, il revint vers Willow, lui accordant toute son attention. Cela lui fit regretter d'avoir ouvert la bouche. Son expression était aussi dure que le granit, ses yeux si sombres qu'ils en paraissaient noirs.

— Willow, tu aurais pu te faire tuer.

Sa voix était tendue, vibrante de colère.

— Tu n'aurais même pas dû être là.

Il se pencha et, la dévisageant à quelques centimètres, articula :

— *Descends de ma montagne.*

Elle recula, sous le choc. Il lui tourna le dos.

— Ryland, emmène-la. Ne la laisse pas sortir jusqu'à ce que Russo arrive. Et dis-lui de la faire raccompagner chez elle par ses hommes. Elle ne ressort pas avant que je revienne. Compris ?

— Compris. Allez, viens, Willow. Laisse-le faire ce qu'il a à faire.

Il lui prit le bras.

— Non, attends.

Elle tenta de se dégager, mais Ryland était résolu et beaucoup plus fort qu'elle. Il la porta à moitié hors du bâtiment tandis que Grayson sortait pour examiner les traces de pas dans la terre.

— Grayson, ne fais pas ça ! cria-t-elle. Tu ne peux pas te lancer seul à sa poursuite.

Elle regarda par-dessus son épaule, tandis que Ryland la poussait vers les bois.

— Tu es un homme d'affaires, pour l'amour du ciel ! Laisse ça à la police.

Se raidissant, il se retourna lentement.

— Tu as oublié une part de l'équation, Willow. J'étais dans les Forces Spéciales. Je sais qui je poursuis et ce dont il est capable.

Il fit signe à Ryland.

— Vas-y.

Ryland la poussa entre les arbres.
— Grayson, attends !
Elle repoussa Ryland et fit volte-face.
— Grayson !
Il avait déjà disparu.

24

— Mon arme est là, sur la petite table, objecta Willow, agacée par la présence des deux policiers. C'est ridicule. Vous avez fouillé le couloir, la salle de bains, ma chambre. Nelson n'est pas là. Il est sur le Mont Prescott avec Grayson et la moitié des forces de police.

— La cuisine, dit l'un d'eux à son coéquipier. Tu as vérifié les placards ? Ce n'est pas un type très grand. Le cellier ? Il s'est peut-être accroupi derrière des cartons ou autre chose.

Ils tirèrent leurs armes et firent le tour de l'îlot de cuisine.

— Oh ! pour l'amour du ciel ! Une souris ne pourrait pas se faufiler dans ce prétendu cellier. Je peux à peine y ranger de la nourriture alors sûrement pas une personne. Et vous avez déjà vérifié les placards.

Ils n'en revérifièrent pas moins tout l'appartement, ce qui leur prit environ vingt secondes. En revenant dans la pièce principale, ils rengainèrent leurs armes.

Elle leur fit face, mains sur les hanches.

— Vous voyez ? Il n'y a nulle part où se cacher. Je n'ai pas de balcon, et il est impossible que Brian escalade la façade. Je vous le dis, votre chef est paranoïaque.

Le plus jeune secoua la tête.

— Ce n'est pas Russo qui est paranoïaque. C'est votre patron. Ryland a dit au chef que si quelque chose vous arrivait, Prescott ferait de sa vie un enfer.

Elle leva les bras au ciel.

— Allons donc. Même si Brian arrive à échapper à cette battue massive, il n'a aucune raison de s'en prendre à moi.

Le plus vieux croisa les bras.

— La vengeance. D'après ce que j'ai entendu dire, c'est vous qui l'avez identifié. Peut-être qu'il a abouti à cette conclusion lui aussi.

Le plus jeune approuva d'un signe de tête.

— Et vous êtes exactement son type. De longs cheveux bruns.

— C'est bon. Dehors ! Vous pouvez monter la garde sur le palier ou, mieux encore, dans votre voiture. J'ai suffisamment de soucis sans que vous me marchiez sur les pieds en plus. Allez-vous-en.

Elle les poussa vers la porte.

— Fermez le verrou, dit une voix étouffée à travers la porte.

Les yeux au ciel, elle s'exécuta. Enfin seule, elle put cesser de prendre un air bravache. Se laissant tomber sur le canapé, elle serra un coussin sur sa poitrine.

Une peur sans pareille la parcourait, la faisant trembler si fort que le canapé vibrait. Elle inspira plusieurs fois à fond pour se reprendre. Mais c'était inutile. Elle était en vrac, parce que Grayson était là-haut sur la montagne, avec un meurtrier.

Peu lui importait qu'il ait fait partie des Forces Spéciales. Cela datait de plusieurs années. Et même s'il s'entretenait visiblement, ce n'était pas la même chose que de conduire des missions dangereuses. Le pire qui pouvait lui arriver au bureau était de se couper avec une feuille de papier. Comment osait-il l'effrayer ainsi, pourchasser un tueur en série sans aucun renfort ? Un sanglot lui échappa, et elle enfouit le visage dans le coussin.

S'il te plaît, sois prudent, Grayson. S'il te plaît, sois prudent. Il faut que tu me reviennes. S'il te plaît.

Elle ne sut combien de temps elle resta là, mais quand elle lâcha enfin le coussin, elle ne tremblait plus. La peur était toujours là, mais elle avait réussi à la contrôler. Poussant un long soupir, elle se dirigea vers la cuisine pour y prendre une bouteille d'eau.

— Bonjour, Willow. *Jolis cheveux.*

Elle se retourna d'un bloc. Brian se tenait dans le couloir, la bouche fendue d'un sourire carnassier qui lui glaça le sang.

Elle se rua sur son arme.

25

Grayson arrêta son Audi à deux rues de l'immeuble de Willow, car une voiture de patrouille occupait son emplacement habituel, devant le bâtiment. Il s'agissait sans nul doute des policiers qu'il avait demandé à Russo de dépêcher.

Il ne put s'empêcher de sourire en pensant à la dispute qui s'annonçait. Il avait ordonné à Willow de descendre de sa montagne et elle était sans doute aussi furieuse d'avoir des policiers chez elle. Mais le fait qu'on la protège avait suffisamment apaisé son inquiétude à lui pour qu'il se consacre à la chasse au tueur.

Son sourire s'évanouit. Malheureusement, il était toujours en fuite. Grayson avait dû s'avouer que Brian lui avait échappé, sans doute parce qu'il connaissait beaucoup mieux les bois que lui. Depuis des années, il se servait du fort comme quartier général et des terres environnantes comme terrain de jeux.

Avant son départ, des chiens renifleurs de cadavres avaient signalé les trois tombes qu'ils avaient vues, plus deux autres. Il supposait qu'Erin Speck était enterrée dans l'une d'elles. Qui savait combien d'autres ils en trouveraient ? Et bien que cela fasse mal d'y penser, l'une d'elles pouvait très bien être celle de sa fille. Avec un peu de chance, lorsqu'ils captureraient Brian, il dirait enfin la vérité sur ce jour affreux et ce qui était arrivé à sa femme et à sa fille.

Serrant les poings, il descendit de voiture et se tourna vers l'immeuble. Même sachant Willow protégée, il ne pourrait pas se détendre avant de l'avoir vue. Il ne pouvait se débarrasser de l'effroi qui avait pris possession de lui quand il s'était rappelé toutes les fois où elle avait arpenté les jardins chez lui. Brian aurait pu être là, l'observant depuis les bois. Dieu merci, il ne s'en était jamais pris à elle. C'était surprenant, étant donné que Willow présentait toutes les caractéristiques qui attiraient cet animal.

Il salua de la tête un des jardiniers, tout en vérifiant automatiquement ses traits pour s'assurer qu'il ne s'agissait pas d'un déguisement. Willow le traiterait probablement de paranoïaque quand il lui raconterait cela. Mais il était simplement prudent. L'expérience du combat lui avait appris à se préparer à tout, partout où il allait.

Russo avait fait cerner la montagne. Personne ne pouvait y entrer ou en sortir sans passer par un barrage. Même la voiture de Grayson avait été fouillée avant qu'on lui permette de partir. Et la montagne grouillait d'équipes tactiques avec une expérience de ce genre de terrain. Brian ne pourrait pas la quitter sans être menotté ou fourré dans un sac mortuaire.

Mais il était flic. Il savait à quoi s'attendre dans cette situation, il connaissait les procédures standards. Grayson ne pouvait s'empêcher de se demander s'il n'avait pas un plan B depuis le début, une voie d'évasion au cas où on le découvrirait. Et ce qui l'inquiétait le plus, c'était que si Brian était en colère, il pourrait décider de se venger sur ceux qu'il considérait responsables de sa traque. Sur Willow.

Il gravit au petit trot l'escalier jusqu'à son appartement. Que ça lui plaise ou non, quand il repartirait, il l'emmènerait avec lui. À l'aéroport. Ils se réfugieraient dans un endroit sûr, jusqu'à ce que Nelson ne représente plus une menace.

Lorsqu'il fut en haut de l'escalier, il ralentit, brusquement en alerte. Il n'y avait aucun policier devant la porte de Willow, et la voiture de patrouille garée devant était vide. Il ne pouvait imaginer qu'elle les ait invités à entrer. Elle aurait été trop agacée pour les laisser tournicoter autour d'elle.

Il allait pousser la porte lorsqu'il baissa les yeux. Deux gouttes de sang rouge vif tachaient le bois du palier. Une autre goutte se voyait un peu plus loin, à proximité de l'appartement voisin.

26

Willow tentait désespérément de crier, mais le chiffon que Brian lui avait fourré dans la bouche était maintenu par un autre chiffon noué derrière la tête. Elle ne réussit qu'à produire un gémissement étouffé. Seuls ses yeux pouvaient exprimer sa haine. Brian gloussa en vérifiant les liens en plastique qui attachaient ses membres au cadre du lit.

— Oh ! oh, dit-il, celui-là est un peu lâche. Il ne faudrait pas que tu puisses dégager un bras et me donner un coup de poing au milieu des réjouissances.

Il lui fit un clin d'œil, ce qui fit monter la bile dans sa gorge. Il serra le lien, qui lui mordit la peau. Elle poussa un grossier juron sous le bâillon.

— Vas-y, ronronna-t-il, j'adore que mes femmes résistent.

Du moment qu'elles sont attachées et qu'elles ne peuvent pas se débattre, espèce de salopard.

Elle avait tellement envie de hurler, de le maudire, de lui dire qu'il n'était rien de plus qu'un lâche. Qu'il pouvait lui faire du mal et même la tuer, mais qu'il n'aurait jamais son âme. Tant qu'il y aurait de l'air dans ses poumons, du sang dans ses veines, elle se battrait.

Comment avait-il réussi à fuir le Mont Prescott ?

Grayson et la police ? Il devait y avoir un chemin dans les bois, un itinéraire que personne ne connaissait. Elle espérait seulement qu'il n'avait blessé personne durant son évasion.

Surtout Grayson.

Il grimpa sur le lit et s'assit à califourchon sur elle. Elle se cabra de toutes ses forces, tentant de le désarçonner. Il se vengea en s'asseyant sur son estomac. Il appuyait sur son diaphragme, pressait sur ses poumons qui avaient déjà du mal à se remplir. Elle se rejeta en arrière pour garder son énergie, laissant ses bras et ses jambes retomber. Inspirer, lutter pour faire entrer l'air sous le bâillon devint soudain sa priorité.

— Voilà. Ça marche à tous les coups.

Il leva un couteau cranté, le faisant tourner en sorte que la lumière se reflète dessus. Puis, comme s'il ne pouvait résister à la tentation, il s'inclina peu à peu, enfouissant le visage dans ses cheveux.

— Tu sens si bon, murmura-t-il contre son oreille.

Elle frissonna violemment de répulsion. Il se mit à rire et se redressa, pressant à nouveau sur son diaphragme.

— Inspire, expire, inspire, expire, se moqua-t-il. On apprécie la vie, tout à coup, hein ? Quand on doit faire un effort pour respirer ?

Des larmes roulèrent sur ses joues, et elle le détesta plus encore. Il en captura une du bout de l'index et la regarda comme si elle le fascinait.

— Quel dommage que je n'aie plus ma petite cabane.

Il se frotta les doigts.

— C'est là-bas que j'emmène celles qui sont spéciales, qui valent mieux qu'un coup rapide. Je les garde, longtemps, longtemps. Pour qu'on puisse… profiter l'un de l'autre. Encore et encore.

Il se pencha à nouveau, lui soufflant son haleine dans le cou, comme un chien enragé.

— Tu fais partie des spéciales, petite Willow. J'ai de grands projets pour toi. C'est vraiment dommage que je doive me presser, que je ne puisse pas te garder et te chérir comme je le voudrais.

La nausée la prit. Elle tourna la tête de côté, de crainte de vomir et de s'étouffer.

— Je ne peux pas rester longtemps. Il y a trop de gens qui me cherchent. Grâce à toi et à ton stupide amoureux.

Il lui tira les cheveux, et elle dut arquer le dos pour soulager l'horrible pression.

— Que devrions-nous faire durant ce petit moment ? demanda-t-il du même ton qu'il aurait demandé quoi regarder à la télévision.

Respire, respire. Ne vomis pas. Respire.

— Oh ! je sais. Et si je te montrais ce qui est arrivé aux petits soldats de Russo ? Ces stupides flics qui croyaient être plus malins que moi. Ils étaient tellement occupés à surveiller l'escalier qu'ils n'ont même pas pensé à vérifier l'appartement derrière eux.

Il haussa les sourcils.

— Quoi ? Toi non plus ?

Il prit son téléphone et se mit à sélectionner des menus.

— Je dois dire que ton voisin est un vrai cochon. Enfin, *était*.

Il tourna le téléphone et lui mit une image sanglante devant le nez.

Elle hurla contre le bâillon, ruant et tressautant sur le lit, sans plus se soucier de gaspiller l'air. Ses poumons se bloquèrent, ses yeux s'écarquillèrent. Elle chercha désespérément de l'air. Des taches apparurent devant ses yeux et tout devint noir.

— Allons, allons. Tu ne peux pas me rester sur les bras comme ça. Il y a beaucoup à faire.

Il se releva sur les genoux, toujours à califourchon, mais sans plus presser sur son ventre ou sa poitrine.

L'air entra enfin dans ses poumons. Elle faillit sangloter de soulagement en inspirant par le nez.

Lorsque sa vision s'éclaircit, elle prit conscience qu'il caressait ses cheveux, les peignant entre ses doigts et élevant des mèches à sa bouche pour les sucer.

Elle ferma les yeux, résolue à ne rien regarder de ce que ce malade voulait lui faire. Elle était tellement fatiguée de résister. Elle avait seulement envie de s'abandonner.

Non, ce qu'elle voulait, c'était Grayson. Elle voulait le revoir une dernière fois, s'assurer qu'il lui survivrait, qu'il trouverait quelqu'un d'autre à aimer. Elle ne pouvait supporter l'idée qu'il revienne à ce qu'il avait été, si renfermé, si affamé d'affection.

— Dois-je te dire ce que j'ai fait à ton amoureux ?

Elle rouvrit les yeux.

Non ! Non, pas Grayson. S'il vous plaît, non !

Brian posa le plat de la lame sur sa poitrine, lui donnant la chair de poule. Puis il tourna la lame et entama sa peau. Une traînée de feu la parcourut.

Elle cria contre le bâillon et vit ses yeux danser de rire quand il tira la lame vers le bas. Un filet de liquide chaud roula le long de ses côtes.

— C'est le couteau que j'ai utilisé sur lui. Je l'ai découpé en petits morceaux. À commencer par la peau. Tu as entendu, Willow ? Je l'ai écorché vif.

— *Menteur.*

Ils levèrent tous deux la tête. Parfaitement vivant, Grayson se jeta sur Brian comme un ange vengeur. Il agrippa le poignet qui tenait le couteau et le secoua dans tous les sens. L'objet tomba sur le matelas. Brian hurla d'indignation quand Grayson le souleva et le flanqua par terre.

Willow se débattit entre ses liens, essayant désespérément de voir ce qui se passait. Des bruits de coups de poing remplirent la pièce. Un choc sonore fut suivi d'un hurlement de Brian, celui-là tellement pitoyable et chargé de douleur que Willow eut presque pitié de lui. Presque.

Un autre coup. Grayson jura et Brian fut soudain debout, se jetant dans le petit couloir. Grayson se rua à sa suite. Un hurlement à glacer le sang s'éleva, suivi d'un *boum* et d'un fracas.

— Police, ne bougez plus !

Encore des coups et du vacarme. Willow replia les doigts sur le drap, enfiévrée à l'idée qu'on la voie nue et vulnérable. Mais plus que cela, elle était terrifiée à l'idée que la police ne soit pas arrivée à temps. Où était Grayson ? Était-il sauf ? Elle fixa la porte, sentant son corps se couvrir de sueur froide.

Des pas résonnèrent dans le couloir. En apparaissant, la silhouette familière lui arracha des larmes de soulagement. Il était vivant. Brian ne l'avait pas tué.

— Tout va bien, chérie.

Sa voix était infiniment douce.

— Tout va bien.

Il se pencha par-dessus le pied du lit et trancha le lien en plastique qui retenait une de ses chevilles.

Elle se mit à sangloter sous le bâillon. Il la contempla d'un air torturé en libérant son autre jambe.

— Tout va bien, Willow. Tout va bien. Il ne te fera plus de mal.

Il la débarrassa rapidement de ses autres liens, puis retira le chiffon autour de sa tête.

Elle cracha le bâillon et prit une grande inspiration.

— Je t'ai, murmura-t-il en l'enveloppant dans une couverture.

Il la souleva dans ses bras et l'emporta hors de la chambre.

Elle rougit en s'apercevant que l'équipe SWAT et une dizaine de ses anciens collègues étaient serrés dans son minuscule appartement, certains la fixant, se demandant sans doute ce qu'elle avait subi.

— Ne la regardez pas comme ça, bon sang ! Laissez-la un peu tranquille.

Grayson remonta la couverture sur sa tête, mais pas avant qu'elle voie ce qu'il restait de Brian sur le parquet. Grayson avait eu raison en lui disant que la seule arme dont il avait besoin, c'était ses mains.

Elle enfouit le visage dans son cou tandis qu'il l'emportait dehors.

27

Assise à son bureau, Willow leva les yeux lorsque la porte de la bibliothèque s'ouvrit. Ryland et les autres entrèrent à la queue leu leu. Cela signifiait que la conférence de presse était enfin terminée.

Un mois s'était écoulé depuis que le déchaînement de violence de Brian s'était achevé sur le parquet de son appartement. Et il avait fallu chaque minute de ce mois pour que la police de Gatlinburg règle les questions en suspens. Ce qui avait mis les projets d'Unfinished Business en attente. Mais maintenant, l'agence pouvait officiellement aller de l'avant et prendre place dans la lumière.

Ryland avait insisté pour qu'elle soit présente lors de la conférence de presse. Mais Grayson était venu à sa rescousse et avait dit à Ryland de respecter sa décision. Il comprenait sa répugnance, même si les autres ne le faisaient pas. Bien qu'elle soit ravie pour eux, elle n'aurait pas pu supporter le moment où Russo allait annoncer à la presse les conclusions de l'enquête, à savoir que le sergent Jeffries était mort dans l'exercice de son devoir.

Russo l'avait fait en partie pour protéger la famille du sergent de l'opinion publique. Mais surtout, il avait voulu s'assurer que la veuve de Jeffries bénéficierait d'une pension de réversion. De nobles raisons, bien sûr. Mais cela faisait quand même mal qu'on fasse de lui un héros.

Willow supposait qu'il y avait une part de vérité dans le fait que Jeffries était mort dans l'exercice de son devoir. Il avait agi en flic, en confrontant le criminel et en essayant de sauver les autres. Et, ce faisant, il avait tragiquement perdu la vie. Mais au total, après que la police avait creusé la moitié de la montagne, quatorze cadavres de femmes avaient été retrouvés. Et ils ignoraient toujours – et ignoreraient peut-être toujours – ce qui était arrivé à la petite Katrina. Son corps n'était pas parmi les autres.

La bonne nouvelle, c'était que quatorze familles étaient maintenant en mesure de faire leur deuil. Du moins pourraient-elles enterrer les corps de leur fille, mère, sœur ou épouse. Grayson n'avait pas eu cette consolation pour sa petite fille.

Nicole Paletta avait été secourue, ce dont il fallait aussi se féliciter. Et on ne pouvait nier que c'était en partie grâce à l'intervention de Jeffries, qui avait affronté Brian et avait détourné son attention pendant que Grayson les aidait à s'échapper. Mais Willow n'accordait pas beaucoup de crédit à son ancien chef. Il n'avait pas fait exprès de détourner l'attention de Brian. Sa volonté de le sauver avait failli faire tuer Grayson.

Si Jeffries n'avait pas menti toutes ces années, en fournissant un alibi à Brian pour le meurtre de Maura, tant de vies auraient été épargnées. Et toutes ces femmes n'auraient pas vu leur vie changer pour toujours ou s'achever de si horrible manière. Le jeune voisin de Willow serait aussi en vie. Les dégâts provoqués par les mensonges de son ancien chef ne pourraient jamais être réparés.

Mais Willow faisait des efforts pour réparer les dégâts

dans sa propre vie. Bien que Grayson l'ait pressée de séjourner chez lui, elle avait décidé de rentrer chez elle pour reprendre le cours normal de sa vie et de bannir les images de Brian. Elle ne voulait pas lui donner davantage de pouvoir sur elle. Mais trop de nuits sans sommeil, à sursauter, à craindre de fermer les yeux, lui avaient fait comprendre que vivre dans cet appartement n'était pas la bonne manière de gagner. Vivre, apprécier la vie à nouveau, c'était ainsi qu'elle déferait le mal que représentait Brian.

Quelques jours plus tard, elle avait donné son préavis. Et elle avait réservé une entreprise de déménagement pour qu'ils viennent enlever et stocker ses meubles jusqu'à ce qu'elle sache ce qu'elle allait faire. Maintenant la première étape était de faire son sac et d'aller prendre une chambre à l'hôtel. Mais ensuite, qui savait ? Peut-être l'offre d'emménager avec Grayson tenait-elle toujours ?

L'un des enquêteurs, Trent, fit halte près de son bureau, hilare.

— C'est vrai ? Grayson t'a vraiment dit « Descends de ma montagne » ?

— Grandis un peu !

Elle lui sourit pour lui faire comprendre qu'elle le taquinait. Toujours riant, il se réfugia de son côté de la salle.

Grayson n'avait pas une seule fois mentionné l'ordre qu'il lui avait donné au fort. Et elle n'avait pas l'intention de l'évoquer non plus. Il avait fait ce qu'il croyait devoir faire pour la garder en sécurité. Elle ne s'attendait certainement pas à des excuses. Rétrospectivement, c'était plutôt attendrissant, bien qu'elle ne l'ait pas perçu ainsi à ce moment-là.

Quand les enquêteurs furent tous rentrés, elle s'aperçut

que Grayson n'était pas avec eux. Elle agita la main pour attirer l'attention de Ryland. Il était perché sur le bord de sa chaise, son habituel sourire amical aux lèvres. Ce qui, bien sûr, réveilla sa culpabilité vis-à-vis des choses horribles qu'elle lui avait dites lorsqu'il l'avait entraînée au bas de la montagne. Il se passerait un moment avant qu'elle se sente à nouveau à l'aise avec lui.

— Quoi de neuf, Willow ? demanda-t-il. Tu as besoin de quelque chose ?

— Grayson n'est pas revenu avec vous de la conférence de presse ?

— Il est resté pour signer les contrats.

— Ah, d'accord. J'avais oublié.

— Il sera bientôt là. Il m'a dit que ça ne prendrait que quelques minutes.

Il se leva pour retourner à son bureau, mais elle lui fit signe d'attendre. Prenant les papiers qu'elle avait étudiés dans un dossier, elle lui dit :

— J'ai une faveur à te demander. Et c'est une grande faveur.

Il regarda le dossier d'un air de curiosité.

— Une nouvelle affaire sur laquelle tu veux travailler ?

— Plutôt un projet personnel. C'est vraiment important, mais, très… sensible. Je préférerais que Grayson n'en sache rien.

Son expression se durcit.

— C'est mon patron. Je le respecte trop pour lui cacher quelque chose.

— Crois-moi, personne ne l'estime plus que moi. Je ne dis pas que je ne lui parlerai jamais de ce… projet. Mais on ne va rien lui dire pour l'instant.

— Willow, je ne…

— Écoute-moi. Laisse-moi t'expliquer. Ensuite tu pourras décider si tu es d'accord et si tu vas m'aider.

— OK. Qu'est-ce que tu as trouvé ?

Repoussant sa chaise, elle se leva.

— Allons en discuter en salle de réunion.

Dix minutes plus tard, Ryland tapait furieusement sur son clavier, se penchant avec empressement sur son « bébé ». Willow lui sourit pour le remercier, mais il ne parut pas le remarquer. En véritable enquêteur, il tentait déjà de rassembler les pièces du puzzle.

Willow était soulagée que Grayson ne soit pas rentré pendant que Ryland et elle étaient en salle de réunion. Cela aurait débouché sur des questions embarrassantes. Mais en passant devant une des fenêtres en façade, elle vit son Audi garée sous le portique. Il n'y avait toutefois pas trace de Grayson. Était-il rentré sans qu'elle s'en aperçoive ?

Elle était sur le point de se mettre à sa recherche quand un éclair à l'autre bout de l'allée attira son attention. C'était Grayson, qui se dirigeait vers les bois.

Ce n'était pas la première fois qu'elle le voyait faire ça. Elle songea qu'il avait envie de se dégourdir les jambes, de flâner à l'ombre étant donné que la journée était de plus en plus chaude. Et cela ne la surprenait pas qu'il porte un costume pour cette promenade. Elle ne l'avait toujours pas vu en jeans. Elle sourit. Peut-être pourrait-elle lui ôter un peu de sa raideur et lui apprendre à se détendre. Si elle avait la chance de passer encore du temps avec lui.

Peut-être était-ce le bon moment pour parler de l'avenir. Son cœur se gonfla d'espoir tandis qu'elle se précipitait dehors pour le rattraper. En priant pour qu'il ressente la même chose, elle était prête à faire le grand plongeon, à dénuder son âme, à lui dire finalement ce qu'elle éprouvait.

Il s'était montré douloureusement patient avec elle depuis… Brian. Elle n'était pas encore prête à parler de ce qui s'était passé, en dehors de ce qu'elle avait dû expliquer à Russo pour les besoins de l'enquête. Et elle ne s'était pas sentie prête à parler de Grayson et d'elle. Elle était trop fragile, trop perdue.

Mais maintenant elle se sentait plus forte. Pas vraiment guérie. Peut-être ne le serait-elle jamais. Dormir la nuit sans se réveiller en sueur et agripper son arme ne lui venait pas encore. Mais les bons souvenirs faisaient leur retour, repoussant lentement les mauvais. Les souvenirs de Grayson, de sa gentillesse, de sa douceur. De leur passion quand ils s'étaient embrassés dans le bureau de Russo.

Il lui avait dit qu'ils devraient parler quand tout serait fini. Eh bien, c'était fini, autant que cela le serait jamais. Et elle était prête à parler.

Elle espérait bien que lui aussi.

Et il était là, juste devant elle. Un peu trop loin pour qu'elle l'appelle. Mais pas assez pour qu'elle ne puisse le rattraper. Il passa derrière un épais bosquet de chênes, la poussant à presser le pas pour ne pas le perdre de vue.

Lorsqu'elle eut fini de contourner le bosquet en question, elle s'arrêta si brusquement qu'elle dut se cramponner à une branche pour ne pas tomber. À environ dix mètres, une magnifique grille en fer forgé entourait un petit bâtiment rectangulaire. De splendides vitraux alternaient avec des colonnes de style grec. Un lierre bien entretenu grimpait sur l'édifice, lui donnant une élégance royale. Mais sans cacher de quoi il s'agissait.

Un mausolée.

Et Grayson venait d'y pénétrer.

C'était sans nul doute le mausolée de la famille Prescott. Et, bien sûr, de sa femme Maura. C'était un moment intime, elle ne pouvait déranger Grayson. Mais s'il se retournait et la voyait disparaître dans les bois, il en conclurait qu'elle l'espionnait. Plutôt que de risquer un malentendu, elle se redressa et franchit le portail.

À l'entrée du bâtiment, elle le vit de dos, face aux dalles de marbre. Il y avait des fleurs fraîches dans un vase, ces roses pêche dont le jardinier lui avait dit qu'elles étaient les préférées de Maura. Bien que Willow ne puisse lire le nom de là où elle se trouvait, elle savait que c'était celui de sa femme.

Elle allait s'avancer quand Grayson baissa la tête et pressa une main sur la tombe. Et c'est alors qu'elle l'entendit. Il prononça le nom de Maura et lui dit qu'il l'aimait, qu'il l'aimerait toujours, qu'elle serait toujours dans son cœur.

Willow mit une main sur sa bouche pour retenir le sanglot qui lui montait à la gorge. Elle était idiote. Une vraie idiote d'être tombée amoureuse d'un homme qui n'avait de place que pour une femme dans son cœur : son épouse décédée.

Reculant silencieusement, elle prit la fuite.

28

Willow fourra un autre T-shirt dans son sac de voyage. Cela faisait bien trop longtemps qu'elle n'avait pas sauté dans un avion pour rendre visite à sa famille. Elle avait besoin de leur amour et de leur soutien, plus que jamais auparavant. Malheureusement, elle doutait que le fameux bouillon de poulet de sa mère puisse réparer son cœur brisé. Mais ça ne voulait pas dire qu'elle n'y goûterait pas…

Ses parents ignoraient ce qui lui était arrivé. Russo avait promis de tout faire pour éviter de la mentionner. Et jusqu'ici il y avait réussi. Elle ne voulait pas que ses parents s'inquiètent. Elle allait bien. Ou elle irait bien – un jour.

Revenue dans la pièce principale, elle jeta un dernier coup d'œil pour s'assurer de ne rien oublier. Elle était soulagée que les déménageurs aient déjà tout emballé. Cela rendait beaucoup plus facile cette visite impromptue. Et se faciliter la vie, c'était ce dont elle avait besoin.

Elle avait appelé le gérant de l'immeuble quelques minutes auparavant, pour lui demander de laisser entrer les déménageurs et de refermer après leur départ.

Elle fit lentement le tour de l'appartement pour la dernière fois. Elle y avait été heureuse autrefois, pleine d'espoirs et de rêves d'avenir. Cette phase de sa vie se terminait, avec un goût doux-amer. Ces espoirs et ses rêves avaient complètement changé, puis s'étaient éteints. Elle allait tout recommencer, sans du tout savoir comment.

Cet appartement pourrait encore servir de foyer à quelqu'un, comme il l'avait fait pour elle. Personne ne pourrait deviner la violence qui s'était déchaînée ici. Des réparations avaient été faites. Un mur avait été bâti dans les combles pour veiller à ce qu'on ne puisse passer d'un appartement à l'autre, comme Brian l'avait fait. Le gérant l'avait assurée qu'ils modifiaient tous les appartements dans ce sens.

Bien sûr, c'était Grayson qui l'avait sauvée. Deux fois : au fort et dans l'appartement. Quand il était arrivé en ce jour fatal et avait vu des gouttes de sang sur le palier, il avait compris que Brian était là.

Il avait suivi cette trace sanglante jusque chez son voisin et avait découvert les corps des deux agents. Et il avait aussi trouvé son voisin, allongé à côté d'eux. Elle ne savait même pas son nom et se sentait coupable de s'être irritée des livraisons de pizzas.

Elle pressa ses mains l'une contre l'autre. Grayson avait pris une photo des corps et l'avait envoyée à Russo, sachant que cela convoquerait les renforts plus vite qu'un appel au 911. Puis il était allé à la rencontre de Brian.

C'était un héros. Il l'avait sauvée et lui avait tenu la main aux urgences tandis que le médecin traitait ses coupures aux poignets et aux chevilles et l'estafilade sur sa poitrine.

Une larme brûlante glissa sur sa joue, la tirant de cette remémoration à la fois tendre et effrayante. Grayson était son héros, et elle l'aimerait toujours pour ça, même s'il ne l'aimait pas en retour.

Pour quelqu'un qui ne pleurait pas normalement, elle avait utilisé une quantité ridicule de mouchoirs en papier ces derniers temps. Elle s'essuya les yeux avant de passer la sangle de son sac sur son épaule et se diriger vers la porte.

Elle l'ouvrit en grand et se figea.

Un homme d'une beauté dévastatrice, en costume gris anthracite, se tenait dans l'ouverture, une main levée pour frapper.

Elle poussa un juron. Grayson la considéra par-dessus ses lunettes de soleil.

— Ce n'est pas ce que je suis venu chercher, mais c'est un début.

Il empocha ses lunettes et désigna son sac.

— Tu vas quelque part ?

— Je vais voir mes parents. Dans le Kentucky. Une visite que j'aurais dû faire depuis longtemps.

Au lieu de reculer, il s'adossa à l'encadrement de la porte, bras tendu pour lui bloquer la sortie.

— Le post-it que tu as laissé sur mon bureau était un peu énigmatique, dit-il. J'espérais que tu pourrais me l'expliquer.

Elle poussa un soupir exaspéré, prit son sac et le laissa tomber par terre.

— Je ne vois pas comment j'aurais pu être plus claire.

— *Je démissionne. Au revoir.* C'est tout ce que j'aurai ? Aucune raison ?

— Je ne savais pas qu'il fallait une raison.

— Pourquoi pleures-tu ?

Elle s'essuya les joues en jurant derechef.

— Il y avait un film triste à la télévision. C'est l'un de mes vices. Je pleure pour les choses les plus stupides.

Il arqua un sourcil.

— Et je suis une de ces choses stupides ?

Son menton trembla. Elle croisa les bras, décidée à ignorer les larmes qui roulaient sur ses joues.

— Est-ce que tu pourrais t'en aller ? J'ai un avion à prendre.

— Willow ?

— Quoi ?

Il pénétra à l'intérieur et referma la porte derrière lui.

— Pourquoi as-tu démissionné ?

Elle leva les bras d'exaspération.

— Peut-être parce que j'ai besoin de changer d'air ? Ryland se débrouille très bien tout seul et…

— Je veux dire pourquoi as-tu démissionné de nous ?

Il fit un pas vers elle.

— Je pourrais dire que je me suis complètement trompé sur toi, que mon instinct dans le domaine des relations est tout à fait rouillé. Mais ce baiser que nous nous sommes donné avant que tout dégénère était comme un signal au néon. Je suis presque sûr que je n'ai pas pu mal l'interpréter.

Il pencha la tête, l'observant.

— Je voulais te donner le temps de guérir, de faire la paix avec ce qui s'est passé. Est-ce que j'ai attendu trop longtemps ? Dis-moi que je me trompe en pensant que tu me voulais, que tu avais de l'affection pour moi. Dis-moi que je me trompe, et je repasserai cette porte et je ne t'ennuierai plus jamais.

— Tu te trompes.

Il cilla.

— D'accord. Bon, j'imagine que j'ai menti en parlant de repasser la porte. Parce que je ne suis pas prêt à renoncer à toi, à nous.

— Il ne s'agit pas de nous, Grayson.

Elle s'essuya les yeux.

— Il n'y a que toi et Maura. C'est tout ce qu'il y aura toujours.

Elle serra les poings.

— Je t'ai vu. Tout à l'heure.

Il fronça les sourcils, perplexe.

— Tu m'as vu ? Où ? En train de faire quoi ?

— Dans les bois. Je te cherchais et j'ai regardé par la fenêtre. Tu pénétrais dans les bois, juste après l'allée. Je me suis dit que tu allais faire une promenade, te dégourdir les jambes. Et j'ai décidé de te rejoindre.

La compréhension se lut dans son regard.

— Tu m'as vu entrer dans le mausolée.

— Non seulement je t'ai vu, mais je t'ai suivi. J'étais sur le point d'y pénétrer aussi, de te faire savoir que j'étais là. Mais tu t'es mis à lui parler… à elle. À lui dire combien tu l'aimais, à pleurer.

Elle fit un pas en avant, prête à le toucher.

— Ça peut paraître dingue, mais je t'aime, Grayson. Je t'aime depuis longtemps. Je suis tellement amoureuse de toi que j'ai parfois du mal à respirer.

Il écarquilla les yeux. Elle pressa légèrement sa main sur sa poitrine.

— Je suis attachée à toi depuis cette première embrassade dans ce restaurant affreusement bruyant. Mais ça ne fait rien.

Elle tapota juste au-dessus de son cœur.

— Parce qu'il n'y a pas de place là-dedans pour moi. Il n'y a de la place que pour un fantôme. Et je ne peux pas rivaliser avec elle.

Elle voulut retirer sa main, mais il la recouvrit de la sienne, la gardant pressée contre son cœur.

— Si tu dis qu'il n'y a pas de place dans mon cœur

pour toi, ça veut dire que tu n'as pas entendu tout ce que j'ai dit à Maura.

Elle baissa les yeux.

— J'en ai entendu assez.

— Ce que tu m'as entendu dire, c'est que je l'aimais, ce qui est vrai et sera toujours vrai. Je ne m'excuse pas pour ça. Mais si tu étais restée, tu m'aurais aussi entendu lui parler de Brian Nelson, lui dire que nous avons finalement arrêté l'homme qui lui a fait du mal et qui nous a pris notre petite fille.

Il déglutit avant de continuer.

— Je lui ai dit qu'il était assez méchant pour avoir emporté le secret de ce qui est arrivé à Katrina dans la tombe, et que je ne saurai sans doute jamais la vérité. Mais j'ai fait la paix avec ça, autant que possible.

Il prit une profonde inspiration avant de continuer :

— Je lui ai dit que justice avait été rendue. Qu'elle pouvait reposer en paix et s'en aller.

Il lui releva gentiment le menton pour croiser son regard.

— Ensuite, je lui ai parlé de toi, Willow.

Elle le fixa, stupéfaite.

— Je ne… Tu lui as parlé… de moi ? Qu'est-ce que tu as dit ?

— Je lui ai expliqué que quelque chose d'extraordinaire m'était arrivé. Que j'avais fermé mon cœur pendant longtemps. Mais que j'avais rencontré une femme, belle, intelligente et au tempérament de feu, qui m'a montré que j'avais encore la capacité d'aimer et d'être aimé. Cette femme s'est peu à peu infiltrée dans mon cœur, mon esprit, mon âme. Elle m'a montré que c'était normal de tenter sa chance et qu'il y a toujours un risque d'être blessé, que l'amour est à ce prix. Cette femme incroyable m'a appris à rire de nouveau, à trouver de la joie dans les petites choses. Elle m'a appris à vivre.

Il prit son visage entre ses mains, cherchant ses yeux.

— Et alors j'ai appris la chose la plus importante de toutes. Qu'il est possible de trouver deux fois son âme sœur, parce que c'est ce qui m'est arrivé. Je lui ai dit au revoir, Willow.

Il déposa un léger baiser sur son front.

— Maura est mon passé. Tu es mon avenir, si tu veux de moi. Je t'aime, et il m'a fallu presque te perdre pour le comprendre.

Il sourit.

— Je n'ai jamais eu le sens du timing.

Il pressa sa main sur sa poitrine.

— Il est à toi, Willow. Il bat pour toi. Je t'aime de tout mon cœur. S'il te plaît, dis-moi que je n'ai pas attendu trop longtemps pour voir ce que j'avais devant moi. Dis-moi que je ne t'ai pas perdue.

Elle libéra sa main et lui jeta les bras autour du cou.

— Tu es tellement meilleur que le bouillon de poulet !

— Quoi… Le bouillon de poulet ?

— Je suis en train de dire que ton sens du timing est parfait. Tu es exactement ce dont j'ai besoin, celui dont j'ai besoin, quand j'en ai besoin. Embrasse-moi, Grayson. Embrasse-moi et fais sécher ces larmes.

Un sourire passa comme un rayon de soleil sur son visage quand il inclina sa bouche sur la sienne.

Épilogue

Willow s'assit au bord du lit dans leur suite de jeunes mariés, regardant avec délectation Grayson se sécher dans l'entrebâillement de la porte de la salle de bains. Jamais, dans ses fantasmes les plus fous, elle n'aurait imaginé qu'elle puisse dire d'un homme comme lui qu'il était *à elle*. Sexy en diable ? Absolument. Un sourire si sensuel qu'elle en recroquevillait ses doigts de pied de désir ? La chair de poule sur ses bras répondait à cette question.

Mais il était tellement plus que ça.

C'était un homme qui aimait profondément, avec générosité, qui avait trouvé de la place dans son cœur pour les deux femmes de sa vie, l'ancienne et la nouvelle. Son amour pour Maura faisait partie de lui et en ferait toujours partie. Mais cela ne diminuait pas son amour pour Willow. C'était une base solide pour que leur amour grandisse et s'épanouisse. Et elle avait hâte de voir ce qui se passerait quand ils entameraient leur nouvelle vie ensemble.

Pourtant, en serrant le téléphone dans ses mains, elle sentit le trac lui nouer l'estomac. Ce qu'elle allait lui dire allait… tout changer.

Grayson rentra dans la chambre, la serviette nouée

autour des reins. Il se dirigeait vers le placard quand, surpris, il s'arrêta et vint se placer devant le lit.

Se penchant vers elle, il lui pressa un baiser sur les lèvres, la faisant soupirer. Son large sourire lui dit qu'il avait entendu ce soupir et qu'il savait exactement combien elle était mordue de lui.

— Bonjour, ma beauté. Qu'est-ce que tu fais encore en chemise de nuit ? Je pensais que tu voulais aller déjeuner en ville. À moins que tu ne penses à autre chose ?

Il agita les sourcils, la faisant rire.

— J'ai toujours faim, de toi et de nourriture.

— Eh bien, je peux remédier à un de ces problèmes immédiatement.

Avec un clin d'œil, il fit mine de dénouer la serviette.

— Attends, Grayson. Il faut que nous parlions.

La lueur d'inquiétude qui passa dans ses yeux lui serra un peu le cœur. Il l'aimait tant et se montrait si férocement protecteur. Étant donné son passé, les terribles pertes qu'il avait subies et ce qu'ils avaient traversé ensemble, elle comprenait son obsession pour la sécurité. Il était encore en phase de convalescence, apprenant à se détendre et à ne pas s'inquiéter tout le temps. Et elle était sur le point de lui faire prendre un virage, un virage à la fois merveilleux et doux-amer.

Le matelas sombra quand il s'assit à côté d'elle, repoussant gentiment ses cheveux derrière son oreille.

— Qu'est-ce qu'il y a ? Tu te sens bien ?

Elle posa une main sur sa poitrine et se blottit contre lui, retardant égoïstement son annonce pour profiter de ces quelques secondes.

— Willow chérie, tu trembles. Qu'est-ce qu'il se passe ?

Il se mit à genoux devant elle et voulut prendre ses

mains dans les siennes. En s'apercevant qu'elle serrait encore son téléphone, il fronça les sourcils.

— Tu as reçu de mauvaises nouvelles ? Ta famille va bien ? Qu'est-ce qu'il y a ? Dis-moi.

À son grand désarroi, elle sentit des larmes couler sur ses joues. Il écarquilla les yeux.

— Willow ?

Elle posa le téléphone à côté d'elle et entremêla ses doigts aux siens.

— Pendant que tu prenais ta douche, Ryland a appelé.

Il fronça les sourcils.

— Ryland ? Tu travailles pendant notre voyage de noces ?

— Oui et non. Il y a un mois, quand tu as signé les contrats d'Unfinished Business, j'ai demandé une faveur à Ryland. Je voulais qu'il retrouve quelqu'un avec la généalogiste à laquelle j'ai fait appel pour la dernière affaire. Ce n'était pas gagné, et je ne m'attendais à aucun résultat, mais je me devais de faire une tentative. Je savais qu'il y avait une chance sur un million, mais il a téléchargé le profil ADN à partir d'une vieille affaire et il a trouvé une correspondance.

Du pouce, il lui caressa gentiment les paumes en l'écoutant, bien que l'inquiétude soit toujours là, dans ses sourcils froncés et les rides autour de ses yeux.

— Il a eu une correspondance ? Avec quoi ?

— C'est une affaire de… disparition. Quelqu'un qui a disparu et qu'on croyait mort. Pendant des années.

Elle lui retira ses mains et les lui mit autour de son visage.

— Grayson, c'est Katrina. Ta fille. Elle est en vie.

Il se figea et ses yeux, qui la fixaient, prirent une teinte orageuse.

— C'est vrai, lui dit-elle. Elle est en vie. Elle est belle, en bonne santé et heureuse. Elle a grandi dans une famille aimante et…

— Elle est en vie ? chuchota-t-il, à peine capable de parler.

— Oui. Nous ne saurons jamais ce qui s'est passé, bien sûr, mais d'après ce que Ryland a pu rassembler, en plus de ce que la généalogiste a trouvé sur le site, nous pensons que Brian a dû la blesser par accident et s'est senti coupable de ça. Aucune autre de ses victimes n'était une enfant. Bien sûr, il ne pouvait pas appeler le 911, de crainte que la police ne l'arrête. Alors il a emmené Katrina ailleurs.

— Qu'est-ce qu'il lui a fait ?

La peur dans sa voix était presque insoutenable.

— C'est une histoire compliquée, mais il l'a pansée du mieux possible et l'a emmenée chez un médecin dans le Missouri. Il ne pouvait pas le faire dans le Tennessee, où n'importe qui avait entendu parler de Maura et aurait fait le lien. Le médecin à qui il l'a montrée travaillait dans une clinique gratuite dans une petite ville, le genre de clinique où personne ne te demande de pièce d'identité. Pendant que le médecin s'efforçait de sauver Katrina, Brian a pris la poudre d'escampette.

Grayson ferma les yeux. Son expression reflétait la douleur qu'il ressentait à entendre dire que sa fille avait été blessée, enlevée puis abandonnée. Elle lui prit les mains et attendit qu'il la regarde.

— Ce médecin a l'air d'un homme bon, il a une solide clientèle. Sa femme et lui avaient essayé d'avoir un bébé pendant des années et ils avaient renoncé. Quand Katrina a été laissée entre ses mains, cela a dû lui paraître comme une réponse à leurs prières. D'après ce que Ryland a trouvé, elle a eu une bonne vie, Grayson. Et elle est si belle. Elle a les cheveux noirs de Maura et tes yeux bleus.

Il la fixa, sous le choc.

— Tu l'as vue ?

— En photo. Ryland l'a prise ce matin, en face de chez eux. Il vient de me l'envoyer, avec les résultats de l'enquête. Elle est un peu floue, à cause du zoom, mais…

— Montre-moi.

Elle prit son téléphone et afficha le SMS que Ryland venait de lui envoyer, puis tourna l'appareil vers lui.

Des larmes remplirent les yeux de Grayson tandis qu'il prenait le téléphone et le rapprochait de ses yeux. Son regard avide buvait chaque détail.

— Ma fille. Ma petite fille.

Il traça le contour de son visage du bout du doigt, secouant la tête d'émerveillement.

— Grayson ? Je sais que c'est un choc pour toi. J'espère que tu ne m'en veux pas de m'en être mêlée, et…

— T'en vouloir ?

Son expression se fit incrédule.

— Je ne pourrai jamais t'en vouloir, Willow. Pour quoi que ce soit.

— D'accord. C'est juste que je sais que ça ne va pas être simple. Elle a sept ans. Elle vit avec les seuls parents dont elle se souvient. Ça va être compliqué et …

Il déposa un doux baiser sur ses lèvres et posa le téléphone. Puis il plongea les mains dans ses cheveux, les yeux remplis d'amour. Et de joie.

— Mon adorable Willow. Tu m'as fait le cadeau le plus merveilleux qu'un père peut recevoir. Savoir que son enfant est heureuse, en bonne santé et en sécurité. Je peux faire face aux complications. Et ne t'inquiète pas pour Katrina. Je ne suis pas égoïste au point de la traumatiser en l'arrachant aux seuls parents qu'elle ait connus. Ce ne serait pas juste pour elle, ni pour eux qui ont pris soin d'elle toutes ces années. Nous ferons les choses petit à petit. Ensemble.

Il l'embrassa encore, puis recula, avec tant d'amour dans les yeux que Willow en eut le souffle coupé.

— Tu as pris un homme brisé et tu l'as rendu entier. Je t'aime, Willow. Je t'aime tellement.

— Je t'aime aussi. Mais il y a un autre problème que nous devons résoudre.

Son sourire diminua.

— Qu'est-ce que c'est ?

— J'ai toujours faim.

Il éclata de rire et lui pressa les mains.

— Ah, il ne faut pas négliger ça. Je vais m'habiller en vitesse et…

— Je ne parlais pas de cette sorte de faim.

Elle essaya d'agiter les sourcils mais, à en juger par son rire, faillit misérablement.

C'est alors qu'il se jeta sur elle. Ils tombèrent à la renverse sur le lit en riant.

DANICA WINTERS

Des pas sur la neige

Traduction française de
ISABEL WOLFF-PERRY

BLACK ROSE

HARLEQUIN

Titre original :
K-9 RECOVERY

1

Ella était toujours surprise par le nombre de gens prétendument à l'aise avec le langage amoureux. Pour sa part, elle n'y comprenait rien.

Le concept en lui-même ne lui semblait pourtant pas difficile à comprendre – après tout, n'avait-elle pas été élevée dans l'idée que l'amour était la fusion de deux âmes liées pour l'éternité ?

Peut-être devait-elle lier ses échecs sentimentaux aux fables dont la société lui rebattait les oreilles depuis son plus jeune âge, et selon lesquelles tout reposait sur des robes de soirée, du champagne et des serments chuchotés.

Malheureusement, il fallait être réaliste, et son expérience se résumait plutôt à une suite de rendez-vous manqués, d'appels nocturnes d'amants passablement ivres et de promesses non tenues.

De guerre lasse, elle avait décidé de prendre l'amour pour ce qu'il était en réalité : une mystification.

La fillette de trois ans qui se tenait devant elle ne faisait que lui rappeler l'impact que pouvait avoir sur une innocente une union ternie par la négligence.

— Miss Ella ? lui demanda l'enfant d'une voix suppliante.

Elle se pencha en souriant vers l'adorable blondinette

et, confrontée à ses mains couvertes des vestiges de la barbe à papa dont elle venait de se régaler, tira de son sac un paquet de lingettes humides.

Manifestement, elle commençait à être à la hauteur de sa fonction.

— Qu'y a-t-il, ma puce ? s'enquit-elle. Approche un peu, tu es toute barbouillée.

La réaction de Lily fut immédiate : d'un air boudeur, elle replia ses petits bras derrière son dos, puis secoua son visage poupin de droite à gauche.

D'accord…

Bien que moins convaincue de ses talents d'éducatrice, subitement, Ella crut bon d'insister :

— Allez, Lily, dit-elle patiemment. Un petit coup de lingette sur le bout du nez, et tu pourras retourner sur la balançoire. D'accord ?

— Je veux un jus de raisin, lui répondit l'enfant, dont le regard implorant lui évoqua celui de Daisy, sa jeune chienne lorsqu'elle quémandait une gourmandise.

Ella se résigna donc à remballer ses lingettes et à tendre à Lily un petit carton de jus de pommes en précisant :

— Un seul, d'accord ?

Lily s'en empara en silence, et se dirigea vers le bac à sable où elle aborda aussitôt un autre enfant.

Et zut.

Elle venait de se laisser manipuler par une gamine de trois ans… Ses talents d'éducatrice laissaient peut-être à désirer, après tout.

Au terme d'un bon nombre de négociations élaborées par Lily, elles reprirent le chemin de la maison des Clark, une bâtisse de style colonial, en référence au type d'habitations construites par des gens venus faire fortune dans le rude État du Montana, où ils avaient réussi.

La demeure dont elles grimpèrent les marches n'était qu'un des innombrables signes d'une richesse ancienne, transmise de génération en génération : ici, tout exhalait l'opulence, jusqu'aux souliers de la fillette, de luxueux mocassins de cuir, qu'elle ne remettrait sans doute jamais.

Lorsqu'elle avait l'âge de Lily, Ella parcourait pieds nus les étendues sablonneuses du Libéria où ses parents travaillaient sous contrat, parfois pour la défense du gouvernement américain.

Bien qu'ils aient disparu depuis plusieurs années à présent, Ella continuait à regretter leur absence.

La porte fut ouverte à toute volée, avant même leur arrivée sur le perron, et Catherine Clark s'avança de quelques pas.

Après avoir gratifié Ella d'un sourire destiné à exprimer à la fois sa bienveillance et sa supériorité sociale, la maîtresse des lieux s'enfonça dans le hall d'entrée.

Ella regarda Lily se faufiler derrière sa mère puis disparaître dans les profondeurs du corridor sans se retourner.

— Au revoir, ma jolie ! lui cria-t-elle de loin.

Heureusement qu'elle n'était pas hypersensible, sans quoi l'indifférence de sa protégée lui aurait brisé le cœur.

Restait néanmoins cette légère frustration, qu'elle ne laisserait transparaître sous aucun prétexte.

— Lily a été sage, comme d'habitude, dit-elle à Catherine.

Cette dernière se retourna et, sans prononcer un mot, regarda sa fille gravir l'escalier.

La vue de la fillette en pleine ascension hérissa Ella au plus haut point : comment Catherine pouvait-elle laisser sa fille monter jusqu'au deuxième étage sans se précipiter pour lui tenir la main ? Un faux pas, un simple dérapage pouvaient coûter cher à ce don du ciel qu'était Lily, avec ses rires cristallins et sa bonne humeur communicative.

— Voulez-vous que je l'accompagne jusqu'à sa chambre ? proposa-t-elle à Catherine en s'avançant dans le hall d'entrée.

Cette dernière agita négligemment la main avant de répondre :

— C'est inutile. Ma fille se débrouille très bien toute seule.

Un petit groupe d'hommes conversaient dans le salon, sur la gauche des deux femmes. Tous portaient costume et cravate, à l'exception d'un individu en treillis dont le cigare nauséabond était coincé entre les lèvres, et qui tenait en main un verre de whisky. Les autres semblaient prêts à poser pour la photo d'une réunion d'anciens élèves ou pour une affiche de campagne électorale.

— Merci de vous être occupée de la petite, reprit Catherine avant de s'emparer de son sac – sans doute pour payer Ella, ce qu'elle aurait fait pour une baby-sitter.

Ella s'empressa de protester :

— Non, non, madame. Je vous en prie, vous ne me devez rien.

— Même si je traite directement avec votre entreprise, un petit pourboire me semble de mise.

Ella avait accepté d'assurer la sécurité de Lily, en grande partie parce qu'elle se savait la plus impartiale des Spade. Les garçons auraient traité la fillette avec des ménagements exagérés, sous prétexte que son père était sénateur.

Ella, quant à elle, faisait peu de cas du statut social des parents de sa protégée, même s'il lui arrivait de déplorer que leurs obligations prévalent sur Lily.

En cet instant par exemple, Catherine était tellement

absorbée par ses invités qu'elle semblait en avoir oublié sa progéniture. Quant au sénateur, Ella ne l'avait jamais vu, même lors de son embauche, trois mois auparavant.

Enfin… Elle n'était pas là pour porter un jugement sur les Clark. Ses fonctions se résumaient à venir chercher Lily et à la ramener à ses parents, depuis que Catherine Clark faisait barrage entre elles deux.

Malgré son refus, et tout en la guidant vers la sortie, Catherine lui colla un billet de cent dollars dans la main, avant de lui refermer la porte au nez.

C'en était trop.

Elle pouvait bien s'accorder quelques critiques, finalement : la conduite de Catherine Clark était inadmissible.

D'une certaine manière, cela simplifierait les adieux d'Ella à la famille, lorsque sa mission prendrait fin.

Le plus pénible serait de dire au revoir à Lily.

Cette dernière pensée la poussa à lever les yeux vers le haut de la maison. Assise derrière la fenêtre de sa chambre, la fillette l'aperçut et la gratifia d'un petit signe de la main.

Oui, la séparation lui en coûterait.

En soupirant, Ella se glissa derrière le volant de son pick-up, se mit en route pour le ranch et s'efforça de penser à autre chose.

Au programme, ce soir, le dressage de Daisy avec un ou plusieurs membres du SAR, un service lié au bureau du shérif – et dont certains agents avaient gracieusement proposé leur expertise en matière de Recherche et Sauvetage, en plus du local qui leur servait de lieu d'entraînement.

Daisy avait beaucoup progressé en deux ans. De bébé rottweiler hystérique, elle était passée à l'état de K-9 – ces canins capables de flairer une chaussure égarée au cours d'une averse torrentielle, à une distance de cinq cents mètres.

En dépit de ses petits travers, la chienne avait bien mieux évolué qu'Ella n'aurait pu l'espérer.

D'ailleurs Daisy l'attendait avec impatience, dans son modeste chalet du ranch Widow Maker. Son accueil en fut la preuve : après avoir agité la queue dans tous les sens, la jeune rottweiler se mit à tourner autour d'elle, avec des mimiques cocasses, presque humaines.

Oui, Ella aimait cette chienne. Lily aussi en raffolait, jusqu'à ce que sa mère refuse que l'animal approche sa propriété – même enfermé dans le pick-up.

Ella y fit monter Daisy, chargea son matériel et prit le chemin du dépôt. C'était la première fois qu'elles s'y rendaient – jusqu'alors, elle avait principalement eu affaire aux équipes K-9 de la police locale –, aussi lui tardait-il de faire cette nouvelle expérience.

Un homme de haute taille, sans doute au service du shérif, se tenait près de la baie vitrée du local, à son arrivée. Les yeux rivés sur son téléphone, il semblait contrarié d'avoir à attendre dehors dans l'obscurité grandissante, par cette glaciale soirée d'hiver.

Peu de gens résistaient au charme de Daisy qui, en plus d'être une véritable beauté, aimait tout le monde.

L'homme releva les yeux. Ella eut juste le temps de remarquer qu'ils étaient verts avant de noter son impressionnante stature et son bonnet de laine. Lorsqu'il s'aperçut de sa présence, il lui décocha un demi-sourire éphémère, aussitôt remplacé par un froncement de sourcils auquel il devait s'être exercé.

— Je vous attends depuis dix minutes, bougonna-t-il en guise d'entrée en matière.

Comme Ella n'arrivait jamais en retard, la réflexion de l'inconnu la hérissa.

— Sans doute y a-t-il eu un malentendu, répliqua-t-elle en omettant soigneusement de s'excuser.

Si elle ne l'avait pas trouvé aussi séduisant, et sans sa volonté de passer cette heure avec Daisy, elle l'aurait renvoyé dans les cordes sans autre forme de procès. Non content de vouloir mener la danse, ce type semblait être sexiste, auquel cas Ella n'hésiterait pas à tourner les talons et à faire travailler sa chienne ailleurs.

— Je peux revenir une autre fois, si vous voulez, reprit-elle.

L'homme soupira bruyamment avant de répondre :

— Maintenant que nous sommes là tous les deux…

Son intonation résignée exaspéra encore davantage Ella qui fut tentée de repartir comme elle était venue.

— Écoutez, si vous préférez remettre cette séance à plus tard, laissez-nous au moins entrer, Daisy et moi. Je peux utiliser votre local sans que votre présence soit nécessaire. Ouvrez-moi la porte, je vous promets de bien la refermer derrière moi. De votre côté, rentrez pour vous mettre au chaud, ça ne me pose aucun problème.

Il passa d'un pied sur l'autre, comme s'il venait de prendre conscience de son impolitesse, et dit :

— Non, non. En ma qualité de coordinateur de l'équipe de Recherche et Sauvetage du shérif, je serai ravi de participer à cette heure de dressage.

Sur ces mots, il se tourna vers le boîtier pour composer un code, la porte du rez-de-chaussée se souleva, et Ella put entrevoir l'intérieur de la bâtisse.

Une moitié du local était encombrée d'engins divers tous à l'insigne du SAR, le service de Recherche et Sauvetage du comté de Missoula. L'autre avait été arrangée de façon à ressembler à un intérieur plus ou moins ordonné.

Elle fit sortir Daisy du pick-up, avant de l'attacher à sa laisse.

À son grand dam, leur hôte ne parut pas s'apercevoir de la présence de la chienne. Peut-être à tort, Ella s'en offusqua : d'ordinaire, Daisy était au centre de toutes les attentions. Et voilà que cet individu la snobait…

Décidément, son ego était souvent mis à mal, aujourd'hui !

Elle suivit le coordinateur tandis qu'il s'enfonçait dans les pièces dignes d'un décor de cinéma.

— Nous nous sommes servis de cet entrepôt pour gagner de la place au poste, ce matin, expliqua l'homme. J'avais l'intention d'y faire un peu de ménage, mais j'ai préféré attendre que vous soyez repartie.

— Plus les odeurs sont mêlées, mieux c'est, lui répondit Ella. J'aime compliquer la tâche à Daisy.

Sa remarque eut l'heur de faire sourire son interlocuteur – d'un sourire *franc* cette fois – et il se décida enfin à baisser les yeux vers Daisy.

Voilà qui était mieux.

— Je peux la toucher ? s'enquit-il.

— Bien sûr, euh… sergent Anders, répondit-elle en déchiffrant le badge accroché à son blouson.

Il mit quelques secondes à comprendre comment elle connaissait son nom, puis lui jeta un regard contrit.

— Grant, si vous le voulez bien. J'ai été un peu sec avec vous. Pardonnez ma brusquerie, dit-il, avant de se baisser pour caresser Daisy.

Cette dernière agita joyeusement la queue et s'appuya contre lui. Ella s'amusa du tableau qu'ils formaient ainsi, tous les deux, leurs gilets pare-balles ainsi collés l'un à l'autre.

— Vous vous êtes fait une amie, commenta-t-elle d'un ton léger.

La réaction de la chienne parlait en faveur du sergent. C'était déjà ça.

— J'adore les chiens. C'est pourquoi je vous ai proposé de rester pour vous aider.

Il appelait ça *proposer* ?

— Je vous en remercie, balbutia-t-elle, soudain honteuse d'avoir détesté Anders sans le connaître.

Peut-être était-elle trop prompte à juger ses prochains, en fin de compte.

— Alors, que dois-je faire ? enchaîna-t-il sans cesser d'arpenter l'immense local.

Elle fouilla dans son sac technologique pour en tirer un sachet de congélation hermétiquement fermé.

— Le contenu de ce sac est porteur d'une odeur. Vous attendrez que j'aie emmené Daisy à l'extérieur, puis vous sortirez l'appât du sachet et vous irez le cacher n'importe où dans cet entrepôt. Prenez garde à ne pas le toucher, cependant. Elle reconnaît mon odeur et pourrait s'en servir.

— Ne me dites pas qu'elle risque de tricher ! s'exclama Anders, hilare.

— Méfiez-vous, elle est plus futée que moi, par moments, lui renvoya Ella.

Il se redressa pour la jauger, puis déclara :

— Permettez-moi d'en douter. Le maître et le chien fonctionnent sur un pied d'égalité dans le domaine du dressage K-9.

De crainte qu'Anders ne lise son émoi sur son visage, Ella lui mit le sachet entre les mains et se précipita au-dehors en balbutiant :

— Je vous attends là-bas.

Plus que troublée, elle s'interrogeait : Anders lui faisait-il du charme ou bien son célibat commençait-il à lui peser au point qu'elle fantasmait sur le premier venu ?

Sans doute.

Cet homme n'était certainement qu'un mirage dans son désert affectif. Il lui suffirait de faire une nouvelle rencontre sans lendemain pour oublier le tout. Une relation solide demandait du temps et de la patience. Elle avait mieux à faire.

Toujours mal à l'aise, elle fit mine de réajuster sa mise et se baissa vers Daisy dont elle gratta les oreilles.

— Vilaine ! lui dit-elle.

Comme la chienne lui faisait les yeux doux, elle ajouta :

— Oh ! tu sais très bien ce que tu as fait, chipie ! Si tu tiens à faire entrer un mâle dans notre entourage, je te chercherai un compagnon de jeux. Dans l'attente, cesse de te mettre des idées en tête.

2

Quelle interminable journée, bon sang ! Bien que sa fonction de coordinateur de l'équipe bénévole de Réaction Spéciale, dite SAR, lui plaise beaucoup, ses dix heures de service l'avaient exténué. En outre, lorsqu'il avait accepté cette session avec un maître-chien du K-9, il ignorait encore qu'il aurait affaire à une femme et, qu'à peine descendue de son pick-up, elle lui ferait regretter sa décision.

Elle était beaucoup trop sexy, avec sa longue queue-de-cheval brune et son pantalon d'uniforme moulant. En la voyant, et à la manière dont elle se mouvait, il s'était immédiatement demandé si elle était là pour dresser son chien ou si elle allait tenter de le séduire, comme cela lui arrivait si souvent.

Grant avait rencontré son ex-compagne lors d'une excursion sans surprises et, avant qu'il n'ait le temps de réagir, leur aventure s'était muée en une relation stable.

Stable… et harmonieuse au point d'en devenir la source de tous leurs problèmes. Amber s'était pliée à tous ses desiderata sans jamais discuter ou émettre la moindre opinion, ce qui ne lui convenait pas du tout.

Il lui avait été difficile de rompre, de trouver, dans

leur cohabitation, une raison valable à leur séparation, même au bout de deux ans.

Deux ans, justement. L'usure, en somme. Déjà.

Atterrée, Amber l'avait supplié de rester, et il avait bien failli lui céder : après tout, il ne lui trouvait aucun défaut majeur, si ce n'était qu'il attendait autre chose de la vie qu'un bonheur tiède et qu'il recherchait une compagne susceptible de le mettre en émoi rien qu'en s'avançant vers lui. Une femme capable de lui tenir tête et de lui remettre les idées en place.

Hélas, cette quête lui paraissait si vaine qu'il avait cessé de chercher. Et, tant qu'il n'aurait pas trouvé celle qui lui correspondrait vraiment, il s'abstiendrait de s'engager dans une nouvelle aventure… ne serait-ce que pour ménager la malheureuse élue.

Il explora longuement l'entrepôt, avant de glisser l'appât – un simple T-shirt – derrière un coussin, sur le divan du bureau factice. Et si ce n'était pas l'endroit le plus judicieux, tant mieux. Plus vite la chienne trouverait ce qu'elle cherchait, plus tôt il serait débarrassé de la beauté brune et de son adorable bébé rottweiler.

Il regagna l'entrée en se promettant de ne pas regarder sa visiteuse en face. S'il croisait son regard, si le semblant d'excitation qu'il avait éprouvé en la voyant devait se muer en un sentiment quelconque, la dévisager ne l'aiderait en rien. Pourquoi aller au-devant des ennuis ?

Elle leva les yeux dès qu'il ouvrit la porte. Bleus. Pas un bleu terne, plutôt celui d'un ciel d'été : clair, vif, lumineux.

Bon sang. Erreur. Erreur monumentale.

— Alors, vous avez caché l'appât ? lui demanda-t-elle, manifestement aussi déstabilisée que lui.

— Oui. Autre chose que je puisse faire ? s'enquit-il.

— Si vous voulez voir cette demoiselle à l'œuvre, suivez-nous. Cela dit, je repère mon T-shirt d'ici … ou plutôt Daisy l'a déjà flairé, précisa-t-elle en gratifiant Grant d'un sourire vaguement aguicheur.

La chienne leva le museau vers sa maîtresse, et son corps se mit à vibrer, comme si elle avait compris qu'on parlait d'elle. De toute évidence, elle connaissait le rituel et adorait son travail. Si tous les hommes de Grant avaient mis une telle ardeur à effectuer le leur, le SAR aurait été un service remarquable.

Il entendit la femme donner un ordre à l'animal en une langue qui ressemblait à du russe.

Bien qu'il ait eu l'occasion de travailler avec des membres d'unités K-9, il lui avait rarement été donné de voir la manière dont étaient dressés leurs chiens.

Il emboîta donc le pas à sa visiteuse et à la jeune chienne. Celle-ci fouillait méthodiquement le salon, et Grant fut frappé de la différence entre l'exubérance dont elle avait fait preuve à l'arrivée et la concentration avec laquelle elle travaillait. Impressionnant. Vraiment !

— Je croyais que la plupart des K-9 étaient des bergers allemands, fit-il remarquer.

— Bergers allemands ou bergers belges, en fait, lui répondit la jolie brune, sans quitter Daisy du regard. Les rottweilers sont les races les plus utilisées dans le domaine de la recherche et du sauvetage. Ils ont longtemps souffert de leur réputation, toutefois on assiste à une résurgence de leur popularité.

Grant entendait ses paroles sans parvenir à se concentrer sur autre chose que sur le timbre de sa voix et sur ce léger accent dont il n'aurait pu déterminer l'origine avec précision. S'il lui évoquait celui du Nord, ce n'était pas celui des Canadiens non plus. En outre, sa manière de prononcer les A rappelait le Midwest. D'où pouvait-elle bien venir ?

Des fermes de l'Iowa ? Une fille de paysans élevée à la dure ? Cela expliquerait au moins sa présence dans le monde presque exclusivement masculin du dressage K-9. Ou pas, car les femmes étaient de plus en plus nombreuses à s'enrôler dans les équipes de recherche et de sauvetage où leur collaboration était grandement appréciée. D'ailleurs, la prochaine personne à prendre les commandes serait vraisemblablement Melody Warner, une femme de caractère, dont l'efficacité faisait l'unanimité au sein du SAR.

Grant sentit son téléphone vibrer dans sa poche et, bien qu'il s'agisse d'un appel professionnel, il décida de passer outre.

— Qu'est-ce qui vous a attirée chez les rottweilers ? demanda-t-il à la jeune femme en luttant contre l'envie de répondre au téléphone de fonction, comme il se serait empressé de le faire, en temps normal.

Ce soir néanmoins, il ne parvenait à se concentrer que sur sa visiteuse, son parfum pourtant discret, et la vague odeur des jouets en plastique de Daisy.

— Ma meilleure amie gère le centre Big Sky, consacré à la rescousse des rottweilers. Le but est de retrouver un foyer à ceux qui ont été abandonnés ou placés dans des chenils.

Sur cette réponse, elle pressa le pas car la jeune chienne tirait de plus en plus fort sur sa laisse, au fur et à mesure qu'ils parcouraient le couloir.

— Daisy avait passé près d'un an enfermée dans une cage quand je l'ai recueillie.

Il regarda le splendide animal flairer la moindre

parcelle du sol comme s'il décelait toutes les réponses à ses questions.

Puis son téléphone se remit à vibrer, comme une abeille déterminée à lui enfoncer son dard dans la chair.

— Si vous voulez bien m'excuser une minute, dit-il en levant un doigt, car il se doutait qu'elle continuerait sans lui et préférait nettement la voir rester à ses côtés pour poursuivre avec elle l'exercice de Daisy – être ici, assister à cette leçon, et simplement en apprendre les bases étaient précisément ce dont il avait besoin au terme de cette journée éreintante.

Enfin… le devoir avant tout.

— Allô ? fit-il avant de s'éloigner de quelques pas.

— Anders, tu es avec Ella Spade en ce moment même, si je ne m'abuse, lui dit le shérif sans préambule.

Instinctivement, Grant jeta un coup d'œil en direction de celle dont il venait d'apprendre le nom, puis se détourna.

— Oui, pourquoi ?

— Ne la laisse pas repartir sans lui avoir parlé, parce qu'il y a eu un problème avec… une certaine Lily Clark, et j'ai consenti à confier l'affaire au SAR.

— Attendez, shérif. Je ne comprends rien à ce que vous me dites. Que s'est-il passé au juste ?

Et surtout, quel rapport avec Ella Spade ?

— Une fillette de trois ans – Lily Clark, donc – et sa mère Catherine ont disparu. Il semble qu'il y ait eu une altercation au domicile des Clark, toutefois rien n'est encore sûr. Nos hommes sont en train d'examiner les lieux ; j'attends leur rapport complet. Nous ignorons ce qu'il est advenu de la mère, mais nous avons des raisons de penser que la petite est sortie de la maison, auquel cas elle doit errer dans le parc national adjacent à la propriété. En résumé, pour l'instant, toutes deux sont portées disparues.

— Je vais rassembler mes hommes, et nous nous rendrons sur place dès que possible.

— Ça prendrait trop de temps. Il faut que tu y ailles immédiatement. Prends Ella avec toi, fonce chez les Clark, et ton équipe s'occupera du reste. Si tu as besoin d'un adjoint pour la coordination, fais-le-moi savoir, je t'en enverrai un – ou une.

Grant était de plus en plus perplexe. Le shérif savait pertinemment que le SAR s'acquittait de toutes ses missions aussi rapidement que possible sans jamais négliger les questions de sécurité, autant pour le bien des personnes recherchées que pour celui des hommes envoyés à leur rescousse.

En outre, ce que lui demandait le shérif n'était pas protocolaire, et cette précipitation lui semblait de mauvais augure.

— Bonne idée, répondit-il à son supérieur. La présence de Melody Warner me serait sans doute d'une grande aide. Elle sait mieux que personne diriger une équipe. Puis-je néanmoins me permettre de vous demander pourquoi le temps nous est compté à ce point ?

Le shérif poussa un gros soupir avant de répondre :

— Pour tout t'avouer, la petite est la fille du sénateur Dean Clark. Si nous ne la retrouvons pas…

Le shérif s'abstint de rappeler à Grant que le financement de son service dépendait entièrement du bon vouloir du sénateur. En se le mettant à dos, ils risquaient de voir leurs fonds réduits à peau de chagrin… et c'en serait fini du SAR.

Aussi terrible que cette éventualité paraisse à Grant, cela restait beaucoup moins grave que ce dont son chef venait de l'informer ; cette petite fille seule dans la nature devait être terrorisée, aussi Grant promit-il au shérif de se rendre immédiatement sur les lieux de la disparition.

Aussitôt après avoir raccroché, il courut vers le bureau.

— Il y a eu un appel pour le SAR, annonça-t-il à Ella Spade.

Elle émergea de la pièce, une Daisy surexcitée sur les talons. Une balle entre les crocs, elle semblait s'amuser comme une petite folle.

Elle prit le temps de remettre le T-shirt dans le sac avant de répondre :

— Si cela vous oblige à partir, ne vous gênez pas. Je vous promets de refermer la porte derrière nous. Quoi qu'il en soit, merci de nous avoir assistées lors de cette séance.

— En fait, le shérif était au courant de votre présence ici, et il tient à ce que vous m'accompagniez, expliqua Grant non sans une certaine réticence.

— Tiens donc ! Et pourquoi ? s'enquit-elle en penchant la tête sur le côté.

— Lily et Catherine Clark, ça vous dit quelque chose ? reprit-il, de plus en plus anxieux sans trop savoir pourquoi.

Ella se raidit et dévisagea Grant d'un air interdit.

À en juger par sa réaction, l'évocation de ces deux noms la touchait profondément. Daisy dut percevoir le changement d'humeur de sa maîtresse, elle aussi, car elle s'étendit de tout son long, la tête sur les pieds d'Ella, et laissa échapper sa balle.

— Que leur est-il arrivé ? demanda-t-elle d'une voix blanche tandis que son visage prenait une pâleur mortelle.

Étrangement, Grant comprit le besoin subit de la chienne de se rapprocher d'Ella. C'était le seul moyen de la réconforter, même s'il ne la connaissait pas, et s'il ignorait en quoi son annonce avait pu l'affecter.

— Il y a eu un problème à leur domicile, répondit-il. Un genre d'altercation si j'ai bien compris.

— Quel genre *d'altercation* ? lui renvoya-t-elle comme s'il s'agissait d'un gros mot.

— Je ne suis pas en mesure de vous en dire davantage.

Il fit mine de tendre la main vers elle, mais Ella se rétracta vivement.

— Ça va aller ? s'enquit-il en laissant retomber son bras.

En guise de réponse, elle se précipita hors de la salle, se heurtant au passage à Grant qu'elle paraissait avoir oublié. Daisy lui emboîta le pas ; toutes deux traversèrent le local en courant… et Grant entendit le pick-up de sa visiteuse démarrer dans un grincement des pneus.

Bref, Ella était ressortie de sa vie aussi vite qu'elle s'y était immiscée. Perplexe, Grant se gratta le crâne. Et en quelques minutes, il était passé de l'ennui mortel à une situation de crise qui menaçait la survie du SAR…

Pire encore, il lui semblait évident qu'Ella Spade était à l'origine de tous ces bouleversements et que la suite lui réservait bien des surprises.

3

Elle se tourmenta au sujet de Lily tout le long du chemin qui la ramenait à son point de départ. La fillette n'avait disparu que depuis quelques heures, et déjà tout lui semblait dévasté.

Avec un peu de chance, l'altercation évoquée par le shérif n'avait été qu'un échange de coups, et personne n'avait eu recours à une arme. Elle se reprocha de ne pas avoir pressé Grant Anders de questions. Si seulement elle avait réfléchi, pour une fois ! Cela restait son principal défaut : agir sous le coup de l'émotion avant de s'interroger – une mauvaise recette, tant pour sa vie privée que sur le plan professionnel.

Elle envisagea d'appeler Grant Anders, puis se souvint qu'elle n'avait pas son numéro. Tant pis. De toute façon, il n'aurait sans doute pas pu lui en apprendre davantage. Il s'était montré particulièrement évasif quant aux circonstances de la disparition, et elle savait d'expérience que la police et ses agents spéciaux avaient souvent de bonnes raisons de garder le silence.

Elle tenta de se raisonner : Lily était certainement saine et sauve. Catherine avait dû se défendre, du moins s'il ne s'agissait que d'un incident. D'un autre côté, le shérif aurait-il requis la présence d'Ella sur la propriété des Clark pour une simple dispute ? Il se pouvait, bien sûr, qu'il ait besoin de son témoignage ou que la fillette la réclame.

Cette dernière pensée la réconforta un peu. C'était assurément cela, car sans Lily le shérif aurait ignoré jusqu'à son existence.

Cependant, les paroles de Grant lui revinrent en mémoire. Le SAR avait reçu un appel, ce qui entraînait l'implication d'équipes de Recherche et Sauvetage et signifiait que l'une ou l'autre des Clark manquait à l'appel – Lily probablement. Et si elle s'était cachée dans un réduit, tout simplement ?

Oui, il était inutile d'envisager le pire, comme elle en avait pris l'habitude lors de ses contrats avec l'armée. En les signant, elle s'était engagée à partager trop longtemps le quotidien de pays ravagés par la guerre.

L'Afghanistan, par exemple. Avec son équipe, Ella y avait procédé à une opération pour la MCA, l'agence militaire contractuelle pour laquelle elle travaillait alors avec Daisy, chargée de trouver des explosifs à l'intérieur d'habitations au sol en terre battue. Dans la région de Pashtoun, les maisons hébergeaient rarement moins d'une vingtaine de membres d'une famille élargie. La population détestant les chiens en général et les Américains en particulier, Ella cumulait les handicaps. Sans compter que sa condition de femme en pays taliban lui valait un accueil des plus réservés.

Sa dernière mission l'avait amenée dans une bâtisse où venait d'exploser un engin artisanal. À son arrivée sur les lieux, les survivants avaient été évacués, et le lieu du sinistre en disait long sur l'horreur qui l'avait précédée.

Bien que rompue à ce genre de spectacle, Ella n'avait pas été préparée à entendre le récit des événements dans toute leur abomination. Selon les rescapés, un gamin jouait avec l'explosif au moment de la détonation.

Jamais elle n'avait été aussi heureuse de rentrer aux États-Unis qu'à l'issue de ce maudit contrat, même si elle avait mis une éternité à oublier la vision cauchemardesque des chaussures carbonisées de la jeune victime, et cela en dépit d'innombrables débriefings.

Depuis ce temps-là, elle mettait un point d'honneur à être en première ligne, quand il y allait de la sécurité d'un enfant. D'autres auraient tenté de s'éloigner autant que possible d'atrocités potentielles. Elle, non. D'une manière un peu étrange, son expérience l'avait aiguillonnée, et elle s'était promis de tout faire pour empêcher que de tels drames se reproduisent – et traumatisent d'autres malheureux témoins.

Son traumatisme, son passé. Tout cela menaçait de lui faire oublier la réalité présente.

Ressaisis-toi. Ce n'est pas le moment de revenir là-dessus. Lily est peut-être en danger…

Non. La fillette était vraisemblablement quelque part dans les méandres de l'immense demeure parentale. Le sénateur avait eu recours à la cavalerie lourde, là où un peu de patience et de perspicacité auraient suffi à la retrouver.

À moins, bien sûr, qu'il ne se soit agi d'une manœuvre de Dean Clark pour s'attirer la sympathie de l'électorat en cette période de campagne.

Révulsée par cette idée, Ella comprit que dans ce cas il lui faudrait démissionner sur-le-champ, ce qui reviendrait à abandonner Lily entre les mains d'adultes irresponsables.

Quand elle s'engagea dans l'allée, les lueurs rouges

et bleues des gyrophares qui se reflétaient sur la neige lui évoquèrent une scène de meurtre.

Un meurtre ?

Non. Elle ne pouvait envisager que Lily soit morte.

Elle repensa soudain aux visiteurs de Catherine Clark un peu plus tôt dans la soirée. Et si leur petite sauterie s'était muée en foire d'empoigne ? Tout était possible, quand on réunissait autour d'un verre de whisky des hommes sans doute imbus d'eux-mêmes et assoiffés de pouvoir. La rivalité devait être féroce, dans leur milieu.

L'heure n'était pas aux supputations, cependant. Dans l'immédiat, Ella devait se contenter de recueillir les informations susceptibles de l'aider à retrouver Lily. Les autres professionnels se chargeraient de reconstituer le déroulement des faits. Leurs équipes étaient là pour ça, et en l'occurrence, l'une d'entre elles comportait des membres de la famille Spade.

En effet, le statut de la STEALTH, qui employait les Spade, autorisait ses agents à suppléer à la police lorsqu'elle était débordée ou limitée par la réglementation en vigueur dans État.

Pour devenir agent de la STEALTH, il fallait être coriace, de sorte qu'Ella était toujours entourée de personnes aguerries. Et si certains la mettaient sur le même piédestal qu'eux, Ella, pour sa part, aurait décerné la palme de l'intransigeance à sa sœur Kendra, la plus redoutable d'entre eux.

Une fois garée, la première pensée d'Ella fut pour Daisy, étendue sur la banquette arrière.

Grant Anders arrêta son véhicule derrière le sien, et en sortit, les sourcils froncés.

— Vous ne trouvez pas que vous roulez un peu vite ? lui lança-t-il d'un ton accusateur.

— Lily pourrait avoir des ennuis, alors au diable les limitations de vitesse, rétorqua-t-elle en flattant la croupe de Daisy.

— Ainsi, vous connaissez cette gamine ? Je m'en doutais, remarquez, vu la façon dont vous avez filé en apprenant la nouvelle. Vous auriez pu me donner quelques précisions, au lieu de me planter là !

Ella soupira bruyamment, puis songea qu'il n'avait pas tort et tenta de sauver la face en expliquant :

— Oui, je connais Lily. Ses parents m'ont embauchée pour assurer sa sécurité. J'étais encore ici, il y a moins de trois heures.

Elle prit le temps d'accrocher la laisse de Daisy à son collier pour se préparer à ce qu'Anders allait lui annoncer, avant de demander :

— Vous savez ce qu'il est advenu de Lily ?

— J'ai obtenu un complément d'information en route, et il en ressort que la mère et la fille sont portées disparues. Toutes les deux. Mes collègues ont d'abord pensé que l'enfant était sortie de la maison après votre départ. Depuis, malheureusement…

Elle l'interrompit :

— Lily n'est *pas* sortie de chez elle. Je n'y crois pas une seconde.

— Pourtant…

— Si quelqu'un est en tort, dans cette affaire, ce n'est pas Lily. Ses parents ne sont…

Elle s'assura d'un coup d'œil que le sénateur n'était pas dans les parages avant de poursuivre :

— Disons qu'ils sont un peu négligents. Ils auraient été mieux avisés de prendre une nourrice à domicile.

Les Clark avaient été peu diserts quant à leurs raisons d'embaucher Ella. Une chose lui avait paru évidente, néanmoins : s'ils craignaient pour la sécurité de leur fille, ils devaient se sentir menacés.

Comme dans leur milieu il subsistait toujours une part d'ombre, Ella n'avait pas insisté pour en savoir davantage. En outre, elle n'avait jamais vraiment redouté qu'il arrive malheur à la fillette. Du moins quand elle se trouvait sur la propriété des Clark, or l'incident s'était produit en son absence. Par sa faute, là encore, car elle aurait dû insister pour que Lily soit protégée jour et nuit ou exiger que la propriété soit sous surveillance constante.

Elle se tourna vers Grant. Il semblait froissé, et elle se souvint qu'elle ne l'avait pas vraiment laissé parler.

Quand apprendrait-elle enfin à écouter ses pairs au lieu de leur imposer ses opinions ?

— Désolée. Vous disiez donc qu'on ignore où sont passées Catherine *et* Lily.

— C'est cela, lui confirma Grant. Personne ne sait où elles sont en ce moment, et ce qu'on a trouvé dans le salon est très inquiétant : une table brisée, des impacts de balles… enfin, pour finir, un revolver enregistré au nom de Catherine, et qui avait glissé sous un canapé. A priori, c'est avec cette arme que les balles ont été tirées.

— Vous en déduisez donc que Catherine s'en est servie ?

— C'est difficile à dire à ce stade de l'enquête. Vous savez comme moi que les premières impressions mènent souvent à des idées fausses.

À l'entendre, on l'avait renseigné sur certains épisodes clés de la vie d'Ella, et comme elle était d'une nature très réservée, elle se demanda d'où il tenait ses informations – un des inconvénients d'un État rural comme le Montana, sans doute.

— Un voisin a affirmé vous avoir vue quitter les lieux,

en fin d'après-midi, reprit Grant. Vous êtes certainement une des dernières personnes à être sorties de la maison.

— C'est faux ! se récria-t-elle. Mme Clark avait de la visite, quand je suis arrivée – des hommes, qui étaient toujours dans son salon à mon départ… Attendez une minute, dois-je comprendre que vous me suspectez d'être mêlée à ces disparitions ?

Il y avait une certaine logique, dans la démarche du sergent Anders. À sa place, Ella aurait sans doute commencé par interroger la personne chargée de surveiller l'enfant.

Ah, le sergent avait joué fin en l'amenant sur place sous divers prétextes alors qu'en réalité son but était de l'interroger ! Elle s'était laissé piéger comme une débutante.

Comme elle n'avait rien à cacher, néanmoins, la perspective d'un interrogatoire en règle ne l'inquiétait guère.

— Je n'ai rien dit de semblable, lui répondit Anders. Toutefois, j'aimerais savoir à quelle heure vous êtes repartie.

Sa formulation s'était faite si précautionneuse, subitement, que si Ella ne l'avait pas déjà percé à jour, elle ne se serait aperçue de rien.

— Environ une demi-heure avant mon arrivée à l'entrepôt, déclara-t-elle, avant d'ajouter, les sourcils froncés :

— Je vous vois venir, sergent, et je peux vous affirmer que si je pouvais vous donner la moindre indication sur la disparition de cette petite, je le ferais. Sans hésiter une seconde.

— Vous allez un peu vite en besogne, vous ne trouvez pas ? lui renvoya Grant.

— Disons surtout que je collabore avec des représentants de la loi depuis assez longtemps pour connaître leur façon de penser et savoir qu'ils élaborent à partir de faits soigneusement reconstitués.

— Nous sommes donc sur la même longueur d'onde, dans ce domaine. Vous m'en voyez ravi.

Grant parut se détendre et oublier momentanément ses soupçons. À moins bien sûr qu'il ne s'agisse d'une ruse, destinée à la mettre en confiance, dans l'espoir d'en apprendre davantage.

Le pauvre.

Il ignorait qu'Ella était passée maîtresse dans l'art d'éluder les questions, d'où sa contre-attaque.

— Vos hommes savent depuis combien de temps Catherine et Lily ont disparu ? Qui a donné l'alarme ?

Grant prit appui sur le capot du pick-up, Daisy se mit à gémir, et Ella baissa une vitre pour pouvoir lui gratter le museau.

— Là encore, je manque de précisions, répondit Grant. Il semble qu'un voisin ait contacté les autorités après avoir entendu des coups de feu.

Elle libéra Daisy de sa laisse afin de lui permettre de circuler librement dans la cabine du pick-up dont elle verrouilla les portières, avant de demander :

— Y avait-il des traces de sang dans le salon ? Par ailleurs, êtes-vous certain que vos hommes ont cherché Lily partout ? Je la connais assez pour savoir qu'elle ne répondra pas à un inconnu. Si elle s'est cachée, elle ne se montrera qu'en entendant une voix familière.

Sur cette déclaration, elle voulut s'avancer vers la maison.

Grant se posta devant elle pour l'en empêcher en disant :

— Vous n'espérez tout de même pas débouler comme ça chez les Clark pour appeler Lily ! Je vous rappelle que jusqu'à nouvel ordre, cet intérieur est potentiellement une scène de crime. Il est essentiel de respecter la procédure, vous le savez aussi bien que moi.

Elle bouillait littéralement d'impatience. Seule sa raison l'empêcha de s'en prendre à celui qui se mettait en travers de son chemin, tout gradé fût-il.

Elle s'efforça donc de résister à sa furieuse envie de forcer le passage et de pénétrer dans la maison, en vue d'y chercher sa protégée – et pensa momentanément que tout jouait en sa défaveur.

Daisy se remit à gémir, ce qui acheva de la faire culpabiliser.

Je sais, ma belle. C'est ma faute. Je n'aurais pas dû repartir. Je sentais que quelque chose ne tournait pas rond. Je le savais, bon sang !

Daisy pressa son museau contre une vitre fermée, sans cesser de geindre.

Oui, Ella était fautive. Elle aurait dû écouter son instinct et rester chez les Clark jusqu'au départ des invités de Catherine. Ensuite, elle aurait emmené Lily quelque part – n'importe où.

Au lieu de quoi elle avait fait l'autruche… et le résultat était là.

Catherine et Lily Clark manquaient à l'appel.

Elle repensa à un ouvrage de Gavin de Becker intitulé *Le cadeau de la peur*, selon lequel l'intuition était la meilleure arme d'un individu soucieux de survivre à un danger imminent. Malheureusement, Ella n'avait pas osé affronter Catherine… et cette dernière avait disparu, ce qu'avec un peu de cran Ella aurait pu éviter. Par souci de ne pas entrer en conflit avec l'épouse de son employeur, elle avait jeté la mère et la fille dans la gueule du loup.

— Pourquoi ne pas nous accompagner à l'intérieur, Daisy et moi ? demanda-t-elle à Grant, Je vous promets de ne toucher à rien, et ça me donnera un point de départ, si nous devons nous lancer à la recherche de Lily.

Et surtout ça me permettra de savoir si elle est toujours en vie.

— Il me semble préférable de laisser la chienne dans la voiture, dans un premier temps. Je vais rapidement passer les lieux en revue, et si je le juge nécessaire, je reviendrai vous chercher toutes les deux.

L'intonation humble de Grant ne la convainquit pas.

Aussi retourna-t-elle vers le pick-up pour remettre Daisy en laisse avant de déclarer d'un ton sans réplique :

— Daisy vient avec nous. Je peux vous assurer qu'en l'occurrence, elle est plus à même de récolter des indices que n'importe lequel d'entre nous. Ce sont les chiens qui découvrent l'essentiel, la plupart du temps. Les humains ne font que suivre.

4

L'intérieur de la maison avait la même odeur que lors de son départ – un mélange plus ou moins heureux de whisky, de parfum de luxe et de fumée de cigare.

Ella se glissa précautionneusement sous le cordon de sécurité, puis pénétra dans le hall d'entrée avant de jeter un coup d'œil dans le salon, désormais désert.

— Quand je suis partie, Catherine se tenait là en compagnie d'une dizaine d'hommes, expliqua-t-elle tandis que Daisy se collait à ses jambes, manifestement impatiente de passer à l'action.

— Vous avez reconnu l'un d'eux ? Vous savez ce qu'ils faisaient là ? s'enquit Grant.

— Non. Il y a énormément de passage chez les Clark. C'est d'ailleurs pour cela que je sors avec Lily lorsqu'elle m'est confiée. Il m'est plus facile de contrôler les allées et venues des uns et des autres.

— Attendez une minute. Vous vous méfiez de leurs visiteurs ?

— Pas exactement, non. Les Clark ne sont pas du style à avoir de mauvaises fréquentations, bien au contraire. Ils tiennent trop à leur réputation, surtout en cette période, car le sénateur cherche à être réélu, et il n'est pas en très bonne place dans les sondages.

Elle pivota vers l'endroit où s'était tenu l'inconnu en treillis avec son cigare nauséabond. La table brisée et les impacts de balles dans le mur mis à part, il n'y avait rien d'anormal. L'endroit paraissait même trop ordonné. S'agirait-il d'une mise en scène ?

— Jetez un coup d'œil là-dessous, lui dit Grant en désignant le canapé.

Elle s'accroupit devant le meuble, et vit un revolver dont elle ignorait l'existence.

— Il règne un ordre suspect dans cette pièce, fit remarquer Grant. Les Clark ont des employés de ménage ?

Malgré l'incongruité de la question, Ella comprit qu'il s'interrogeait, lui aussi, sur l'absence de signes d'une bataille rangée.

— Bien entendu, ils viennent une fois par semaine.

— Et le reste du temps, Mme Clark entretient son intérieur elle-même ? Elle doit être sacrément maniaque !

— Simple question de décorum, lui répondit-elle en étouffant un petit rire. Certes, ça ne laisse pas beaucoup de marge à l'enquête, mais sait-on jamais ? Si ça se trouve, la situation n'est pas aussi dramatique que nous l'avons supposé.

Elle reprit son souffle, et ajouta :

— Vos hommes ont tenté de joindre son mari, je suppose.

— Évidemment. Et comme il était injoignable, nous avons chargé le département de police de Washington DC de le prévenir du drame. Par ailleurs, le téléphone de Catherine a été retrouvé dans le jardin arrière, l'écran brisé, et nous l'avons emporté comme pièce à conviction, dans l'espoir d'en tirer quelque chose.

Il se remit à arpenter la demeure, Ella et Daisy sur

les talons, puis se tourna vers Ella et lui jeta un regard curieux avant de demander :

— Vous étiez proche de Mme Clark ?

Elle secoua la tête de droite à gauche, tandis qu'ils continuaient à s'enfoncer dans la maison.

— Pas vraiment, non. Je ne suis qu'une employée parmi d'autres. Pour vous donner une idée : ce soir, elle a voulu me donner cent dollars – une manière comme une autre de me rappeler que je ne suis pas son amie, et rien de plus pour Lily qu'un genre de nourrice de luxe, en aucun cas irremplaçable. Charmant, n'est-ce pas ?

Grant tendit la main et la lui posa sur l'épaule en un geste compatissant. Il n'avait pas besoin de dire à Ella qu'il était navré d'entendre cela, car cela se voyait sur son visage, ce qui la contraria vaguement.

— Enfin, ce n'est pas grave, s'empressa-t-elle d'affirmer. Les piqûres de rappel ont parfois du bon. J'adore m'occuper de Lily, et je commençais peut-être à oublier que veiller à sa sécurité n'était qu'une mission professionnelle parmi d'autres.

Bien qu'elle ait tenté d'adopter un ton léger, la simple évocation de la fillette lui avait serré le cœur.

— Avez-vous le sentiment d'avoir manqué à votre devoir ? lui demanda Grant, comme s'il avait lu dans ses pensées.

Elle sentit sa gorge se nouer et choisit de répondre par un simple haussement des épaules.

— Ne vous tracassez pas, Ella. Vous êtes irréprochable. Vous avez fait ce qu'exigeait votre fonction pendant vos heures de service.

Vraiment ?

Elle exprima son doute en penchant la tête sur le côté.

Son expression dut la trahir, car Grant Anders reprit avec un soupir :

— Vous êtes comme moi, on dirait. Une fois la journée terminée, il vous est difficile de passer à autre chose. Je vous comprends, cependant ce sentiment de culpabilité ne vous fait aucun bien.

— Je cesserai de culpabiliser quand je saurai Lily et sa mère saines et sauves. Pas avant.

Elle vit Grant ouvrir la bouche pour la refermer aussitôt, et en déduisit qu'il avait eu à cœur de la préparer à toutes les éventualités, même la pire.

— Voulez-vous que je vous montre la chambre de Lily à tout hasard ? On y trouvera peut-être un indice.

Elle s'abstint d'ajouter qu'en son for intérieur elle espérait encore que la fillette soit cachée dans son dressing ou sous le lit.

Impossible. La maison fourmillait de représentants de la loi occupés à prendre des photos ou à récolter des pièces à conviction.

Il fallait se rendre à l'évidence : Lily n'était plus là.

Elle passa devant Grant pour le guider le long d'un couloir au sol d'un blanc immaculé.

— Je n'ai jamais compris que les Clark aient choisi des teintes aussi claires pour décorer leur intérieur, fit-elle remarquer. Quand on a des enfants, ce n'est pas l'idéal. Lily adore déambuler avec son jus de raisin à la main, et il lui est déjà arrivé de le renverser, de sorte que ses parents ont dû faire remplacer la moquette de tout l'étage.

— J'avoue ne pas bien comprendre le raisonnement des nantis, répondit Grant avec un sourire complice.

— C'est du gâchis, renchérit-elle, avant de s'apercevoir qu'elle venait de formuler un nouveau jugement.

Aussitôt, elle se reprocha son inconséquence. Elle

parlait trop, et devait se limiter aux faits qui pourraient les aider à retrouver les deux disparues. Tout le reste était accessoire.

La fenêtre derrière laquelle elle avait vu Lily pour la dernière fois n'étant pas fermée, la pièce était glaciale. Elle fut parcourue d'un frisson, dû soit à la température, soit à la peur… soit à la signification potentielle de cette fenêtre ouverte.

Une poupée Barbie gisait dans un coin, la tête tondue d'un côté et les cheveux restants peints au marqueur rose fluo. Si Catherine avait vu le jouet dans cet état, elle l'aurait immédiatement jeté pour le remplacer par un neuf.

— Lily était assise là, expliqua Ella en désignant le rebord de marbre qui longeait la fenêtre. Elle m'a dit au revoir d'un geste de la main, puis je suis allée vous retrouver.

— Après avoir reçu le pourboire de Catherine ? s'enquit Grant.

Comme elle le foudroyait du regard, il s'empressa de préciser :

— J'essaie de reconstituer la chronologie des événements, rien d'autre.

— C'est bien cela. Catherine m'a donné cent dollars. Le billet est toujours dans ma poche, si vous voulez le voir.

Il balaya la proposition d'un geste de la main, puis demanda :

— Pourquoi ai-je l'impression que vous vous méfiez de moi ?

— Je n'accorde pas ma confiance à des inconnus, même à des membres de la police. Ne prenez pas cela pour vous. Je…

Elle s'interrompit en remarquant les chaussures que portait sa protégée la dernière fois qu'elle l'avait vue.

Elles étaient posées à l'endroit même où Lily avait dû les retirer. Comme a priori il n'en manquait aucune autre paire, elle eut la certitude que la fillette n'avait pas quitté la maison. La température extérieure était beaucoup trop basse pour qu'elle soit sortie nu-pieds.

Cela revenait à supposer qu'on l'avait enlevée, et elle se promit que si l'enfant était dehors par ce froid, son ravisseur le paierait cher.

À condition que ravisseur il y ait, bien entendu.

Le récepteur de Grant se mit à grésiller et la voix familière de l'adjoint au shérif Terrill se fit entendre.

— Agent 466, nous avons trouvé du sang. Envoyez-nous des renforts.

— Ta position ? s'enquit Grant.

— À quelques mètres de la limite sud de la propriété.

Grant regarda Ella qui s'était figée sur place.

Si des traces de sang n'étaient jamais de bon augure, leur découverte n'en constituait pas moins un point de départ. D'un autre côté, il n'était pas certain qu'elle en supporterait la vue, aussi se tourna-t-il vers elle, pour lui demander :

— Vous m'accompagnez ou vous préférez rester avec les officiers encore présents pour les assister dans leurs recherches ?

— Pas question ! se récria-t-elle en secouant la tête avec véhémence. Donnez-moi simplement le temps de préparer Daisy. Elle est habituée à l'odeur de Lily ; elle la reconnaîtra sans peine.

Grant fut forcé d'acquiescer. La jeune chienne était probablement leur meilleur atout.

— Allez-y. Je vous retrouve là-bas.

Un nouveau coup d'œil lui permit de constater qu'Ella était passée de la peur à la rage, ce qu'il comprit sans peine.

— Encore une fois, Ella, si cela vous est trop pénible, dites-le. À mon avis, vous êtes trop impliquée dans cette affaire pour travailler sereinement.

— Ce qui m'insupporte, c'est de savoir Catherine et Lily quelque part dans la nature, de les imaginer blessées et de ne rien faire pour elles. Voilà. Vous avez votre réponse.

En ressortant, Ella passa une dernière fois la pièce en revue, comme pour s'assurer, sans vraiment y croire, que la fillette ne s'y trouvait pas.

Grant s'immobilisa lui aussi pour s'imprégner des moindres détails. Tout était en ordre, à l'exception des chaussures, manifestement retirées à la hâte et abandonnées là. Cette petite négligence lui apparut comme la seule marque de la personnalité de Lily. Tout le reste était à l'image de Catherine.

Ella lui avait décrit une famille aux habitudes rigoureuses, ce qui l'amena à se demander comment les Clark se retrouvaient dans la situation présente. Cela dit, il arrivait que les gens soient dépassés par les événements.

Au moment où il sortait de la chambre de l'enfant, il passa devant celle des parents, et entendit quelques-uns de ses hommes parler du sénateur en des termes peu flatteurs.

En sa qualité de sergent, il lui appartenait de leur rappeler qu'ils étaient probablement enregistrés, ne serait-ce que pour éviter d'être lui-même tancé par son chef.

Il ouvrit donc la porte sans s'annoncer, et les trois officiers tournèrent vers lui des visages gênés. L'un d'eux leva une main pour le saluer et demanda :

— Comment ça se passe, sergent ? Vous avez trouvé quelque chose ?

— Vous avez conscience de l'importance de cette enquête pour notre service, je suppose. Alors mettez-vous au boulot et retrouvez-moi ces deux femmes. Ah, et tenez vos langues. Les murs ont parfois des oreilles.

Il vit à leurs mines déconfites qu'ils venaient de comprendre que leurs postes étaient en jeu.

S'ils ne ramenaient pas les Clark chez elles sous peu, les médias s'empareraient de l'affaire, le SAR serait critiqué, et Grant serait dépeint comme un incapable.

La réussite de son équipe était donc primordiale.

Cette mise au point effectuée, il ressortit au pas de course, et se précipita à l'extérieur.

Certains de ses hommes discutaient devant une élégante clôture blanche. La neige, plus épaisse à l'arrière de la maison, crissait sous ses pas, et il prit garde à contourner le cordon de sécurité pour ne pas brouiller d'éventuelles empreintes.

L'adjoint Terrill le salua de loin avant de reprendre sa conversation.

Daisy surgit au coin de la maison, et, le museau collé contre le sol, passa immédiatement à l'action.

Grant regarda la chienne aller de droite à gauche, puis humer l'air glacial pour se familiariser avec le mélange d'odeurs dont il devait être imprégné. Si, comme on le prétendait, l'odorat des chiens était beaucoup plus développé que celui des humains, et en partant du principe que personne n'avait pu pénétrer sur la propriété sans y laisser d'odeurs, Daisy devait percevoir celles des divers passages de la journée.

Une faculté remarquable, rendue encore plus incroyable par le système de communication établi entre le maître et son animal. Grant avait déjà vu des membres du K-9 à l'œuvre ; il s'était même essayé au dressage, et l'exercice avait encore renforcé son respect envers les liens unissant les deux parties.

Ella venait d'apparaître. Lorsqu'elle se décida enfin à lever les yeux vers lui, il vit à son expression qu'elle était aussi concentrée sur sa tâche que Daisy.

Il se reprocha de ne pouvoir en dire autant. Dans l'instant, il était surtout fasciné par la mèche de cheveux bruns qui s'était échappée du chignon d'Ella pour s'enrouler autour de son cou gracile, orné en son centre d'un minuscule diamant accroché à une chaîne en or. Ce petit carré de peau lui parut si doux qu'il eut envie d'y déposer un baiser. Presque aussitôt, il se raisonna. Elle ne semblait pas du genre à se laisser faire.

Il se détourna à contrecœur. L'heure était grave, et il ne devait pas songer à la bagatelle. De plus, à bien y réfléchir, le moment de fantasmer ainsi sur Ella ne serait jamais choisi.

Terrill mit fin à ses divagations en l'interpellant :

— Sergent, venez voir !

Il s'exécuta immédiatement tandis que Daisy traversait le jardin arrière en zigzaguant comme un lapin.

Sans sortir de la piste formée par ses collaborateurs dans la neige, il se rapprocha de la clôture pour voir de quoi il s'agissait.

Terrill désigna un tassement de neige entouré d'empreintes de pieds, et Grant eut l'impression qu'on s'était étendu là avant de se rouler par terre.

Qui ? Un adulte ou une enfant ? Difficile de le dire avec précision. En revanche, les taches de sang qui bordaient le périmètre laissaient peu de place au doute. En giclant de la blessure, elles avaient formé autour d'elles de minuscules cratères presque invisibles à l'œil nu. Et s'il était peu probable que le ou la blessée soit en danger de mort, le reste était de mauvais augure.

Grant entendit Daisy geindre derrière lui, et se retourna juste à temps pour voir la chienne se glisser sous la clôture en tirant de toutes ses forces sur sa laisse pour entraîner sa maîtresse en un endroit précis. Ella la retint tant qu'elle le put, avant de lui ordonner de ne plus bouger.

Grant fut impressionné par la vitesse à laquelle la chienne obéit à la commande : une telle perfection témoignait d'un travail sans relâche.

Malgré sa jeunesse, la jeune rottweiler était dotée d'un dévouement qu'il se prit à envier.

Bien qu'il se sache doué dans son domaine, aucun de ses collaborateurs n'atteignait un tel niveau de docilité, loin s'en fallait.

S'apercevant soudain de l'effarement avec lequel Ella considérait les gouttelettes pourpres, il lui demanda :

— Vous avez une idée de l'origine de ce sang ?

Elle se mordilla la lèvre inférieure avant de répondre :

— J'avais lancé Daisy sur la piste de Lily, toutefois la petite était sûrement accompagnée, et il pourrait s'agir du sang d'un tiers.

À en juger par son intonation, néanmoins, elle ne se faisait guère d'illusions sur le sujet.

Après avoir contourné les pièces à conviction, elle prit la direction du bois adjacent à la propriété. Grant lui emboîta le pas en gardant ses distances pour lui faciliter sa collaboration avec Daisy.

Les deux jeux d'empreintes laissés dans la neige, très espacés l'un de l'autre, étaient vraisemblablement ceux d'un homme et d'une femme en pleine course.

Au bout d'une vingtaine de mètres, Ella s'immobilisa pour montrer à Grant l'endroit où les empreintes s'étaient rapprochées, comme si les deux individus avaient commencé par ralentir, avant de se figer sur place. À proximité, on voyait de nouvelles empreintes. Des traces d'orteils. Au centre de l'une d'entre elles, luisait une tache écarlate.

Si Lily avait marché pieds nus au point de saigner, elle courait un danger encore plus grand qu'ils ne l'avaient imaginé l'un et l'autre.

5

Le vent s'était levé en fin d'après-midi, des flocons de plus en plus rapprochés tombaient sans discontinuer. Les diverses équipes devaient accélérer le mouvement, sans quoi le sentier serait plongé dans l'obscurité, et on ne pourrait plus compter que sur l'odorat de Daisy.

Ella tenta de contenir son écœurement face aux traces laissées par les petits pieds nus de Lily. Il fallait être sadique ou inconscient, pour faire marcher pieds nus dans la neige une enfant de trois ans. Quand elle retrouverait le coupable, elle se chargerait personnellement de lui faire subir le même sort.

À condition que Lily soit indemne.

Si elle était blessée, elle s'assurerait que l'odieux personnage paye ses exactions. Elle continua à suivre Daisy en se promettant de venger Lily, même au risque de finir en prison.

Après tout, rendre justice à la fillette mériterait bien un tel sacrifice.

Une nouvelle trace dans la neige lui fit supposer que Lily s'était arrêtée et qu'on avait dû insister pour la forcer à aller de l'avant.

Bien joué Lily, songea-t-elle, ravie que sa protégée se soit rappelé les exercices physiques qu'elle lui avait enseignés, sans imaginer un seul instant que la fillette ne soit jamais amenée à y recourir.

Elle fut soulagée de ne pas trouver davantage de sang sur les lieux : si Lily n'en avait perdu que quelques gouttes, elle se remettrait sans doute facilement.

Une fois encore, elle s'interrogea sur la raison de cette course éperdue, dans un environnement aussi hostile. Comment savoir si l'homme qui accompagnait Catherine et sa fille tentait de les protéger ou s'il les avait enlevées ?

En d'autres termes, les avait-il aidées à fuir un danger quelconque ou avaient-elles été contraintes de le suivre ?

Tant de questions et tellement de possibilités, et même s'il lui fallait tout envisager pour essayer de comprendre ce qui s'était passé, sa qualité de simple agent de sécurité sous contrat ne devait pas l'amener à des conclusions hâtives. En présumant trop, elle risquait de compromettre le travail du SAR – à condition que ses membres la prennent au sérieux, chose peu probable tant leurs rôles semblaient établis.

Elle entendit la neige crisser non loin de l'endroit où elle s'était arrêtée et se tourna vers Grant.

Le voyant rouge de sa caméra portable était allumé, de sorte qu'il enregistrerait tout ce qu'ils feraient. Une bonne chose en soi : qu'un détail leur échappe ou qu'un imprévu survienne, ils auraient la possibilité d'en retrouver la trace.

L'ascension se fit plus rude, et le soleil disparut rapidement derrière le sommet de la montagne, plongeant Ella et Grant dans la pénombre, tant et si bien qu'ils ne distinguèrent bientôt presque plus la piste.

Au détour de ce qui avait dû être un sentier de chasse, les empreintes disparurent totalement, et Ella s'aperçut que Grant peinait à la suivre. Lorsqu'il parvint à sa hauteur, il était à bout de souffle.

Elle s'étonna brièvement de sa piètre forme physique avant de se souvenir qu'un sergent passait plus de temps devant un ordinateur que sur le terrain.

— Ça va ? lui demanda-t-il.

— Si on veut car notre piste s'arrête ici.

— Je vois ça, oui, répondit-il.

Même dans la pénombre, Ella vit qu'il était épuisé et envisagea de ralentir le pas pour lui donner le temps de récupérer, mais elle y renonça aussitôt, car chaque minute comptait.

— J'ai eu l'impression que c'était Daisy qui nous guidait, pas vous, lui dit Grant. Je me trompe ?

— Oui et non. Nous avons surtout suivi les empreintes. Le problème, quand le vent s'ajoute à la neige et au froid, c'est que les odeurs se dispersent rapidement. Cela dit, je vais faire continuer Daisy sur ce sentier en espérant qu'ils n'en sont pas sortis, ce qui nous retarderait considérablement.

Il acquiesça et, au lieu de paraître soulagé d'avoir un peu de répit, comme elle s'y attendait, déclara d'un ton ferme :

— Nous ne nous arrêterons pas, Ella. C'est promis. Je continuerai à faire tout mon possible et à mobiliser mes hommes jusqu'à ce que nous ayons retrouvé la petite.

Elle entendit son émetteur grésiller, puis une voix de femme retentir, sans parvenir à en distinguer les propos.

Lorsqu'il releva la tête, ce fut pour annoncer, le sourire aux lèvres :

— L'équipe du SAR vient d'arriver chez les Clark.

Elle consulta sa montre. Grant et elle remontaient le sentier depuis près d'une heure à présent. À l'allure à laquelle ils progressaient, ils devaient se trouver à un peu moins de cinq kilomètres de l'endroit où Lily avait été vue pour la dernière fois.

— Une fois leur concertation terminée, je pense qu'ils feront venir leurs 4x4, afin de nous envoyer des renforts.

Infiniment soulagée d'apprendre qu'ils ne seraient plus les seuls à chercher l'enfant dans la montagne, Ella ordonna à Daisy de se remettre en route. La chienne s'empressa de lui obéir, et tous trois reprirent leur ascension. Le sentier déjà glissant devenait de moins en moins praticable tandis qu'ils s'enfonçaient dans le bois, car la couche de neige s'était épaissie au point d'atteindre les chevilles d'Ella, pourtant équipée de chaussures de randonnée.

Son cœur se serra à la pensée de Lily. La fillette n'avait jamais aimé les longues marches, et elle imaginait sans peine l'état d'angoisse dans laquelle cette expédition l'avait plongée. Elle s'était sans doute mise à sangloter dès son départ de la maison et devait être épuisée d'avoir tant pleuré. Pourvu qu'elle n'ait pas été forcée de poursuivre au-delà des empreintes !

Courage, ma chérie. Ça va aller, dit-elle en son for intérieur en priant pour que l'enfant pressente qu'elle la cherchait et qu'elle ferait en sorte de la tirer de ce mauvais pas.

Bien qu'accablée par son propre manquement, Ella s'efforça de refouler sa culpabilité. Se fustiger ne ferait que la distraire de son objectif, rien d'autre.

Ils remontaient un des virages du sentier lorsque Daisy se mit à tirer plus fort sur sa laisse.

La nuit étant presque totale à présent, Ella ne s'orientait plus que grâce aux lueurs de la ville, au-dessous d'eux.

Lily avait une peur panique du noir, et les rares fois où Ella avait été chargée de s'en occuper à l'heure du coucher, la fillette lui avait demandé d'allumer sa veilleuse et de rester auprès d'elle jusqu'à ce qu'elle s'endorme. Le premier soir, le procédé leur avait pris deux heures, trois histoires, un million de verres d'eau et autant de pauses pipi.

Un sourire ému lui monta aux lèvres. Lily sortirait indemne de cette crise. Il le fallait.

— J'arrive, ma jolie, murmura-t-elle en pressant le pas.

Le trio s'arrêterait sans doute pour la nuit. Si Catherine et l'homme étaient là de leur propre gré, la logique voulait qu'ils cherchent à installer un campement de fortune – autour d'un bon feu de préférence. Dans l'hypothèse où on les avait enlevées, et à condition que leur ravisseur veuille les garder en vie, il devrait leur accorder quelques heures de repos.

Le seul moyen de les rattraper était donc de continuer à les suivre.

Une rafale de vent venu du sommet de la montagne incita Ella à prendre une profonde inspiration, dans l'espoir de sentir l'odeur d'une flambée. Sans succès, hélas, car personne ne survivrait à une nuit entière ici, par cette température. Lily moins que les autres, épuisée comme elle devait l'être par sa longue course dans la neige. En plus d'être trop menue pour résister aux éléments, elle n'était pas vêtue en conséquence, ce qui la rendait particulièrement vulnérable.

Soudain, la chienne se figea sur place.

— Qu'y a-t-il, Daisy ? demanda Ella.

Elle voulut avancer d'un pas, mais Daisy s'assit puis, le museau vers le haut de la montagne, se mit à agiter la queue.

— Qu'as-tu flairé ?

Ella dut allumer la lampe de son téléphone portable pour inspecter les environs.

Et aperçut un gant rouge qui émergeait de la neige.

Rouge, comme ceux de Lily.

Son angoisse remonta en force. En plus d'aller pieds nus, la petite n'avait plus qu'un gant. Aussitôt, une question évidente lui vint à l'esprit : pourquoi les deux adultes ne s'étaient-ils pas arrêtés pour le ramasser ?

Par manque de temps, sans doute. Malgré ses travers, Catherine n'avait rien d'une marâtre. Elle aimait trop Lily pour la regarder grelotter sans broncher.

Ella avait presque réussi à se convaincre que Catherine s'était battue pour sauver sa fille. Le sang qu'ils avaient retrouvé un peu plus tôt pouvait très bien être le sien. En outre, à la place de la mère, Ella aurait lutté bec et ongles pour les tirer de là toutes les deux.

D'un autre côté, Grant et elle n'avaient trouvé aucune nouvelle trace d'empoignade sur le sentier qu'ils remontaient depuis la disparition des empreintes. Devait-elle en déduire que Catherine avait fini par se rendre aux arguments de l'homme ? Si c'était le cas, avait-elle agi par découragement ou sous la menace ?

Elle continua à cogiter et envisagea la possibilité que Catherine Clark se soit aventurée dans la nature pour une raison encore à éclaircir.

Son téléphone portable en main, Grant entreprit de photographier l'endroit où Daisy s'était arrêtée en signalant la présence de l'indice.

Sous l'effet du vent, les feuilles des arbres bruissaient en une mélodie si étrange qu'Ella en eut la chair de poule.

Ce n'est rien. Je n'ai ni le droit ni le temps d'avoir peur. Du moins pas pour moi-même.

Après s'être protégé une main, Grant tira un sac en

plastique de sa poche et glissa minutieusement le gant de Lily à l'intérieur.

Tous deux le contemplèrent longuement.

La trace brunâtre qui maculait l'extrémité d'un des doigts donnait à supposer que Lily avait touché une blessure du bout de l'index.

— Bizarre, tout de même, qu'ils aient pensé à emporter de quoi lui protéger les mains, et pas les pieds, vous ne trouvez pas ? s'enquit Grant.

— D'après ma maigre expérience, les enfants ont le chic pour ne jamais trouver leurs chaussures quand le temps presse, répondit-elle avec un léger amusement, aussitôt remplacé par l'angoisse due à la gravité du moment.

Elle dirigea l'éclairage de son téléphone vers le haut. Il était difficile de dire à quelle distance du pic de la montagne ils se trouvaient – et encore davantage de savoir jusqu'où ils pouvaient continuer.

Pour Lily, transie comme elle devait l'être, la question ne se posait pas : elle ne pourrait pas aller beaucoup plus loin, surtout si elle était blessée.

— Pour moi, ce sang est celui de Catherine, pas celui de la petite, dit-elle sans grande conviction.

Grant haussa les épaules, puis projeta la lampe de son téléphone sur le sac en plastique, comme s'il contenait les réponses à toutes leurs questions.

— C'est une possibilité parmi des dizaines d'autres, grommela-t-il avant de se murer dans le silence – une spécialité des policiers, lorsqu'ils décidaient de clore un sujet.

Toujours étonnée par son flegme face à la situation, Ella tenta de relativiser. Si Grant redoutait le pire et ne parvenait pas à formuler ses craintes, c'était peut-être pour l'épargner.

Elle se reprocha sa propre faiblesse, puis se dit que Lily avait fait preuve de courage, elle au moins – une pensée qui lui fit monter les larmes aux yeux.

En entendant un bruit mat, suivi du craquement d'une branche, elle projeta le faisceau lumineux de son téléphone autour d'elle, de crainte qu'il ne s'agisse d'un prédateur.

Comme elle ne voyait rien de semblable – d'ailleurs les ours hibernaient en cette saison –, elle se tourna vers Daisy, qui, toujours occupée à renifler l'endroit où ils avaient retrouvé le gant, semblait ne s'être aperçue de rien.

Intriguée, Ella inspecta une dernière fois les alentours. Elle allait renoncer lorsqu'elle vit deux yeux briller dans la nuit. Instinctivement, elle se rapprocha de Daisy, puis se posta devant Grant, comme pour lui servir de bouclier. Deux secondes plus tard, les yeux avaient disparu, et elle eut beau éclairer les profondeurs de la forêt, elle ne revit pas l'animal.

Apparemment, Daisy n'était pas seule à être attirée par Lily ou – en l'occurrence – par l'odeur du sang.

Elle fut parcourue d'un frisson : si les prédateurs commençaient à se rapprocher, Grant et elle risquaient de tomber sur un sinistre spectacle, plutôt que sur deux personnes portées disparues.

Elle envisagea de rapporter à Grant ce qu'elle venait de voir, puis se ravisa. Parmi tous les dangers qu'ils couraient, l'apparition de ces yeux dans l'obscurité était le moindre. D'ailleurs l'animal qui les épiait ne leur avait pas sauté dessus. Sans doute avait-il simplement été intrigué par leur présence.

Chez les humains comme chez les animaux, il existait différentes sortes de prédateurs : certains profitaient de la faiblesse d'une proie rencontrée au hasard pour la tuer, d'autres au contraire cherchaient la difficulté, afin de tester leurs facultés. Celui dont Ella avait surpris le regard devait entrer dans la première catégorie… à moins qu'il n'ait été attiré par l'odeur du sang et n'ait pas eu l'énergie suffisante pour les attaquer.

Grant lui posa une main sur la taille en un geste si inattendu qu'elle se raidit, car elle détestait qu'on la touche.

— Ça va ? s'enquit-il.

— Oui, j'ai cru voir quelque chose. Rien de grave cependant.

Curieux, tout de même, ce besoin d'épargner le sergent Grant Anders. Plus curieux encore, sa propre réaction. Elle avait horreur de ce genre de familiarités, pourtant, en cet instant, au lieu de s'éloigner de Grant, elle brûlait d'envie de s'en rapprocher, de faire barrage de son corps ; de le protéger, en somme.

Cela n'avait peut-être rien à voir avec lui, en fait. Il pouvait ne s'agir que d'une façon, pour elle, de juguler sa propre peur, de s'entourer d'une forteresse.

Il désigna un point au-dessus d'eux et demanda :

— Vous voyez ce que je vois ?

— Non, répondit-elle, perplexe.

— Là-haut, dans la neige, au pied de cet arbre.

Sur ces mots, il alluma sa lampe torche et en projeta le faisceau en direction des racines d'un énorme conifère, probablement centenaire.

— Vous la voyez maintenant ? insista Grant, une pointe d'impatience dans la voix. Là, cette traînée.

Oui, il y avait bien une trace, dont la largeur correspondait approximativement à celle d'un corps.

Aussitôt, ils avancèrent dans cette direction. L'exercice était pénible, et Ella en vint à douter qu'on puisse tenter de remonter un corps sur un terrain aussi accidenté.

Lorsqu'elle était plus jeune, son père avait coutume

de les emmener, ses frères, sa sœur et elle-même, sur les sentiers de chasse en automne, pour leur apprendre à pister les animaux dont il leur expliquait les habitudes. À l'époque, il prétendait que c'était un moyen de les familiariser avec la faune et la flore. Néanmoins, avec le temps, Ella avait compris qu'il s'agissait aussi de leur ouvrir les yeux sur la nature humaine. Elle en avait tiré quelques leçons essentielles, notamment le fait qu'un animal ou un humain blessé cherchait toujours un abri. La plupart des animaux descendaient vers les criques et les rivières ou – à défaut – se réfugiaient sous les arbres. Ces réminiscences l'amenèrent à penser que ce qu'ils voyaient n'était pas la trace d'un corps qu'on aurait tiré vers le sommet, mais plus vraisemblablement celle d'un être – humain ou non – qui se serait caché et aurait glissé.

En d'autres termes, une proie blessée, tentant d'échapper à son prédateur.

Daisy tira sur sa laisse, le museau pointé vers le pin.

— Il y a quelqu'un ? appela Ella à tout hasard.

Grant s'immobilisa et tous deux tendirent l'oreille, sans percevoir autre chose que le bruissement monotone du vent dans le feuillage des arbres.

Malgré son épuisement, Ella parcourut les quelques mètres qui la séparaient encore du pin et aperçut bientôt, sous l'arbre, les contours d'un amas de feuilles et de branches mortes qui avait fini par se transformer en niche.

Elle pensa immédiatement que l'animal dont elle avait vu les yeux plus tôt avait fait bonne chasse et veillait sur son butin. Cette idée la fit frémir et, comme Daisy tirait de plus en plus fort sur sa laisse, elle ouvrit la main pour la libérer.

Après avoir sauté par-dessus la niche, la chienne se

posta de l'autre côté. Cette fois, le doute n'était plus permis : elle avait flairé quelque chose.

Grant contourna l'amas de feuilles et de branches, puis tendit la main pour aider Ella à les rejoindre, Daisy et lui.

La niche était plus grande qu'Ella ne l'avait supposé de prime abord, et particulièrement bien protégée par les branches inférieures du pin. Il s'agissait donc d'une planque idéale.

Grant retint les branches pour éviter qu'Ella s'égratigne au passage. Le craquement sec d'une brindille la fit sursauter.

— Ce n'est rien, murmura Grant.

À son intonation, elle comprit qu'il était, lui aussi, sur ses gardes.

Il lui passa ensuite un bras autour de la taille et cette fois, au lieu de s'en offusquer, Ella apprécia ce geste de protection.

Il projeta le faisceau de sa lampe vers la base du pin, puis fut obligé de s'accroupir pour éviter les branchages.

En l'entendant étouffer un cri, Ella se laissa tomber sur les genoux, auprès de lui.

Une femme était affalée contre l'écorce grise de l'arbre, les mains tournées vers le ciel. Son corps penchait légèrement vers la droite ; et bien qu'elle ait la tête baissée, Ella reconnut la chevelure blond platine de Catherine Clark.

Elle jeta un coup d'œil à ses doigts, et si les extrémités en étaient encore violacées, ses avant-bras avaient pris la couleur grisâtre caractéristique de la mort.

[illegible] de [illegible] n'est plus [illegible] avait [illegible] quelque chose.

[illegible] région de [illegible] plus grands [illegible] [illegible]

[illegible] passage. [illegible]

[illegible] pourquoi [illegible]

[illegible] qui [illegible]

[illegible]

[illegible]

[illegible]

[illegible] de la droite [illegible] reconnut [illegible] place de [illegible]

[illegible]

6

L'hélicoptère du SAR se posa au sommet de la montagne peu avant minuit, au terme de la journée la plus longue qu'ait jamais vécue Grant. À son grand dam, il devait admettre qu'il n'était plus entraîné pour le genre d'exercice auquel il avait soumis son corps aujourd'hui. Il se posta au bas de l'appareil pour accueillir le stagiaire adjoint au médecin légiste, ainsi que d'autres de ses collaborateurs.

Melody, qui dirigeait le petit groupe, alla droit vers lui et le salua d'une voix suffisamment forte pour couvrir le bruit des hélices :

— Bonsoir, sergent. Du nouveau depuis votre appel ?

Il lui fit signe que non, avant de l'entraîner vers le groupe de bénévoles montés en renfort. L'hélicoptère repartit et Grant le regarda piquer vers la ville nichée au cœur de la vallée.

Malgré lui, il regretta de ne pas être à bord, satisfait d'avoir mené sa mission à bien.

Malheureusement, elle était loin d'être terminée.

Le stagiaire du légiste avait emboîté le pas à Melody, absorbé par l'écran de son téléphone. Lorsqu'elle s'arrêta net, il se heurta à elle et se décida enfin à relever le nez.

— Combien de temps s'est écoulé depuis que vous avez trouvé la victime ? s'enquit-il sans préambule.

Visiblement, il n'avait pas de temps à perdre.

Enfin, il allait droit au but, et Grant considérait cela comme un signe d'efficacité.

— Environ deux heures.

— Et selon vous, elle ne montrait encore aucun signe de rigidité cadavérique ?

— Je n'ai fait que chercher son pouls, mais son cou était toujours souple au toucher.

Le légiste prit note en hochant la tête.

Grant se tourna vers Ella, occupée à préparer un feu de camp non loin de lui. Elle dut sentir qu'il l'épiait, car elle releva la tête à son tour. Lorsque leurs regards se croisèrent, il lut l'épuisement dans ses yeux.

Il aurait fallu l'évacuer ou, au moins, l'inciter à se reposer jusqu'au matin. Toutefois il savait d'avance que ses conseils seraient vains : aucun argument ne la convaincrait de s'éloigner de cette maudite montagne. Elle n'aurait de cesse que sa protégée soit hors de danger.

Pour tout arranger, leur piste s'était arrêtée à l'endroit où ils avaient retrouvé le corps. Daisy avait vainement flairé et fouillé autour du conifère. À croire que Lily et son ravisseur présumé s'étaient volatilisés à l'instant même de la mort de Catherine Clark.

Comme le feu commençait à prendre, Ella s'en rapprocha. Melody et son équipe prirent place auprès du groupe de bénévoles, et tous se mirent à discuter de logistique.

Le jeune légiste s'arracha à ses notes pour dire :

— Si on tient compte de la température et des informations que vous venez de nous fournir, on peut raisonnablement supposer que la victime est morte depuis quatre à six heures. Le froid a retardé le phénomène de rigidité cadavérique, mais ce ne sera plus le cas bien longtemps. Avant tout, néanmoins, je dois voir le corps.

Grant s'interrogea sur le sens de sa démonstration. Le légiste n'espérait tout de même pas repartir aussi vite.

— Vous voulez bien m'y emmener ?

Au regard appuyé qu'Ella lui jeta, Grant comprit qu'elle souhaitait les accompagner et l'y invita, ce que le légiste n'apprécia guère, à en juger par sa mine résignée.

— Bon, ne traînons pas, dit-il sèchement. On se gèle ici ; j'ai hâte de retrouver la chaleur de mon salon.

Grant comprenait mieux son empressement à présent. Le jeune légiste était mécontent d'avoir été dérangé en pleine nuit pour venir récupérer un corps par un froid pareil. Rien d'autre.

Bien qu'ils travaillent dans le même service, les deux hommes avaient peu de contacts. Grant s'en félicita car ils ne se ressemblaient en rien. À une époque, il avait trouvé la médecine légale assez fascinante pour être tenté de s'y essayer – ce qu'il aurait sans doute fait s'il n'était pas devenu policier. Il avait toujours aimé se frotter à un bon casse-tête, or, rien ne lui paraissait plus énigmatique que les humains – les vivants encore davantage que les morts.

Ella les guida jusqu'à l'endroit où se trouvait Catherine. En voyant l'effort qu'il allait devoir fournir pour atteindre le corps, le jeune légiste fusilla Grant du regard.

Décidément, il n'était pas encore à la hauteur de sa future fonction et ne semblait pas mesurer la chance que constituait pour lui sa formation.

Exaspéré, Grant se promit d'en rendre compte au légiste titulaire, dès son retour en ville.

En compagnie d'Ella, il se fraya un chemin jusqu'à Catherine, puis le stagiaire leur demanda d'éclairer la scène du crime pour prendre quelques photos. Lorsqu'il se résigna enfin à enfiler ses gants pour examiner le corps de plus près, il mit en évidence une lésion rougeâtre, juste à la base du menton. Après avoir pris de nouvelles notes et une ou deux photos, il se remit au travail lentement, avec méthode. Quand le torse de Catherine fut exposé, Grant comprit avec effroi ce qui s'était passé.

— Eh oui, elle est là, la cause du décès, commenta l'adjoint du légiste, comme si cela ne faisait que confirmer ses doutes. Ces blessures ensanglantées. Le nombre exact en sera déterminé à l'autopsie, bien sûr, pourtant je pense pouvoir affirmer qu'elles sont le résultat de coups de couteau à répétition.

En entendant un geignement, Grant se retourna.

Daisy tentait de réconforter Ella qui sanglotait doucement. Aussitôt, il se reprocha de l'avoir amenée là.

Il la prit par l'épaule pour l'entraîner un peu plus loin. Si le stagiaire découvrait autre chose, il le leur ferait savoir plus tard. Dans l'immédiat, sa priorité était d'éloigner Ella de ce spectacle abject.

Il la sentit se raidir à son contact, mais elle ne lui résista pas. Daisy regarda d'un air inquiet sa maîtresse faire demi-tour comme un automate.

Ils mirent une bonne vingtaine de minutes à regagner l'endroit où le feu de camp finissait de se consumer. Ils s'y retrouvèrent seuls, car les hommes du SAR étaient partis explorer l'autre flanc de la montagne, comme en témoignaient les faisceaux de leurs lampes torches, un peu plus au nord.

En les regardant danser au loin pour éclairer la végétation, Grant fut soudain frappé par la futilité de ces recherches.

En effet, l'acharnement du ravisseur à tuer Catherine

témoignait d'une rage folle, et on pouvait craindre le pire pour Lily.

En effet, comment espérer que le meurtrier ait maîtrisé sa hargne au lieu de la reporter sur la fillette ?

7

Ella ignorait à quel moment elle s'était laissé gagner par le sommeil. Pourtant, ainsi blottie entre Grant et Daisy, elle avait dû succomber à l'épuisement. À son réveil, elle remarqua que le feu mourant avait été alimenté pendant la nuit. Elle était étendue sur un lit d'aiguilles de pin et protégée par une couverture de survie. D'abord surprise d'avoir dormi assez profondément pour qu'on ait pu s'affairer autour d'elle sans perturber son sommeil, elle finit par se souvenir que l'épuisement avait cet effet sur elle.

Sa réflexion la ramena à l'Afghanistan, à son traumatisme et aux insomnies consécutives qui l'avaient amenée à recourir aux somnifères – parfois même à la vodka.

Elle entendit un crissement de pas dans la neige et envisagea brièvement de faire semblant de dormir.

Non, la réalité de la situation avait beau lui faire horreur, la sauvegarde de Lily dépendait toujours d'elle, aussi se retourna-t-elle.

Derrière elle, Grant regardait le soleil se lever sur les pics de la montagne. Daisy s'était assise à ses pieds, et il lui grattait machinalement les oreilles.

Il n'y avait rien de surprenant à ce que la chienne accepte volontiers les attentions d'un homme aussi séduisant, toujours prêt à lui accorder quelques minutes. Cela n'empêcha pas Ella d'en concevoir un soupçon de jalousie.

— Où sont les autres ? demanda-t-elle en se redressant.

— Après que vous vous êtes endormie, j'ai aidé le stagiaire à préparer le corps. L'hélicoptère est revenu avec un câble, et nous avons embarqué Catherine. Sa dépouille a été déposée chez le légiste titulaire, qui a déjà commencé l'autopsie.

Grant consulta son téléphone avant de poursuivre :

— Il a pu prélever sur son corps de quoi procéder à un test ADN. Espérons que ça nous aidera à découvrir l'identité du meurtrier.

Ella acquiesça vaguement, l'esprit encore trop embrumé pour bien saisir les propos de Grant.

Soudain gênée qu'il ait assisté à son moment de faiblesse, Ella choisit l'attaque plutôt que la défense.

— Vous auriez dû me réveiller pour que je vous donne un coup de main ! Et vos hommes ? Ils ont du nouveau ? Une idée de l'endroit où pourrait se trouver Lily ? Une demande de rançon ? Quelque chose ?

— Aucune demande de rançon, non. En revanche, mon équipe a découvert la preuve qu'un hélicoptère s'était posé sur l'autre versant de la montagne.

Elle ne le laissa pas terminer.

— Attendez… vous parlez d'un autre hélicoptère, en plus du nôtre ?

— En effet, nous pensons que quelqu'un est venu récupérer Lily et son ravisseur avant que nous arrivions jusqu'à Catherine, vous et moi.

— Comment savez-vous qu'il s'agissait de Lily ? demanda-t-elle d'une voix tremblante.

— Mes hommes ont vu les empreintes d'un enfant à

proximité. Elles ont été effacées par les dernières chutes de neige, cependant je ne me fais aucune illusion. Lily n'est plus dans les parages. Si ça peut vous consoler, dites-vous que cela prouve qu'elle est en vie et que ça lui aura évité de passer une nuit supplémentaire dehors.

— Il doit exister un moyen de le retrouver, cet hélicoptère ! Je ne sais pas, moi… les vols doivent bien être consignés quelque part, non ?

— J'ai mis mes hommes sur la question, mais il est à craindre que le ravisseur ait des ressources dont nous ne soupçonnons pas l'étendue.

Consternée, Ella se passa une main sur le visage, puis murmura :

— On était si près du but. On aurait pu la sauver…

Grant l'interrompit d'un geste de la main.

— Nous la retrouverons, affirma-t-il. Ça va aller, vous verrez.

— Vous n'en savez rien du tout ! se récria-t-elle en se relevant, si vite qu'elle sentit la tête lui tourner.

Elle tenta de se raccrocher à quelque chose, mais ne rencontra que le bras de Grant, qui s'était précipité à ses côtés.

— Je ne vous crois pas, répéta-t-elle en essayant de se soustraire à son contact.

Malheureusement, l'émotion et le vertige la firent chanceler, et Grant dut la maintenir plus fermement pour l'empêcher de tomber.

— Asseyez-vous une minute, Ella. Vous êtes complètement déshydratée. Je parie que vous n'avez rien bu depuis hier.

Sur ces mots, il tira de son sac à dos une bouteille d'eau et la décapsula avant de la lui tendre.

Malgré son désarroi, Ella s'assit à même le sol et accepta de se désaltérer.

Que c'était bon ! Il avait suffi que le liquide coule dans sa gorge pour qu'elle se rende aux arguments de Grant.

Presque aussitôt, elle se reprocha sa conduite. Elle n'avait pas le droit de s'en prendre à un homme qui faisait tout pour l'aider, pourtant elle ne pouvait s'empêcher de l'agresser. À croire que sa perfection lui était insupportable. Prévenant, sexy en diable… Grant avait tout pour lui, en somme !

Elle voulut se passer une main dans les cheveux, se souvint tardivement qu'elle portait un bonnet et fronça les sourcils à l'idée de l'allure qu'elle devait avoir.

Et puis, quelle importance ? Le plus contrariant était qu'elle se préoccupe de son allure en ces circonstances. Cela l'amena à se demander si elle n'était pas attirée par Grant, sans vouloir se l'avouer. Pire encore, il lui avait posé une main sur l'épaule, et elle se surprit à apprécier son geste.

Il la connaissait à peine, pourtant il avait pris soin d'elle, pendant la nuit. Est-ce que ça signifiait qu'elle ne lui était pas indifférente ou cela faisait-il partie de ses qualités d'homme parfait ?

Ne sois pas sotte. S'il était parfait, Lily serait avec nous, à cette heure-ci. On n'aurait pas eu le temps de l'enlever pour la deuxième fois.

Elle repoussa bien vite ces pensées amères. Grant n'était en rien responsable de la situation. C'était elle, la fautive.

— Vous en faites, une tête ! Ça va, vous n'avez besoin de rien ? s'enquit Grant en s'asseyant à côté d'elle.

Daisy vint les rejoindre et lécha la joue d'Ella comme si elle percevait sa détresse.

Décidément, il n'y avait rien de tel qu'un chien pour

rasséréner les âmes en peine, et elle se prit à espérer que Lily ait avec elle un animal ou un objet susceptible de soulager son angoisse.

En admettant qu'elle soit toujours en vie, bien sûr.

Elle tenta de retenir le sanglot qui lui montait aux lèvres. En vain.

Aussitôt, Grant referma sur elle son bras libre pour la serrer contre lui. Ne comprenait-il donc pas qu'il ne faisait qu'aggraver les choses avec sa compassion ? S'il avait cessé de l'épauler, peut-être serait-elle parvenue à retrouver son aplomb habituel. Qu'avait-il donc de si particulier pour réussir à la faire passer par tant d'émotions ?

Du bout du pouce, il lui caressa délicatement la cuisse, ce qui acheva de la perturber. Était-il totalement inconscient de l'effet qu'il lui faisait ? Elle se sentait à deux doigts de fondre en larmes, et ne voyait qu'un moyen de ne pas perdre complètement la face : fuir.

Pourtant… pourtant, sans réfléchir plus avant, elle leva la tête vers lui et posa ses lèvres sur les siennes. Comme il ne s'y était manifestement pas attendu, son baiser atterrit sur un sourire figé.

Décidément, ça ne va pas mieux, dans ta petite tête, ma pauvre fille !

Terriblement gênée, elle voulut s'éloigner de lui, mais il lui encadra la tête des deux mains pour l'immobiliser, fit doucement courir sa langue sur sa lèvre inférieure, et elle se délecta de son goût légèrement sucré. De ses pouces, il lui caressa les joues puis, sans précipitation, combla son désir d'un véritable baiser. À croire qu'il lisait dans ses pensées, connaissait les attentes dont elle n'avait pas eu conscience, et y répondait tout naturellement.

Elle fut aussi grisée que si on venait de l'embrasser pour la première fois, mais se remit aussitôt à réfléchir.

Et si elle avait tout gâché en volant un baiser à l'homme idéal, au mauvais moment ?

Pire encore, si Grant n'avait fait que l'épargner en lui accordant ce dont il pensait qu'elle avait besoin, pour ensuite, une fois redescendu dans la vallée, lui dire adieu avec toute la délicatesse dont il semblait capable ?

Et s'il ne l'avait embrassée que parce qu'elle lui avait tendu les lèvres – parce qu'il en avait eu l'occasion en somme ?

Elle s'efforçait de profiter de ce délicieux moment lorsqu'elle entendit Daisy pousser un long soupir. Elle ne put réprimer un sourire, et Grant laissa retomber ses mains en lui demandant :

— J'embrasse si mal que ça ?

Elle se décida enfin à le regarder en face, pour lui répondre :

— Quoi ? Non… Ce n'est pas ça, je…

Subjuguée par l'intensité de son regard, elle ne put achever sa phrase.

Grant Anders avait les yeux verts les plus extraordinaires qui soient.

Un regard à l'image de son possesseur – parfait, lumineux…

Oui, cet homme incarnait tout ce qu'Ella attendait de la vie, en plus de la faire brûler de désir.

Malheureusement, il était hors de sa portée.

Quand elle se leva précautionneusement pour s'écarter de Daisy, Grant fit mine de vouloir la retenir, avec une certaine retenue néanmoins. Peut-être s'était-il dit, lui aussi, qu'ils commettaient une erreur ? Ou bien il avait compris qu'en lui tendant ses lèvres elle avait cherché une simple échappatoire – un moyen d'oublier Lily l'espace de quelques secondes, auquel cas cet instant magique n'aurait été qu'une chimère.

Elle lui tourna le dos, car en se confrontant de nouveau à la perfection de son visage et en se plongeant dans les profondeurs de ses yeux, elle craignait de faiblir et de chercher refuge dans ses bras. Les paupières closes, elle porta une main mal assurée à ses lèvres encore humides et les lécha doucement. Elles avaient le goût de la langue de Grant – un goût qu'elle aurait voulu conserver à jamais en souvenir de lui. Ça et rien d'autre, car il lui fallait garder le sens des réalités. En plus d'être trop impétueuse pour envisager une relation, elle devait ramener Lily à son père *et* tenter de sauver son poste chez STEALTH, où sa réputation devait être entachée par ce couac monumental.

— Ella, pourquoi tentes-tu de me fuir ? Rien ne t'y oblige, murmura Grant.

Oh que si ! Malheureusement, à moins de redescendre de cette fichue montagne seule avec Daisy, elle ne voyait pas où aller.

— Je ne fuis pas..., seulement je ne veux pas...

Je ne peux pas risquer de me faire prendre en pleine étreinte avec un homme en ce moment.

— Je ne voudrais pas...

— Ce n'est pas grave, lui dit Grant en soupirant. Ne te crois pas tenue de me dire que tu n'aurais pas dû m'inciter à t'embrasser. Tu ne serais pas la première à t'offrir avant de t'enfuir en courant.

Elle tendit l'oreille : cela ressemblait à du vécu, toutefois en lui en demandant plus, elle risquait de lui donner des illusions.

— Enfin, qu'est-ce que vous avez, toutes ? gronda-t-il.

Ulcérée, Ella se redressa et riposta :

— *Toutes* ? Tu parles des femmes en général ?

— Pas toi… Je voulais dire…

— *Moi*, en l'occurrence. Il ne t'est jamais venu à l'idée que de leur côté, les hommes ont un sacré problème de communication ? Tu ne crois pas que si tu avais pris le temps de t'exprimer clairement, nous collaborerions plus facilement ?

Grant se rassit d'un air penaud, tandis qu'Ella se tournait vers le feu.

— Houlà ! J'ai gaffé, on dirait. Tu m'en vois désolé. Sincèrement, dit-il, d'un ton piteux.

Elle se rapprocha encore du feu et, d'un coup de pied rageur, envoya voler un tas de neige sur les flammes ; les bûches se mirent à grésiller et la glace fondit immédiatement. Elle recommença, Grant tenta de l'apaiser par des paroles consolatrices, mais elle se ferma complètement à lui en continuant à cogner dans la neige, le souffle de plus en plus court au fur et à mesure qu'elle s'acharnait contre le feu.

Lorsqu'elle l'eut étouffé, sa colère retomba, et elle s'aperçut de son erreur.

Grant n'avait pas fait preuve de misogynie, en fait. Il était simplement moins parfait qu'elle ne l'avait pensé. Il avait commis une maladresse, rien de bien grave.

Sa remarque sur les femmes qui s'enfuyaient après s'être « offertes » l'avait ramenée à des échecs sentimentaux, manifestement mal digérés.

Un bagage supplémentaire à traîner, en somme.

Comme si son fardeau ne lui pesait pas déjà suffisamment.

— Ella, murmura-t-il d'un ton suppliant. Écoute-moi. Par pitié, calme-toi et écoute-moi.

Épuisée par son accès de fureur, elle inspira longuement,

puis relâcha son souffle dans la vapeur qui montait des vestiges du feu. Pour finir, elle se tourna vers Grant, sans prononcer un mot, car elle ne savait pas ce qu'elle voulait entendre de sa part, ni comment y réagir.

Elle lui devait au moins des excuses, bien sûr, gênée comme elle l'était d'avoir explosé ainsi. Contre toute attente, néanmoins, l'épisode avait eu sur elle un effet apaisant.

Vaincue, elle laissa retomber ses bras pour soulager la tension qui lui nouait les épaules et la nuque, puis regarda Grant dans les yeux.

— Je t'écoute, dit-elle d'une voix éteinte.

Il lui prit les mains pour les serrer entre les siennes et déclara :

— Je te trouve très belle. Je t'ai embrassée parce que j'en avais envie, et crois-moi, je n'hésiterai pas à recommencer. Avec ton accord, bien sûr…

Elle l'entendit hésiter, devina ce qui allait suivre et l'interrompit :

— Mais ?

Car c'était la suite qui comptait vraiment. Des paroles sincères, prononcées dans le but de mettre les choses au point plutôt que destinées à l'amadouer.

— Mais tu n'es pas au meilleur de ta forme, en ce moment.

Elle ouvrit la bouche pour protester : le choc avait été rude. Entendait-il par là qu'elle était en trop mauvaise santé mentale pour être digne d'amour ou pensait-il que son état d'esprit ne leur permettrait jamais d'être ensemble ?

Eh bien, dans un cas comme dans l'autre, elle se passerait de Grant Anders. D'autant plus facilement que sa remarque avait ranimé sa hargne.

Elle parvint malgré tout à se maîtriser. Grant n'avait

peut-être pas tort. Elle s'était encore reproché sa propre impétuosité quelques heures plus tôt. Pouvait-elle vraiment lui en vouloir d'avoir énoncé ce qu'elle-même avait été incapable de lui cacher ?

Non, bien sûr. Elle était seule responsable de ses émotions comme de ses réactions. Grant n'avait rien à voir là-dedans.

Il ne lui restait donc qu'à essayer de revenir au semblant d'apaisement qu'elle avait éprouvé quelques instants plus tôt.

Quelle angoisse, cette sensation de marcher sur un fil, comme une équilibriste !

Si seulement il avait existé un remède simple, si le baiser de Grant avait pu avoir cet effet sur elle !

Enfin… Bien que l'épisode ne lui ait apporté qu'une vexation supplémentaire, au moins, elle avait essayé.

Elle répondit à la pression de ses mains sur les siennes, et, les paupières closes, s'imprégna de l'odeur du monde environnant.

Grant était adorable, il s'efforçait d'agir au mieux. Et malgré sa furieuse envie de lui prouver qu'il se trompait sur son compte, elle ne pouvait décemment nier qu'il avait vu juste.

Il se releva et lui lâcha les mains pour l'attirer à lui et la serrer entre ses bras. Elle commença par se raidir, mais la caresse de son souffle chaud sur sa joue l'amena à respirer au même rythme que lui, puis à regretter que son épais blouson l'empêche de percevoir les battements de son cœur. D'une part parce qu'elle avait toujours trouvé cela lénifiant, de l'autre parce que en cet instant ça lui aurait peut-être apporté l'illusion d'être aimée.

Être aimée… *l'amour*. Un mot qu'elle devait éliminer de son vocabulaire mental, car il était là, le véritable détonateur, dans cette sensation assez puissante pour tout ravager, y compris son équilibre déjà fragile. Parfois, ce semblant d'équilibre lui permettait de se contrôler.

Pas toujours, néanmoins, comme en témoignait son dernier accès de colère.

— Tout va bien, lui chuchota Grant à l'oreille, au moment même où le son d'un hélicoptère retentissait au-dessus d'eux.

Celui du SAR, sans doute.

Malgré son soulagement, Ella fut un peu déçue. Elle avait besoin de cet instant de répit, et seule l'étreinte de Grant pouvait le lui apporter.

8

Grant avait été élevé dans l'idée que le bonheur reposait sur un précepte simple : il fallait vivre l'instant présent tout en préparant l'avenir.

Deux jours après sa discussion avec Ella, il avait le sentiment que s'il avait suivi le conseil de son père, son existence aurait pris un tour bien différent. Au lieu de se contenter d'un simple baiser, il aurait dû s'exprimer, avouer à Ella qu'il la désirait… tout entière.

Il n'aurait pas précipité les choses, bien sûr. Toutefois s'il lui avait dit ce qui l'animait, au moins la situation aurait été claire et il ne ressasserait pas ses regrets.

Pire encore, il n'avait pas de raison valable de la contacter car l'enquête était restée au point mort. Toujours aucune demande de rançon, aucun élément nouveau. On s'agitait à Washington DC ; le FBI et les services secrets étaient sur l'affaire, mais tous ces gens gardaient leurs informations pour eux.

Plus encore, aucun des hommes de Grant n'avait pu approcher le sénateur pour l'interroger.

Cela quarante-huit heures après le meurtre de sa femme et la disparition de sa fille.

Fort heureusement, Grant ne s'était autorisé à repenser à cette nuit dans la montagne auprès d'Ella qu'une fois rentré chez lui, après son service. Elle était tellement sexy, ainsi éclairée par les flammes dont les touches orangées mettaient en valeur quelques mèches cuivrées dans sa chevelure sombre, les faisant scintiller dans la nuit…

Il ne se rappelait pas avoir été obnubilé ainsi par une femme, s'être souvenu de tant de détails. Pour un peu, il se le serait reproché, d'ailleurs : malgré ses deux années de vie commune avec son ex-petite amie, il avait déjà oublié la sensation de ses cheveux entre ses doigts et même leur couleur au clair de lune. Une seule nuit auprès d'Ella – probablement la plus éprouvante de son existence –, et il ne parvenait pas à se concentrer sur autre chose.

Avait-il aimé Amber autant qu'il le croyait ou bien le temps et l'absence avaient-ils effacé les détails qui le frappaient tant en elle ?

Il l'espérait, car toute femme méritait d'être aimée sans réserve. Que valait l'amour, s'il n'était pas entièrement consacré à l'être cher ?

Aux yeux de Grant, un homme digne de ce nom devait se consacrer uniquement à sa compagne, aussi n'admettait-il pas l'infidélité. S'il comprenait qu'on puisse aimer plusieurs personnes au cours d'une vie, il doutait qu'on ait le cœur assez grand pour l'offrir à deux personnes à la fois. Enfin, si on n'accordait pas l'exclusivité à son partenaire, cela signifiait qu'on avait fait le mauvais choix.

Cela avait été le cas avec Amber. Même s'il ne l'avait jamais trompée, il s'était aperçu qu'il commençait à regarder, voire à désirer d'autres femmes. À ce moment-là, il avait compris que leur histoire était terminée. Amber méritait son amour tout entier ; une passion qui les tienne éveillés des nuits entières. Et il l'avait suffisamment aimée pour lui permettre de vivre ça, même avec un autre homme.

Il lui en avait coûté, car malgré ses explications, elle n'avait pas voulu se rendre à ses raisons. Pourtant, ils étaient partis chacun de leur côté et avaient réussi à rester amis. Amber avait épousé un médecin, un an plus tard, avec la bénédiction de Grant.

Il lui arrivait, comme ce soir, d'envier l'apparente facilité avec laquelle son ex-compagne avait tourné la page et trouvé l'âme sœur alors qu'il était toujours seul, toutefois, de manière générale, il s'en réjouissait pour Amber. Elle n'avait volé son bonheur à personne, et s'il n'accédait jamais à la félicité parfaite…

Eh bien, il devrait s'y faire.

Sa réflexion le ramena à Ella. Lui était-elle destinée ? Était-ce pourquoi toutes ses pensées allaient vers elle ? Ou se raccrochait-il à l'idée qu'au cours de cette nuit dans la montagne elle l'avait considéré comme son héros ?

Cette idée le fit presque ricaner.

Non, il y avait autre chose, sans doute sa propre incapacité à faire la différence entre la réalité et ses fantasmes.

Elle ne s'intéressait pas à lui, sans quoi elle l'aurait appelé depuis le temps ; il était même surprenant qu'elle n'en ait rien fait.

Elle avait dû trouver ces dernières quarante-huit heures singulièrement longues, elle aussi. Vu les circonstances.

Pour l'instant, les autorités avaient juste réussi à remonter la trace de l'hélicoptère venu chercher Lily et son ravisseur. L'appareil faisait partie de la flotte privée de l'aérodrome de Neptune et avait été immatriculé par une SARL basée hors du Nevada – la *Night Gens* – au personnel injoignable. L'adresse du siège était celle d'un d'avocat de Las Vegas, or celui-ci niait farouchement l'existence de l'entreprise dont il gérait pourtant les affaires.

En désespoir de cause, Grant s'était alors adressé à la

police de Las Vegas qui avait fait une descente à l'aérodrome pour le trouver désert, peut-être même abandonné depuis un certain temps.

Soit le propriétaire de l'hélicoptère avait insisté pour garder l'anonymat, soit il s'était s'adressé à une société et à un équipage particulièrement discrets.

Quoi qu'il en soit, cela compliquait d'autant l'enquête de Grant.

Heureusement, l'adjoint Terril prenait le relais pendant ses heures de repos. Il se chargeait de lui communiquer les dernières nouvelles qui, pour l'instant, se résumaient à presque rien.

Ce jour-là, Dean Clark, le père de Lily, était attendu dans son État, et Grant avait la ferme intention de se rendre à l'aéroport pour l'aborder dès son atterrissage.

Bien que le sénateur ait été informé des derniers événements, il était trop occupé à Washington DC pour parler à Grant. On avait fait dire à ce dernier qu'il traitait directement avec les autorités fédérales et lui accorderait un entretien à son retour.

Grant avait bien du mal à ne pas lui en tenir rigueur. À une époque où l'information vous parvenait en temps réel ou presque, il supportait mal la réticence de Clark à rentrer dans le Montana afin de s'entretenir avec les autorités locales – celles qui avaient été les premières à se rendre chez lui.

En toute honnêteté, néanmoins, même si tout avait été clair dans l'attitude du sénateur, Grant continuait à nourrir certains doutes.

D'après ses sources, Dean Clark avait accusé le coup en apprenant la mort de Catherine et l'enlèvement de sa fille. Le commissionnaire chargé de lui annoncer ces tristes nouvelles prétendait même avoir vu le sénateur verser quelques larmes.

En clair, sa sauvegarde tenait au fait qu'il soit quasiment injoignable…

Dans une enquête où étaient impliquées une épouse et son enfant, le suspect numéro un était le mari et le père, bien sûr. Lui seul avait à la fois des raisons et l'occasion d'agir ainsi. Cependant, en l'occurrence, tout le monde – domestiques compris – semblait s'accorder sur un point : les Clark formaient un couple très uni.

Grant avait réussi à obtenir les enregistrements d'un certain nombre de coups de fil donnés par Catherine ou Dean, sans y trouver le moindre signe d'adultère d'un côté ou de l'autre. Bref, sur le papier, les Clark étaient à la hauteur de l'image qu'ils donnaient d'eux. Simple question de protocole, peut-être, comme Ella l'avait suggéré.

Malgré leurs efforts, les hommes du SAR n'étaient pas non plus parvenus à déterminer l'identité des visiteurs de Catherine, le jour du drame – ceux qu'Ella avait vus dans le salon. Leurs rares empreintes ayant été brouillées ou étant inexistantes, on pouvait supposer qu'ils avaient pris soin de tout essuyer après leur passage. Un détail intéressant, qui jouait en leur défaveur.

Grant se dirigea vers son pick-up de fonction, sentit son téléphone vibrer et envisagea de le laisser dans sa poche.

Et si le message provenait d'Ella ?

En toute franchise, c'était la première pensée qui lui venait à l'esprit à chaque vibration de l'appareil, depuis leur séparation et leur retour en ville.

Ella ne s'était pas attardée auprès de lui après leur épopée montagnarde ; tout juste si elle n'avait pas fui en courant. Grant, pour sa part, avait été obligé de regagner son poste pour y rédiger son rapport et informer ses hommes des derniers événements. Et bien qu'il ait pris le temps de donner sa carte à Ella, cette dernière ne s'était pas manifestée depuis.

Elle avait pu la perdre, bien sûr ; la glisser dans la poche d'un vêtement qu'elle avait lavé depuis et qu'elle retrouverait peut-être un jour, en boulette froissée, comme cela arrivait si souvent à Grant, quand il sortait sa lessive du lave-linge.

À tout hasard, il consulta l'écran de son téléphone. Le message lui confirmait, une fois encore, que leurs pistes ne menaient nulle part.

Or, en l'absence de tout indice susceptible de les aider à retrouver Lily, il était à craindre que la fillette ne tombe dans les oubliettes du système. Bien entendu, on se garderait d'annoncer officiellement la fin des recherches, néanmoins les tâches routinières finiraient par l'emporter ; Grant le savait pour avoir été détourné lui-même de dossiers qu'il aurait souhaité étudier – et clore, si possible.

Il ne pouvait échouer dans cette entreprise particulière, sans quoi il ne se le pardonnerait jamais, et Ella lui en voudrait toute sa vie. À en juger par son expression, lorsqu'il lui avait annoncé que Lily n'était plus dans la montagne, elle le tenait déjà pour responsable de ne pas être arrivée à temps pour éviter ce nouveau rapt.

S'ils avaient marché plus vite, si Grant ne l'avait pas retardée dans sa progression, peut-être même seraient-ils arrivés avant le meurtre de Catherine… Catherine sur le corps de laquelle ils s'étaient focalisés au point de perdre un temps précieux.

Il se gratta le front avec perplexité, Si, si, si… une chose paraissait certaine, cependant : il lui manquait un certain nombre d'éléments essentiels.

Tout d'abord, il devait s'assurer que le moral d'Ella avait un peu remonté depuis leur dernière entrevue. Son désarroi était manifeste, et Grant n'avait rien eu de mieux à lui offrir que sa présence. Cela n'avait pas suffi, bien entendu. Grant aurait voulu être son héros, l'homme dont elle avait véritablement besoin, et il avait échoué.

Lamentablement.

Il trouva son numéro dans les données de son ordinateur, et le composa en espérant ne pas l'effaroucher par son initiative. S'il la sentait réticente, il se retrancherait derrière ses obligations professionnelles et il en resterait là. Après tout, il lui incombait de s'assurer qu'elle avait regagné son domicile sans encombre. Au besoin, il pourrait jouer la carte Daisy et demander si elle s'était remise de leur périple, éprouvant pour un jeune chien.

Elle répondit à la troisième sonnerie, d'une voix lasse.

— Mademoiselle Spade ? Bonjour. Sergent Grant Anders à l'appareil. Je viens aux nouvelles. Comment vas-tu ?

Aussitôt, il se reprocha sa formulation. Pourquoi se montrait-il si distant, au lieu de lui témoigner son intérêt, tout simplement, comme il le voulait ?

— Ah, bonjour sergent. Je… je me porte aussi bien que possible, vu les circonstances.

Certes. À question idiote, réponse idiote.

Elle se faisait un sang d'encre pour Lily, évidemment.

— Vous… tu l'as retrouvée ? demanda-t-elle.

Grant réprima une grimace. Encore une maladresse de sa part. Elle se méprenait sur la raison de son appel, quoi de plus naturel ?

— Non, malheureusement. Je voulais simplement savoir comment tu te portais, toi.

Comme elle tardait à répondre, il craignit que la ligne n'ait été coupée.

— Comme je te l'ai dit, ça va. Toutefois, après ce qui s'est passé, ma petite santé importe peu. La seule chose qui pourrait me réconforter serait de pouvoir serrer Lily dans mes bras. Si tu te soucies vraiment de mon moral, ramène-la-moi saine et sauve.

Pour le coup, Grant eut l'impression d'être devant un tribunal où la moindre de ses paroles pouvait se retourner contre lui. À la place d'Ella, il aurait fait preuve de la même intransigeance et, confronté à l'inaction, il serait sans doute allé jusqu'à prendre les choses en main lui-même.

Connaissant le clan Spade, au moins de réputation, c'était certainement ce qu'Ella faisait. Mais comment l'interroger sur ce point ?

La STEALTH n'était pas une entreprise mineure, ses membres connaissaient leur travail et disposaient de ressources auxquelles le SAR n'avait pas accès. Pour tout arranger, ils n'étaient pas soumis à la même réglementation, d'où une liberté enviable. Ce n'était pas un hasard si le gouvernement recourait à ses contractuels militaires lors de problèmes internationaux. D'après les informations de Grant, la STEALTH, comme d'autres organisations similaires, collaborait parfois avec les Nations Unies, ce qui donnait à toutes ces entreprises une marge de manœuvre et une immunité peu communes dans le milieu de la police.

— Ella, j'aimerais que nous parlions un peu de votre équipe et de votre famille, commença-t-il.

Il fut aussitôt interrompu.

— À quel propos ?

— Tu n'aurais pas, par hasard, avancé au point d'obtenir

des renseignements dont mes hommes et moi-même ignorons l'existence ?

Il n'avait pas jugé utile de lui demander *si* la STEALTH au complet s'était mise sur l'affaire, tant cela lui semblait évident.

Elle partit d'un rire un peu amer avant de répondre :

— J'ignore quelles ficelles tu as tirées. Je peux néanmoins t'affirmer que, de notre côté, nous nous sommes heurtés à des murs. Tu as remonté la piste de la SARL qui possède à la fois l'hélicoptère et l'aérodrome. Et cela n'a rien donné, si je ne m'abuse.

— Attends ! se récria Grant, ulcéré. C'est pour cela que tu ne m'as pas appelé ? Parce que tu n'avais pas besoin de moi et de mon service ?

Il tenta de minimiser son propos en concluant par un petit rire – qui sonna faux à ses propres oreilles.

Contrairement à lui, Ella ne lui avait pas consacré toutes ses pensées, sans quoi elle lui aurait fait signe depuis longtemps. Conclusion : il avait trop attendu.

— En fait, j'avais l'intention de le faire tout à l'heure, dans l'espoir que tu aies avancé.

Grant décida de mettre la note de tension dans sa voix sur le compte de son attirance pour lui, et se jeta à l'eau :

— Tu as un moment de libre dans la journée ? J'aimerais me pencher sur certains points, et je me demandais si tu serais disposée à examiner avec moi les résultats de l'autopsie de Catherine, du moins en partie. Normalement, le légiste devrait terminer aujourd'hui, il ne lui reste qu'à ajouter au dossier les derniers résultats des analyses de toxicologie. Je vais l'appeler pour lui demander le rapport complet.

Même si la perspective de voir Ella afin de discuter

des circonstances d'un meurtre n'avait rien d'excitant, Grant s'en réjouissait d'avance.

Il aurait fait n'importe quoi pour passer quelques minutes en sa compagnie.

— On se retrouve au tribunal d'ici une heure ?

Lorsqu'il arriva, Ella se tenait déjà devant la porte grise qui menait aux bureaux du SAR, tout au fond d'un couloir aux murs bétonnés, ce qui l'amena à se demander si elle connaissait son univers.

Pour la plupart, les gens ignoraient tout de son service, et il supposait que son existence passait inaperçue, justement parce que le SAR opérait au sein d'un bâtiment officiel.

Elle le regarda monter les marches en lui souriant avec chaleur.

Grant adorait ce sourire, qui éclairait son visage tout entier, même dans l'adversité. Il aurait aimé être capable d'une telle légèreté, lui aussi. Malheureusement, il en avait trop vu et vécu pour conserver la moindre part d'insouciance.

— Ah, te voilà ! lança-t-elle en agitant la main.

Grant déglutit pour faire passer le tumulte qui l'animait, puis répondit :

— Bonjour, bonjour. Daisy n'est pas là, aujourd'hui ?

— Non, elle est de retour au ranch avec sa meute.

— Au ranch ?

Elle acquiesça, tandis qu'il lui ouvrait la porte pour la faire pénétrer à l'intérieur dans son antre, puis expliqua :

— La STEALTH et l'ensemble de son personnel ont pris leurs quartiers au Widow Maker – une des plus grosses exploitations de la région. À mon sens, il y a déjà largement le nécessaire, pourtant les propriétaires continuent à y faire bâtir de petites habitations, sans doute pour des raisons pécuniaires.

Elle s'était glissée devant Grant en parlant, et il ne put s'empêcher d'admirer la manière dont son pantalon de toile épousait ses formes.

Des formes magnifiques, d'ailleurs : à en juger par la fine ligne qu'il discernait sous le tissu, elle portait une culotte échancrée. Peut-être rouge.

Non, plutôt bleue, car elle devait aimer la simplicité en amour. L'expérience lui faisant associer les femmes enclines à porter des sous-vêtements rouges à de véritables furies au lit, il préférait s'en tenir à celles qui se contentaient de lingerie bleue – plus sage.

Il ne parvint pas à se détacher du spectacle de ses hanches, tandis qu'elle déambulait devant lui, et ne redescendit sur terre que lorsqu'elle pivota pour lui faire face, les bras croisés.

Pourvu qu'elle n'ait pas remarqué ses regards appuyés !

Bien que prêt à séduire, Grant n'entendait pas s'engager à la légère.

En outre, il attendait d'Ella bien plus qu'une simple étreinte.

Dans sa distraction, il n'écouta pas ce qu'elle lui demanda ensuite.

— Alors, oui ou non ? insista-t-elle en revenant vers lui.

— Euh... Pardonne-moi, je n'ai pas entendu ta question.

Les sourcils froncés, elle répéta :

— Je t'ai demandé si le compte rendu des analyses de toxicologie était disponible.

À peu près certain de ne pas être trahi par son corps, Grant se décida enfin à regarder Ella dans les yeux pour lui répondre :

— Je n'ai pas eu le temps de m'en assurer. Mes

hommes viennent de me remettre leur rapport. Si tu veux m'assister pour la journée, patiente un peu ; le shérif m'a remis des papiers à te faire signer. Pour tout t'avouer, il n'est pas dans mes habitudes d'être secondé dans mon travail, toutefois j'ai pensé que dans les circonstances présentes, tu accepterais de te joindre à moi… Cela dit, je ne sais pas exactement où se trouvent ces documents. Donne-moi le temps de les rassembler.

— Eh bien, ravie d'être incluse dans l'enquête, rétorqua-t-elle en rougissant un peu. Je nous croyais coéquipiers depuis le départ… C'est bien ce que tu fais, non ? Réunir des forces différentes, dans l'espoir que les efforts communs seront récompensés ?

Il la gratifia d'un sourire pincé.

— Certes, cependant c'est la première fois que je collabore avec une entreprise comme la tienne. En dehors d'une vague formation financée par le gouvernement, je ne connais pas grand-chose au fonctionnement des sociétés contractuelles privées.

Il s'enfonça plus avant dans le bureau, Ella sur les talons, puis lui proposa un siège.

Elle toussota, comme pour se débarrasser d'une certaine nervosité – à moins que Grant ne se berce d'illusions là encore.

Sa messagerie contenait un mail du légiste ; il ouvrit le dossier et y trouva en pièce jointe le rapport d'autopsie complet.

— C'est bon, on a les informations sur Catherine, annonça-t-il en relevant les yeux vers elle. Une précision, toutefois : ce que je te dirai doit rester entre nous. Nous devons agir en toute légalité, ne serait-ce que par prudence.

Elle se renfrogna, puis répondit :

— Ça ne devrait pas poser de problème, à moins que

je sois tenue de cacher des éléments à mes collègues, même en cas de nécessité absolue.

— Comme l'enquête est toujours en cours, je ne serai peut-être pas en mesure de tout te révéler. En revanche, tu seras libre de transmettre les informations que je te donnerai… si besoin est.

Elle lui signifia son assentiment, sans parvenir à lui cacher sa contrariété. Il lui aurait tout dit, à la seule fin de la soulager, s'il l'avait pu. Malheureusement, les murs avaient des oreilles, et Grant n'était pas entièrement sûr de pouvoir compter sur la loyauté de son entourage.

Une indiscrétion de sa part, suivie de la relaxe du ravisseur, et il s'en voudrait toute sa vie.

D'expérience, et malgré sa confiance en Ella, il savait qu'une erreur infime suffisait parfois à modifier l'issue d'une instruction. Or, il ne connaissait rien de pire que d'assister à l'acquittement d'un coupable pour vice de forme.

Encore fallait-il qu'ils découvrent le ou les responsables du meurtre et de l'enlèvement, et cela lui semblait de plus en aléatoire au fil du temps.

Le dossier du légiste contenait des photos du corps de Catherine et, même s'il connaissait déjà les causes de son décès, Grant fut parcouru d'un frisson en voyant la dépouille dénudée et lavée.

La victime avait été frappée avec une sauvagerie sans pareille ; on était même allé jusqu'à lui inciser l'arrière d'une cheville.

Ce détail l'intrigua.

Pourquoi lui avait-on infligé cela sur une partie si peu accessible du corps ?

Pour l'empêcher de fuir, peut-être. Elle aurait donc tenté

sa chance ? À en juger par le nombre de coups portés, le meurtrier avait agi sous l'emprise d'une rage folle.

Qui pouvait en vouloir à ce point à Catherine Clark ?

Il continua d'examiner les photos en silence. Dans la plupart des cas, la mort n'était pas instantanée – encore moins lors d'une attaque au couteau – par conséquent, Catherine avait eu le temps de comprendre ce qui lui arrivait…

Cette idée le fit d'abord frémir d'horreur, puis il reprit sa réflexion : Catherine Clark s'était battue, d'où l'acharnement de son meurtrier. Il l'avait trouvée hors du sentier peut-être après qu'elle lui avait échappé, lui avait tranché un talon d'Achille pour plus de sûreté, et cela ne l'avait pas empêchée de faire une dernière tentative. Cela expliquerait au moins qu'elle se soit traînée jusqu'au pin pour se réfugier sous ses branches.

Les bras de la victime portaient des marques de défense. C'était donc bien cela : Catherine ne s'était pas laissé tuer sans opposer de résistance.

Grant en conçut un étrange soulagement. Certes, l'épouse du sénateur n'avait pas remporté la partie, mais au moins, elle avait tenté l'impossible. Cela témoignait d'un immense courage, et il lui rendit intérieurement hommage avant de se reprocher, une fois encore, d'être arrivé trop tard.

Cette incapacité à sauver tous ceux qui auraient eu besoin de lui était, depuis toujours, l'aspect le plus pénible de son travail.

— Tout va bien ? s'enquit Ella, le faisant sursauter.

Il s'aperçut qu'elle l'observait attentivement, peut-être depuis plusieurs minutes, il n'aurait su le dire.

— Si on veut, oui, répondit-il avec un sourire crispé.

D'après ce que j'ai sous les yeux, Catherine a donné du fil à retordre à son meurtrier. Une véritable tigresse !

Elle lui sourit en retour, d'un air las, avant de déclarer :

— Ça ne m'étonne pas d'elle. J'espère simplement que nous arriverons assez vite pour que sa fille ne soit pas obligée d'en faire autant.

Grant acquiesça et, comme il ne parvenait pas à soutenir le regard d'Ella, relut un passage du rapport qui l'avait intrigué :

« Tache de sang humain sur partie supérieure de la manche du manteau. Après analyse O positif, contre AB positif pour la victime à qui il n'appartenait donc pas. Échantillon envoyé aux laboratoires de Billings pour analyse ADN complémentaire. »

Il hésita à transmettre l'information à Ella. D'un côté, cela prouvait que l'attaque avait fait plusieurs blessés, de l'autre, il se pouvait que le sang retrouvé soit celui de Lily, pas celui du meurtrier.

Comme il craignait d'ajouter encore à son accablement par une annonce aussi lugubre, il choisit de biaiser.

— Tu ne connaîtrais pas le groupe sanguin de Lily, par hasard ?

— Non, pourquoi ?

— Simple curiosité de ma part, répondit-il, certain de pouvoir obtenir l'information dans la journée, par une de ses nombreuses sources de renseignement.

Avec un peu de chance, cela leur donnerait des raisons d'espérer que la fillette était encore en vie.

9

Ella dut faire un effort pour rester dans ce bureau sans rien y faire.

L'inaction ne lui avait jamais convenu. Aussi, depuis son retour en ville, recherchait-elle activement Lily.

Zoey Martin, la responsable de la STEALTH, avait mis ses spécialistes en informatique au travail ; des drones et autres capteurs survolaient la montagne. À leur retour, Zoey leur demanderait d'éplucher les feuilles de route de chaque vol, dans l'espoir de retrouver la trace de la fillette.

Malgré leurs innombrables ressources et le savoir-faire de l'équipe, cela n'avait rien donné non plus, de sorte qu'Ella se retrouvait là, à attendre de pouvoir signer les documents administratifs du shérif, et surtout de connaître le résultat des derniers examens de laboratoire.

Grant restait stoïque, du moins en apparence, car elle le vit plusieurs fois se rapprocher de l'écran pour mieux lire ce qui s'y affichait.

Cela l'amena à se demander s'il avait déjà besoin de lunettes de lecture ou si se rapprocher de l'ordinateur l'aidait à se concentrer. Comme il lui semblait trop jeune pour avoir la vue basse, elle pensa qu'il réfléchissait intensément à un détail lié au groupe sanguin de Lily.

En effet, après l'avoir interrogée sur ce point, il avait eu un regain d'énergie. Du moins lui semblait-il.

C'était un peu comme observer Daisy à la recherche d'une odeur : elle commençait par sillonner le terrain. Lorsqu'elle avait trouvé, son corps se raidissait, et elle cessait d'explorer les lieux. Rien qu'à le voir lire, Ella sut que Grant avait flairé une piste. Malheureusement, il ne lui communiquerait que le strict nécessaire. Un peu contrariée, et tout en comprenant sa discrétion, elle envisagea d'envoyer un message à Zoey – la personne la plus à même de leur fournir le renseignement, avec ses formidables talents d'informaticienne. Jugeant néanmoins inutile d'avoir recours à la responsable de la STEALTH, elle gratifia Grant d'un sourire en coin et s'enquit :

— Qu'allons-nous faire de la réglementation concernant le secret médical ?

— Pourquoi cette question ? lui renvoya-t-il, sans paraître s'en offusquer outre mesure.

— Eh bien, est-il vraiment essentiel que nous connaissions le groupe sanguin de la petite ?

Elle vit une ombre traverser le beau visage de Grant, et sentit sa gorge se nouer.

— Cela me semble crucial, au contraire, répondit-il d'une voix sombre.

Elle hocha la tête, puis détourna le regard, de peur de perdre le contrôle de ses émotions.

— Dans ce cas, je m'y mets, déclara-t-elle avant de s'emparer de son téléphone pour chercher un mail envoyé par Catherine, après son embauche. Il contenait, entre autres, le numéro du pédiatre de sa protégée.

Par chance, son appel fut pris par la secrétaire du cabinet médical.

— Bonjour, dit Ella. Catherine Clark à l'appareil. Vous savez, la maman de Lily.

Elle sourit franchement en voyant Grant écarquiller les yeux de surprise. L'avantage de vivre au sein d'une petite communauté était que la confiance y régnait.

— J'ai inscrit ma fille au centre aéré pour les vacances, et je ne sais plus si ses vaccins sont à jour.

— Je vous dis cela tout de suite, ne quittez pas.

La secrétaire reprit la conversation :

— Tout est en ordre, madame Clark.

— Ah, et pendant que nous y sommes, pouvez-vous me rappeler son groupe sanguin ?

Cette fois, son interlocutrice se fit un peu prier. Pour finir, cependant, elle la renseigna, avant de lui promettre de lui envoyer un complément d'information par mail dans l'heure, à l'adresse qu'Ella lui fournit – celle de sa messagerie professionnelle.

— C'est fabuleux, ce qu'une mère peut obtenir en moins de cinq minutes, non ? Magique, même, commenta-t-elle après avoir raccroché. Lily est O positif.

— O positif ? répéta Grant, manifestement atterré.

— Oui, pourquoi ?

Un silence interminable suivit sa question, et Ella dut faire un effort surhumain pour ne pas s'effondrer.

De toute évidence, Grant lui cachait quelque chose.

— Il faut me dire ce qui se passe, Grant. Je ne peux pas rester dans l'ignorance.

Il se décida à la regarder en face et, l'espace d'un instant, Ella crut voir des larmes briller au coin de ses yeux. Presque aussitôt néanmoins, il battit des paupières, s'éclaircit la voix et expliqua :

— Le légiste a trouvé le sang d'un tiers, sur la manche de Catherine. Du sang O positif.

Ella déglutit à grand-peine.

Lily était donc blessée.

Dans le meilleur des cas…

Un sanglot lui échappa.

Lily, en souffrance dans la nature, pendant qu'ils étaient impuissants à la sauver. D'un autre côté, comment agir ? Vers qui se tourner pour obtenir de l'aide ?

Grant se pencha vers elle, comme pour reprendre ses paroles, bien qu'il ne puisse rien changer à sa découverte. Accablée par sa dernière annonce, Ella leva une main pour l'empêcher de s'approcher, et il se laissa retomber sur son siège.

Il paraissait anéanti. Aurait-il eu besoin, lui aussi, d'être consolé ou bien avait-il cru que son devoir était de la réconforter ?

Peu importait en cet instant. Rien n'avait d'importance, si ce n'était retrouver Lily.

— Grant…, commença-t-elle, d'une voix rendue rauque par l'angoisse.

— Oui ? dit-il en relevant les yeux vers elle.

— Je n'en peux plus de cette inaction.

— Je sais, cependant je ne sais plus à quelle porte frapper. Cette affaire est beaucoup plus complexe que nous l'avons d'abord pensé, et le fait que la police fédérale s'en occupe ne nous aide guère. On a eu un mal fou à avoir quelqu'un de DC au téléphone, et notre correspondant ne nous a rien appris de neuf. Selon le FBI, le sénateur a reçu les menaces de mort habituelles pendant une campagne ; il nous les montrera quand nous le verrons. Je n'ai reculé devant aucun obstacle pour retrouver la petite. Tu en es consciente, j'espère.

Il s'empara ensuite des documents crachés par l'imprimante pour les lui faire signer.

— Je peux aussi avoir une copie du rapport d'autopsie ? s'enquit Ella à tout hasard.

— Non, répondit-il, la mine sombre. Je peux seulement répondre à certaines questions, et cela au risque de me faire taper sur les doigts.

Bien que ses raisons lui semblent légitimes, Ella soupira bruyamment, avant de revenir à la charge :

— D'accord. Ils ont trouvé autre chose ? Dans le téléphone de Catherine, par exemple.

— Les iPhones sont réputés pour leur difficulté d'accès sans mot de passe ; j'espérais que le sénateur Clark nous renseignerait sur ce point, lors de notre entrevue. À propos, il est temps qu'on aille à l'aéroport.

Ella hésita une seconde. D'un côté, elle ne voulait pas rester là, de l'autre elle ne tenait pas particulièrement à rencontrer le sénateur. Comme leurs pas ne s'étaient jamais croisés, Clark ne saurait pas à qui il avait affaire, mais cela ne changeait rien à son aversion croissante envers lui.

Il avait mis bien longtemps à regagner l'État où sa propre fille avait disparu ! À sa place, Ella aurait remué ciel et terre pour venir en aide à l'enfant.

D'ailleurs, elle le faisait, depuis le début de cette déplorable affaire, sans avoir aucun lien de parenté avec Lily.

Grant se leva pour enfiler son blouson et dit :

— Si l'avion n'a pas été retardé, Clark devrait atterrir dans quinze minutes.

— Je doute qu'il nous renseigne de son propre gré. Pire encore, je le crois capable de nous servir un tissu de mensonges, fit remarquer Ella.

Grant se retourna, les yeux ronds.

— Dois-je en conclure que tu ne le portes pas dans ton cœur ?

— Je ne partage pas ses idées politiques, et je ne l'apprécie guère, pourtant je ne le connais pas. Il néglige tellement sa fille qu'en plusieurs mois sous son toit, je ne l'ai jamais rencontré. Autre source de ressentiment : Lily ne parlait pas de lui. Je ne me souviens pas de l'avoir entendue prononcer le mot « papa » une seule fois.

— Intéressant, commenta Grant. Selon toi, pourquoi se montre-t-il si distant ?

— De son foyer ou de Lily ?

— Les deux. Ça m'intrigue, vois-tu ? Si j'étais père, je supporterais mal l'indifférence de mes propres enfants. Enfin, quel père ne tient pas à être aimé de sa progéniture ?

— Tous les hommes ne sont pas taillés pour la paternité, et je crois pouvoir dire sans me tromper que Clark a eu une fille pour de basses raisons politiques. Catherine tenait à sauvegarder les apparences, s'il est taillé du même bois, Dean Clark est un bel hypocrite.

Tout en disant cela, Ella sentit remonter à la surface des sentiments mitigés envers sa propre famille.

Curieux... Comme elle était issue d'une famille aimante et avait eu des parents attentifs, elle n'avait jamais vu les choses sous cet angle. Pourtant ces mots avaient franchi le seuil de ses lèvres, presque contre sa volonté.

Grant garda le silence jusqu'à ce qu'ils atteignent son pick-up dont il lui ouvrit la portière. Ella s'installa sur le siège du passager en se reprochant d'en avoir trop dit.

Elle ne détestait pas Dean Clark, elle ne lui voulait aucun mal ; elle le considérait simplement comme une énigme.

En regardant Grant contourner le pick-up, elle fut frappée par la largeur de ses épaules et la perfection de sa silhouette. Quand il se baissa pour ramasser quelque chose, elle ne put qu'admirer ses fesses musclées.

Cela lui donna des idées malvenues, et elle se prit à s'interroger sur l'effet qu'il lui ferait, allongé sur elle, *en* elle. Elle s'autorisa à fantasmer ainsi pendant quelques secondes, avant de se dire que la gravité de la situation était sans doute la cause de son délire charnel.

Elle s'agita sur son siège, consciente de ne pas contrôler toutes ses émotions, en particulier lorsqu'il s'agissait de Grant.

Leur baiser l'avait bouleversée, pourtant, depuis, leur relation était en suspens. Elle ignorait ce qui se passerait s'ils venaient à recommencer, et cela titillait sa curiosité.

Elle se passa la langue sur les lèvres quand Grant regagna sa place, puis lui jeta un regard en biais. Il l'examina à son tour, et elle se détourna prestement, afin de ne pas se trahir. Il était peut-être bien plus perspicace qu'elle ne le pensait… auquel cas elle aviserait.

Dans l'éventualité où ils retrouveraient Lily et feraient emprisonner le meurtrier de sa mère, il serait toujours temps pour elle de chercher l'âme sœur. Après tout, son célibat prolongé pouvait être à l'origine de son intérêt marqué pour Grant Anders.

De toute façon, ils ne pourraient jamais envisager d'entretenir une relation sérieuse, non seulement parce qu'ils collaboraient, mais aussi parce qu'ils ne se connaissaient pas vraiment.

Elle n'était pas du genre à se jeter dans les bras du premier venu. Toutefois Daisy appréciait Grant, ce qui jouait en sa faveur.

— Ne t'inquiète pas, tout finira par s'arranger, déclara-t-il. Lily va nous revenir, j'en suis certain.

De nouveau, il fit mine de vouloir la toucher et, comme la fois précédente, elle se raidit.

— Toujours aussi prompt à chercher le contact physique, à ce que je vois ! lui lança-t-elle d'un ton de reproche.

Le poing refermé, il tendit un bras vers elle.

— C'est que j'en meurs d'envie, lui avoua-t-il. Crois-moi, Ella, si je ne me retenais pas, j'oublierais toute prudence. Dans mon métier, quand on touche une personne, c'est pour lui passer les menottes.

Elle partit d'un grand rire, et rétorqua :

— Dans ce cas, on va éviter. Je n'ai pas le temps de croupir dans une cellule.

Ce fut au tour de Grant de s'esclaffer, pour le plus grand plaisir d'Ella, qui aurait pu se délecter de son rire une journée entière.

Un peu grisée, elle s'enhardit jusqu'à lui tendre la main en murmurant d'un ton facétieux :

— Enfin, si tu me promets de ne pas me jeter en prison, on peut se tenir la main, qu'en dis-tu ?

En guise de réponse, il posa une paume sur sa main offerte, et la maintint là. Elle goûta le moment et, les paupières closes, se remit à rêver des caresses qu'il pourrait lui prodiguer.

— Je suis content que tu aies toujours envie de ce contact, je craignais de ne plus jamais y avoir droit, lui confia-t-il en souriant.

Ah, ce sourire… Elle se demanda ce qu'elle préférait en lui. Ses expressions ? La couleur de ses yeux ? Sa générosité ?

Puis il reprit la parole, et elle se délecta des inflexions tendres de sa voix.

— Tu es vraiment unique, Miss Spade.

Sur cette déclaration, il porta leurs mains soudées à ses lèvres et lui effleura les doigts d'un baiser.

Elle sentit son corps s'embraser au contact de sa bouche

sur sa peau. Comment lui répondre, cependant ? Par un autre compliment, qui risquait de sonner faux ou la faire paraître imbue de sa personne ?

— Merci, murmura-t-elle, à défaut de mieux.

Après tout, connaître sa valeur était un atout, pas nécessairement une preuve de narcissisme.

Cela lui fit un drôle d'effet d'assumer ainsi ses qualités et d'aller à l'encontre des leçons de vie dont on lui avait bourré le crâne à l'adolescence. Sa mère était une femme de caractère, et si son père l'avait toujours soutenue malgré ses incartades, Ella supportait mal cette manie qu'avait le monde d'enfermer les femmes dans un système patriarcal destiné à les soumettre. Une femme qui ne cuisinait pas pour son homme était une fainéante ; si elle aimait le sexe, on la qualifiait de putain et lui attribuait des centaines d'amants. Enfin, quand elle reconnaissait son pouvoir et débordait d'énergie, elle se conduisait en gamine mal élevée.

— Ça change agréablement de ne pas se faire rabrouer au moindre compliment, lui confia Grant, manifestement ravi.

Elle s'obligea à soutenir son regard et s'interdit de baisser les yeux, le temps de répondre :

— En fait, j'apprécie que tu me dises ce que tu penses et ce que tu ressens. À mon sens, le meilleur moyen pour deux personnes de se rencontrer sur un terrain d'entente est d'échanger en toute simplicité. Chacun dans la mesure de ses capacités, bien entendu.

— Je suis navré de ne pouvoir te dire tout ce que tu voudrais savoir sur l'évolution de l'enquête.

Et zut.

— Il ne s'agit pas du tout de ça, protesta-t-elle. Je parlais de la vie en général.

Elle serra les mains de Grant entre les siennes, dans l'espoir de le rassurer. Elle se serait expliquée, et lui aurait peut-être même confié certains de ses secrets, si le terminal de l'aéroport n'avait pas été en vue.

— Ce n'est pas grave, marmonna-t-il en la relâchant, le temps de passer au point mort. Je me contenterai de ce que tu voudras bien m'accorder… si tes élans ne sont pas trop rares, bien sûr.

Elle sentit le rouge lui monter au visage, mais elle n'aurait su dire si c'était dû à la délicatesse de Grant ou à sa formulation.

Décidément, cet homme ne laisserait jamais de l'étonner. Il l'avait tant intimidée, de premier abord, par son côté bourru, et il se transformait en agneau dès qu'ils étaient seuls ? Toutes ces contradictions ne l'empêchaient pas de désirer ardemment ce qu'il venait d'évoquer.

En véritable gentleman, il contourna le pick-up pour l'aider à en descendre. Un peu gênée malgré tout, Ella s'efforça de conserver son sang-froid. Il était possible que la courtoisie exemplaire de Grant soit la simple résultante des habitudes professionnelles qu'il avait résumées en quelques mots : passer les menottes à la personne qu'on touchait, avant de la faire incarcérer.

Cette pensée la fit rire doucement.

— Qu'est-ce qui t'amuse tant ? s'enquit-il en refermant la portière.

— Rien, rien.

Ou plutôt tout : la magie de marcher main dans la main avec l'homme le plus sexy de la planète, entre autres…

S'il avait connu son passé, il lui aurait sans doute accordé plus de crédit. Pourtant, l'idée de fréquenter un quasi-collègue la dérangeait vaguement.

Un couple pouvait-il fonctionner dans leur milieu ?

Elle se savait un peu tatillonne sur les questions professionnelles, et Grant lui ressemblait sur ce point, a priori.

Les portes avant du terminal s'ouvrirent sur un bel homme aux cheveux grisonnants, vêtu d'un costume Armani à peine froissé par le vol.

Elle reconnut sans peine Dean Clark, dont les photos de campagne tapissaient les panneaux publicitaires de l'État.

Comme s'il avait senti qu'elle le dévisageait, Clark se tourna vers elle, leurs regards se croisèrent, et Ella crut voir dans celui presque translucide du sénateur la réponse à un bon nombre de ses questions.

10

Le sénateur ressemblait en tout point à l'idée que Grant s'était faite de lui.

Selon la rumeur, il avait voté contre un projet de loi en faveur d'un hôpital pour anciens combattants, ce qui ne l'avait pas empêché, une fois la loi passée et le financement accordé, de parader devant les photographes, pour la pose de la première pierre de l'établissement.

Clark sortit du terminal en compagnie d'une fort jolie blonde qui lui souriait d'un air béat. Elle lui faisait manifestement du charme, et Grant se prit à se demander si elle connaissait la sinistre raison du retour dans le Montana de son idole.

Il sentit sa nuque le picoter : Clark venait de passer au premier plan de sa liste de suspects. Les poings serrés et un sourire forcé aux lèvres, il se dirigea vers l'homme pour se présenter :

— Sénateur Clark, je suis le sergent Anders. Comme convenu avec votre personnel, je suis venu vous accueillir.

En temps normal, Grant aurait tendu la main à son interlocuteur, toutefois il ne parvint pas à se montrer cordial envers celui qu'il avait eu tant de mal à contacter.

Clark embrassa son escorte sur la joue, glissa quelque

chose dans sa pochette, puis lui dit au revoir avant de daigner se tourner vers Grant, pour lui répondre :

— Bonjour, Anders. Nous ne nous retrouvons pas à mon hôtel, comme je croyais l'avoir compris ?

Grant aurait riposté sèchement s'il en avait eu le temps.

— Peu importe, enchaîna Clark. Je suis satisfait du sérieux avec laquelle cette malencontreuse affaire est traitée. À présent, il me faut récupérer Lily et obtenir justice pour mon épouse.

Grant perçut un vague trémolo dans la voix du sénateur, et se demanda si sa réaction était sincère ou s'il s'agissait d'une simple mise en scène – auquel cas il avait été bien bête d'espérer que son interlocuteur se soucie véritablement de sa petite famille.

— C'est notre principal objectif, monsieur. Pourquoi n'irions-nous pas discuter dans un coin tranquille ? dit-il en pivotant sur lui-même afin de regagner l'intérieur de l'aéroport.

Clark traînait un sac cabine à roulettes. Il le désigna d'un geste du menton, avant de répondre :

— Si vous n'y voyez pas d'inconvénient, j'aimerais d'abord me débarrasser de mon bagage. Ma voiture est au parking.

Comme il ne voulait pas risquer de voir Clark lui échapper, Grant se tourna vers Ella qui se tenait non loin d'eux.

— Nous vous accompagnons, dit-il. Ça ne nous fera pas de mal de nous dégourdir un peu les jambes, à nous non plus.

Sa remarque lui valut un sourire crispé.

Les hypocrites – surtout les hommes politiques, rompus à ce genre d'exercice – n'étaient pas d'un abord facile. Leur duplicité rendait l'accès aux informations particulièrement ardu, et l'affaire Clark ne constituait pas une exception. Dans ce milieu, un service en valait un autre, tous se tenaient les coudes, et personne n'échappait à la règle.

Ella s'approcha, les yeux plissés – il en conclut qu'elle n'avait effectivement jamais vu Clark et inversement.

Comment pouvait-on confier sa fillette de trois ans à une inconnue ? se dit-il.

— Sénateur ? Je vous présente Ella Spade, la personne que votre femme avait chargée de protéger votre fille.

Au moment où il disait ça, Grant craignit d'avoir commis une gaffe. Toutefois, il crut bon de préciser :

— Elle travaille pour la STEALTH, et nous essayons ensemble de retrouver Lily.

Pour le coup, Clark s'immobilisa. Il jaugea Ella, sans doute pour gagner du temps. Grant en regretta d'autant plus sa propre spontanéité. Il se tourna vers Ella en grimaçant pour s'excuser et lorsqu'il la vit simplement hausser les épaules, il se reprocha encore davantage sa maladresse.

— Je suis navrée de ce qui s'est passé, sénateur Clark, dit-elle. Je vous prie d'accepter mes plus sincères condoléances. Votre épouse était une femme admirable, et je ne serais partie de chez vous sous aucun prétexte, le soir du drame, si j'avais pu me douter…

Clark lui posa une main sur le bras, et Grant la vit se raidir.

Sans doute, comme lui, avait-elle perçu la duplicité de leur interlocuteur. Grant se fustigea intérieurement. Une première impression négative menait vite aux préjugés, et son animosité envers le sénateur ne faisait pas de lui un monstre.

— Merci madame Spade, dit Clark sans retirer sa main. Sachez que je ne vous tiens responsable, ni vous ni votre entreprise, de ce drame. C'est ma propre faute : j'aurais dû faire en sorte que Catherine bénéficie d'une protection rapprochée constante.

Ella parut encore plus surprise que Grant par cette réaction. Une telle mansuétude lui paraissait extraordinaire. Se serait-il trompé sur le compte de Clark ?

Il le dévisagea dans l'espoir de voir dans son langage corporel un détail susceptible de le trahir.

— La question est surtout de savoir *pourquoi* vous avez eu recours à moi, répliqua Ella.

Le sénateur se remit à marcher, avant de répondre :

— J'avais reçu des menaces. En conséquence, les services secrets m'ont proposé de nous faire protéger tous les deux, malheureusement mon épouse a refusé. Elle trouvait ma fonction et ses dangers intrinsèques trop envahissants, voyez-vous ?

— Il lui est arrivé de m'en parler, effectivement, lui confirma Ella.

Avec un petit sourire aussi pincé que fugace, Clark reprit :

— Catherine a toujours été têtue. J'aurais pu plaider des heures pour la convaincre de la nécessité d'une protection rapprochée, sans parvenir à lui faire prendre ces menaces au sérieux. Elle se croyait sincèrement à l'abri de toute violence, dans un État rural comme notre Montana, vous comprenez ?

— Ces menaces doivent être consignées dans un dossier, intervint Grant. Certaines d'entre elles vous ont-elles paru plus sérieuses que d'autres ?

Aussitôt, Clark tira son téléphone de sa poche et demanda à Grant de lui donner son adresse mail.

— Je m'étonne que les services secrets ne vous en aient pas encore fait parvenir une copie.

Grant n'en conçut aucune surprise : les agences fédérales fonctionnaient de manière particulière, et l'attitude du sénateur avait dû les froisser.

Il tendit sa carte à Clark. Celui-ci s'empressa d'en entrer le contenu sur son téléphone portable, avant de se tourner vers lui pour dire :

— Et voilà. D'ici quelques minutes, vous recevrez l'intégralité des documents que je leur ai soumis.

Grant s'immobilisa devant le parking pour donner au sénateur le temps d'aller déposer son bagage et lui proposa de l'attendre.

Clark consulta sa montre avec ostentation.

— D'accord, dit-il, je reviens tout de suite. Je suis disposé à vous consacrer le temps qu'il vous faudra pour discuter des détails, cependant j'ai d'autres rendez-vous, dont un avec la presse locale d'ici une petite heure, et j'espérais en avoir terminé avec vous avant de recevoir ces journalistes.

— La situation exige néanmoins que vous m'accordiez la priorité au cas où j'aurais besoin de vous demander quelques précisions susceptibles de nous aider à élucider le meurtre de votre épouse et la disparition de votre fille, lui renvoya Grant, du tac au tac.

Le sénateur eut un petit rictus, puis reprit la parole :

— Ma femme et ma fille ont toujours été ma priorité, et Lily le restera. Malheureusement, malgré mes problèmes personnels, je ne peux pas cesser de travailler. Les habitants de cet État comptent sur moi, je me dois de faire le maximum pour eux. Il se peut que ma fonction prenne fin avec les élections, et je ne voudrais pas qu'on profite d'une faiblesse de ma part pour provoquer un certain nombre d'événements fâcheux.

— Par « on », vous entendez des gens capables de

jouer la carte de la sécurité de votre entourage pour vous manipuler ?

— Peut-être suis-je aussi naïf que mon épouse, toutefois dans mon milieu, il existe des limites à la bassesse, or comme vous le verrez, les menaces proférées à mon encontre ne proviennent pas du gratin de la société.

Il s'était mis à triturer la lanière de son sac avec une impatience marquée.

— Mmm, fit Grant, troublé, car Ella le regardait avec une insistance dont il ne comprenait pas le sens. Je vais étudier cela.

— Entendu, répondit Clark. Je suis garé non loin d'ici.

Tandis qu'il s'éloignait, Ella se rapprocha de Grant, déjà occupé à consulter ses mails.

— Ne le quitte pas des yeux, lui ordonna-t-il. Je ne voudrais pas qu'il se perde. Ces parkings sont si vastes… Dis donc, tu étais au courant de ces menaces ?

— Catherine ne m'en a pas parlé, mais je me suis doutée que son mari et elle avaient un problème, sinon pourquoi auraient-ils loué nos services ? En plus de pratiquer des tarifs élevés, la STEALTH ne traite qu'avec des gens dont les craintes sont justifiées, lui répondit-elle, les yeux rivés sur le sénateur.

Grant parcourut le mail d'introduction, sans doute rédigé par un conseiller juridique. Le dossier en lui-même consistait en trois pièces jointes. Trois menaces potentielles, donc, chacune accompagnée de la photo de son auteur. La première de ces menaces était l'enregistrement du message laissé sur la ligne personnelle du sénateur par un dénommé Jazz Garner.

Pour l'écouter et entrer ce nom sur sa base de données, Grant devrait attendre d'avoir regagné son pick-up.

Afin de ne pas perdre de temps, il passa au mail d'un certain Philip Crenshaw dont la photo apparut sur l'écran.

Vêtu d'un treillis couleur sable et le cou entouré d'un épais foulard, il tenait une arme des deux mains, sans toutefois déployer de drapeau ou de signe d'appartenance à une organisation particulière. La cabane en terre devant laquelle il avait été photographié évoquait le Moyen-Orient, aussi Grant pensa-t-il immédiatement à un contractuel à la solde d'un gouvernement quelconque.

En même temps, quel intérêt aurait eu un de ces types à menacer le sénateur du Montana ? Les mercenaires ne prévenaient pas ; ils tuaient, et personne ne savait jamais vraiment d'où était venue l'attaque.

Intrigué, Grant ouvrit le mail. Si l'orthographe et la grammaire laissaient à désirer, le message en lui-même était clair : Clark devait voter en faveur du projet de loi SB102, sous peine de le regretter.

Grant ne fut pas particulièrement impressionné. Il ne se souvenait pas de l'objet du texte en question, et bien que Crenshaw ait soigné son image de marque, le contenu de sa missive n'avait rien de franchement inquiétant.

Il en allait différemment de la dernière menace, un autre mail signé Steve Rubbick. Il avait commencé par une citation néonazie, avant d'écrire :

… vous allez faire les frais de ma colère, ta femme et toi. Je vais te trucider comme le mouton que tu es, et puis je mutilerai ton cadavre sous ses yeux…

L'individu avait ensuite consigné en détail la liste des tortures qu'il comptait infliger à Catherine – une abomination.

Rubbick n'avait pas ménagé ses efforts. Ses mots soigneusement choisis témoignaient d'une haine sans bornes, Grant comprenait donc que le sénateur se soit inquiété. Une seule précision n'apparaissait pas : l'endroit où Rubbick entendait perpétrer son crime. Soit il ne connaissait pas encore l'adresse des Clark, soit ce torchon n'était que le délire d'un fou.

La hargne de Rubbick intrigua Grant plus que le reste. Catherine avait été poignardée à soixante-treize reprises, or ces sévices n'apparaissaient pas dans la description de ce qu'il voulait lui faire subir.

Soixante-treize coups de couteau…

Grant avait interrogé les responsables de tueries similaires, et tous avaient prétendu être entrés dans une sorte de transe jusqu'à la mort de leur victime.

— Alors ? lui demanda-t-elle.

— Quelques points de départ, lui répondit Grant en revenant à la photo de Crenshaw. Depuis combien de temps travailles-tu dans le milieu contractuel ?

— Environ cinq ans, pourquoi ?

— Parce qu'un de nos suspects potentiels est ou a été sous contrat.

Bien que conscient de l'inutilité de sa question, Grant brandit son téléphone et s'enquit :

— Tu as déjà vu ce type ?

Ella s'empara de l'appareil, regarda brièvement la photo et écarquilla les yeux.

— Tu le connais, on dirait, commenta Grant.

— J'ignorais qu'il était sous contrat. En revanche, je peux t'assurer qu'il faisait partie des visiteurs de Catherine, le jour où on l'a enlevée.

Rien que ça !

Non, Ça aurait été trop simple. D'un autre côté, c'était plausible.

Enfin une piste… qu'ils auraient pu remonter plus tôt si le sénateur n'avait pas eu mieux à faire.

Elle eut un choc en voyant la photo suivante. L'homme, lui aussi, faisait partie du petit groupe venu rendre visite à Catherine, le jour fatidique.

Seul le soi-disant Jazz Garner lui était inconnu. Philip Crenshaw, l'homme qui travaillait sous contrat, était l'homme au cigare.

Elle ferma les yeux, et tenta de reconstituer la scène. Elle revit distinctement la position de Crenshaw, debout au fond du salon avec les autres, pourtant elle ne se souvenait pas de la manière dont il était vêtu et n'aurait pas su dire s'il lui avait adressé la parole.

En entendant des bruits de pas se rapprocher, elle releva les yeux vers le sénateur, qui leur fit signe de la main en souriant, avant de demander :

— Mon mail vous a-t-il été d'une aide quelconque ?

Grant le considéra d'un air pincé, puis répondit par l'affirmative :

— Il contient des détails intéressants, j'ai l'intention de le relire plus attentivement. En attendant…

Il sortit de sa sacoche le téléphone de Catherine, sous sac hermétique, et l'agita devant leur interlocuteur.

— Une dernière chose. Connaissez-vous le mot de passe du portable de votre épouse ?

Apparemment pris au dépourvu, Clark se passa une main dans les cheveux, signe qu'il était stressé.

Ella s'en amusa intérieurement, pour avoir vu Daisy réagir ainsi – se faire toute petite et rentrer la tête dans son cou – quand elle s'inquiétait pour une raison ou une autre. Le geste était instinctif, et elle se surprenait parfois à réagir ainsi à une angoisse passagère, pourtant elle fut intriguée de voir le sénateur se troubler à l'idée de déverrouiller le téléphone de sa femme.

— Je peux essayer d'entrer dans le système, dit-il en tendant une main vers l'appareil.

— Sans le sortir du sac, lui recommanda Grant.

Clark tapa une série de chiffres, puis une deuxième. La troisième tentative fut la bonne, et il rendit l'appareil à Grant.

— À quoi correspondent ces chiffres ?

— À notre anniversaire de mariage. Catherine était une épouse merveilleuse.

— Tout le monde s'accorde à le dire en effet. Vos proches vous décrivent comme un couple uni. Ella et moi en comprenons d'autant mieux votre douleur.

Le sénateur le remercia d'un hochement de tête et s'éclaircit la voix pour demander :

— Toujours aucune trace de Lily, de votre côté ? Aux dernières nouvelles, vos équipes n'étaient pas parvenues à trouver le moindre élément susceptible de nous mener jusqu'à elle. Dois-je en déduire que vous n'avez rien de neuf ?

— Malheureusement, non, lui avoua Grant. Toutefois, malgré ces difficultés, nous poursuivons nos recherches.

Ella surprit une lueur de colère dans le regard du sénateur, cela le lui rendit moins antipathique, même si seule la disparition de sa fille semblait le mettre au supplice. Catherine, elle, était le cadet de ses soucis, du moins en apparence.

— Pensez-vous que Lily ait pu connaître un ou plusieurs des hommes cités dans votre mail ? lui demanda-t-elle.

— Pourquoi cette question ? gronda le sénateur avec humeur.

— Eh bien, je me demandais s'il y avait, dans votre entourage, une personne que la petite aurait pu suivre en toute confiance. Pendant un moment, nous avons pu remonter sa piste, sur le sentier voisin de votre propriété, et il nous est apparu qu'elle avait parcouru un peu plus d'un kilomètre en compagnie de son ravisseur.

Clark ferma les paupières et baissa la tête, comme sous l'effet d'un coup à la nuque. Il se passa une main sur le visage, et lorsqu'il se redressa, les yeux brillants de larmes, ce fut pour dire, d'une voix enrouée :

— Madame Spade, vous êtes bien placée pour savoir que je n'ai pas été un bon père. Dire que je n'ai pas consacré assez de temps à Lily serait un euphémisme. Je ne vous avais jamais vue avant aujourd'hui – encore un manquement de ma part. Si je prétendais savoir qui gravitait autour d'elle, je mentirais. Et croyez-moi, je n'en suis pas fier.

Jamais Ella n'aurait cru entendre ces mots sortir de la bouche du sénateur. Clark étant un politicien chevronné, elle fut déconcertée par cet aveu.

À en juger par l'expression de Grant, il commençait, lui aussi, à réviser son jugement initial. D'ailleurs il intervint, d'un ton presque amène :

— Nous commettons tous des erreurs, sénateur, et je préfère vos regrets à une déclaration qui me paraîtrait peut-être moins sincère.

Clark s'essuya le coin des yeux, le temps de se ressaisir, puis demanda :

— Savez-vous quand on me rendra le corps de mon épouse ? J'aimerais profiter de mon passage dans le Montana pour organiser les funérailles.

— Le légiste a consigné le rapport d'autopsie ; il lui reste quelques tests à exécuter pour le compléter et le remettre aux autorités. Cela dit, vous devriez pouvoir réclamer la dépouille de Mme Clark dès maintenant.

— Parfait. J'en avertirai les pompes funèbres. Et

puisque nous en avons terminé tous les trois, j'ai des proches à voir et un certain nombre d'affaires à régler. Au cas où vous auriez du nouveau, n'hésitez pas à me contacter.

Grant n'en avait sans doute pas tout à fait fini avec leur interlocuteur, et il devait être aussi vexé qu'Ella de s'entendre congédier ainsi, néanmoins il ne broncha pas.

Le sénateur se tourna vers Ella, une main tendue, puis conclut :

— Je tiens à vous remercier, madame, de votre collaboration avec les autorités locales, quand rien ne vous y oblige.

— Je vous en prie, répondit-elle, bêtement flattée. C'est la moindre des choses, et je vous promets de poursuivre mes recherches tant que je n'aurai pas serré votre fille dans mes bras. J'y travaillerai sans relâche.

— Je n'en doute pas une seconde. Allez, bonne soirée et encore merci à vous deux.

Sur ces mots, il tourna les talons et s'éloigna au pas de course.

Si Ella avait dû rapporter la scène à un tiers, elle aurait été forcée d'admettre que Grant et elle s'étaient laissé embrouiller par le sénateur. Ce dernier lui paraissait capable, selon l'adage, de vendre du sable dans le désert.

Ils le regardèrent sortir de son emplacement et se diriger vers le péage, puis Grant lui demanda :

— Alors, que penses-tu de notre cher sénateur ?

— Que s'il sait quelque chose, l'enquête n'est pas près d'aboutir. En outre, il n'a pas apprécié que nous le trouvions en bonne compagnie. Nous aurions peut-être dû attendre que son escorte soit partie pour l'aborder.

11

Dès qu'ils eurent regagné le pick-up, Grant se mit à pianoter sur son ordinateur.

Ella gardait le silence depuis leur sortie du parking, et il ne parvenait pas à deviner la cause de son mutisme. Clark aurait-il touché une corde sensible ?

L'enregistrement du message de Jazz Garner était de qualité médiocre, et si son auteur avait exprimé une haine sans équivoque envers le sénateur, Catherine n'y était pas mentionnée.

— Tu veux que je m'occupe du smartphone ? lui proposa Ella. J'en tirerai peut-être quelque chose.

— Essaie toujours, lui répondit Grant en lui tendant l'appareil.

Bien qu'ils aient obtenu un mandat les autorisant à en faire conserver les données, Grant n'avait encore accès ni à la messagerie digitale ni à l'historique des appels. L'obtenir leur ferait gagner un temps précieux.

Pendant qu'elle entrait le code de déverrouillage du téléphone et faisait défiler l'écran, Grant reprit ses recherches. Il commença par entrer le nom de Jazz sur sa base de données.

Garner était connu des services de police mais semblait s'être rangé.

Comme il ne trouvait rien sur l'individu qui travaillait sous contrat, Grant s'acharna en vain : Philip Crenshaw n'existait nulle part, et après avoir essayé plusieurs pseudonymes possibles, il dut s'avouer vaincu ; à croire que Crenshaw n'avait ni permis de conduire ni domicile fixe.

Cette énigme l'amena à s'interroger sur l'identité d'Ella. Était-ce son véritable prénom ou travaillait-elle sous un pseudonyme sans pouvoir le lui dire ?

Impossible. La fratrie Spade était connue de la communauté policière locale à qui, comme les autres employés de la STEALTH, elle ne refusait jamais son aide.

Néanmoins, rien de tout cela ne lui en disait plus sur Ella que sur… Sur Dean Clark, par exemple.

Malgré sa vague contrariété, Grant ne pouvait ni juger ni condamner Ella pour ses choix : à sa place, lui-même aurait dû lui taire de nombreux détails le concernant. En outre, quelle importance accorder à un nom ou même à des antécédents ? Elle lui plaisait, avec son énorme capacité de travail et son acharnement à rendre le monde meilleur par le biais de la justice.

Il continua de ruminer, les yeux rivés sur l'écran de son ordinateur où s'affichait à présent la liste des appels du centre de déploiement des renforts – le central, en jargon professionnel. Lorsqu'il n'y tint plus, il se tourna vers Ella pour lui demander :

— Est-ce que tu travailles sous un faux nom ?

Elle sursauta, leva le nez de l'iPhone de Catherine Clark et haussa les sourcils.

— Pardon ?

— Tu te prénommes vraiment Ella ? précisa-t-il, un peu gêné malgré lui.

Elle partit d'un petit rire et rétorqua :

— Je me demandais quand tu te déciderais à me poser

la question. Si ça peut te tranquilliser, oui, mes parents m'ont donné ce prénom. Il m'est néanmoins arrivé d'en changer, pour mieux me mêler aux habitants du pays où on m'envoyait. Voilà, tu sais tout.

Ravi d'entendre qu'Ella n'avait pas jugé utile de se présenter à lui sous une fausse identité, Grant enchaîna :

— Je t'ai demandé cela pour savoir si, selon toi, les deux hommes que tu as reconnus sur ces photos pourraient avoir signé leur dernier contrat sous des pseudonymes.

— C'est probable, et si c'est le cas, cela me renforce dans ma conviction. À mon avis, nous devrions nous intéresser à ces types.

Grant en avait eu la ferme intention, pourtant il gratifia Ella d'un large sourire, puis entra le nom du premier de leurs suspects et attendit que l'ordinateur ait fini son travail.

Plusieurs Steven Rubbick d'âges variés apparurent sur l'écran. L'individu de la photo semblait avoir la quarantaine, ce qui réduisait la liste à trois hommes.

Grant cliqua sur le casier du deuxième, Steve Rubbick, et fut confronté au sosie presque parfait de Crenshaw, avec ses yeux enfoncés et sa fossette au menton.

Condamné pour agression contre sa propre famille cinq ans plus tôt, il n'avait pas eu affaire à la justice depuis lors, toutefois Grant remarqua la croix gammée tatouée au creux de sa gorge. En outre, sa dernière adresse se trouvait en bordure de la ville.

— Bingo ! s'exclama Grant, un large sourire aux lèvres. Accroche ta ceinture, on va faire un tour jusqu'au domicile de ce Steve Rubbick. Avec un peu de chance, nous le trouverons chez lui.

Ella boucla sa ceinture sans lever le nez de son téléphone. Bien que vaguement surpris par son manque d'enthousiasme, Grant s'aperçut qu'il craignait, lui aussi, de faire le déplacement pour rien. Si Rubbick était le suspect idéal, il ne paraissait pas du genre à fournir des informations sur simple demande. À en juger par le rictus qu'il affichait sur la photo, il s'agissait d'un de ces hommes opposés à toute forme de gouvernement – un anarchiste, un complotiste ou un extrémiste.

Était-il concevable qu'un tel individu ait pu se trouver dans le salon de l'épouse d'un membre du sénat ?

La STEALTH avait été chargée d'assurer la sécurité personnelle de Lily, rien d'autre. D'ailleurs, si Catherine n'avait pas pris au sérieux les menaces de mort contre son mari, il paraissait logique qu'elle ait refusé à ses nouveaux employés le droit de surveiller les allées et venues sur sa propriété.

Bref, on en revenait toujours à la même idée : dans un État aussi peu peuplé que le Montana, la confiance était de mise, et confinait à la naïveté. Une naïveté dont les Clark avaient été victimes.

Grant eut une pensée émue pour Ella, entraînée dans cette aventure contre son gré, et dont la carrière risquait d'être entachée quand la presse dévoilerait les circonstances de la mort de Catherine et de la disparition de Lily.

Même si la STEALTH n'était en rien responsable de ce fiasco, ses employés seraient jugés par l'opinion publique. Par chance, la nouvelle était restée relativement confidentielle. À ce jour, Grant n'avait lu qu'un entrefilet évoquant l'enquête ouverte par le bureau du shérif sur un homicide potentiel. Pas un mot sur Lily.

Cela dit, une fois diffusée la nouvelle de l'assassinat de l'épouse d'un sénateur doublé du rapt de leur fille, les éléments se déchaîneraient. Grant recevrait les appels de dizaines de témoins convaincus d'avoir vu quelque chose et de connaître le ou les criminels. Ensuite viendraient les critiques parfois maquillées en conseils appuyés sur la manière dont fonctionnait le SAR.

— Tu as une idée de la raison de la visite de ces hommes à Catherine ?

— Aucune. À part moi, elle était la seule femme de l'assemblée, cela m'a intriguée sans plus, attendu la profession de son mari.

— Et tu n'as rien entendu de particulier ?

Ella se mordilla la lèvre intérieure avant de répondre :

— Ça ressemblait à une réunion d'anciens étudiants contents de se retrouver. Ils plaisantaient, riaient fort, et leur comportement m'a donné à supposer qu'ils se connaissaient bien.

— Tu penses qu'ils travaillaient ensemble, qu'ils étaient tous sous contrat ou membres d'une seule et même équipe ?

— C'est possible, répondit Ella. Toutefois, pour être embauchés, ces hommes doivent avoir un passé irréprochable. Steve Rubbick, par exemple, n'aurait eu aucune chance de se voir proposer un contrat par la STEALTH, du moins pas avec un tel tatouage. J'ai cru apercevoir une croix gammée sur son cou. Je me trompe ?

— Non, il y en a bel et bien une. Autre chose. Sans vouloir te froisser, je vous croyais au-dessus des lois. Par « vous », j'entends la STEALTH et autres entreprises similaires.

— Même si nous avons davantage de lest que certains organismes, personne ne bénéficie d'une immunité totale, figure-toi.

Grant n'en doutait pas, cependant il savait de source sûre que de nombreux commandos chargés d'opérations secrètes avaient fui la justice, changé de nom et continué à travailler pour des entreprises peu regardantes. À sa connaissance, les seules à avoir été obligées de fermer étaient celles qui employaient des individus comme Steve – incontrôlables.

Si ce type vivait de ses contrats en plus d'être un extrémiste, Ella et Grant risquaient de poser les pieds sur un nid de frelons. Leur suspect devait être armé en proportion avec sa haine du gouvernement, du genre à avoir installé un stand de tir dans son sous-sol, en plus d'avoir creusé un tunnel lui permettant de sortir d'une pièce de secours.

Rubbick possédait certainement un nombre considérable d'armes à feu dont les numéros étaient légalement consignés sur un registre quelconque, sans parler de celles qu'il avait pu se procurer d'une autre manière. Si ce genre de trafic était courant dans toutes les communautés rurales, le Montana avait la réputation d'être un État où on pouvait acheter ou troquer un revolver non répertorié en moins d'une heure.

La plupart du temps, il n'y avait pas lieu de s'inquiéter outre mesure de ces transactions, car elles répondaient à la simple loi de l'offre et de la demande. Avec les extrémistes, il en allait différemment : depuis que Grant exerçait, peu d'affaires avaient été résolues grâce au matricule d'une arme. En général, ces immatriculations servaient plutôt à rendre des revolvers volés à leur propriétaire initial.

Le chemin de terre qui menait à la propriété de Steve Rubbick était bordé de panneaux tagués de têtes de mort peintes en lettres sanguinolentes, à l'intention des intrus assez hardis pour s'aventurer plus loin.

— Charmant accueil ! ricana Ella.

— Tu ferais peut-être mieux de rester dans la voiture, le temps que j'aille me présenter.

Comme le visage d'Ella se fermait, Grant crut bon de lui rappeler un point essentiel de leur collaboration :

— Si tu étais officiellement de service, je te confierais volontiers le soin d'affronter ce type. Je t'en sais capable, ajouta-t-il dans l'espoir d'arrondir les angles.

Elle se détendit visiblement, et il crut la voir hocher la tête, comme pour le conforter dans sa conviction.

Décidément, elle ne manquait pas de cran, et ce mélange… ce côté main de fer dans un gant de velours était loin de déplaire à Grant.

Elle représentait tout ce dont il rêvait, en somme : une femme à même de prendre le contrôle des manettes pour faire face à l'ennemi et qui se savait assez grande pour sauver sa peau – tout en ayant besoin d'une épaule sur laquelle s'appuyer de temps à autre.

Et si dans l'immédiat Ella n'était pas en détresse, rien n'empêcherait Grant de la protéger contre un danger potentiel.

L'état du chemin de terre mit les amortisseurs du pick-up à rude épreuve et amena Grant à s'interroger sur la raison de ce laisser-aller. Était-il destiné à ralentir l'arrivée d'un intrus ? Non. Rubbick – s'il était leur homme – devait les épier grâce à un système de surveillance élaboré, auquel cas il se préparait déjà à leur tirer dessus.

Un bon point pour eux, néanmoins : le pick-up de Grant ne ressemblait pas à un véhicule de police. Il fallait vraiment s'en approcher pour distinguer le rail lumineux fixé au pare-chocs avant.

À la sortie d'un virage, une bâtisse rudimentaire leur apparut. Singulièrement délabrée, elle aussi, avec son toit de tôle ondulée tout rouillé, ses façades gris sale couvertes de bois moisi, le tout recouvert d'un emballage de chantier détrempé. La vitre de l'une des fenêtres avait été brisée, et on s'était contenté de la colmater avec une bande de ruban adhésif argenté.

Le chemin si peu carrossable n'était manifestement pas destiné à ralentir l'accès à la maison, mais plutôt dû à un manque de moyens.

Grant s'en étonna. Certains militaires sous contrat gagnaient plus de cent mille dollars par an ; de quoi vivre confortablement, or la propriété sur laquelle Ella et lui se trouvaient indiquait une situation financière très précaire. Alors, soit Grant s'était trompé sur la profession de son suspect, soit ce dernier, comme beaucoup de ses semblables, dépensait sans compter. Autre possibilité, son arsenal était bien mieux dissimulé derrière ces murs délabrés qu'ailleurs.

S'il avait été en patrouille, Grant se serait fait un plaisir d'approfondir la question. En effet, un endroit comme celui-ci, inhospitalier et chargé de mauvaises vibrations, était une véritable aubaine, pour un flic.

Ella interrompit sa réflexion en disant nerveusement :

— Je n'aime pas beaucoup cela. Tu as prévenu le central de notre destination ?

— Ne t'inquiète pas, ça va aller. De toute façon, tu sauras comment réagir en cas de pépin, lui répondit-il avec une assurance feinte.

En réalité, personne ne savait où ils étaient, cependant au besoin les renforts pourraient les localiser grâce à son téléphone. Comme tout appareil similaire sur le territoire national, il était facile d'en trouver la trace.

— N'entre pas dans cette bicoque, reprit Ella, lorsqu'il eut coupé le moteur.

— Rassure-toi, ce n'est pas mon intention… du moins si je n'y suis pas obligé, lui répondit-il pour la tranquilliser sur ce point.

À son grand soulagement, elle le crut sur parole et se détendit légèrement.

Grant descendit du pick-up, en referma la portière puis se tourna une dernière fois vers elle avant de grimper les trois marches et de frapper à la porte. Il ne vit aucune caméra, toutefois il pouvait y en avoir de minuscules, soigneusement dissimulées.

En entendant des bruits de pas lourds en provenance de la maison, Grant éprouva les signes avant-coureurs d'une montée d'adrénaline qu'il refoula de son mieux, par souci de ne pas laisser son système nerveux l'emporter sur ses facultés.

Il tendit l'oreille, dans l'espoir d'entendre aussi la voix de Lily. Qui sait ? La réalité dépassait si souvent la fiction, après tout…

Ce qu'il aurait été bon d'en finir avec cette affaire, pour enfin pouvoir penser à Ella et aux caresses qu'il rêvait de lui prodiguer !

Outre le bruit de pas remontant ce qui devait être le corridor, Grant crut percevoir un cliquetis rythmé – sûrement un effet de son imagination.

— Il y a quelqu'un ? demanda-t-il en posant la main sur son holster.

— Minute, j'arrive ! Y a pas l'feu ! j'chuis à moitié à poil. J'finis d'm'habiller, lui renvoya la voix éraillée d'un homme exaspéré.

Bien que la perspective de se retrouver face à un interlocuteur à demi nu ne le tente guère, Grant se demanda si l'individu, sous prétexte d'enfiler un pantalon, n'était pas occupé à charger son revolver pour lui tirer dessus.

Nouvelle montée d'adrénaline, nouveaux tremblements. Grant inspira profondément, replia un index et frappa de nouveau à la porte, de manière beaucoup moins agressive.

Cette fois, la porte s'ouvrit à toute volée. Instinctivement, Grant referma la main sur son revolver… et crut halluciner en voyant bondir hors de la bicoque une chèvre noir et blanc, avec, autour du cou, une bavette tricotée à la main, brodée d'un énorme « A ». L'animal bêla agressivement, puis prit la tangente.

Grant avait vu beaucoup de choses dans la vie, mais celle-ci dépassait son entendement.

Lorsqu'il se retourna, un homme se tenait sur le seuil, un mauvais sourire aux lèvres. Il cracha par terre et grommela :

— Qu'est-ce que vous venez foutre ici, bon sang ?

Grant jaugea l'individu qui, appuyé sur le chambranle de la porte, continuait à le dévisager sans se départir de son rictus. Sa calvitie naissante était plus ou moins dissimulée par une longue mèche ramenée sur le côté, il devait avoir une quarantaine d'années et portait une chemise de flanelle déchirée. Ses mains crasseuses et très abîmées correspondaient au reste du personnage.

— Steve Rubbick ? lui demanda Grant en se tournant légèrement, de façon que son interlocuteur puisse voir le badge accroché à sa ceinture.

À la vue de l'insigne, l'homme cessa de ricaner.

— Qu'est-ce que vous lui voulez ?

— Grant Anders, attaché au bureau du shérif du comté de Missoula. J'ai quelques questions à vous poser. Rien de bien grave, ne vous en faites pas.

Son annonce lui valut une réplique acerbe.

— Les flics n'ont rien à faire ici. Fichez le camp.

— Écoutez, reprit Grant dans l'espoir de calmer le jeu. Je comprendrais parfaitement que vous ne vouliez pas me répondre aujourd'hui. Vous ne deviez pas vous attendre à ma visite. Moi-même, j'aime avoir la paix, quand j'ai une journée de congé.

— Sans blague, ricana l'homme en croisant les mains sur son torse.

Au moins, il n'était pas armé et prêt à lui tirer dessus.

Un peu rassuré, Grant poursuivit, d'un ton encore plus conciliant :

— Elle est mignonne, votre petite chèvre. Elle a un nom ?

L'homme sourit franchement. Il avait toutes ses dents, cependant Grant eut le temps de poser les yeux sur le tatouage qui marquait le bas de sa gorge et en conclut que la chèvre s'appelait Adolf.

— Arnie est plutôt un bouc – une véritable plaie. Et oui, Steve Rubbick, c'est moi.

Il n'alla pas jusqu'à tendre la main à Grant, toutefois il s'était radouci.

— C'te saleté de bestiole adore bouffer mes fleurs, ajouta-t-il. Au printemps dernier, j'ai dépensé une fortune en pétunias, et Arnie ne m'en a pas laissé un plant. Pas un seul, vous m'entendez ? Pourtant, y en avait ! S'il avait été comestible, il aurait fini dans la casserole.

Grant se réjouit intérieurement. Sa tactique fonctionnait. Rubbick baissait sa garde sans même s'en rendre compte. C'est ce qu'il préférait dans son métier : trouver le moyen d'amener ses interlocuteurs à s'ouvrir à lui.

— Je n'ai ni chèvre ni bouc, dit-il d'un ton affable. Trop de boulot. Je préfère les chiens.

— J'les aime bien, moi aussi, répondit Rubbick. J'en ai eu plusieurs quand j'étais môme, cela dit les boucs font d'excellents chiens de garde. J'peux vous assurer qu'avec Arnie, personne ne risque d'entrer chez moi pendant la nuit.

Bien que la conversation prenne un tour franchement surréaliste, Grant hésitait à creuser davantage dans le délire de son interlocuteur.

Il admettait l'excentricité, mais ne voulait pas se laisser distraire de l'objet de sa visite, aussi abonda-t-il dans le sens de Rubbick :

— Je comprends que ça vous inquiète, avec une jolie propriété comme celle-ci.

Rubbick gonfla le torse fièrement, avant de répondre :

— C'est qu'j'ai sacrément bossé, pour en arriver là ! Toute ma vie, et ça m'a coûté ce que j'ai gagné, jusqu'au dernier centime. Alors j'peux vous assurer que personne ne me piquera mon bien.

Grant ne voyait pas très bien où l'homme voulait en venir, cependant il comprit le message. Rubbick ne se laisserait pas marcher sur les pieds et tenait à le faire savoir.

— Cela me paraît naturel, dit-il. Que faites-vous, dans la vie ?

— Un peu de tout, et j'répète : j'trime comme une bête, souvent pour pas grand-chose, par rapport à ce qu'on m'demande.

Grant n'en doutait pas, car l'argent ne tombait pas du ciel pour ceux qui n'étaient pas nés avec une petite cuiller en argent dans la bouche, surtout dans cet État. Puisqu'ils avaient abordé le sujet, il décida d'en profiter en jouant les idiots :

— Vous avez le profil d'un agent de sécurité. Vous travaillez au centre commercial, peut-être ?

L'homme se rebiffa. Visiblement, la question lui avait déplu.

— Bon sang de bonsoir, vous m'prenez pour un Rambo du dimanche ou quoi ? J'rentre tout juste d'un séjour de six mois à l'étranger.

— En clair, vous venez d'arriver. Vous avez entendu parler des Clark ? Les parents d'une petite Lily.

Les yeux étrécis, Rubbick répondit :

— Clark est un nom courant, et comme je viens de vous le dire, j'débarque à peine. D'une mission dans le bac à sable.

Une mission – donc un contrat, vraisemblablement. Néanmoins, un détail fit tiquer Grant. Ce type n'avait rien en commun avec ses semblables ; il semblait tout droit sorti d'une vidéo du FBI sur les personnes les plus dangereuses du territoire.

Il convenait donc de se méfier.

— Ah ? Et qu'y faisiez-vous, au juste ? lui demanda Grant en pivotant de nouveau de façon à exhiber son badge, comme s'il avait le pouvoir d'un sérum de vérité.

Le regard de Rubbick fut attiré par le reflet de l'insigne, puis il répondit avec réticence :

— J'chuis pas vraiment autorisé à en parler. Enfin... si vous tenez à le savoir, j'étais chargé de faire un peu de ménage ici et là pour le compte du gouvernement. Vous voyez c'que j'veux dire ?

— Parfaitement. Donc, vous étiez sous contrat avec les autorités de notre beau pays, c'est bien ça ?

Le visage de Rubbick s'éclaira, comme s'il venait de remporter une médaille aux jeux olympiques des têtes brûlées.

— Pour le compte de qui, exactement ? enchaîna Grant en accompagnant sa question d'un petit coup de coude complice, et avant de risquer une autre remarque : Bonne affaire ! Deux ou trois de mes copains sont allés « jouer dans le bac à sable », pour reprendre votre expression, et ils ne l'ont pas regretté, sur le plan financier, croyez-moi.

Rubbick gonfla les joues, souffla bruyamment, puis répondit :

— Pour payer, ça paye, j'dis pas l'contraire, seulement, c'est pas une partie de plaisir ; faut supporter. J'ai vu de ces horreurs, là-bas…

Il laissa sa phrase en suspens, son regard se fit vague, et il eut l'air de chercher à se souvenir d'une de ces abominations – certainement celle qui l'empêchait de dormir.

Grant s'aperçut soudain que Rubbick avait éludé sa question. Sans doute était-ce une habitude, chez lui. Manque de chance, Grant lui-même était rompu à l'exercice.

— Qui c'est, la p'tit' dame, qui vous attend là-bas ? s'enquit Rubbick en désignant le pick-up. Votre coéquipière ?

Grant s'étonna qu'il ne la reconnaisse pas, si c'était bien lui qu'Ella avait aperçu chez les Clark. Comme elle lui avait affirmé qu'ils s'étaient seulement croisés au moment où elle quittait les lieux, Rubbick ne s'était peut-être pas aperçu de sa présence. Tout simplement.

— Une amie, répondit Grant avec une désinvolture destinée à faire croire à son interlocuteur que la présence d'Ella était anodine. Écoutez, vous êtes sûrement tenu au secret, cependant j'aimerais vous entendre sur certains points, afin de vous rayer de ma liste de suspects. J'enquête sur un meurtre, et si vous voulez bien me dire pour qui vous travaillez, je me ferai un plaisir d'appeler votre patron, pour lui demander de vous autoriser à parler.

L'homme l'étudia longuement en étrécissant les yeux, puis finit par répondre :

— Avec mon frangin, on bosse pour la STEALTH, une boîte du Montana.

Grant accusa le coup, et dut prendre appui sur la façade pour ne pas chanceler.

— Attendez, balbutia-t-il. Pour la STEALTH, vous dites ? Quel est le nom de votre frère ?

— Il s'fait appeler Ace. Et si vous voulez tout savoir, la STEALTH est une bonne boîte.

Grant s'efforça de se ressaisir et s'interdit de tourner la tête en direction d'Ella.

Il serait étonnant que la STEALTH ait recruté plusieurs employés au sein d'une même ville.

Alors, lequel des deux mentait ? Son interlocuteur du moment ou Ella ?

— Et vous travaillez pour eux depuis… ?

— Environ un an, je crois.

De nouveau, Grant tiqua : Ella lui avait dit être plus ancienne dans la maison.

— Je vois, marmonna-t-il, de plus en plus perplexe.

Soit sa mémoire le trahissait, soit tous deux faisaient mine de ne pas se connaître, de façon à assurer leur fonction en toute discrétion. La STEALTH, comme tous les organismes du même acabit, tendait à diviser ses troupes pour mieux en garder le contrôle.

Aucune de ces explications ne lui paraissant satisfaisante, Grant en fut réduit à faire un triste constat.

En plus de lui compliquer la tâche, la révélation de Rubbick mettait à mal sa relation naissante avec Ella.

12

Grant regagna le pick-up, l'air singulièrement contrarié. Sans dire un mot, il s'installa en évitant soigneusement de croiser le regard d'Ella.

Elle n'osa pas l'interroger, de crainte de se heurter à un mur.

Après avoir refermé sa portière d'un coup sec, il reprit le chemin de terre, puis s'engagea sur la nationale, toujours muré dans son silence.

— Comment ça s'est passé ? s'enquit finalement Ella, dans l'espoir de mettre un terme à la tension ambiante.

— Pas mal, grommela-t-il.

Zut.

Elle détestait cette expression passe-partout, chargée d'ambiguïté.

Cela ne l'empêcha pas d'insister.

— Il a reconnu qu'il se trouvait chez les Clark le jour de la disparition de Lily ? demanda-t-elle.

— Non, rétorqua Grant, la mâchoire crispée.

S'il croyait pouvoir la décourager aussi facilement, il la connaissait mal.

Enfin, dans un premier temps, elle pouvait toujours tenter de l'amadouer, aussi reprit-elle patiemment :

— Et il n'a aucune idée de l'endroit où Lily pourrait être en ce moment ?

En réponse, Grant se contenta de secouer la tête de gauche à droite.

Elle essaya de trouver un moyen de mettre un terme à cette situation gênante.

Qu'avait bien pu lui raconter Rubbick pour le plonger dans ce mutisme obstiné ? Une chose paraissait certaine néanmoins : si Grant n'avait pas arrêté leur suspect, c'était qu'il le croyait innocent ou ne pouvait prouver sa culpabilité.

En désespoir de cause, elle décida de changer de sujet. Peut-être cela suffirait-il à les ramener à l'humeur dans laquelle ils étaient lorsqu'ils avaient approché cette maudite bicoque :

— Et maintenant ? Où va-t-on ?

— Je te ramène chez toi. Guide-moi jusqu'au Widow Maker, j'ignore où se trouve ton ranch.

Secouée par le ton abrupt et la concision de Grant, Ella désigna de l'index la maison de l'individu, puis bégaya :

— Que s'est-il passé, dans cette baraque de malheur ? Tout allait bien entre toi et moi ; nous collaborions gentiment et soudain, tu te comportes avec moi comme si j'étais devenue ton ennemie.

Le soupir découragé qu'il laissa échapper lui rappela celui de Daisy lorsqu'elle essayait de venir à bout d'un exercice stressant.

Elle n'avait jamais compris le sentiment de supériorité des humains envers les animaux. En effet, Daisy avait un bien meilleur fond que la plupart d'entre eux. Pour elle, une seule chose importait : contenter sa maîtresse en lui prouvant son affection autant par ses prouesses que pendant leurs moments de détente. La simplicité, en somme. Il n'y avait jamais de complications, dans ce type de coopération.

— Pardonne-moi, Ella. Tu as raison, je me comporte en parfait goujat. Ce n'était pas mon intention. Simplement, je… je suis en train de faire le tri dans de nouveaux éléments.

Grant posa sa main, paume ouverte, sur l'accoudoir comme pour inciter Ella à y poser la sienne.

Ainsi, ils en étaient là ? Grant sollicitait un contact, cinq secondes à peine après l'avoir boudée ? S'imaginait-il que cela suffirait à lui faire oublier sa muflerie ?

Malgré sa réflexion, Ella fut incapable de résister. À son sens, les plus gros tourments pouvaient être adoucis par le contact d'un être cher.

Certes, Grant n'était pas encore son amant, toutefois si par malheur elle ne parvenait pas à rétablir leur complicité par un geste simple, au moins elle ne se reprocherait pas d'avoir renoncé sans même avoir essayé. Cela les aiderait grandement à continuer de rechercher ensemble la solution de l'énigme, quoi que l'avenir leur réserve.

Aussi posa-t-elle sa main sur celle de Grant, qui la referma aussitôt. Leurs proportions étaient très différentes, et elle se prit à apprécier la compagnie d'un colosse, à même de la protéger de tout ou presque.

Elle d'ordinaire si fière de son autonomie !

— J'ai bien compris que tu ne tiens pas à me raconter ton entrevue avec ce type, néanmoins n'oublie pas que je suis là pour toi, Grant. Ne serait-ce que pour t'écouter ou t'aider à « faire le tri », pour reprendre ton expression.

Il se tourna vers elle, puis la dévisagea comme pour la percer à jour. Presque aussitôt, la chaleur qu'Ella avait éprouvée à son contact fit place à une défiance amère, dont il lui fut difficile de se débarrasser.

Grant se contenta de répéter :

— Tu ne m'as toujours pas indiqué la direction du ranch.

Lorsqu'elle voulut retirer sa main, il l'en empêcha doucement.

— Pourquoi tiens-tu à te débarrasser de moi, Ella ? s'enquit-il d'un ton léger.

C'en était trop.

Non content d'inverser les rôles, Grant faisait vraiment tout pour ne pas lui exposer les raisons de sa contrariété.

Ça ne se passerait pas comme ça.

— Je ne comprends pas ton refus obstiné de me rapporter la teneur de ton entretien avec ce type, grommela-t-elle. Ça concerne Lily ? Il ne lui est pas arrivé malheur, au moins ?

Cette fois, il lui lâcha la main pour répondre :

— Non. Ça n'a rien à voir avec ta protégée. Cet individu n'a pas grand-chose à nous apprendre. Toi, en revanche, tu ne m'aurais pas menti, par hasard ?

— À quel propos ? Ce type t'aurait-il donné matière m'interroger comme une suspecte ?

Le regard de Grant se fixa sur la route. Ella s'aperçut qu'il ne cillait pas et en déduisit qu'elle avait vu juste.

— Que t'a-t-il dit, exactement ? s'enquit-elle.

— Il faut que je voie tes employeurs, rien d'autre, annonça-t-il, l'air tout de même un peu penaud.

— Enfin, pourquoi ? Par pitié, explique-toi, Grant.

Elle avait horreur de le supplier ainsi, cependant elle était à court d'idées.

Grant se passa une main sur la nuque et gara son pick-up sur le bas-côté.

Qu'avait bien pu lui confier Steve pour qu'il juge bon de s'arrêter à la seule fin de le lui confier ? Elle avait vu des policiers téléphoner ou même consulter leur ordinateur tout en conduisant, d'où sa perplexité devant l'attitude de Grant.

— Depuis combien de temps travailles-tu avec ton équipe actuelle ?

— Celle de remplacement, aussi appelée « commando de l'ombre », ou celle de la STEALTH dans son intégralité ?

— Les deux, répondit Grant en haussant les épaules.

— Voyons... ma famille et moi-même avons commencé à collaborer sur les deux plans il y a une dizaine d'années. En ce moment, nous sommes les seuls membres de l'équipe de remplacement. Quant à la STEALTH, j'y suis entrée il y a environ deux ans. Pourquoi cette question ?

— Parce que j'aimerais savoir si tu en connais tous les employés.

— En grande partie. Je ne vois jamais les contractuels, puisqu'ils sont déployés un peu partout dans le monde.

— Ah ! fit Grant.

Il se détendit légèrement, et ajouta :

— De sorte qu'il est tout à fait possible que tu n'aies jamais rencontré l'un d'entre eux. Tu m'en vois soulagé, je te l'avoue, car j'étais convaincu que vous vous connaissiez tous.

— Comme je viens de te le dire, il y a des exceptions. Attends... Steve Rubbick prétend être un employé de la STEALTLH ?

— Ainsi que son frère, Ace. Autrement dit, il m'a mené en bateau...

Grant étouffa un petit rire, se lissa les cheveux et reprit :

— Autant t'avouer la vérité, je n'ai pas réussi à savoir ce qu'il se passait au fond de son couloir. Rubbick m'a baladé ; et j'ai eu peur que tu me caches un élément... assez important pour mettre toute notre enquête à mal.

Elle sentit sa gorge se nouer. Si elle ne lui avait rien caché délibérément, il se pouvait qu'elle soit en possession de certains détails susceptibles de l'aider. Elle avait le sentiment de les avoir sur le bout de la langue, cependant il lui aurait fallu des questions précises pour les formuler. Aussi, crut-elle bon d'insister :

— Je ne ferais jamais une chose pareille, Grant. Sous aucun prétexte. Tu peux me faire confiance, je te l'ai déjà dit.

Le visage de Grant s'éclaira enfin d'un sourire franc.

— Tu ne peux pas t'imaginer l'étendue de mon soulagement. Pour tout t'avouer, à l'idée que tu aies pu me cacher un point aussi important, j'ai été pris d'une véritable angoisse. Vois-tu, Ella, je t'avais accordé ma confiance, et je n'aurais jamais dû douter de ta probité. Quel crétin je fais, quand je m'y mets !

Elle lui retourna son sourire, avant de répondre :

— À mon tour de te faire une confidence. Je suis d'un naturel plutôt méfiant, pourtant tu fais partie des rares personnes entre les mains desquelles je m'en remettrais totalement, en toutes circonstances. Et je suis ravie de t'avoir rencontré.

Les yeux baissés, elle ajouta :

— Je dois avouer que tu m'as fait peur, toi aussi. À l'avenir, plutôt que te ronger les sangs, explique-toi franchement. Je supporte mal qu'on me prenne pour ce que je ne suis pas. Certes, j'ai des secrets, et il m'est arrivé de commettre des erreurs monumentales. Pour autant, je ne voudrais pas avoir à te cacher certaines vérités. Jamais. Jamais, tu m'entends ?

En réalité, Ella le voulait pour elle-même et désirait devenir sienne. Et comme elle ignorait s'il en allait de même pour lui, il lui avait paru logique de mettre ce moment rare à profit, de façon à ne pas avoir de regrets, là non plus.

— Pourquoi ne m'as-tu pas appelé, après notre nuit dans la montagne ? lui demanda-t-il, une nuance de reproche dans la voix.

Elle prit le temps de chercher ses mots, avant d'expliquer :

— Je... ne savais plus très bien où j'en étais. Ni avec toi ni avec l'enquête. Et puis, j'étais épuisée. La semaine avait été plutôt rude, conviens-en.

— Et si tu avais eu des nouvelles de Lily, tu m'aurais contacté toi-même ou tu aurais chargé un de tes collègues de le faire ?

— Je t'aurais appelé, bien sûr, l'assura-t-elle. J'étais si désemparée...

— Parce que tu ne l'es plus ? lui renvoya Grant.

Même si elle pressentait qu'il tentait de prendre la mesure de ses sentiments envers lui, Ella fut un peu froissée par sa question et rétorqua :

— Je sais, Grant. Je sais. Nous n'en sommes qu'aux prémices de cette relation, pourtant je peux te dire qu'en ta compagnie je me sens transformée. Jamais, dans mes rêves les plus fous, je n'aurais imaginé que j'embrasserais un homme au beau milieu d'une enquête. De ma propre initiative, en plus !

Grant s'esclaffa.

— Ris si ça te fait du bien ; moi je ne plaisante pas. En temps normal, je me consacre exclusivement à mon travail, surtout lorsque je suis assistée par Daisy. Et comme cette enquête concerne Lily et Catherine, je n'aurais dû penser qu'à elles... cependant, assise auprès de toi dans cette montagne... Je... Oh ! comment t'expliquer ?

— Ça t'a semblé tout naturel ? poursuivit Grant à sa place.

— Ce… C'est un peu ça, oui.

Elle sourit en le voyant se pencher vers elle pour lui prendre la main. Il la porta à ses lèvres et y déposa un baiser.

— Un peu, pas tout à fait, car ça a été bien au-delà d'une simple impulsion, reprit-elle. Pardonne-moi, Grant. Les mots me manquent et…

De nouveau, il lui vint en aide :

— Ce n'est pas grave, je vois ce que tu veux dire, affirma-t-il en tournant pour rejoindre la nationale.

Bien qu'elle en doute, Ella était heureuse de les savoir enfin sur la même longueur d'onde. En effet, un minimum d'harmonie lui paraissait essentiel s'ils voulaient construire ensemble, pour longtemps.

— Zoey t'accordera sans peine un entretien, reprit-elle dans l'espoir de lui dissimuler son trouble.

Elle ne comprendrait décidément jamais pourquoi tout devenait si complexe dès la naissance de sentiments réciproques.

Aucune de ses relations passées ne s'était déroulée sans heurts et, s'il lui était arrivé de se croire amoureuse, ça n'avait pas duré. En fait, Ella considérait l'amour comme une faiblesse. Peut-être était-ce la raison de sa réticence à en parler. Grant semblait fait du même bois, d'où – du moins le supposait-elle – leur tendance maladive à éluder la question en se réfugiant derrière la gravité de leur problème.

Pourtant, s'ils voulaient se donner une chance de mener leur idylle à bien, ils devraient se décider à aborder le sujet de leur attirance mutuelle, comme des faiblesses qui les accompagnaient.

Cela dit, Ella n'était pas certaine qu'ils soient prêts à se lancer dans l'aventure. Néanmoins, et même s'ils venaient à peine de se rencontrer, ces quelques jours avaient suffi à les mettre tous deux à la frontière entre l'amour et le désir – d'ordinaire si dissociables.

Après avoir obtenu de Zoey l'autorisation de divulguer à Grant l'emplacement des quartiers généraux de la STEALTH, elle dirigea Grant vers le Widow Maker.

Sarge, le hongre noir du ranch, les accompagna en galopant le long de la clôture, jusqu'à la maison principale.

Le bureau de Zoey était situé dans une bâtisse séparée, en marge de l'écurie. Au loin, on distinguait une rangée de chalets aux façades en bois. Pour y accéder, il fallait emprunter un chemin de terre au bout duquel un entassement de matériel de chantier annonçait de nouvelles constructions.

— C'est là que je vis, dit-elle en désignant la deuxième habitation de la rangée. Bien qu'un peu rudimentaire, ça me convient parfaitement : il y a deux pièces, une salle de bains, et je m'estime heureuse de l'habiter seule. Deux de mes frères ont préféré prendre leurs quartiers dans la maison des propriétaires.

Elle s'était servie de ces précisions superflues pour détendre l'atmosphère. Elle n'aurait su dire pourquoi elle continuait d'être si nerveuse en compagnie de Grant, alors qu'ils se tenaient toujours par la main et s'étaient plus ou moins avoué leur penchant l'un pour l'autre.

Une conséquence de son désir, là encore ?

— Zoey doit être là-bas, ajouta-t-elle en désignant d'un index la bâtisse grise. C'est là que nous récupérons nos feuilles de route. Le bureau nous sert aussi de lieu de concertation.

— Bien, dit Grant. Est-ce que tous les employés de la STEALTH peuvent participer à ces réunions ?

— Non, non. Les principaux chefs d'équipe y assistent ;

pas moi, par exemple. En général, les informations dont j'ai besoin me sont fournies par AJ ou par Zoey.

Grant acquiesça, l'air beaucoup plus détendu, subitement.

Une fois le pick-up garé, Grant et elle se dirigèrent vers le bureau.

Assise à l'extrémité d'une immense table ovale, Zoey fit pivoter sa chaise lorsqu'ils pénétrèrent dans la pièce. Ses cheveux étaient méchés de violet, ce jour-là, et un nouveau tatouage ornait son cou.

— Salut, les jeunes. Comment ça va ? lança-t-elle.

Ella ne put réprimer un sourire. Elle adorait sa responsable qui, en plus de ne pas s'en laisser conter, veillait sérieusement à la sécurité de son entourage.

— Bien, répondit-elle. Je te présente le sergent Grant Anders, du bureau du shérif. Comme nous, il s'intéresse de près à l'affaire Clark.

— Je vois, rétorqua Zoey.

Soudain moins avenante, elle fixa Ella du regard, comme pour essayer de deviner ce que Grant savait, au juste.

— Il aimerait te poser quelques questions.

— Ravi de faire votre connaissance, madame, dit Grant. Madame… ou… ?

— Zoey, tout simplement. Je me fiche de ces convenances ancestrales. J'ai beau être mariée et mère de famille, je n'appartiens à personne. À mes yeux, un couple est un véritable partenariat. Du moins, il en va ainsi à l'intérieur du mien.

Grant serra la main qu'elle lui tendait, et poursuivit :

— Merci d'avoir accepté de me recevoir.

— La quasi-totalité de l'équipe de sécurité est sortie, reprit Zoey, mais je devrais être en mesure de vous renseigner, sergent.

— Pas sûr, car nous voulions surtout rencontrer l'un

des hommes qu'Ella a croisés chez les Clark, le jour des disparitions de Catherine et de sa fille. Ce type prétend travailler pour la STEALTH.

En réponse, Zoey hocha la tête, fit rouler son fauteuil jusqu'à son véritable poste de travail – un alignement d'ordinateurs – à l'autre bout de la pièce puis demanda :

— Son nom ?

— Steve Rubbick. Ça vous dit quelque chose ?

— Voyons… pas spécialement. En même temps, vous savez ce que c'est. Ces types peuvent endosser des dizaines d'identités différentes, au cours de leur carrière. À quoi ressemble-t-il ? poursuivit-elle en pivotant vers eux.

Ella vit à son expression que Zoey ne leur avait pas menti en disant ne pas connaître Rubbick.

— À un extrémiste. Il s'est fait tatouer une croix gammée sur le bas du cou, lui répondit Grant.

— Ah ! dans ce cas, il est inutile que je cherche dans mes données, répliqua Zoey. Si, comme vous le voyez, je suis une adepte du tatouage moi-même, je n'embaucherais jamais une personne portant à vie le signe de son appartenance à un groupe aussi méprisable. Nous nous targuons d'avoir un personnel inattaquable, tant sur le plan professionnel que dans la vie privée. L'idée est de ne pas avoir à surveiller nos recrues de trop près.

Ella prit le relais :

— Tu n'as jamais entendu parler non plus d'un certain Philip Crenshaw ?

— Ce nom ne m'évoque rien. Tu peux me le décrire ?

Grant fit apparaître sur son téléphone la photo de l'homme et montra l'écran à Zoey.

La réaction de sa responsable fut sans équivoque :

— Ah oui, lui… lui, je le connais, dit-elle en étouffant un petit rire. Il est venu nous proposer ses services, et je l'ai reçu pour un entretien d'embauche. J'avais oublié son nom, d'ailleurs.

— Donc, il ne travaille pas pour vous, conclut Grant.

— Il avait les références nécessaires, mais je me suis méfiée parce que certains détails de son passé m'ont paru louches. Même s'il a pu être amené à faire de mauvais choix dans le feu de l'action, je n'ai pas jugé souhaitable de lui accorder le bénéfice du doute.

— Vous ne savez pas où nous pourrions le trouver, par hasard ? demanda Grant. Je n'ai pu tirer aucune indication de sa dernière adresse connue.

— Je vais essayer d'en apprendre un maximum sur son compte, lui répondit Zoey. Pour cela, il me faudra sûrement recourir au logiciel de reconnaissance faciale, et ça risque de prendre du temps. Vous avez quelques heures devant vous, l'un et l'autre ?

Ella ignorait quel était le programme de Grant, mais l'idée de rester inactive lui déplaisait fortement. Malheureusement, dans l'immédiat, ils devaient se résigner à attendre le résultat des recherches de Zoey.

— Personnellement, je ne suis pas pressé, répondit Grant.

— Parfait, renchérit Ella, un sourire contraint aux lèvres. Je vais te transférer les photos dont nous disposons, Zoey. Ça t'aidera peut-être à rassembler quelques informations sur Crenshaw.

Grant baissa la tête vers elle et lui dit :

— Pendant que Zoey travaille, tu pourrais me faire visiter ton petit intérieur, qu'en penses-tu ?

Sidérée par sa suggestion, Ella sentit ses joues s'empourprer. Même si Grant n'avait fait aucun sous-entendu, l'idée d'être seule avec lui dans son petit chalet la mettait en émoi.

— Euh… Vo… volontiers, balbutia-t-elle en se dirigeant vers la sortie, Grant sur les talons.

Au moment où ils atteignaient la porte, Zoey leur lança, d'un ton goguenard :

— Amusez-vous bien, tous les deux. Je vous enverrai un message quand j'aurai quelque chose à vous annoncer. N'ayez crainte, je ne viendrai pas vous interrompre.

L'embarras d'Ella augmenta encore d'un cran. Par comparaison avec sa supérieure, elle se faisait l'effet d'une pucelle effarouchée.

Ils traversaient le parking pour gagner la rangée d'habitations, lorsque Ella palpa sa poche et se rendit compte que le téléphone de Catherine y était resté.

— Attends une minute, dit-elle à Grant en agitant l'appareil devant ses yeux. Zoey en aura sûrement l'utilité. Ne bouge pas, je reviens tout de suite.

Jusqu'à présent, Ella n'avait rien tiré d'instructif de l'iPhone. Des centaines de contacts, autant de messages, sans parler des appels. L'analyse d'un tel volume d'informations demanderait des heures, voire des jours entiers. Pire, il n'était pas certain qu'elles les mènent à Lily.

Zoey, occupée à taper un SMS, leva les yeux vers Ella, la considéra d'un air goguenard, puis dit :

— Déjà ? Bah dis donc, tu es une rapide, toi !

— Grant et moi ne sommes pas…

Elle n'acheva pas sa phrase : le fait qu'ils ne soient pas encore amants n'enlevait rien à son impatience.

— À d'autres, fillette. Tu me prends pour une débutante ? Il suffit de voir la façon dont vous vous dévorez du regard pour comprendre. Rappelle-moi de ne jamais te confier de mission d'infiltration. Tu mens très mal.

Ella lui tira la langue et rétorqua :

— Tu m'as déjà infiltrée à plusieurs reprises, et je m'en suis très bien sortie, si ma mémoire est bonne.

— D'accord, d'accord. N'empêche que tu ne me feras pas croire que ce garçon te laisse indifférente. Tu as oublié quelque chose ?

— Je suis venue t'apporter le téléphone de Catherine Clark. Tu trouveras le code de déverrouillage à l'intérieur du sachet en plastique.

— Merci, Ella. Ça va sûrement m'aider dans mes recherches. Et dans l'intervalle, prends donc un peu de bon temps. Allez, va, va…

Ella se dirigea prestement vers la porte.

Au moment de sortir, néanmoins, elle se tourna machinalement vers les ordinateurs, et entrevit le visage de Philip Crenshaw sur l'un des écrans.

Le regard sombre, les sourcils froncés, il n'avait plus rien de commun avec l'homme qu'elle avait vu, cigare aux lèvres, dans le salon de Catherine.

Le visage qu'il présentait sur ce nouveau cliché était celui d'un tueur aguerri.

Capable d'exécuter sa victime de sang-froid.

13

Le chalet était encore plus exigu qu'il ne le paraissait de l'extérieur, et Grant comprit sans peine que les frères d'Ella aient préféré s'installer dans l'habitation principale du ranch. Il félicita mentalement la STEALTH d'avoir eu la bonne idée de faire loger ses employés sur place, vu la nature et la dangerosité de leur travail.

En voyant Ella composer le code d'ouverture de sa porte d'une main tremblante, il fut tenté de l'assurer de ses intentions parfaitement honorables, toutefois il était aussi nerveux qu'elle… et ça aurait constitué un mensonge.

Il rêvait de lui faire l'amour depuis leur premier contact, mais il ne la brusquerait pas. Si elle voulait de lui…

… eh bien, qu'elle mène la danse !

D'un autre côté, malgré la hardiesse dont elle avait fait preuve dans la montagne, Ella semblait d'un naturel réservé, et Grant doutait qu'elle fasse le premier pas.

À peine Ella eut-elle ouvert la porte et allumé la lumière que Daisy se précipita vers eux.

— Daisy, ma petite chérie ! s'exclama Ella, manifestement ravie de retrouver sa chienne.

Daisy s'aplatit sur le lino, puis rampa jusqu'à eux en remuant la queue.

Ella se baissa vers la jeune rottweiler pour la cajoler.

Lorsqu'elle s'aperçut enfin de la présence de Grant, la chienne bondit vers lui et se frotta à ses jambes avec enthousiasme. D'abord vaguement dérouté par la chaleur de cet accueil, il se rappela la nuit qu'ils avaient passée ensemble à veiller sur Ella.

— Salut, Daisy, dit-il avant de s'accroupir à son tour pour lui gratter le crâne, entre les oreilles.

Du coin de l'œil, il surprit Ella à les épier d'un air attendri.

Daisy le gratifia d'un grand coup de langue sur la joue.

— Oh ! fit Ella, visiblement catastrophée. Je… Je suis désolée. Daisy ne fait pas ça, d'habitude. Cela dit, si ça peut te rassurer, contrairement aux autres chiens du ranch, elle ne met jamais la truffe dans le crottin de cheval.

— Tu m'en vois ravi, répondit-il en riant, avant de s'apercevoir qu'Ella parcourait la pièce des yeux, les joues roses de confusion.

— Je ne reçois pas souvent, comme tu t'en doutes, d'où le désordre ambiant.

Elle désigna en grimaçant le canapé encombré d'un panier à linge plein à ras bord de linge plié.

— Ne t'inquiète pas, c'est bien pire chez moi. Je n'ai que deux malheureux jours de congé hebdomadaire, et je refuse de les consacrer aux tâches ménagères. Je ne me souviens pas de la dernière fois où j'ai lavé mon carrelage, c'est te dire !

— Moi, je suis obligée de passer régulièrement la serpillière, sous peine de devoir enjamber les empreintes boueuses de Daisy. Tiens, à propos, je vais la laisser sortir.

Elle ouvrit la porte et regarda sa chienne bondir au-dehors, toute contente de pouvoir rejoindre le reste de la meute.

— Elle est partie pour un bon moment, même si elle

ne s'éloigne jamais vraiment. Je t'offre quelque chose à boire ? lui demanda-t-elle en se précipitant vers la cuisine.

— Un grand verre d'eau serait le bienvenu. Ne bouge pas. Je suis assez grand pour me servir tout seul, répondit Grant en se demandant lequel de lui ou de sa ravissante hôtesse était le plus à cran.

Pour sa part, il se sentait submergé par ses sentiments, au point de ne plus avoir une once de réflexion.

Il ouvrit l'élément qui surplombait l'évier, et en tira un verre. Puis, au lieu de le remplir, il le posa sur le comptoir et se tourna vers Ella pour lui demander :

— Tu es sûre que ça ne te dérange pas de m'avoir fait entrer ? On pourrait attendre dans mon pick-up ou…

Contre toute attente et sans prévenir, Ella s'avança vers lui, lui passa les bras autour du cou, puis posa fermement ses lèvres sur les siennes.

Grant mit quelques secondes à comprendre ce qui lui arrivait, puis il l'étreignit pour lui rendre son baiser.

Dire qu'il l'avait crue d'un naturel réservé !

Jamais il n'avait été aussi heureux de s'être trompé. Lorsque Ella se pressa contre lui, il eut l'impression qu'en plus de se hisser sur la pointe des pieds pour l'embrasser, elle tentait de lui enserrer la taille de ses jambes. Enhardi par son enthousiasme, il se hasarda à faire descendre ses mains le long de son dos, pour les refermer sur ses fesses… rebondies à souhait, malgré ses sessions intensives au gymnase – du moins s'il en jugeait par l'endurance dont elle avait fait preuve dans la montagne.

Cette femme représentait décidément son idéal : une combinaison parfaite de formes et de muscles, de féminité et de force.

Il fit courir ses lèvres sur sa gorge offerte, et fut récompensé de son geste par un râle prometteur.

Ce simple gémissement l'électrisa tout entier. Il lui avait toujours été impossible de résister au désir d'une femme, lorsqu'elle l'exprimait ainsi.

Lorsqu'il sentit Ella frémir contre lui, il releva la tête pour la contempler.

Ses yeux avaient pris la couleur annonciatrice d'une éclaircie, un soir d'orage.

— Ce que tu es belle…

Elle voulut détourner la tête, mais il l'en empêcha d'un index et murmura :

— Ne te dérobe pas, Ella. Je veux te voir… te voir tout entière.

Elle baissa les yeux vers son torse, sans qu'il parvienne à deviner le fond de sa pensée.

— Écoute, dit-il alors. Si tu n'es pas prête ou si tu as changé d'avis, on peut en rester là et redevenir amis. Je ne t'en voudrai pas, je…

Elle prit ses mains entre les siennes, et se décida enfin à lui faire face.

— Tu n'y es pas du tout. J'ai envie de toi, je brûle de faire avec toi de nouvelles expériences. De me donner tout entière à toi, si tu préfères. Seulement…

Elle s'interrompit et toussota avec gêne.

— Tu as des doutes ?

— Des doutes ? se récria-t-elle, les sourcils froncés. Pas du tout !

— Dans ce cas, où est le problème ? lui renvoya-t-il, peut-être un peu trop sèchement.

— Eh bien… il y a longtemps que je n'ai pas fait l'amour, et je ne voudrais pas te décevoir.

Grant laissa échapper un petit rire, qui se coinça dans sa gorge quand elle tenta de se dégager.

— Reste là. Je ne voulais pas te froisser. Tu m'as pris de court, rien d'autre ! J'ai cru que tu ne voulais plus de moi, et il ne me serait jamais venu à l'idée que tu puisses cacher ce genre de craintes derrière ton assurance à toute épreuve. Tu es la plus belle femme que je connaisse, et…

Elle leva une main pour l'arrêter dans son élan, puis dit, dans un soupir :

— N'exagérons rien, Grant. Sans être franchement moche, je n'ai rien d'extraordinaire, j'en suis consciente.

Il se pencha sur elle pour lui murmurer à l'oreille :

— À mes yeux, tu es exceptionnelle. Ah, et pour info, je me fiche de tes prouesses sous la couette. L'important est que nous entendions. Nous pouvons accomplir des miracles, tous les deux, j'en suis convaincu. Pour cela, néanmoins je dois avoir toute ta confiance.

Il hésita une fraction seconde, avant d'ajouter :

— Et réciproquement, bien sûr.

Lorsqu'elle releva la tête vers lui, ses yeux brillaient d'une lueur nouvelle.

— Je voulais t'entendre prononcer ces mots depuis le soir de notre rencontre, murmura-t-elle.

Grant aurait dû le comprendre. Aussi, admit-il, dans un soupir :

— Nous avons beaucoup à apprendre l'un de l'autre. Je ne suis pas l'homme idéal…

— Et je suis loin d'atteindre la perfection, comme tu le sais.

— Tu en es beaucoup plus près que moi, Ella. Peu importe, nous gérerons nos petits travers ensemble… Ou plutôt, je ferai de mon mieux pour atteindre ton niveau. Tout en m'efforçant de m'ouvrir à toi, de façon à ce que tu ne t'interroges jamais sur mes petits tracas, souvent passagers.

— Pour l'instant, j'ai bien trop envie de toi pour penser à autre chose.

— D'accord, alors dis-moi ce que tu aimerais que je te fasse, lui répondit-il, ravi de sa réaction.

Elle le considéra un instant les yeux ronds, puis fit mine de tomber à la renverse, un sourire aguicheur au coin des lèvres.

— Pour commencer, retire cette épaisse chemise, lui ordonna-t-elle en reculant d'un pas.

À l'idée de se soumettre à la volonté d'Ella, l'excitation de Grant ne connut plus de limites.

— Tes désirs sont des ordres, dit-il en achevant de déboutonner le vêtement, dont il laissa les pans ouverts.

— Complètement, ajouta-t-elle.

— Ella ! s'exclama-t-il, incapable de dissimuler sa surprise.

Ella recula d'un pas en minaudant.

— Parce que tu comptes rester habillé, peut-être ?

L'air faussement résigné, Grant s'exécuta. Il n'attendit pas l'ordre suivant pour se mettre torse nu.

Et se réjouit du soupir admiratif qu'Ella laissa échapper. Jamais il ne se lasserait d'une telle réaction.

— Tu ne m'as pas dit que tu te sentais un peu rouillée en la matière ? lui demanda-t-il d'un ton malicieux.

— Ça ne m'empêche pas de savoir ce que je veux et comment l'obtenir. J'ai eu tout le temps de penser aux multiples façons dont j'aimerais atteindre l'orgasme.

Grant fut particulièrement émoustillé par la franchise de cette déclaration. Rien ne lui paraissait aussi sensuel qu'une femme capable d'évoquer ouvertement sa sexualité. Cette liberté d'esprit, s'il parvenait à l'égaler, leur permettrait de se donner l'un à l'autre sans interdits.

En outre, malgré ses dires, Grant ne doutait pas qu'Ella se révèle très douée pour l'amour, et la perspective de la pénétrer lentement en admirant son beau visage, le charmait.

— Et maintenant ? demanda-t-il en ouvrant les bras pour lui montrer son torse nu.

Elle s'avança vers lui, fit courir un index sur le tatouage qui ornait l'un de ses pectoraux, et s'enquit :

— Pourquoi cette patte de grizzly ?

— En hommage à un ami tué dans l'exercice de ses fonctions. Il a été abattu au cours d'un contrôle de routine, et j'ai souhaité porter ce motif sur mon cœur, afin de ne jamais oublier que dans mon métier – je devrais dire dans le nôtre – chaque jour est un don du ciel.

— C'est beau, et si vrai…, commenta-t-elle en continuant de faire descendre sa main vers son ceinturon.

Après l'avoir débouclé, Grant le retira précautionneusement et le jeta ensuite sur le canapé, non sans s'assurer au passage que les rideaux étaient bien tirés, dans le souci d'éviter toute indiscrétion.

— Nous serions mieux dans ta chambre, murmura-t-il.

Elle acquiesça et le guida sans mot dire le long d'un petit couloir.

Une fois la porte refermée derrière eux, Ella appuya sur un interrupteur et Grant retint un cri de surprise tant il trouva le décor inattendu.

Les draps de satin noir dont le lit était recouvert lui parurent si suggestifs qu'il ne put s'empêcher de poser une main sur sa braguette.

— Enlève ça aussi, lui ordonna Ella.

Grant fit glisser la fermeture, puis laissa tomber le

pantalon à ses pieds. Elle posa les yeux sur son boxer gonflé par son sexe en érection.

Son regard appréciateur – presque gourmant – le fit jubiler, car il se targuait de savoir mener une femme au summum du plaisir.

Certains hommes préféraient satisfaire le leur, et cela ne laissait pas de l'étonner : puisque, de toute façon, ils y parviendraient, pourquoi ne pas prendre le temps de rendre inoubliable ce voyage à deux ?

De même, il ne comprendrait jamais qu'une femme reste avec un homme trop égoïste pour lui faire partager les délices du sexe. S'il n'avait aucune attention pour elle dans ces circonstances, pourquoi en irait-il autrement une fois la chambre à coucher désertée ?

— Cent sous pour tes pensées, lui dit Ella d'un ton enjoué.

— Je réfléchissais aux mille façons dont je pourrais te faire jouir.

Sur ces mots, il prit le bas de son sweat-shirt, le fit glisser vers le haut jusqu'à son soutien-gorge.

Et faillit éclater de rire.

Rouge… Elle portait de la lingerie rouge, alors qu'il l'avait imaginée en sous-vêtements bleus, bien sages.

S'il n'avait pas déjà été dans un état d'excitation, la vue de sa superbe poitrine l'aurait provoqué.

— À ton tour, dit-il en désignant son pantalon.

Au lieu de lui obéir, Ella s'empara de son téléphone et appuya sur un ou deux boutons.

Malgré son impatience, Grant fut soulagé de pouvoir faire une pause, et bientôt, la voix de Chris Stapleton s'éleva d'un haut-parleur Bluetooth posé dans un coin de la chambre.

En plus de ses nombreuses qualités, Ella avait l'art de créer une ambiance.

Elle se déhancha au rythme de la musique en déboutonnant son pantalon d'uniforme, le fit glisser le long de ses cuisses, puis le retira complètement et le jeta au pied du lit.

À la vue de sa petite culotte, rouge elle aussi, Grant se souvint d'avoir entendu dire qu'une femme ne portait généralement des sous-vêtements assortis qu'en prévision d'une nuit d'amour.

Ella avait-elle pressenti ce qui allait se passer entre eux ?

Cette simple pensée l'excita encore davantage et, incapable de réprimer le grondement qui lui était monté à la gorge, il attira Ella contre lui, dans l'intention de lui arracher sa petite culotte avec les dents, avant de se régaler avec tendresse de tout ce que dissimulait la dentelle.

Elle étouffa un cri lorsqu'il posa sa bouche sur sa gorge, referma une main sur un de ses seins et lui caressa le bas du dos de l'autre.

Elle allait se donner à lui. Être sienne. Enfin !

— Répète-moi que tu as envie de moi, dit-il d'une voix rauque, alors même qu'elle frémissait sous ses doigts.

— J'ai envie de toi depuis le début, lui avoua-t-elle, le souffle court.

— Même si je n'en crois rien, c'est toujours bon à entendre, répondit-il d'un ton léger. J'ai été odieux, lors de notre première rencontre, et je m'en excuse. Peu importe à présent. Je ne te remercierai jamais assez d'avoir eu la patience d'attendre que je trouve mon chemin vers toi…

Il fit courir ses lèvres sur la lisière en dentelle de son

soutien-gorge, et se délecta au passage de son parfum subtil avant de terminer sa phrase :

— … vers cette chambre, pour me faire vivre ce moment sublime.

Sur ces mots, Grant repoussa l'obstacle de dentelle et referma ses lèvres sur un de ses seins.

Elle rejeta la tête en arrière et s'arc-bouta comme pour mieux s'offrir à sa caresse.

Après avoir cajolé le mamelon érigé, Grant chercha l'autre, qu'il malaxa doucement entre ses doigts – une façon pour lui de remercier Ella de l'honneur qu'elle lui faisait en lui donnant accès à son intimité.

Lorsqu'il n'y tint plus, il passa une main entre ses jambes pour chercher, à travers la soie bordée de dentelle, la manifestation du désir d'Ella.

Quand il l'eut trouvée, il s'agenouilla et la débarrassa de sa petite culotte, avec délicatesse finalement. À la réflexion, il aurait été dommage d'abîmer cet article de lingerie, d'autant plus sacré qu'il comptait bien le revoir.

Il ramena la jambe d'Ella sur son épaule, l'attira à sa bouche et lui titilla le sexe, bien décidé à ne s'arrêter que lorsqu'elle le supplierait de la posséder entièrement.

Ella se mit à remuer au rythme de sa langue qui s'enroulait autour de son clitoris, l'aspirait et le tétait. Cela dura des minutes ou des heures, il n'aurait su le dire tant il était perdu en elle.

— Grant, gémit-elle en contractant son sexe. Je… je…

Elle se laissa retomber contre le mur et Grant la regarda jouir pleinement de son orgasme.

Haletante, elle tendit un bras vers lui et l'attira à elle pour l'embrasser et savourer son propre goût sur ses lèvres.

— Tu es… merveilleux, chuchota-t-elle avant de faire

glisser son boxer vers le bas, de refermer une main sur son sexe en feu et de s'empaler sur lui.

Grant eut alors la certitude d'avoir trouvé l'âme sœur.

Enfin !

14

Ella consulta sa montre et s'étonna que Zoey, d'ordinaire si rapide, ne lui ait toujours pas fait signe.

À contrecœur, elle se détacha de Grant qui ouvrit les yeux à son tour.

— Où vas-tu ? demanda-t-il en lui posant une main sur les reins.

Elle désigna d'un geste du menton le portable posé sur la table de chevet en expliquant :

— Ce silence commence à m'inquiéter. Depuis le temps que nous sommes ici, on aurait dû nous appeler.

Elle se renfrogna encore davantage à l'idée qu'il y ait du nouveau et que, dans le feu de l'action, on ait oublié de les en informer.

Tous deux se redressèrent en même temps pour consulter leurs téléphones.

— Rien de particulier de mon côté, annonça Grant. Du tien non plus ?

Le portable d'Ella se mit à vibrer dans sa main. Elle avait un message de Zoey.

Mince.

Si par malheur leur brève échappée avait compromis l'enquête, jamais elle ne se le pardonnerait, même si ce moment entre les bras de Grant avait été merveilleux.

Le message de sa supérieure était pour le moins succinct :

Rappelle-moi

Cela signifiait-il que Zoey n'avait rien trouvé, malgré toutes les informations dont elle disposait ? Ils lui avaient confié l'ensemble de leurs déductions. Allaient-ils devoir tout recommencer, malgré leur hâte de se retrouver seuls dans la petite chambre d'Ella ?

Cette parure de satin noir avait constitué un bon investissement, en fin de compte. À l'époque où elle l'avait achetée, elle s'était reproché son extravagance. Pourquoi s'offrir des draps de luxe, en pleine traversée d'un désert affectif ?

Elle se tourna vers Grant, appuyé contre le mur, un bras sous la tête, et le contempla avec émerveillement.

Sans son implication dans l'enquête en cours, elle serait volontiers retournée se blottir dans ses bras pour une nouvelle étreinte.

Ou plusieurs.

Jamais elle ne se lasserait de faire l'amour à cet homme, c'était devenu pour elle une certitude.

Pourtant, elle craignait que, une fois redescendu de son petit nuage, Grant ne s'aperçoive qu'ils n'étaient pas faits l'un pour l'autre.

Elle avait une certaine influence dans un milieu principalement masculin, et une petite voix lui faisait craindre de ne pas suffire à un homme comme Grant.

Ça ou, à l'inverse, d'avoir une personnalité beaucoup trop forte pour lui.

Malheureusement, cela lui était déjà arrivé. La dernière fois, elle avait fait l'impossible pour plaire à son partenaire – à ses propres dépens, car elle avait fini par se transformer en ce qu'elle pensait être l'idéal féminin de son compagnon du moment.

Une autre Ella, plus souple, et surtout beaucoup moins authentique.

Elle se passa les mains sur le visage pour chasser ces sombres pensées. En soupirant, elle entreprit ensuite de se rhabiller et remit son téléphone dans sa poche. Elle craignait presque de faire face à Grant, de peur qu'il ne perçoive le retour en force de ses incertitudes.

Elle se savait à sa place entre ses bras, pourtant elle avait peur. En tombant amoureuse, en se montrant à Grant sous son véritable jour, elle se rendrait extrêmement vulnérable.Or, elle le savait d'expérience, la fragilité menait droit à la souffrance.

Par conséquent, elle devait se préserver, du moins en attendant d'avoir la conviction que son nouvel amant méritait qu'on souffre pour lui. Et elle ne se protégerait ni en s'offrant à lui ni en prenant les commandes de leur liaison toute neuve.

— Si tu t'habilles, c'est sans doute parce que tu as reçu un SMS de Zoey, dit-il soudain.

Elle se rendit alors compte qu'au lieu de répondre à sa question, elle venait de se disputer avec lui, en silence.

Une dispute, vraiment ? Peut-être s'était-elle simplement empêtrée dans ses propres appréhensions.

Soudain, elle eut une illumination : si à ce moment précis il la serrait contre son torse musclé, alors cela signifierait que c'était bien lui, l'homme qu'elle pouvait aimer, le seul à savoir deviner ses attentes, le seul à pouvoir faire disparaître ses soucis par un baiser.

— Zoey m'a demandé de la rappeler, je pense qu'elle veut nous voir, l'informa-t-elle.

Grant se leva d'un bond et commença à se préparer.

Elle avait escompté un signe – même infime – susceptible de lui faire espérer un avenir radieux auprès de lui, si tel était leur destin, mais elle repoussa cette pensée-là également.

En plus d'avoir passé l'âge de l'idolâtrie, elle avait quelque chose à faire.

Elle se dirigea donc vers la cuisine où elle s'empara de deux bouteilles d'eau.

Elle en posa une sur le comptoir à l'intention de Grant…

… et se remit à cogiter. Peut-être en demandait-elle trop en espérant un signe de celui qui, après tout, n'était son amant que depuis quelques heures.

D'un autre côté, Grant devrait se décider à lui signifier, d'une façon ou d'une autre, qu'il tenait à elle et que ce qui s'était passé entre eux n'était pas une simple question de circonstances.

Oui, ce dont elle avait besoin, c'était de la certitude que cette fois la situation était sérieuse. Elle refusait de penser qu'il s'agissait d'une banale aventure sans lendemain.

Sa réflexion fut interrompue par la sonnerie du téléphone.

Zoey.

— Allô ?

Elle fut accueillie par des bruits indistincts, comme si Zoey se déplaçait dans son bureau. Puis elle l'entendit crier quelque chose. Bien qu'elle ne sache pas très bien ce que lui transmettait l'appareil, elle sentit son sang se figer dans ses veines en l'entendant pousser un cri, puis appeler au secours.

Presque aussitôt, la ligne fut coupée.

— Grant ! appela-t-elle, effarée.

Il arriva au pas de course, les lacets toujours dénoués.

— Que se passe-t-il ? Tu t'es blessée ?

— Il faut qu'on file, lui répondit-elle succinctement,

avant d'attraper sa doudoune, de glisser son revolver dans son holster et de se précipiter vers la porte.

Grant lui emboîta le pas en réajustant son ceinturon et lui demanda :

— Qu'y a-t-il ?

— Zoey a besoin d'aide. Viens, fonçons !

Grant s'arrêta, le temps de nouer ses lacets, puis rattrapa Ella, déjà en train de courir vers le quartier général de la STEALTH.

Le parking du ranch n'hébergeait aucune voiture inconnue, ce qui ne signifiait pas grand-chose, car le Widow Maker avait déjà été infiltré par des malfaiteurs. Même si cela s'était produit longtemps avant son arrivée, Ella entendait parfois les cow-boys en parler, généralement autour d'un feu de camp. Manifestement, la simple évocation de ces intrusions restait pénible, pour ne pas dire taboue.

Elle poussa la porte du bureau, et au lieu de trouver Zoey aux prises avec un agresseur comme elle s'y attendait, aperçut Daisy en train de lutter avec un énorme chien qu'elle ne reconnut pas. Du sang s'échappait d'une de ses oreilles à moitié déchiquetée, et lorsqu'il fit mine de s'en prendre à Ella, Daisy bondit sur lui.

— Daisy ! hurla-t-elle, affolée.

Sa chienne risquait gros pour elle ; cette situation la bouleversait mais elle ne pouvait rien y changer.

Elle regarda donc avec impuissance les deux animaux se battre, chacun montrant les crocs et visant la gorge de l'autre. L'espace de quelques minutes, Daisy sembla l'emporter, mais son adversaire reprit le dessus, lui arracha une touffe de poils noirs qui volèrent dans un coin du bureau.

Debout devant son poste de travail, Zoey semblait

aussi désemparée qu'Ella. Qu'est-ce qui avait rendu les deux chiens aussi hargneux ?

Peu importait au fond, pourvu que Daisy s'en sorte sans trop de blessures.

Rattrapée par ses vieux démons, Ella se mit à culpabiliser. C'était sa faute, là encore. Elle aurait dû se concentrer sur son enquête au lieu de s'enfermer dans sa chambre avec Grant.

Pas étonnant qu'elle ne soit pas parvenue à assurer la sécurité de Lily, puisqu'elle ne parvenait pas à protéger sa propre chienne.

À quoi avaient pensé Zoey et les Clark en lui confiant une enfant de trois ans ?

— Daisy, viens ici ! hurla-t-elle dans l'espoir de se faire entendre par-dessus la mêlée. En réponse, la chienne leva sur elle le regard paniqué d'un animal en détresse.

Il était temps d'agir. Elle n'en pouvait plus de regarder sa jeune rottweiler se faire molester, aussi attrapa-t-elle l'accoudoir d'une chaise de bureau, qu'elle projeta vers le chien, dans l'espoir de lui faire lâcher prise. Les doigts enfoncés dans l'épais tissu du dossier, elle se servit ensuite du siège comme d'un bélier.

— Dehors, sale cabot !

Grant maintint la porte ouverte tandis qu'elle obligeait l'animal à sortir, le poil hérissé et les crocs bien visibles.

Lorsqu'il s'aperçut qu'il n'était plus coincé à l'intérieur du bureau, il regarda autour de lui d'un air perdu, et s'enfuit en direction des montagnes.

— Que s'est-il passé ? Comment ça a commencé ? demanda Ella à Zoey.

— Je n'en sais trop rien. Daisy voulait sûrement me défendre, mais je n'en jurerais pas. J'ai entendu un grondement et…

Zoey laissa sa phrase en suspens.

Daisy avait posé la tête sur le sol en gémissant.

Ella se précipita, puis s'agenouilla près de la chienne en tendant précautionneusement une main pour ne pas l'effaroucher davantage.

— Ça va, ma belle ? Ne t'en fais pas, je suis là, dit-elle d'une voix douce.

Comme Daisy lui jetait un regard chagrin, Ella poursuivit :

— Laisse-moi t'examiner. Je ne te ferai pas de mal ; je veux simplement m'assurer que tu n'as rien de grave.

Elle commença à lui palper une patte, puis se tourna vers Grant pour lui dire :

— Il faut retrouver l'autre chien. Va le chercher, et vois s'il n'a rien. De toute façon, il faudra lui faire passer un test pour s'assurer qu'il n'est pas enragé.

Grant acquiesça, toutefois il ne semblait ni inquiet ni bouleversé. Contrariée par son flegme, Ella ajouta :

— Et dépêche-toi. S'il est blessé, on ne le retrouvera peut-être jamais, dans cette montagne. Par pitié, fais vite. Je ne tiens pas à avoir d'autres cadavres à veiller.

La sécheresse de son intonation en disait long sur sa propre souffrance, qu'elle décida néanmoins d'ignorer.

Sans les regarder, Ella sentit que Zoey et Grant échangeaient en silence au-dessus de sa tête, et cela acheva de l'exaspérer. Elle avait bien le droit d'être en colère devant ce désastre, doublé d'un nouveau constat d'échec, tout de même !

Elle en avait franchement assez d'être aussi médiocre et d'avoir à payer le prix des rares plaisirs qu'elle s'octroyait. Pire, cette fois-ci, c'était sa meilleure amie qui faisait les frais de son inconséquence.

Elle s'étendit près de Daisy, posa son front sur celui de la chienne et murmura :

— Pardon, ma belle. Je suis près de toi, maintenant. Tout ceci est ma faute et j'en suis désolée. Je n'aurais jamais dû te laisser sortir.

Daisy se serra contre elle et lui lécha doucement la tempe, comme pour lui signifier qu'elle acceptait ses excuses.

S'estimant indigne d'une telle mansuétude, Ella sentit les larmes lui monter aux yeux.

Il était là, le véritable amour. Dans ce lien avec Daisy. La douleur, le malheur à peine survenus, sitôt pardonnés. Dans cette faculté à pardonner, à voir l'être cher au plus mal et à rester à ses côtés.

Dans cette infinie loyauté.

Aucun homme, pas même Grant, ne pourrait lui offrir tout cela.

Elle se reprocha son égoïsme. Plus jamais elle ne ferait subir à autrui les conséquences de sa négligence.

La flaque de sang qui maculait le sol autour du cou et du torse de Daisy s'élargissait. Toutefois Ella s'efforça de conserver son calme. Elle fouilla le poil humide de la chienne avec précaution, et finit par trouver une entaille, au bas du cou de Daisy, à la limite de son épaule droite.

— Oh ! mon petit sac à puces…, gémit-elle en battant des paupières pour refouler ses larmes. Zoey, peux-tu me passer des serviettes ?

Zoey partit en courant vers les toilettes dont elle ressortit avec un rouleau d'essuie-tout.

— Ça fera l'affaire dans l'immédiat, lui dit Ella. Sers-toi du papier pour appuyer là où j'ai ma main, et ne relâche pas la pression.

Quand Zoey se fut exécutée, Ella courut jusqu'à la

réserve où ils entreposaient leur matériel pour le cas où ils devraient fuir précipitamment.

Elle tira de son sac un kit de coagulation rapide dont elle ne se séparait jamais. Si les agents coagulants n'avaient pas d'effets sur sa petite chienne, ils auraient au moins l'avantage de ralentir l'hémorragie jusqu'à leur arrivée chez un vétérinaire.

De retour dans le bureau, elle appliqua le carré de gaze humidifié sur le muscle à vif de Daisy.

La chienne gémit et aurait léché sa blessure si Ella ne l'en avait empêchée.

— Viens m'aider, Zoey, ordonna-t-elle.

Elle recouvrit d'un bandage la plaie et le carré de gaze de la compresse coagulante, tout en répétant :

— Ne t'en fais pas, ma petite chérie, ça va aller.

La blessure ne semblait pas trop grave, à condition que Zoey et elle parviennent à faire cesser l'hémorragie. Ensuite, quelques points de suture et il n'y paraîtrait plus.

Du moins, on pouvait l'espérer.

Elle s'empara d'une chemise accrochée près de la porte, et la déposa doucement sur le haut du corps de Daisy.

— Allez, poupée, encore un peu de courage, murmura-t-elle avant de passer les mains sous la chienne tremblante pour la soulever.

Une fois Daisy lovée contre sa poitrine, elle demanda à Zoey de leur ouvrir la porte.

Sa responsable fit mieux que ça : après l'avoir laissée passer, elle se précipita vers une des camionnettes de ravitaillement du ranch, disposa une couverture à l'arrière du véhicule, puis aida Ella à y installer Daisy.

Celle-ci avait perdu son regard fou, sans doute parce que l'effet de l'adrénaline commençait à se dissiper.

Elle poussa un long soupir, posa la tête sur la couverture, leva des yeux adorateurs vers Ella, puis les referma.

Ce regard aggrava encore le désarroi d'Ella.

Non, Daisy s'en sortirait. Elle le lui avait promis, et sa promesse était sacrée.

Après avoir doucement refermé la portière, elle contourna la camionnette pour prendre le volant. En tournant la tête vers la montagne, elle vit Grant en redescendre, le chien errant entre les bras. Il l'avait enveloppé dans un plaid, pourtant l'animal levait la gueule vers lui comme s'il était transporté par un héros.

Elle courut vers le pick-up de Grant pour en ouvrir les portières. Bien que bouleversée par les derniers événements, elle supportait mal la vue d'un chien en souffrance.

— Comment va-t-il ? s'enquit-elle d'une voix rauque.

Grant gratta doucement le crâne de l'animal avant de répondre :

— Un peu secoué, cette petite mêlée va lui valoir quelques agrafes. Et Daisy ?

— Pareil, sauf qu'elle semble souffrir terriblement, répondit-elle avant de se tourner vers Zoey pour lui dire : On fonce chez le vétérinaire, suis-nous.

En regagnant la camionnette, néanmoins, elle s'arrêta pour regarder Grant.

—Merci d'avoir retrouvé ce chien, dit-elle. Tu es… super.

Sur ces mots, elle lui décocha un petit sourire, puis tourna les talons.

Il lui en coûtait, mais il y avait des priorités, dans la vie. Les siennes incluaient Daisy, Zoey et ses collaborateurs à la STEALTH.

En l'oubliant, elle décevrait tout le monde.

15

Une fois les deux chiens sur la table d'opération à la clinique vétérinaire de garde, Grant fut forcé d'attendre en compagnie de Zoey et d'Ella.

Il avait la triste impression qu'Ella le tenait au moins en partie pour responsable de l'incident, car sans leurs frasques, rien de tout cela ne serait arrivé à sa chienne adorée.

Comme, dans un sens, elle avait raison, il ne pouvait lui en vouloir.

Grant n'avait pas d'animaux, toutefois il comprenait l'affection qu'on pouvait porter au sien. Lui-même avait été inséparable de son fidèle Duke, jusqu'à son départ pour l'université. Duke était mort pendant son absence, et à son retour, rien n'avait plus jamais eu le même goût : une partie de lui était morte en même temps que son meilleur ami.

Si Ella éprouvait un dixième de son chagrin de l'époque, il s'étonnait même qu'elle accepte sa présence dans cette salle d'attente.

La réceptionniste disparut dans la pièce adjacente, et Zoey se mit à tourner en rond en grommelant :

— Ça risque d'être long.

Grant vit Ella acquiescer et prit conscience de son

extrême fatigue. Au-delà de la lassitude de son regard, son corps tout entier semblait affaibli. Il l'aurait prise dans ses bras pour la réconforter si Zoey n'avait pas été là pour assister à la scène. Non seulement Ella devait afficher un certain stoïcisme devant sa hiérarchie, mais Grant pressentait que s'il l'étreignait, il ne pourrait résister à l'envie de la ramener chez elle, puis dans le lit où ils avaient été si heureux.

Zoey s'immobilisa, rejeta une mèche violette en arrière, et dit :

— Tu ne vas sûrement pas sortir d'ici avant Daisy, Ella. Tu as reçu mon message ?

— Oui.

— Vous avez du nouveau ? intervint Grant, plein d'espoir.

Zoey prit une posture de conspiratrice avant de répondre à mi-voix :

— J'ai surtout reçu un appel dont je me serais bien passée.

Grant sentit les battements de son cœur s'accélérer.

— Que voulez-vous dire ? demanda-t-il.

— Le sénateur Clark m'a téléphoné peu après votre départ.

Elle s'éclaircit la gorge, puis expliqua :

— Il s'est mis en tête de poursuivre la STEALTH pour négligence ayant entraîné la mort de sa femme et la disparition de sa fille. Il va tenter de nous obliger à fermer boutique.

Rien que ça !

Ella ouvrit et referma la bouche à plusieurs reprises, puis une larme lui échappa et coula lentement sur sa joue.

— Je… Je suis désolée, balbutia-t-elle, comme anéantie par l'annonce de Zoey.

Cette fois, c'était le coup de grâce.

Par la faute de Grant, qui fut pris de remords et se souvint tardivement des propos d'Ella. Il n'aurait pas dû l'entraîner à la rencontre de Clark, alors en bonne compagnie. On n'humiliait pas impunément un sénateur, surtout devant une adoratrice qu'il espérait peut-être mettre dans son lit. Ce type était narcissique au dernier degré, et si Grant ne doutait pas qu'il pleure sa femme et s'inquiète pour sa fille, le plus grand mal qu'on puisse faire à ce genre de personnage consistait à l'atteindre dans son ego. En le rabaissant devant une personne du sexe opposé, par exemple.

— Clark cherche un bouc émissaire, voilà tout, déclara-t-il avec une assurance feinte.

Ella se tourna vers lui, les joues ruisselantes de larmes. De toute évidence, elle avait beaucoup à dire pour sa défense, mais elle était trop choquée pour protester. Grant décida donc de s'en charger pour elle. Le meilleur moyen de lui prouver son affection, de lui faire savoir qu'il l'aimait en secret, était de la protéger. Il l'épaulerait en toutes circonstances, même s'il ne lui en avait encore rien dit, et jusqu'à la conclusion de cette enquête. Elle avait beau hésiter à se l'avouer, elle avait besoin de lui.

— Vous avez sans doute raison, lui répondit Zoey en évitant soigneusement de regarder Ella, peut-être pour lui permettre de retrouver un semblant de dignité.

Grant avait toujours détesté être pris en délit de faiblesse en présence d'un supérieur. Cela pouvait détruire une carrière ou sérieusement retarder un avancement. Il en allait peut-être différemment entre femmes, cependant Ella pâtirait de ce rebondissement, cela ne faisait pratiquement aucun doute dans son esprit.

Il se planta donc devant elle pour faire barrage de

son corps. Zoey appréciait son employée, avec qui elle entretenait des relations proches de l'amitié. Cela se voyait au premier coup d'œil, et dans leur profession, cette entente devait être une bénédiction. En se serrant les coudes, elles étaient plus fortes – d'où le problème, d'une certaine manière, car dans ce genre d'association, aucun maillon faible n'avait sa place.

Ella poussa un long soupir, Grant la sentit s'agiter derrière lui, le temps de se ressaisir, puis elle se glissa à ses côtés.

— Alors, dit-elle à Zoey, puisque tu sais que Clark cherche un responsable, cette débâcle n'est pas de ma seule faute et…

Zoey l'arrêta d'un geste de la main.

— Oh là, comme tu y vas ! J'ai dit que c'était *notre* faute.

— C'est-à-dire la mienne, lui renvoya Ella.

De nouveau, Zoey détourna le regard et reprit en soupirant :

— Une chose me paraît certaine, les événements auraient pu se dérouler autrement. Par bien des aspects, nos méthodes en matière de sécurité ont laissé à désirer. Il en va de même pour notre système de communication. Dans tous les cas de figure, ce fiasco va nous coûter cher, en termes de réputation *et* de finances.

— Ne vous inquiétez pas pour vos finances, intervint Grant. Tout va s'arranger. Nous allons retrouver Lily. Ensuite, nous épinglerons le meurtrier de sa mère.

— Quand bien même vous y parviendriez, je ne pense pas que cela suffise à nous épargner les foudres du sénateur, objecta Zoe. Et comme je dois protéger notre entreprise, je ne vois qu'une solution. J'en suis désolée, Ella, crois-le bien. C'est la dernière chose dont j'ai envie, surtout un jour comme celui-ci, cependant je suis dos au mur… Du moins jusqu'à ce que vous nous ayez tirés des griffes de Dean Clark – en admettant que ce soit possible. Bref, Ella, je vais être dans l'obligation de me passer de tes services.

Ella hocha la tête. Puis, au lieu d'éclater en sanglots comme Grant s'y attendait, elle foudroya sa cheffe du regard et quitta la pièce, la mâchoire serrée.

— Bon sang, Zoey, gronda Grant. On ne lâche pas un subalterne en détresse ! Elle l'a fait, son travail ! Elle a suivi vos instructions à la lettre, et à présent, vous le lui reprochez ? Vous avez tort de réagir ainsi. D'ailleurs vous le savez, je pense. Elle était déjà fragilisée par cette histoire ; vous venez de l'achever, rien de moins.

Zoey voulut l'interrompre, mais il ne lui en donna pas l'occasion.

— Je participe à cette enquête depuis le début, et je peux vous certifier qu'Ella n'est pas à l'origine du problème.

Sur ces mots, il la toisa et sortit à son tour.

Il faillit claquer la porte, mais se souvint à temps qu'il se trouvait dans une clinique vétérinaire, aussi la referma-t-il doucement derrière lui.

Installée dans son pick-up, Ella regardait dans le vide, par la vitre du passager. Grant sentit son cœur se serrer. Comment rétablir la situation ?

Même en faisant l'impossible, il doutait que le tort fait à sa carrière soit réparable.

La STEALTH s'en remettrait ; Ella certainement pas.

Cette pensée acheva de le révolter.

Il était toujours outré par la décision de Zoey, cependant il devait reconnaître qu'en se mettant un sénateur à dos elle aurait couru à sa perte. Dans ce milieu-là, il n'y avait pas de pitié. Quand on choisissait de travailler avec des vipères, on finissait par se faire mordre.

En l'occurrence, malheureusement, la morsure avait atteint la mère de l'enfant dont Ella était chargée d'assurer la protection.

Un silence de plomb s'installa entre eux dès que Grant eut fait démarrer le pick-up. Comme il hésitait entre exprimer sa compassion envers elle et se lancer dans une critique sévère de la responsable de la STEALTH, il garda ses pensées pour lui. Les deux femmes avaient été amies, ce qui rendait sans doute la situation encore plus douloureuse pour Ella – trahie par une personne de confiance.

Il entendit le téléphone d'Ella vibrer, jeta un coup d'œil dans sa direction, et lui montra l'écran sur lequel s'affichait le nom de Zoey.

— Que veut-elle ? s'enquit-il.

— Sûrement pas s'excuser ou me demander de revenir. Quand bien même, d'ailleurs…

La fin de sa phrase se perdit dans un soupir de découragement. Elle éteignit l'écran de l'appareil sans se donner la peine de lire le message.

Grant lui effleura la jambe et tenta de la réconforter :

— Si ton travail ne te plaît plus, si tu veux prendre une autre voie, je te soutiendrai, Ella. Je ferai l'impossible pour t'aider dans tes projets.

Elle se rebiffa et répondit sèchement :

— Comme si j'avais eu le temps de réfléchir à mon avenir professionnel ! Au cas où ce détail t'aurait échappé, mon monde vient de s'écrouler. La dernière chose dont j'ai besoin, c'est de l'assistance d'un homme. Cela viendrait encore compliquer la situation.

Blessé au plus profond de lui, Grant envisagea de lui

opposer qu'il voulait, au contraire, être l'élu sur lequel elle pourrait toujours compter, et que *lui* ne la décevrait pas.

Parce qu'il l'aimait. Malheureusement, de toute évidence, ce n'était pas réciproque.

Dans ces conditions, il ne lui restait plus qu'à mettre ses sentiments dans sa poche et son mouchoir par-dessus, pour reprendre une des expressions de sa mère.

N'étant pas masochiste, il refusait de se battre après une telle rebuffade.

Ella n'avait fait que se défouler sur lui, il ne perdait pas cela de vue, cependant le choc n'en était pas moins violent.

Et puis quelle importance, au fond ? Il était fixé sur ce qu'Ella attendait – ou plutôt *n'attendait pas* – de lui. Là résidait l'aspect positif de la chose : un rejet pur et simple était, de loin, préférable à une relation tiède et à des promesses en l'air.

— Stop ! s'écria soudain Ella, les yeux rivés sur son téléphone. Arrête le pick-up.

— Qu'y a-t-il ? demanda Grant avant de ranger le véhicule sur le bord de la route.

— Rien de grave. Zoey vient de trouver un autre numéro attribué au couple Clark. Elle me l'a fait parvenir en précisant qu'elle allait tenter d'obtenir le journal des appels au plus vite.

Grant ne put réprimer un sourire.

Là, il serait dans son élément. Il alluma l'ordinateur situé sur la console entre les deux sièges, puis demanda à Ella de lui donner le numéro en question.

Il le composa sous sa dictée sur NexTx, un logiciel de repérage de téléphones cellulaires, utilisé par les autorités.

Et fut ravi du résultat.

— Regarde un peu ça. Ça devrait te plaire, dit-il. En

ce moment même, le téléphone se trouve près de la rivière Blackfoot, un peu en aval de l'I-90. On le déplaçait encore il y a moins de vingt minutes. Cinq heures auparavant, il était dans le comté de Mineral.

— Et alors ? s'enquit Ella, manifestement perplexe. Rien n'indique que cela ait un rapport avec notre enquête, si ce n'est que le téléphone en question est enregistré au nom des Clark. Ils ont très bien pu en munir un de leurs employés – une sorte de téléphone de fonction, si tu préfères.

Très juste.

Un sénateur et son épouse avaient pu avoir besoin d'un téléphone supplémentaire pour de nombreuses raisons. Pourtant, l'intuition de Grant lui disait que, cette fois, ils tenaient un élément essentiel. Seul le temps leur apprendrait s'il s'agissait d'un bien ou d'un mal, néanmoins ce nouveau rebondissement leur apportait ce dont ils avaient le plus besoin en ces temps difficiles : une lueur d'espoir.

16

Ella garda son téléphone en main pour le cas très improbable où Zoey lui enverrait un autre SMS. Improbable, car même si elle se savait en tort, jamais Zoey ne s'excuserait.

Contrairement à Ella, la responsable de la STEALTH était imperturbable. Elle aurait regardé sans broncher les flammes ravager son quartier général, pourtant on ne lui connaissait aucune fascination suspecte pour le feu.

Malgré sa colère, Ella ne parvenait pas à lui en vouloir. Zoey lui avait donné l'occasion de s'adonner à sa passion du dressage K-9 sans jamais tenter de précipiter celui de Daisy. En outre, elle avait fait preuve d'un respect infini pour le travail d'Ella dans ce domaine, et très vite compris l'intérêt de la contribution de la chienne pour l'entreprise qu'elle gérait si bien.

Sa seule erreur avait été de confier à Ella la garde de la fille d'un personnage haut placé.

Car c'était bien son échec qui les avait menées là, toutes les deux. Zoey avait été *forcée* de la licencier. À sa place, Ella se serait sans doute résignée à en faire autant.

Le paysage défilait à travers les vitres tandis qu'ils descendaient vers la rivière Blackfoot, où Grant avait localisé le fameux téléphone. Il ne cessait de surveiller l'écran de son ordinateur, probablement pour s'assurer que l'appareil ne changeait pas de place.

Ella avait du mal à comprendre son excitation. Il semblait considérer cet élément infime comme leur planche de salut, alors qu'ils étaient déjà submergés. Sa carrière était terminée, sa chienne grièvement blessée, sa relation avec Grant semblait compromise, et ils n'avaient toujours pas retrouvé Lily. S'il ne s'agissait pas d'un effort désespéré de sa part pour sauver…

Sauver quoi, au juste ?

Elle l'observa à la dérobée. Une véritable tempête faisait rage dans ses yeux verts, il fronçait les sourcils, et il ne fallait pas être devin pour comprendre que, pour lui, la plaisanterie avait assez duré : cette fois, il était déterminé à y mettre fin.

De manière étrange, elle fut légèrement rassérénée par cette pensée. Son existence se résumait dorénavant à un amas informe ; elle n'avait plus rien à offrir à Grant, du moins si elle voulait être à la hauteur de ses nombreux mérites, pourtant, savoir qu'il avait toujours à cœur de l'aider allégeait son fardeau.

Il ne pouvait pas tout arranger d'un coup de baguette magique, et il devait le savoir, néanmoins il agissait, et cela en disait long sur sa personnalité.

Elle ne comptait plus les promesses non tenues qu'elle avait entendues, au fil des ans.

Grant ne l'avait pas déçue – un bon point pour lui.

Elle aurait même pu s'en contenter pour s'autoriser à l'aimer.

Enfin… dans une autre vie, peut-être.

Il posa sa main sur la console, la paume en l'air, comme pour la lui offrir. Elle mourait d'envie de la prendre, cependant cela lui apparut comme un engagement qu'elle n'était pas sûre de vouloir dans son état présent. En outre, Grant ne lui avait-il pas conseillé lui-même d'éviter de s'impliquer en plein milieu d'une crise ?

Aussi fit-elle mine de ne pas avoir remarqué son geste, pourtant difficile à ignorer, dans la cabine exiguë du pick-up. Néanmoins, ses doigts menacèrent vite d'agir contre sa volonté. Elle ne nourrissait plus aucun doute quant à son attirance pour Grant Anders – après tout il correspondait en tout point à ses critères : sexy en diable, fort sans être trop dominant – et elle aurait menti en prétendant ne pas apprécier son côté protecteur.

Elle se targuait d'une certaine force, elle aussi, dans la mesure où elle se savait capable de se tirer de la plupart des situations physiquement dangereuses, toutefois, dans le domaine des sentiments, elle trouvait sa condition de femme très ardue.

— Ella, murmura Grant, dont la voix suave l'enflamma tout entière.

— Mmm ? fit-elle d'un ton faussement distrait.

— Je ne mords pas, tu peux me tenir la main, tu sais ?

Elle se tourna vers lui, sentit son visage s'empourprer, et s'en agaça. Pourquoi réagissait-elle toujours ainsi au contact de Grant ? Elle n'était pas du genre à rougir pour un rien… pourtant, lorsqu'il lui parlait avec une telle douceur, elle fondait littéralement.

— Je…, commença-t-elle, sans bien savoir où elle voulait en venir. C'est trop, Grant. Je… ne veux plus souffrir.

— Quelle que soit l'issue de cette histoire, je te préserverai tant que je le pourrai. Je ne peux pas te promettre une vie à l'abri de toute forme de souffrance, en revanche tu as ma parole : je n'en serai jamais la cause.

Comme il n'avait pas retiré sa main, Ella s'absorba dans la contemplation des lignes qui striaient sa paume.

Non, non, vraiment… Elle était trop désemparée pour le croire et se rendre à ses arguments. Pourtant…

… au bout de quelques minutes, elle glissa timidement les doigts entre les siens. Le fait qu'il ne puisse pratiquement rien pour elle ne devait pas l'empêcher de profiter du seul aspect positif de son existence.

Il se pouvait que son geste ne soit pas très judicieux, toutefois si elle attendait le moment propice – celui où elle se sentirait tout à fait prête et parfaitement détendue –, elle risquait d'attendre longtemps. Du plus loin qu'elle se souvienne, sa vie avait toujours été faite de hauts et de bas, comme celle de tout être humain, en somme : un combat pour surmonter une mauvaise passe aussitôt remplacée par un nouvel obstacle.

Elle méritait bien un peu de bonheur, et elle se promit de gérer au mieux ce petit pas vers l'amour, surtout s'il la menait à une relation sérieuse avec Grant.

Comment officialisait-on ce genre de choses, déjà ? En se jurant fidélité ?

Sa dernière aventure remontait à si loin qu'elle ne se souvenait plus de la manière dont son ex et elle s'étaient mis en couple. Il se pouvait même qu'ils n'en aient jamais vraiment formé un, puisque l'ex en question s'était servi du premier prétexte fallacieux venu pour mettre fin à leur histoire.

Oh ! et puis pourquoi repenser à cela maintenant, alors que l'avenir commençait à s'éclaircir ? C'était sur Grant qu'elle devait se concentrer, à présent. En exclusivité !

Et faire en sorte de revivre les merveilleux moments passés entre les draps de satin noir.

Au souvenir des caresses de Grant, elle s'agita sur

son siège. En fermant les paupières, elle sentait vibrer le dernier endroit où il avait posé ses lèvres. Un frémissement délicieux, qu'elle aurait voulu éprouver à jamais. Peut-être était-elle toujours sous l'influence de cette étreinte magique, confuse et vaguement effarée par ce qui ressemblait par trop à de l'amour.

Car l'amour était dangereux, dans le meilleur des cas.

Pourtant, elle voulait bien être damnée si son amour pour Grant n'était qu'un mirage de plus, une oasis dans son désert affectif.

En sa compagnie, elle passait par des émotions très particulières. Elle adorait la lueur qui brillait dans ses yeux verts lorsqu'il évoquait un heureux souvenir ; pour un peu, elle aurait même vu les mots s'échapper de sa bouche comme de petites notes de musique, pourtant invisibles.

Du bout du pouce, il lui effleura le poignet, et elle referma les yeux pour se délecter de la sensation. Même leurs mains, malgré leur différence de taille, semblaient faites pour s'unir à jamais.

Un véritable miracle.

Grant sortit de l'I-90, la voie rapide reliant le Montana à l'État voisin, pour emprunter une route latérale, en direction de l'endroit où le téléphone avait été repéré pour la dernière fois.

D'après le logiciel, l'appareil n'avait pas bougé depuis une bonne demi-heure.

— Qu'est-ce qu'on fait ensuite ? Crois-tu que le journal des vols d'hélicoptères pourrait nous apporter de nouveaux éléments ? Ou que nous devrions retourner chez Steve Crenshaw, pour une petite visite de courtoisie ? C'est une bonne idée, non ? Qu'en penses-tu ? débita-t-elle d'une seule traite.

Son angoisse venait de remonter en flèche et gagnait ses nerfs.

Fort heureusement, Grant exerça une petite pression sur sa main, et ce geste simple se révéla être le meilleur des anxiolytiques.

Encore plus lénifiant lorsqu'il reprit la parole pour affirmer :

— Même dans l'éventualité où cette nouvelle piste ne donnerait rien, nous retrouverons Lily, je te le promets. Quant à ta vie professionnelle… comme je te l'ai dit tout à l'heure, je ne me fais aucun souci pour toi, avec tes capacités hors pair. Et si, en plus du reste, tu perds ta petite maison au ranch, je t'aiderai à chercher un logement. Ne te crois surtout pas obligée de quitter le Montana.

Elle n'avait pas encore songé à l'aspect pratique de son problème. Il était hors de question pour elle de continuer à vivre au ranch où se trouvait le quartier général d'une entreprise dont elle ne faisait plus partie, bien sûr. Zoey n'avait pas abordé la question, sans doute pour l'épargner, ce qui ne lui ressemblait guère, car elle était plutôt du style à préparer à l'avance les documents relatifs à un renvoi.

Elle avait été renvoyée.

Soudain, son souffle se coinça dans sa gorge, et elle fut prise de tremblements.

Elle était au chômage, sa chienne risquait de garder de graves séquelles de sa mésaventure… bref, tout allait mal. Il y avait de quoi étouffer, non ?

Grant se tourna vers elle, et fronça les sourcils.

— Calme-toi, ma belle. Respire. Allez, avec moi : tu inspires, cinq secondes par le nez en gonflant le ventre, et tu expires cinq secondes par la bouche.

Il lui fit répéter l'exercice à plusieurs reprises, comme

si elle avait simplement oublié comment respirer, alors qu'en réalité elle était en pleine crise de panique.

— Qu'est-ce que je peux faire pour toi ? lui demanda-t-il.

Lorsqu'elle le vit faire mine de ranger le pick-up sur le bas-côté, elle l'en empêcha :

— Ne t'arrête pas, dit-elle sans cesser de réguler sa respiration.

Grant lui décocha un sourire malicieux.

— Quoi ? demanda-t-elle. Tu trouves le moment choisi pour plaisanter ?

Comme elle continuait de l'interroger du regard, il expliqua :

— La dernière fois que tu m'as demandé de ne pas m'arrêter, nous étions dans ton lit.

Il avait terminé sa phrase en étouffant un petit rire embarrassé. Les joues d'Ella s'étaient empourprées et, alors qu'elle se reprochait de rougir trop facilement en sa compagnie, elle trouva Grant encore plus craquant.

Un gloussement lui échappa à l'expiration suivante. Il eut sur elle un effet libérateur : soudain, elle eut l'impression d'émerger.

Grant fut alors pris d'un véritable fou rire, sans qu'Ella puisse dire si c'était dû à la situation ou s'il la trouvait franchement comique. Du coup, elle se mit à rire, elle aussi. Comme une démente, jusqu'à en avoir les larmes aux yeux.

Étrangement, ses propres pleurs l'apaisèrent.

C'était peut-être bien de cela que son âme avait tant besoin. De cette hilarité provoquée par Grant.

Doublée d'une crise de larmes en bonne et due forme.

Grant était en passe de transformer son existence. Toujours prêt à la réconforter dans ses moments de découragement, et s'il ne lui avait pas dit ouvertement qu'il tenait à elle, il ne pouvait en être autrement. À défaut de pouvoir régler définitivement ses problèmes, il les lui montrait sous un jour moins sombre.

En voyant un point rouge clignoter sur l'ordinateur, il lui lâcha la main pour pouvoir suivre les consignes de l'appareil sans garer le pick-up.

— Le téléphone est par ici, annonça-t-il en scrutant les alentours, comme à la recherche d'un indice susceptible de les mener directement à l'objet en question.

Ella reprit son sérieux, puis se passa une main sur le visage pour sécher ses joues.

Les choses allaient s'arranger. Elle avait un ami – plus, si elle ne se trompait pas. Pour la première fois depuis sa rencontre avec Grant, elle se voyait cheminer avec lui, sans renoncer pour autant à son désir d'officialiser leur relation d'une façon ou d'une autre. Et si Grant préférait les rendez-vous épisodiques sous la couette… Eh bien, il serait toujours temps d'aviser.

En attendant, elle devait aider sa protégée en détresse. Sous aucun prétexte, elle n'y renoncerait.

Grant s'engagea sur le chemin de traverse où le logiciel leur avait signalé la présence du téléphone pour la dernière fois. Très cahoteux, il donnait accès à un point de pêche signalé par divers panneaux. Ella en avait déjà vu de semblables dans le Montana, sans s'être jamais rendue dans ce genre d'endroit.

Ils s'arrêtèrent à l'entrée libre d'un grand parking circulaire, équipé d'une amarre à bateaux.

Si le courant de la rivière était fort, ses rives étaient couvertes de glace et, de temps à autre, un mini-iceberg glissait à la surface.

Un peu surprise que le sénateur possède un tel refuge, Ella s'empara de son téléphone en expliquant à Grant :

— J'envoie un SMS à Zoey pour savoir si elle a réussi à obtenir le journal des appels de ce nouveau téléphone, et si elle est en mesure de nous renseigner sur le compte de Philip Crenshaw.

Elle tapa son message, puis appuya sur « envoyer » sans écouter la voix intérieure qui aurait pu l'empêcher de recourir à celle qui venait de la licencier.

Zoey ne lui refuserait pas son aide, pas après avoir été son amie.

Tout en attendant la réponse, elle laissa courir son regard sur le parking. Quelques camions y étaient garés, pare-chocs contre pare-chocs, dans la pure tradition du Montana.

Au fond du parking, un peu à l'écart des camions, Ella aperçut une petite Subaru rouge aux roues rendues boueuses par des heures de route.

— Là-bas, dit-elle en désignant le véhicule utilitaire.

— Pourquoi ne pas commencer par là, en effet ? Tu as l'œil, Ella ! dit Grant d'un ton admiratif.

Il avança jusqu'à la voiture, se gara, puis laissa descendre Ella, qui s'empressa d'aller rôder autour de la Subaru. S'il n'y avait personne à l'intérieur, l'absence de neige sur le capot du moteur indiquait qu'on s'en était servi récemment. La banquette arrière était jonchée d'emballages de restauration rapide, dont un à l'enseigne de Sonic, une chaîne de fast-foods pratiquement inexistante dans le Montana. Aussi, de deux choses l'une : soit le conducteur revenait de la côte ouest, soit il était terriblement négligent quand il s'agissait de nettoyer sa voiture.

Les plaques d'immatriculation correspondaient à celles du Montana et commençaient par un 4 – comme tous les véhicules du comté de Missoula.

Ella prit des photos et les fit aussitôt parvenir à Zoey.

Grant retourna sur ses pas pour entrer le numéro des plaques dans son ordinateur.

En s'approchant de l'arrière de la voiture, elle aperçut un siège-auto à travers la vitre encrassée et sentit son cœur bondir dans sa poitrine.

Presque aussi vite, elle tenta de se raisonner : rien ne prouvait que leur quête d'aujourd'hui ait un rapport avec la fillette, aussi lui semblait-il inutile de s'emballer.

— Tu ne vas pas y croire, lui dit Grant qui l'avait rejointe au pas de course. La Subaru appartient à un dénommé Philip Rubbick.

Il avait à peine terminé sa phrase que le téléphone d'Ella vibra pour lui annoncer un SMS.

Elle en montra le contenu à Grant :

Philip – alias Ace – Crenshaw est propriétaire d'une société répertoriée sous la raison sociale de *Night gens*. Crenshaw a utilisé un certain nombre de noms d'emprunt pour brouiller les pistes, d'où nos difficultés à le localiser.

— C'est la société qui a loué l'hélicoptère ? s'enquit aussitôt Grant.

— Gagné ! s'exclama-t-elle.

Le sourire de Grant aurait fait fondre un glacier.

— Magnifique ! On peut en conclure, sans risquer de se tromper, qu'Ace Crenshaw et Philip Rubbick ne sont qu'une seule et même personne, et que Philip est le frère de Steve.

Auraient-ils enfin réuni les pièces du puzzle ?

Elle prit appui sur le toit de la Subaru, le temps d'assimiler les implications de cette nouvelle, puis se redressa pour demander à Grant :

— Attends, si Steve travaillait pour cette autre équipe, pourquoi a-t-il prétendu être employé par la STEALTH ?

— Pour nous égarer, pardi ! C'était plutôt malin de sa

part, remarque bien. Nous envoyer sur une fausse piste lui a donné le temps de prévenir son frère du danger imminent… c'est-à-dire *nous*.

Il se gratta la mâchoire d'un air pensif, avant d'ajouter :

— Je me suis fait avoir comme un bleu. Dire que j'ai tiqué sur l'état des mains de Steve !

— Qu'avaient-elles de spécial ?

— Eh bien, lorsqu'on utilise un couteau pour tuer, surtout dans un mouvement de rage, il est difficile de s'en tirer parfaitement indemne. Celles de Steve étaient dans un piteux état. À ma décharge, elles ne juraient en rien avec le reste du personnage. Bref, il m'a roulé, et c'est bien fait pour moi. J'aurais dû le voir venir.

— Allons, allons, dit Ella. Essaie de relativiser. Puisque nous savons où il demeure, il nous suffit de demander à tes hommes d'aller le cueillir.

Néanmoins, Grant n'avait pas fini de s'en vouloir.

— J'aurais dû interroger Steve sur ses liens avec Philip – qui, pour reprendre ses propres mots, « se fait appeler Ace ». Il ne m'est même pas venu à l'esprit qu'ils pouvaient être frères. En résumé, je n'ai pas creusé assez profondément. Sans cette bévue, nous ne serions pas partis sur une mauvaise piste, et Daisy dormirait peut-être paisiblement dans son panier.

— Ne dis pas de bêtises, Grant, rétorqua Ella en lui posant une main sur le bras dans l'espoir de le réconforter à son tour. Cette attente a eu de bons côtés, ne l'oublie pas. Pour moi, il y a une raison à tout, et nous aurions pu chercher plus loin et longtemps, sans jamais obtenir de résultats.

Grant lui prit les mains et les porta à ses lèvres pour y déposer un baiser rapide avant de déclarer :

— À mon avis, nous aurions fini par le passer, ce bon moment ensemble. Ça n'aurait pas été pareil, voilà tout !

— Dois-je en déduire que tu le regrettes ? lui renvoya-t-elle en haussant un sourcil pour l'inciter à peser ses mots.

Il étouffa un petit rire, avant de répondre :

— Je n'ai aucun regret en ce qui nous concerne, Ella.

Puis il tourna son poignet pour embrasser la paume de sa main, et ajouta :

— Je suis convaincu de notre faculté à construire de beaux lendemains, même en partant des événements les plus pénibles.

Elle mit quelques secondes à réagir. L'idée était séduisante. « De beaux lendemains… » Grant voyait donc une suite possible à leur histoire ? Une liaison rythmée par les horaires d'avion ou le progrès de leurs enquêtes respectives ?

— Ne nous emballons pas, rétorqua-t-elle en pianotant sur le toit de la voiture. Mieux vaut garder la tête froide, nous ignorons ce qui nous attend.

La mine déconfite de Grant la fit culpabiliser, et elle s'empressa de préciser :

— Ou plutôt, je suis ravie d'entendre que tu ne regrettes rien, Grant. Moi non plus, car il me semble que nous sommes unis par un lien spécial. À défaut de mieux préciser ma pensée, je suis tentée d'affirmer que nous allons très bien ensemble et que je n'ai jamais eu cette impression avec personne.

Grant se détendit visiblement et retrouva le sourire.

— J'espère ne pas devoir cette déclaration à mon baiser, dit-il.

— Quel baiser ?

— Celui-ci, répondit Grant en prenant le visage d'Ella entre ses mains pour l'attirer à lui.

Elle se laissa aller contre le véhicule, sans se soucier ni de la boue qui le maculait ni du froid ambiant.

Seul comptait le goût sucré des lèvres de Grant sur les siennes. Jamais elle ne s'en lasserait.

Une véritable addiction en devenir.

Il fit courir ses pouces sur ses joues en feu, se détacha d'elle et recula pour la regarder, avec une telle intensité qu'elle eut l'impression que son cœur fondait.

— Tu es incroyable, murmura-t-elle en le forçant à baisser les mains pour les embrasser à son tour.

— Toi aussi, répliqua-t-il d'une voix rauque.

Aussitôt, elle revint à la triste réalité.

— Je suggère que nous nous lancions à la recherche de ce téléphone, au cas où il nous renseignerait sur l'endroit où se trouve Lily. Nous aurons tout le temps de parler de notre avenir – si nous en avons un – plus tard, murmura-t-elle, bien qu'elle ait une idée précise sur la question.

— Tu as raison, une fois de plus, dit-il.

Elle prit le temps de réajuster le holster fixé à l'intérieur de son pantalon de service. Il lui en avait toujours coûté de se déplacer dans cette tenue, cependant son revolver était assez petit pour passer inaperçu, tant le tissu de son uniforme était épais.

Grant ouvrit le pick-up et plongea une main dans le vide-poches. Il en tira une paire de gants qu'il enfila, puis lui en présenta une deuxième, également à sa taille.

— Non merci, dit-elle, pourtant consciente qu'elle risquait d'avoir froid si l'opération les obligeait à rester dehors trop longtemps.

Elle enfonça les mains dans ses poches et ajouta :

— Espérons que nous ne tarderons pas à le récupérer, ce téléphone. Tu crois qu'il est à l'intérieur de la Subaru ?

— J'espère bien que non, sinon nous allons être

obligés de demander un mandat pour pouvoir fouiller cette voiture, lui répondit Grant.

— Tu as revérifié la localisation de l'appareil sur ton ordinateur ? Il ne te dit pas exactement où le trouver ?

— Malheureusement, non. Ce n'est pas assez précis. Cela dit, on n'en est pas loin. Je dirais dans un rayon de deux cents mètres autour du pick-up.

— Tu devrais peut-être appeler quelques-uns de tes adjoints en renfort, ils pourraient nous aider à fouiller le périmètre, lui suggéra-t-elle.

— Excellente idée, lui répondit Grant. Je vais envoyer un message aux plus fiables d'entre eux. S'ils ne sont pas occupés, ils accepteront probablement de venir nous donner un coup de main.

— Et s'ils s'ennuient, ils seront peut-être ravis d'avoir enfin une piste sérieuse à remonter.

Sa remarque fit rire Grant, qui répliqua :

— Sûrement, oui. D'autant qu'ils n'ont pas été surchargés, aujourd'hui. Je viens de voir ça sur le réseau informatique du SAR. Par des journées comme celle-ci où je me sentais désœuvré, je cherchais à rejoindre des collègues en patrouille. Cette époque-là me manque un peu, je te l'avoue. Au moins, ça bougeait. À présent, je passe les trois quarts de mon temps devant mon ordinateur, à rédiger des rapports. Ce n'est pas l'idéal, quand on aime l'action. Et là, j'aimerais bien qu'il se passe quelque chose. Ce calme plat commence à me peser sérieusement. Enfin, ça ne va peut-être pas durer…

— Pour ma part, je ne serais pas fâchée de souffler un peu, lui confia-t-elle. Je trouve cette enquête épuisante, autant moralement que physiquement.

Grant se pencha pour lui prendre la main, et ils avancèrent dans la neige.

— Je te comprends, cela dit, sans cette mésaventure, nous ne nous serions pas connus, lui rappela-t-il.

— J'aurais préféré te rencontrer dans un bar, dans des circonstances moins stressantes, lui opposa Ella.

Ils continuèrent à suivre, main dans la main, les traces de pas qui partaient de la Subaru et menaient à un sentier de randonnée. Il était enfoui, lui aussi, sous une couche de neige irrégulière : elle avait fondu, puis regelé par endroits et presque entièrement disparu, ici et là, pour ne plus former qu'un fin manteau cotonneux.

Le jeu d'empreintes fut bientôt recouvert par la végétation de la forêt voisine.

Même si la piste lui paraissait sérieuse, cette fois, et pourrait bien les mener à un individu au courant de ce qui était arrivé à Lily et à sa mère, Ella sentait confusément que quelque chose n'allait pas. Elle chercha à définir ce qui la gênait. En vain.

Ils cheminèrent lentement, les yeux rivés sur les bords du sentier dans l'espoir d'y apercevoir le téléphone.

Si Steve avait informé son frère de leur nouvelle démarche, il y avait de grandes chances pour que celui-ci, en plus de son véhicule, ait abandonné le portable à proximité de ce point de pêche. Elle doutait qu'ils tombent miraculeusement sur Philip, mais l'appareil pouvait leur fournir de précieux renseignements.

L'odeur de feuilles et de bois en décomposition dont était chargée l'atmosphère fut bientôt remplacée par la douce fragrance d'un cours d'eau pure.

À un détour du sentier, Grant et Ella se retrouvèrent devant la rivière, transformée en torrent par les intempéries.

Un homme était assis sur la rive, la tête baissée. Les bras tendus devant lui, les mains jointes, il était vêtu d'un simple sweat-shirt noir et d'un jean, et jurait dans le décor, à la fois par sa posture et par son accoutrement.

Bien qu'elle ne puisse voir son visage, Ella s'aperçut que ses tempes commençaient à grisonner. Plus intéressant, une longue égratignure encore à vif descendait le long de sa nuque.

— Hé, vous ! cria Grant.

L'inconnu sursauta et releva la tête. Il les dévisagea tour à tour et écarquilla les yeux en reconnaissant Ella.

Philip Crenshaw.

— Qu'est-ce que vous fichez ici ? grommela-t-il avant de passer un bras derrière son dos sur une protubérance suspecte. Elle comprit immédiatement qu'il s'agissait d'une arme à feu. L'espace d'un instant, elle espéra s'être trompée, de façon à ne pas se trouver dans l'obligation de réagir comme elle avait été formée pour le faire dans ce genre de situation, mais lorsque Crenshaw remit le bas de son sweat-shirt en place, elle vit distinctement la crosse noire et le canon d'un Glock.

Elle sortit promptement son arme de son holster, visa et tira. Ce fut très rapide. Un simple geste. Toutefois, lorsque la balle sortit de l'arme, elle entrevit un jet de poudre noire. Elle n'avait encore jamais remarqué cela avec cette arme, et se demanda aussitôt de quel genre de munitions il était chargé. Comme l'arme lui avait été fournie par la STEALTH, cependant, elle devait être réglementaire.

Elle ne s'attarda pas sur la question : il lui fallait continuer à tirer jusqu'à ce que sa cible soit complètement neutralisée. Une balle n'arrêtait pas toujours sa victime. Même sérieusement touchée, le choc provoqué par l'adrénaline pouvait suffire à la faire riposter. Aussi appuya-t-elle de nouveau sur la détente, plus posément, cette fois. Elle fut presque surprise par la deuxième détonation. Elle ne savait pas très bien où elle avait atteint Philip. Au stand de tir de la STEALTH, elle se trouvait généralement beaucoup plus près des silhouettes en tôle.

Crenshaw avait été touché, néanmoins il pointa son Glock dans sa direction. Elle s'apprêtait à tirer pour la troisième fois lorsque Grant surgit sur sa gauche, et la projeta à terre. Il avait sorti son arme, lui aussi, et les balles se mirent à pleuvoir, sans qu'elle puisse déterminer qui tirait sur qui.

Sa chute fit voler son Sig Sauer qui atterrit près d'elle au moment précis où son épaule heurtait le sol.

Du sang. Il y avait du sang partout.

17

Le sol était rouge autour de Philip Crenshaw, dont le sang faisait fondre la neige. L'homme avait lâché son Glock en s'écroulant, le côté droit de son visage enfoncé dans le sol et les mains ouvertes près de ses flancs.

Ella était étendue sur le dos dans la neige, et Grant l'entendait respirer par à-coups. Il savait ce qu'elle éprouvait pour avoir été maintes fois dans sa situation, à l'époque où il faisait encore des patrouilles. Décidément, les effets de l'adrénaline étaient innombrables.

En voyant une autre tache rouge près d'elle, il comprit qu'elle était blessée. Il se reprocha sa lenteur : il avait mis trop de temps à mesurer l'ampleur du danger.

Atterré par la tournure qu'avait prise la situation, Grant se précipita vers Ella.

— Ça va ? Où as-tu mal ?

Elle se passa les mains sur le corps, comme pour chercher l'endroit où la balle l'avait atteinte. Pourtant, comme en témoignait la flaque écarlate qui s'élargissait autour de son corps tremblant, elle était blessée.

Il déplora la manière dont ils avaient abordé le problème, c'était surtout lui, le fautif. S'il avait été plus attentif, Ella n'aurait pas été blessée.

— Il est neutralisé ? demanda-t-elle en montrant Crenshaw.

Grant se redressa pour aller vers l'homme dont il chercha le pouls, au niveau de la gorge. Rien.

— C'est terminé pour lui, dit-il en revenant.

— Je… Je ne voulais pas qu'il s'en aille comme ça, murmura-t-elle d'une voix mal assurée.

Elle fit mine de se redresser avant de se laisser retomber dans la neige.

— Mes hommes ne devraient plus tarder à arriver, dit Grant, j'ai contacté le central pour qu'on nous envoie une ambulance et des urgentistes, mais leur trajet risque d'être long. En attendant, essaie de conserver ton calme pour ne pas faire monter ta tension. Je vais m'occuper de ta blessure, afin de faire cesser cette hémorragie, car c'en est une.

Il désigna l'abdomen d'Ella et ajouta :

— Baisse la fermeture de ta doudoune et remonte ce que tu portes en dessous.

Elle voulut lever un bras pour lui signifier que c'était inutile, mais elle grimaça. Son taux d'adrénaline commençait à retomber et à laisser place à la douleur.

— Je n'ai rien de grave, Grant, je t'assure, murmura-t-elle comme si elle pensait pouvoir l'en convaincre.

— Tu crois que c'est le moment de t'entêter ? grommela-t-il, furieux malgré lui.

— Et toi, tu crois que c'est le moment de me demander de me déshabiller ? Tout ça pour me voir à moitié nue ! lui renvoya-t-elle.

Le rire narquois qui suivit sa réplique l'obligea à fermer les yeux.

Grant s'agenouilla pour l'aider à ouvrir sa doudoune. La balle de Crenshaw en avait percé la doublure dont les plumes d'oie, maculées de sang, commençaient à apparaître.

De nouveau, il se reprocha sa lenteur de réaction : cette balle lui était destinée ; elle n'aurait jamais dû atteindre Ella. D'un autre côté, cette dernière avait abattu Crenshaw – preuve qu'elle était la plus rapide des trois.

Visiblement sa formation l'avait bien préparée à ce genre d'affrontement. Grant en conclut qu'elle n'avait pas lésiné sur les heures d'entraînement. En outre, à en juger par la rapidité de sa réaction, elle s'était déjà trouvée dans l'obligation de tuer pour sauver sa propre vie.

Il se promit de l'interroger sur ce point, un peu plus tard.

Il se doutait qu'à l'époque où elle courait le monde pour le compte du gouvernement, elle en avait vu d'autres et de plus rudes. Il ne portait aucun jugement sur ses actes, néanmoins il ne l'enviait pas, loin de là. Se trouver dans des endroits où on peut assister à la mort d'une personne à tout moment, en sachant qu'un bon nombre de vies humaines restent en péril, laisse des cicatrices indélébiles – pas nécessairement causées par des blessures physiques.

— À présent, je vais rouler ton sweat-shirt vers le haut. Ça va aller ?

Elle hocha la tête.

— Je le crois, oui. J'ai mal, mais je tiendrai le coup.

Elle parvenait à lui parler, c'était bon signe, toutefois il voulait évaluer l'étendue des dégâts par lui-même.

Il souleva délicatement le vêtement, le remonta sur son ventre et vit, sur le côté gauche de son abdomen, un trou de la taille d'une petite pièce de monnaie.

— Il faut que je t'allonge sur le côté. Je vais y aller doucement, dis-moi si tu veux que j'arrête, d'accord ?

Elle se mordilla la lèvre inférieure, puis acquiesça.

En la déplaçant, il remarqua sur son dos une autre blessure, plus importante.

La balle lui avait traversé le corps.

Compte tenu de la rapidité de la fusillade, Grant s'étonna de ne pas avoir été touché lui-même.

— La bonne nouvelle est que la balle est ressortie, annonça-t-il. On peut espérer qu'elle n'a touché aucun organe vital, cependant ne bouge pas. C'est important. Tu m'as bien compris ?

Sur ces mots, il la rallongea avec précaution sur le dos, déroula son sweat-shirt, puis remonta la fermeture Éclair de sa doudoune pour qu'elle n'ait pas trop froid.

— Et le saignement ? s'enquit-elle.

— Ça semble se calmer. Continue tout de même à comprimer la blessure abdominale.

Elle s'exécuta, puis, le voyant se lever, lui demanda :

— Où vas-tu ?

— Chercher mon kit médical. J'en ai pour une minute, ne bouge pas.

La gorge nouée par l'angoisse, Grant courut jusqu'à son pick-up dont il tira la valise rouge. Son contenu lui permettrait au moins de faire cesser les saignements d'Ella et de la stabiliser pour qu'elle soit prête à l'arrivée des secours. Au passage, il se munit également d'une couverture de survie.

Ce semblant d'action ne l'empêcha pas de se tenir pour responsable du désastre. Sans son idée géniale de s'enfoncer dans le bois, rien de tout cela ne se serait produit.

Sans compter sa lenteur à réagir... Il aurait dû dégainer dès l'instant où Crenshaw avait passé la main sous son sweat-shirt. Par malheur, sur le moment, il n'avait pas compris qu'il y cherchait une arme. Ils ne l'avaient pas provoqué, après tout ! Cela ne changeait rien à l'affaire, au fond : Grant aurait dû reconnaître au premier coup d'œil la protubérance formée par le Glock, pour l'avoir vue des milliers de fois.

Il avait promis à Ella de la protéger, et voilà qu'elle gisait dans la neige après avoir abattu un homme.

Et *pourquoi* ? Pour rien, puisqu'en plus de ne pas être plus avancés sur le sort de Lily Clark, ils n'avaient pas eu le temps d'interroger Crenshaw.

Crenshaw avait tiré le premier. La riposte d'Ella était donc un cas de légitime défense, et aucun jury ne la condamnerait, surtout avec Grant comme témoin. Malheureusement, le meurtre – car aux yeux de la loi, cela en restait un – les obligerait à répondre à une multitude de questions et à comparaître devant divers comités dont celui des affaires internes – avant d'être innocentés. La procédure constituerait une véritable épreuve pour Ella comme pour lui.

Tout ça parce que Grant les avait entraînés sur une piste hasardeuse.

Et puis, non. Grant avait fait certains choix – judicieux ou non – sur la base d'informations recueillies avec Ella au cours de leur enquête. Revenir sur ses erreurs ne les réparerait pas. Pour l'instant, il ne servait à rien de ressasser ; il serait beaucoup plus utile en assistant Ella de son mieux.

À son retour, il constata qu'en dépit de ses conseils elle avait rampé jusqu'au corps de Crenshaw. Elle se tenait toujours le ventre, et avait en main un téléphone portable noir que Grant ne reconnut pas. Elle pianotait sur les touches d'un seul doigt, et l'espace d'un instant, Grant se demanda s'il ne s'agissait pas de l'appareil qu'ils avaient tant cherché.

— Ella, pourquoi t'es-tu assise ? lui demanda-t-il en jetant un coup d'œil à son dos, d'où le sang s'échappait librement, à présent.

Elle secoua la tête, comme si elle n'avait perçu aucune nuance réprobatrice dans son intonation, puis répondit :

— J'ai trouvé son téléphone.

— Lequel ? Celui de Crenshaw ? Où ça ?

Elle haussa son épaule valide, puis se tourna vers Grant pour lui décocher un petit sourire penaud et expliquer :

— Il sonnait dans sa poche, alors je n'ai pas pu résister à l'envie de…

Grant l'interrompit :

— Tu es pourtant aussi bien placée que moi pour savoir qu'on ne doit toucher à rien dans des cas comme celui-ci, non ?

Malgré son apparente contrariété, il savait qu'à la place d'Ella il aurait cédé à la tentation lui aussi – protocole ou non.

— Tu as beau râler, tu seras ravi d'entendre la suite : l'appel provenait de Steve Rubbick.

— Parce que tu as répondu, en plus ? lui demanda-t-il, les yeux écarquillés.

— Hé oui ! Et j'avais à peine pris l'appel que notre bon vieux Steve s'est mis à bavarder. Il a prononcé le nom de Lily, puis, tiens-toi bien, il a dit : « le sénateur a changé d'avis. Il veut qu'on s'occupe de la mioche sans lui faire de mal ». Comme je restais muette, il a dû avoir des doutes et il a raccroché.

— Sans te laisser le temps d'ouvrir la bouche ? lui demanda Grant avec insistance.

En effet, Rubbick finirait sans doute par comprendre son erreur, auquel cas ils couraient un danger encore plus grand qu'ils ne le pensaient…

— Oui, lui répondit fermement Ella. Je n'ai pas prononcé un seul mot.

— Sauf que maintenant, il doit savoir que Philip a eu un problème, lui objecta Grant.

Crispé à l'extrême, il ajouta :

— Et s'il a parlé du sénateur, c'est qu'ils sont à sa solde. Ça ne sera pas facile à prouver, en admettant qu'on parvienne à les traîner en justice et qu'on récupère Lily. Cela dit, ça donne à supposer que Clark est mêlé de près à la mort de sa femme.

— Quelle perspicacité, murmura Ella d'un ton railleur. C'est confondant !

Grant retourna s'asseoir auprès d'elle, dans la neige, et marmonna :

— Trêve de plaisanterie, Ella. Je vais te badigeonner de QuickClot pour faire cesser ce vilain saignement. Je ne supporterais pas de te perdre.

Elle lui décocha un regard encore inédit pour lui. Elle aurait pu le charger de mépris, de haine ou de déception, après ce qu'il lui avait fait subir, pourtant il n'en était rien. Au contraire. Ce que Grant vit dans le bleu de ses yeux en amande ressemblait à de l'amour. Assez intense pour faire remonter la température et fondre la neige.

— Allez, soulève ton sweat-shirt, que je m'occupe de toi, dit-il, la voix rendue rauque par l'émotion.

Elle reposa le téléphone pour se libérer les mains, puis souleva ses vêtements – doudoune comprise – afin de lui donner accès à sa blessure abdominale.

Grant enfila une paire de gants chirurgicaux, recouvrit la plaie d'hémostatique puis appliqua une compresse.

Pendant tout ce temps-là, il sentait le regard d'Ella sur lui et continuait de s'interroger. Pourquoi le scrutait-elle ainsi ? D'ailleurs, tenait-il à le savoir ? S'il lui posait la question et s'entendait dire que l'amour n'avait rien à voir là-dedans, il souffrirait au point d'en oublier son sentiment de culpabilité.

Au moment de poser le dernier morceau de sparadrap, il se risqua enfin à regarder Ella en face. Afin de se donner une contenance, il retira ses gants, puis les glissa dans sa poche dans l'intention de les jeter plus tard.

— Grant ? fit-elle d'une voix douce.

— Mmm ?

Il fit courir ses doigts sur le sparadrap une dernière fois, sous prétexte de s'assurer de sa tenue, alors qu'en réalité il rechignait à rompre le contact physique. Il éprouvait le besoin de toucher la peau d'Ella, de calmer sa souffrance et surtout d'espérer qu'elle se tirerait de ce mauvais pas.

— Merci, murmura-t-elle en lui effleurant la joue.

— Tu plaisantes ? Je suis tellement navré. C'est…

La voix brisée par l'émotion, il dut s'interrompre avant de poursuivre :

— Tout cela est ma faute. J'ai trop tardé à comprendre ce qui était en train de se passer. J'aurais dû tirer le premier, ne pas t'emmener dans ce bois… bref, j'ai été en dessous de tout. Et voilà le résultat. Je ne me pardonnerai jamais mon erreur.

Elle leva les yeux au ciel.

— Il n'y a pas de quoi en faire un drame, Grant. Ce n'est qu'une blessure par balle, j'en ai déjà vu du même genre, et je peux te certifier que je m'en remettrai.

Un sourire narquois aux lèvres, elle ajouta :

— Et puis, ça me fera une anecdote intéressante à raconter dans les bars, le vendredi soir… Plus sérieusement, tu n'as rien à te reprocher, j'ai su, dès le jour où j'ai eu une arme en main pour la première fois, que ce genre d'incident pouvait arriver. J'ai toujours eu conscience de ce à quoi je m'exposais. Ça ne m'a pas empêchée de choisir ma profession.

— Tu oublies que je t'ai littéralement mise dans la ligne de mire de Crenshaw, lui objecta-t-il.

— Tu as essayé de m'en écarter, ce n'est pas pareil. Si tu ne m'avais pas poussée, je serais probablement criblée de balles à l'heure qu'il est. En résumé, tu m'as sauvé la vie.

Elle lui passa un pouce sur le menton, le regarda droit dans les yeux et conclut :

— Je te dois la vie, Grant.

Il en resta sans voix, incapable de résister au besoin de lui effleurer la main, d'en embrasser le creux, puis de déposer la joue sur sa paume ouverte.

À son grand dam, elle ne tarda pas à mettre fin à cet instant de répit :

— Concentrons-nous sur l'essentiel, Grant, dit-elle. Cesse de culpabiliser, ça ne m'aidera pas. Le plus urgent est de retrouver Lily. Nous aurons tout le temps de nous occuper de nous ensuite.

Elle avait raison, il le savait, pourtant il lui en coûta de renoncer à la chaleur de sa main.

— Oui, Lily, soupira-t-il en se relevant.

— Tu crois que Crenshaw lui a fait du mal ? demanda-t-il. Bizarre, tout de même, comme endroit pour méditer, si c'est bien ce qu'il faisait dans la posture où nous l'avons trouvé.

Le regard d'Ella passa du corps inerte de Crenshaw au torrent qui devant eux charriait de petits blocs de glace.

Grant devina ses pensées.

Une fillette de trois ans ne pouvait pas avoir survécu

à un plongeon dans un tel rapide, même s'il n'avait pas été glacial.

Seul un monstre aurait pu tuer ainsi une enfant, toutefois Grant savait que les monstres existaient pour en avoir rencontré – bien trop souvent à son goût. En outre, la découverte du petit corps inanimé de sa protégée un peu plus bas sur une des rives risquait de briser Ella.

Définitivement.

Elle tenta de rallumer le téléphone, sans succès car il était déjà bloqué. En désespoir de cause, elle le laissa tomber à proximité.

— Elle n'a rien, j'en suis sûr, affirma Grant en scrutant les alentours comme s'il s'attendait à voir Lily agiter une main dans leur direction, toute contente qu'ils l'aient enfin retrouvée.

Compte là-dessus.

Son regard se posa sur le corps de Philip Crenshaw. Ce siège-auto, dans la Subaru… Et s'il avait servi à transporter Lily jusqu'à un point de rendez-vous où une autre personne s'était chargée d'elle ? On pouvait envisager un bon nombre de scénarios sur le déroulement des faits au cours des heures qui avaient précédé leur arrivée.

Néanmoins, Grant n'avait pas dit son dernier mot. Le corps de Philip Crenshaw était peut-être porteur d'un indice quelconque, et il leur fallait des réponses, même si elles tendaient à indiquer que Lily était morte.

18

Ella s'efforçait d'oublier le feu qui lui dévorait les entrailles. En assurant Grant qu'elle ne souffrait pas trop, elle avait menti. En réalité, son ventre la brûlait à la limite du supportable. Elle avait entendu dire que c'était l'un des effets d'une blessure par balle – cette impression d'être torturé au fer rouge – sans jamais vraiment mesurer l'intensité de la douleur.

Cette dernière réflexion l'amena à se demander ce qu'on éprouvait en mettant un enfant au monde. Si les affres de l'accouchement s'approchaient de près ou de loin de ceci, elle recourrait à l'adoption.

On pouvait élever décemment un enfant sans être lié à lui par la génétique. Si le sénateur était mêlé, comme ils en étaient arrivés à le supposer, à la mort de sa femme et à la disparition de sa fille, la présence, les bons conseils et l'amour prévalaient sur les liens du sang. Elle se savait apte à apporter tout cela, pas nécessairement à un bébé, mais à un gamin un peu plus âgé, seul au monde, et qu'elle ferait entrer dans sa vie en vue de lui redonner espoir.

Si Lily était retrouvée indemne, Ella n'oublierait pas ce serment à l'au-delà, et adopterait un enfant. Elle le guiderait et l'aimerait encore plus qu'elle-même ne l'avait été. Emportée par son accès de mysticisme, elle supplia le destin de redonner la santé à Daisy.

Enfin, elle lui demanda de l'unir à Grant pour l'éternité.

Et si c'était beaucoup réclamer, le fait de s'adresser au destin donnait bien droit à quelques exigences, non ?

Après avoir ramassé le portable, elle se rapprocha de Crenshaw, dans l'intention de déverrouiller l'appareil avec le pouce de la victime. Elle s'apprêtait à lui attraper la main lorsqu'elle s'aperçut qu'il serrait une mèche blonde entre son index et son majeur.

De la même couleur et de la même texture soyeuse que les cheveux de Lily.

L'esprit en ébullition, elle appela Grant.

— Viens voir, lui dit-elle en désignant la main de Crenshaw. Ce sont les cheveux de la petite.

— Tu en es sûre ? lui demanda-t-il avant de se rapprocher du corps et de se saisir de son téléphone pour photographier la mèche blonde enserrée dans la main du défunt.

Comme elle n'était pas mouillée, deux possibilités s'offraient à eux : soit Lily n'avait pas été poussée dans le torrent, soit Crenshaw avait tenu la mèche de cheveux assez longtemps entre ses doigts pour qu'elle sèche, une fois son crime perpétré.

— Lily est par ici, déclara Ella en faisant mine de se relever. Nous devons la trouver.

— Tu n'es pas en état de te lancer à sa recherche, protesta Grant avec véhémence. Les renforts sont en route. Nous organiserons une battue dès leur arrivée.

Elle prit appui sur l'arbre le plus proche pour se remettre sur pied et protesta :

— Non, ça ne peut pas attendre ! Il fait un froid de canard, elle est sans doute seule, et doit être terrorisée, la pauvre petite. Imagine-la en train de patauger, à moitié immergée et transie.

Grant baissa les yeux vers le corps de Philip Crenshaw, puis les posa sur Ella.

— Si tu me promets de ne pas bouger d'ici…

Elle ne le laissa pas terminer.

— Je ne fais jamais de promesses impossibles à ternir. Alors, soit tu m'accompagnes, soit tu me laisses faire. Nous sommes si près du but… Je veux la voir, m'assurer qu'elle n'est pas blessée.

Grant lui opposa un refus catégorique d'un mouvement de la tête, et répliqua :

— C'est hors de question, Ella. Tu pourrais souffrir d'une hémorragie interne sans le savoir. Moi aussi, je veux la retrouver, cette petite. C'est ce qui me motive depuis le début, tu le sais, non ? Cependant, supposons qu'elle soit morte. Risquer ta vie serait à la fois dangereux et totalement inutile.

Il avait raison, et Ella savait que ses remontrances partaient d'un bon sentiment, pourtant elle se refusait à rester là sans rien faire, quand la petite fille si chère à son cœur pouvait se trouver à proximité.

— Une chose me paraît certaine, Grant. Si Lily est là, même indemne, elle ne répondra pas à une voix inconnue, et ne s'en approchera pas non plus. Je lui ai appris la prudence dans ce domaine.

Elle prit la mesure de l'exaspération de Grant en le voyant se passer les mains sur le visage. Il aurait pourtant dû savoir qu'il ne remporterait pas la partie dans cette joute verbale. Personne ne l'arrêterait, surtout maintenant. Elle se remit donc à plaider sa cause, dans l'espoir de le faire fléchir :

— Tu sais comment sont les enfants, à cet âge-là. En

plus d'être terrifiée, Lily doit se reprocher cette mésaventure dans sa totalité. En clair, elle pense sûrement que tout cela lui est arrivé par sa propre faute. Elle a peut-être désobéi à un adulte ou fait une bêtise, de sorte qu'elle a peur de se faire gronder. Enfin, tu imagines l'état d'angoisse dans lequel elle se trouve, en ce moment ? Tu crois qu'elle n'en a pas assez bavé comme ça ?

La voix brisée, elle conclut :

— Alors non, non et non. Je ne peux pas rester là, les bras croisés en attendant de savoir où elle est.

Grant soupira, manifestement à mi-chemin entre l'empathie et le refus.

Il la comprenait. Certes, Ella lui était reconnaissante de vouloir l'épargner, cependant il ne s'agissait pas d'elle, en l'occurrence. Il y allait de la sauvegarde d'un être cher qu'elle n'avait pas su protéger comme elle l'aurait dû.

La vie de cette fillette était en jeu, et on n'assassinait pas l'innocence.

— J'ai bien compris que tu entends faire au mieux pour tout le monde, Grant. Cela fait de toi l'homme que tu es et que j'en suis arrivée à aimer, néanmoins je dois retrouver Lily.

Elle ajouta avec un soupir :

— Quel dommage que Daisy ne soit pas là pour nous aider.

— Et si j'appelais l'équipe K-9 du SAR à la rescousse ? lui proposa-t-il, avant de s'interrompre, un large sourire aux lèvres et de demander :

— Attends… tu viens de dire *que tu m'aimes* ?

Ella n'aurait su déterminer exactement si le vertige dont elle fut prise était dû à son état où à son aveu, toujours est-il qu'elle fut obligée de s'appuyer davantage contre l'arbre pour mieux supporter son propre poids. Elle gratifia Grant d'un sourire aguicheur, puis déclara :

— Il n'est pas difficile de t'aimer, Grant. Tu es l'incarnation même de mon idéal masculin. J'avais renoncé à rencontrer un homme comme toi quand tu es entré dans ma vie.

Grant rougit violemment et détourna les yeux.

Aïe.

Elle n'avait pas eu l'intention de lui avouer son amour, du moins pas ici, et pas aussi tôt. Résultat : il restait muet.

Il ne l'aimait pas.

Il allait fuir en courant.

Elle se détacha du tronc d'arbre, pour ne pas lui donner le temps de se rattraper en disant n'importe quoi. Tout sauf ce qu'elle désirait entendre : « moi aussi, je t'aime, Ella ».

Elle commença à redescendre vers la rivière, afin de s'éloigner de Grant en se demandant ce qui était le plus douloureux, entre sa blessure et la rebuffade qu'elle venait d'essuyer.

— Ella, attends. Stop ! cria-t-il dans son dos.

Compte là-dessus. La dernière chose dont elle avait envie, en cet instant, était d'affronter son regard clair. Elle venait de rendre une situation déjà périlleuse franchement impossible. Et bien sûr, elle ne pouvait pas reprendre ses paroles.

Quelle idiote !

Elle s'était promis de ne jamais être la première à déclarer son amour. Et elle venait de le faire, pour un homme qui n'éprouvait rien pour elle.

Idiote, idiote, idiote.

Si elle ne succombait pas à ses blessures, elle mourrait de honte. Elle entreprit donc de longer la rivière en aval.

— Ella, arrête-toi ! lui cria Grant.

À en juger par la force de sa voix, il l'avait presque rattrapée.

Elle secoua la tête, de peur de s'enfoncer encore plus en lui montrant son chagrin.

— Allez, ne fais pas ta mauvaise tête. Tu m'as pris de court, voilà tout. Je ne m'attendais pas à…

Elle ne le laissa pas terminer.

— Lily ! hurla-t-elle, peu encline à écouter les excuses de Grant : il n'existait qu'une réponse acceptable à une déclaration d'amour, et il n'avait pas été fichu de la lui donner.

— Lily, appela-t-elle de nouveau.

Elle entendit Grant marmonner quelques mots, et continua son chemin.

Obstinément.

Si elle avait été en état de courir, elle l'aurait fait, malheureusement le terrain était glissant, et elle devait avancer avec une prudence extrême pour ne pas glisser et tomber à l'eau. Cela obligerait Grant à l'en tirer – une idée fort déplaisante, vu les circonstances.

Par chance, à la troisième tentative de Grant qu'elle bloqua de la même façon – en appelant Lily –, il se découragea et elle se reprocha sa conduite d'adolescente attardée.

Après tout, elle s'était mise elle-même dans cette position délicate, et sa réaction ne lui faisait pas honneur. Mais comment se rattraper, à présent ? Elle s'était trompée sur les sentiments de Grant à son égard, et elle ne pouvait s'en prendre à personne.

Grant continua néanmoins à la suivre, et les bruits du monde autour d'eux se résumèrent bientôt au grondement du torrent et aux bruits de leurs pas sur les galets, accompagnés, de temps à autre, par le chant d'un oiseau.

Elle s'aperçut vite que sa plaie la faisait beaucoup moins souffrir que son ego blessé. Au point de l'anéantir.

Peu importait, cependant : une fois cette enquête terminée, elle reprendrait sa vie de célibataire et chercherait un autre emploi, peut-être même se consacrerait-elle au dressage des chiens. En effet, elle n'envisageait pas une seconde de reprendre des contrats, de retourner dans des pays où elle serait obligée d'assister à des crimes odieux. Cela dit, il n'était pas nécessaire de quitter les États-Unis pour rencontrer des monstres.

Soudain, elle perçut, sur sa droite, des gémissements, à mi-chemin entre les pleurs et les miaulements.

Elle s'immobilisa, le cœur battant à tout rompre. Pourvu qu'il ne s'agisse pas d'un effet de son imagination !

— Miss Ella ? couina une toute petite voix.

— Lily, Lily, c'est toi ? cria-t-elle, presque rendue hystérique par le soulagement.

Et là, au creux d'un buisson à peine visible tant il se fondait dans le reste du décor, elle aperçut Lily. Vêtue d'un petit manteau bleu marine et de socquettes blanches, elle agitait une main enfermée dans un gant maculé de boue.

Les larmes qui montèrent aux yeux d'Ella se mirent à dégouliner sur ses joues. Elle oublia sa douleur, et se précipita vers l'enfant. Lily ouvrit les bras et les enroula autour de ses jambes.

Réunies. Enfin !

Et lorsqu'elle serra la petite fille contre elle, Ella se demanda brièvement laquelle des deux pleurait le plus fort ou était la plus soulagée.

[illegible]

[illegible]

[illegible]

[illegible]

[illegible]

[illegible]

[illegible]

19

Le personnel de l'hôpital avait eu l'extrême gentillesse d'admettre Ella et Lily ensemble aux urgences, avant de les installer dans une des chambres. En réalité, personne n'aurait réussi à les séparer, Grant en était convaincu : aux dires des ambulanciers, elles étaient restées dans les bras l'une de l'autre tout le long du trajet.

Depuis qu'Ella lui avait déclaré son amour, Grant ne parvenait pas à penser à autre chose. Pourtant, une autre pensée le tracassait : si la fillette n'avait pas appelé, il ne l'aurait pas vue dans ce buisson. Une fois encore, Ella avait eu raison et l'idée que dans son entêtement elle aurait probablement continué sa quête sans lui le révulsait. Si la petite avait été retrouvée, c'était bien grâce à Ella.

Il se dirigea vers leur chambre et frappa au chambranle de la porte.

Ella était étendue sur son lit, la tête de Lily sur la poitrine. À en juger par sa respiration régulière et ses paupières closes, la fillette dormait profondément.

Ella leva les yeux vers lui au moment où il pénétrait dans la pièce. Il lut une souffrance intense dans son regard, et comprit qu'elle n'était pas due à la douleur causée par la balle de Crenshaw car les médecins avaient dû lui donner de nombreux antalgiques. Non. Elle était blessée à un autre niveau. Froissée par la manière dont il avait réagi à sa déclaration d'amour.

Ou plutôt par son absence de réaction.

— Comment te sens-tu ? s'enquit-il à mi-voix.

— Pas trop mal. Rassurée sur l'état de Lily, en tout cas. À part quelques contusions et un vilain trou dans sa chevelure, elle ne semble pas trop se ressentir de sa mésaventure. Toutefois, les médecins voudraient réexaminer ses pieds. Ses pauvres petits orteils sont en piteux état, à cause de la course éperdue dans laquelle Steve l'a entraînée sans prendre le temps de lui enfiler une paire de chaussures.

— C'est elle, qui t'a raconté tout ça ?

Elle acquiesça, puis répondit :

— Comme elle n'a pas évoqué Catherine, on peut espérer qu'elle n'a pas assisté à la mort de sa mère. Bien entendu, je n'ai pas insisté. Il sera grand temps de reparler de tout cela quand elle sera entièrement remise de ses émotions, et comme elle va bénéficier d'un suivi psychologique – du moins je le suppose –, je vais laisser ce soin à un professionnel. Dans l'immédiat, le plus important est de la rassurer, de lui redonner confiance en son entourage.

Elle s'interrompit, le temps de reprendre son souffle, puis reprit :

— Le personnel de l'hôpital m'a demandé s'il fallait contacter le sénateur.

— Qu'as-tu répondu ?

— Pff ! Lily est mineure, et il reste son père. Cela nous met tous dans une situation embarrassante. Néanmoins, j'ai suggéré qu'on te demande ton avis. Tu étais chargé de cette enquête, après tout.

— Merci de t'en être souvenue, Ella.

Il se rapprocha de son lit en souriant, posa les mains sur le rail de sécurité, et ajouta :

— Je pense que nous pouvons régler la question en douceur ou presque. Je vais convoquer mes hommes et nous arrêterons Clark à l'abri du regard de Lily. Steve Rubbick est déjà en garde à vue, il n'a opposé aucune résistance lors de son arrestation ; il a même accepté de parler.

— Tiens donc ! s'exclama-t-elle en étouffant un petit rire, sans doute pour ne pas perturber le sommeil de sa protégée.

— Eh oui ! s'exclama Grant, soudain ragaillardi. Ça va te paraître incroyable, mais sa plus grande préoccupation était sa chèvre. Il a insisté pour qu'on l'emmène chez un voisin avant de suivre les autorités. À mon avis, il va tout laisser tomber, Clark compris. Il a déjà expliqué à mes hommes que le sénateur les avait engagés, son frère et lui, dans l'intention de leur faire porter le chapeau, grâce à de fausses menaces de mort.

Elle leva les yeux au plafond et rétorqua :

— Il doit avoir construit sa défense, à cette heure-ci. Je doute qu'il manque d'avocats – ou de moyens – pour l'épauler.

— C'est probable, en effet, concéda Grant, révolté lui aussi par cette pensée.

— Et Steve a expliqué à tes hommes la raison pour laquelle Clark les a engagés, son frère et lui ? Pour tuer à la fois sa femme et sa fille ? demanda Ella dans un chuchotement.

— À mon avis, il voulait surtout se débarrasser de sa femme. Leur couple battait de l'aile ; Catherine avait vu un avocat dans l'intention de demander le divorce. Je ne peux pas te répondre en ce qui concerne la petite, en revanche, toujours d'après Steve, Dean Clark comptait s'attirer la compassion de l'électorat, en sa nouvelle qualité de veuf, si j'ose dire. Il avait déjà pris un certain nombre de mesures visant à manipuler le public dans ce sens.

— Attends… Tu insinues qu'il voulait faire d'une pierre deux coups ? Se servir de son récent veuvage pour éviter que son électorat se montre trop curieux et pour gagner des voix ? C'est ignoble !

— Ça t'étonne vraiment ? Que ne ferait pas un politicien chevronné pour remporter les élections, selon toi ?

— Rien, je te l'accorde, répondit Ella.

Elle hocha la tête en silence avant de reprendre :

— Et s'il s'avère qu'il avait également l'intention de faire assassiner sa fille, que va-t-il lui arriver ?

— Dans tous les cas de figure, nous l'arrêterons pour complot. Il s'est octroyé les services de tueurs à gages, et son devenir sera entre les mains de la magistrate. J'ose espérer qu'il sera également inculpé pour homicide. Et la bonne nouvelle – car il y en a une – est qu'il ira moisir en prison. Une prison dont il ne sortira jamais, si on arrive à prouver qu'il voulait aussi éliminer sa fille.

— Et Lily, là-dedans, que va-t-elle devenir ? demanda Ella en resserrant son étreinte sur la fillette.

Grant laissa échapper un soupir. Sa réponse n'allait pas lui plaire :

— Elle sera prise en charge par les services sociaux, qui vont essayer de retrouver un de ses proches. S'ils acceptent de s'occuper d'elle, ils deviendront ses parents légaux.

Elle se mordilla la lèvre inférieure, puis murmura :

— Le plus sûr est de chercher du côté maternel de la petite.

— Je transmettrai à qui de droit, l'assura Grant.

— Ce serait bien, car Catherine est issue d'une grande famille, probablement toute disposée à s'occuper de Lily. J'espère simplement que je serai autorisée à lui rendre visite, de temps à autre.

Grant tendit la main pour dégager le beau visage d'Ella et repousser la mèche qui le cachait, puis répondit :

— Si cette enfant est encore en vie, c'est grâce à toi, Ella. Tu lui as sauvé la vie, aussi je ne doute pas une seconde qu'on te permette de la voir. Tu es son héroïne, à présent, ne l'oublie pas.

Elle lui sourit, les larmes aux yeux.

— Son héroïne et la *mienne*, Ella, précisa-t-il en souriant. Et j'espère que tu as compris que je t'aime, moi aussi.

Elle lui offrit sa main à son tour, et dit :

— Ne te crois pas obligé de dire cela maintenant. Tu ne me dois rien.

Grant fronça les sourcils et protesta :

— C'est la vérité, Ella. Tu le sais. J'ai mis longtemps à le comprendre, pourtant je n'ai plus aucun doute. Je t'aime de tout mon cœur. Et si nous ne nous connaissons pas encore très bien, j'ai hâte de voir où notre amour nous mènera. Et puis, au risque de passer pour l'équivalent masculin d'une midinette, je me vois cheminer auprès de toi pour le restant de mes jours.

— Je t'aime aussi, Grant. Je dois être aussi fleur bleue que toi, car je crois pouvoir te promettre de t'aimer pour l'éternité.

Grant se pencha vers elle pour déposer un léger baiser sur ses lèvres toujours blêmes.

— Et moi, je ne me vois plus passer une minute loin de toi, déclara-t-il.

Ils entendirent un cliquettement rapide, puis on frappa à la porte.

Aussitôt, Grant se leva.

Sur le seuil de la pièce, agitant frénétiquement la queue, se tenait Daisy, la tête cernée d'une collerette bleue plutôt cocasse.

La chienne ne parut pas s'apercevoir de l'amusement de Grant, tant elle était concentrée sur Ella.

— J'espère que nous ne vous dérangeons pas, dit Zoey, un sourire avenant aux lèvres. Cette petite bête devait absolument voir sa maîtresse. Elle n'a cessé de la réclamer depuis notre retour de la clinique vétérinaire.

Le visage d'Ella s'illumina.

— Zoey ! s'exclama-t-elle. Merci de m'avoir amené Daisy. Comment va-t-elle ?

— Elle se porte comme un charme. Quelques points de suture ont suffi à la réparer, et elle devra porter cette collerette ridicule pendant un petit bout de temps. Cela dit, dans l'ensemble, elle s'en sort plutôt bien.

— Qu'en est-il de son adversaire ? s'enquit Grant. S'il est à la rue, un de mes copains sera ravi de l'avoir sous son toit.

— Ce serait génial, enchaîna Zoey. Et, à propos de toit, Ella, tu es la bienvenue au ranch – avec Daisy, cela va sans dire. Quand vous serez prêtes, toutes les deux.

Sur ces mots, Zoey lâcha la chienne. Aussitôt, cette dernière se précipita vers Grant, avant de grimper sur le lit d'Ella.

La rottweiler se mit à lécher la joue de sa maîtresse avec ardeur, avant d'entreprendre de réveiller Lily à force de petits coups de museau.

La fillette ouvrit les yeux et, à l'instant où Grant

songeait qu'il n'entendrait rien de plus attendrissant que le « je t'aime » d'Ella, Lily se mit à rire.

Et s'il n'avait jamais vraiment vécu de moment parfait dans son intégralité, il comprit immédiatement qu'il avait enfin trouvé son bonheur.

Pour l'éternité.

Retrouvez prochainement, dans votre collection BLACK ROSE

Sombre machination, de Lena Diaz - N°757

ENQUÊTES À PRESCOTT MOUNTAIN – 2/2

On le surnomme « le Slayer », et nul n'a jamais vu ce tueur recherché pour de multiples assassinats… La découverte d'un corps et la présence du procureur du comté, aperçu non loin de la scène de crime, ouvrent une nouvelle piste aux investigateurs. Mais, pour l'inspectrice Bree Clark et l'agent du FBI Ryland Beck, ce meurtre n'est pas l'œuvre du Slayer, c'est celle d'un *copycat*, destiné à les détourner de leur cible…

La vérité sous le masque, de Juno Rushdan

« Protégez-moi, je vous en supplie »… Bouleversée, Kate laisse entrer Cheryl, la jeune femme enceinte qui vient d'arriver à sa clinique vétérinaire. Pressée par l'urgence, assistée par DJ, un vieux monsieur qui vit près de chez elle, elle aide Cheryl à mettre au monde son petit garçon. Mais des hommes armés surgissent alors, des malfrats que DJ, sous les yeux effarés de Kate, met en fuite avec la vigueur d'un jeune homme…

Cette ombre dans tes yeux, de B.J. Daniels - N°758

« Je vais me marier avec Fitz… » Partagé entre colère et stupéfaction, Tommy Colt sonde le regard de Bella qui, quelques jours plus tôt encore, jurait qu'elle n'aimait que lui. Quel sordide chantage le puissant Fitz a-t-il exercé sur elle pour la contraindre à l'épouser ? Et brusquement la décision de Tommy est prise : il va confondre Fitz et arracher celle qu'il aime aux griffes de ce prédateur sans scrupule…

Un couple dans la tourmente, de Barb Han

Pour l'agent spécial Quint Casey, mener une investigation secrète sur un réseau de trafic d'armes n'est que pure routine. Et enquêter sous couverture n'a rien d'exceptionnel. Mais, tout cela, il a l'habitude de le faire seul… Aussi, quand il apprend que Ree Sheppard, une policière de choc, va collaborer avec lui, il enrage. D'autant plus que les ordres sont clairs : Ree et lui vont devoir se faire passer pour mari et femme…

Retrouvez prochainement,
dans votre collection

BLACK ROSE

Sous protection particulière, de Lisa Childs - N°761

Victime ou complice ? Blaine fixe en silence Maggie Jenkins, qu'il vient d'arracher aux mains d'une bande de cambrioleurs. Comment se fait-il qu'après avoir été prise en otage une première fois, lors du braquage d'une banque, cette jeune femme, enceinte de plusieurs mois, se retrouve aujourd'hui au cœur d'un nouveau hold-up ?

Double révélation, de Rita Herron

Joe McCullen a été assassiné… Abasourdi, Roan dévisage Megan Lail, la jeune médecin légiste qui vient de lui faire cette révélation. Puis la phrase le percute à nouveau. Ainsi, le patriarche du clan n'est pas décédé de mort naturelle… Mais qui l'a supprimé ? Et quel terrible secret a-t-on voulu taire par ce crime ?